LAUREN APPELBAUM

GRUPPENCHAT ZUM FRÜHSTÜCK

Roman

Aus dem amerikanischen Englisch
von Nicole Hölsken

FISCHER
TASCHENBUCH

MIX
Papier | Fördert gute Waldnutzung
FSC® C083411
www.fsc.org

Deutsche Erstausgabe
Erschienen bei FISCHER Taschenbuch

Die Originalausgabe erschien 2024 unter dem Titel
»Rachel Weiss's Group Chat« bei Forever,
Hachette Book Group, New York.

Dieses Werk wurde vermittelt durch die Literarische Agentur
Thomas Schlück GmbH, 30161 Hannover.
Redaktion: Sophie Hofmann
Vignetten: freepik.com
Satz: Fotosatz Amann, Memmingen
Druck und Bindung: CPI books GmbH, Leck
ISBN 978-3-596-70953-3

Kontaktadresse nach EU-Produktsicherheitsverordnung:
produktsicherheit@fischerverlage.de

Für meine Tochter Caroline.
Möge dein Leben voller Freundschaft,
Lachen und Leihbüchern sein.

KAPITEL 1

»Das Haus nebenan ist endlich verkauft!«

Meine Mutter war in heller Aufregung. Wie eigentlich immer. Normale Mütter hätten diesen Zustand nur erreichen können, wenn sie gleichzeitig zum Räumungsverkauf bei Nordstrom noch Kokain konsumiert hätten.

In meinem Kopf hämmerte es, während ich auf mein Handy schielte. Mein Blick war so trübe, dass ich die Uhrzeit kaum erkennen konnte. Aber ich war mir ziemlich sicher, dass am Anfang eine Sieben stand. Nur meine Mutter brachte es fertig, am Neujahrsmorgen um diese Uhrzeit anzurufen. Ans Telefon zu gehen war offensichtlich mein erster Fehler im neuen Jahr. Wahrscheinlich war mein Kater schuld daran. Von dem Mann in meinem Bett war ein ersticktes Proteststöhnen zu hören. Und dieser Mann hieß …

Irgendwann würde es mir sicher wieder einfallen.

Ich schaltete mein Handy leiser und schlüpfte lautlos aus dem Bett, wobei ich die Füße in meine Leoprint-Pantoffeln schob.

»Mom«, flüsterte ich, während ich auf Zehenspitzen ins Bad schlich. »Es ist gerade mal sieben … « Doch sie plapperte ungerührt weiter. Mom brauchte keinen wirklichen Gesprächspartner, sondern nur einen menschlichen Zuhörer.

»… hätte nie gedacht, dass jemand diese astronomische

Summe dafür zahlen würde, aber letztlich haben sie es für dreieinhalb Millionen verkauft! An einen jungen Mann!«

Großer Gott, wie schrill ihre Stimme klang. Ob es normal war, so besessen vom Nachbarschaftsklatsch zu sein? Schwer vorstellbar. Allerdings war »normal« für meine Mutter noch nie ein Verhaltensmaßstab gewesen.

Ich legte das Handy auf den Waschtisch, ohne mir die Mühe zu machen, es auf Lautsprecher zu stellen, während ich pinkelte, spülte und mir die Zähne putzte. Ich klatschte mir Wasser ins Gesicht und wischte die schwarzen Make-up-Spuren unter meinen Augen weg. Für den Bruchteil einer Sekunde dachte ich darüber nach, mich erneut zu schminken, um wieder ähnlich wie gestern Abend auszusehen, als ich diesen ... wie hieß er doch gleich? ... mit nach Hause genommen hatte. *Ich war allen Ernstes davon ausgegangen, dass sein Name mir wieder einfallen würde.* Aber eigentlich war es mir auch egal.

Als ich wieder zum Handy griff, war meine Mutter immer noch in Fahrt.

»Mom, ich muss jetzt los«, unterbrach ich sie. »Sorry, aber ich war gerade sehr beschäftigt, und ... «

»Komm her! Wir müssen darüber reden.«

»Reden ... worüber?«

»Über das Haus! Nebenan!«

»Das hast du mir doch gerade schon erzählt. Es ist verkauft.« Ich hielt inne und fügte hinzu: »Juhu?«

»Aber da ist noch etwas«, flüsterte sie mit einer Stimme, die offenbar gleichzeitig fesselnd und geheimnisvoll klingen sollte.

»Ähm ... « Eigentlich hatte ich mich auf einen ruhigen Tag gefreut. Ihr wisst schon, einen Tag, an dem ich mir etwas beim

Mexikaner bestelle, irgendeinen Schwachsinn im Fernsehen anschaue und die Couch nur verlasse, um auf die Toilette zu gehen.

»Ich mache uns Sandwiches.«

»Okay, bin dabei.« *Was denn?* Als Erwachsene hatte ich nun mal gelernt, niemals eine Mahlzeit abzulehnen, die von jemand anderem als mir selbst zubereitet wurde.

Nachdem ich aufgelegt hatte, schlüpfte ich wieder neben den schnarchenden, heißen Typen ins Bett und checkte den Gruppenchat. Keine Nachrichten. Amy, Eva und Sumira schliefen vermutlich alle noch – wie normale Menschen mit normalen Müttern. Am Abend zuvor hatten wir es auf der Party unseres Collegefreundes Davis ordentlich krachen lassen. Aber hey, das war die letzte Silvesternacht unserer Zwanziger. In diesem Jahr wurden wir allesamt dreißig. Also hatten wir eine Riesenfete verdient.

An Schlaf war jetzt nicht mehr zu denken, also öffnete ich meine Notes-App, um mir ein paar Neujahrsvorsätze zu notieren. Zehn Minuten später überflog ich die Liste noch einmal:

- Nur einen Joint pro Tag rauchen.
- Dasselbe beim Kaffee: eine Tasse am Tag.
- Altersgemäß kleiden. Weniger Dekolleté, weniger bauchfrei. Was nicht heißt, dass ich ab sofort Leinenhosen und Twinsets tragen muss – *was ist ein Twinset überhaupt?* –, aber ein bisschen mehr Klasse sollte schon drin sein.
- Herausfinden, was ein Twinset ist.
- Neue Sportarten ausprobieren.
- Netter zu Mom sein.
- Netter zu den Nerds im Büro sein.
- Mich endlich auf Jdate registrieren. (Das muss ich Mom

schonend beibringen, damit sie vor lauter Freude nicht gleich tot umfällt.)

- Mich würdevoll verhalten, wie es sich für eine Frau meines Alters gehört. Eine Polonaise anzufangen, während ich Davis' Assless Chaps über meiner Jeans und meinen BH als Hut trage, wird nach letzter Nacht DEFINITIV nicht noch einmal vorkommen.
- Oh ja, und weniger trinken.

Das war eine gute Liste. Geradezu bewundernswert. Ich überflog sie noch einmal. Dann schnippte ich mit dem Daumen darüber und löschte sie. Was dachte ich mir nur dabei, etwas verbessern zu wollen, das bereits perfekt war?

Der Mann schnarchte jetzt, also hüpfte ich wieder aus dem Bett und begann, mich anzukleiden. Zwar knallte ich meine Kommodenschubladen nicht wirklich zu, bemühte mich allerdings auch nicht allzu sehr, leise zu sein – vielmehr hoffte ich, dass er aufwachen würde. Ich zog mir einen grob gestrickten Pullover über den Kopf und hielt nach irgendwelchen Zeichen des Erwachens Ausschau, aber er schlief nach wie vor wie ein Murmeltier.

Soll ich ihn anstupsen?

Ich hatte ein schlechtes Gewissen, nicht nur wegen der ganzen Keine-Ahnung-wie-er-heißt-Sache, sondern auch weil ich wollte, dass er so schnell wie möglich aus meiner Wohnung verschwand. Vielleicht würde Frühstück im Bett den Schlag ja mildern.

Ich kramte in meinem Kühlschrank und der kleinen Abseite herum, die mir als Vorratskammer diente. Ein Ausflug zu Trader Joe's war gelinde gesagt überfällig. Ich hatte nichts da, das ich einem Gast hätte vorsetzen können, jedenfalls nicht einem attraktiven, halbnackten Mann. Brot: altbacken. Eier: nicht vorhanden. Joghurt: Schimmel-Eldorado. Mit einem leisen Würgelaut schob ich es in meinen Kühlschrank zurück, um mich später darum zu kümmern. Ich musste wirklich aufhören, immer die Familienpackung Joghurt zu kaufen.

Na ja, zumindest Kaffee war da.

Ein paar Minuten später hatte ich auf einem Tablett etwas zusammengestellt, das halbwegs so aussah, als könnte es ein Frühstück sein.

»Guten Morgen«, sagte ich, nachdem ich ins Schlafzimmer zurückgeschlichen war.

Er stützte sich auf einem Ellbogen ab und schenkte mir ein schiefes Grinsen. Er hatte zerzaustes, lockiges Haar und gebräunte, von Sommersprossen übersäte Haut. Im Geiste klopfte ich der Rachel von letzter Nacht auf die Schultern. *Gute Wahl.*

»Du hast Frühstück gemacht?« Seine Stimme klang rau und ein wenig ehrfürchtig.

»Genau.« Ich schob ihm das Tablett auf den Schoß, wobei ich darauf achtete, dass er zuerst den Kaffee entdeckte. Immerhin war dies der respektabelste Teil der Mahlzeit – die dampfende Tasse mit einer kleinen Zuckerdose und einem Becher Sahne. Mit amüsiertem, erfreutem Lächeln auf den Lippen ließ er den Blick darüber hinweggleiten. Dann entdeckte er auch den Rest.

»Ist das … Eiscreme?«

»Ja.« Ich deutete auf die übrigen Speisen. »Eine Käsestange. Und eine saure Gurke!«

Er verzog das Gesicht zu einer Grimasse, die ich nicht recht deuten konnte, tauchte den Löffel in die Eiscreme und aß einen Bissen.

Ich hockte mich auf die Bettkante.

»Hör zu … «, setzte ich an.

Er zog eine Augenbraue hoch. »Sam«, ergänzte er in trockenem Ton.

»Sam«, wiederholte ich eine Spur zu spät. Geschmeidig bleiben, Rachel. Ich hätte ihm Waffeln backen sollen, dem armen Kerl. »Ich muss bald gehen. Hat wirklich Spaß gemacht, mit dir abzuhängen.«

»Oh, okay.« Er sah aus, als hätte er sich lieber noch ein wenig mehr Zeit für den Kaffee gelassen, also beschäftigte ich mich damit, ein paar Sachen in meine Handtasche zu werfen.

Zehn Minuten später rief ich Sam ein fröhliches »Bye!« hinterher, während er den Flur meines Apartmentkomplexes hinabging und verschwand. *Merke: Hör auf, die Typen bei dir übernachten zu lassen.* Der darauffolgende Morgen war immer peinlich.

Gegen Mittag kam ich am Haus meiner Eltern an, wo ich die Küche sogleich eifrig nach den versprochenen Sandwiches absuchte. Sie befanden sich im Kühlschrank, auf einem Teller aufgetürmt und fest mit Frischhaltefolie umwickelt. Ich nahm mir eins mit Frischkäse und Lachs und mampfte vor mich hin, während ich das gegenwärtige Chaos im Haus in Augenschein nahm. Meine Zwillingsschwestern heulten wie sechzehnjährige Kleinkinder. Dad lief wie ein aufgescheuchtes Huhn durch die Gegend, während unsere ältere Schwester über den Lautsprecher seines Handys zu hören war, und versuchte, sie zu beruhigen. Mom war nirgends zu entdecken. Anscheinend waren die Zwillinge davon ausgegangen, dass Dad sie heute zur Führerscheinprüfung bringen würde – wobei das Konzept eines nationalen Feiertages ihrem egomanischen Hirn anscheinend fremd war. Immerhin hatte man ihnen in diesem

Jahr ihre Führerscheine versprochen, also waren sie der festen Überzeugung, am ersten Januar in der Zulassungsstelle aufkreuzen zu können. Als älteste Schwester gab Jane am Telefon ihr Bestes als Friedensstifterin, war allerdings vernünftig genug, um zusammen mit ihrer Katze in ihrer gemütlichen Wohnung zu bleiben.

Nachdem ich das Gekreische eine gute Viertelstunde ertragen hatte, fand ich meine Mutter quietschfidel im Bett vor, das Handy fest ans Ohr gepresst. Sie redete so lange und detailliert über Menschen, von denen ich noch nie gehört hatte, dass ich glaubte, verrückt zu werden, weil es so klang, als hätte Mom irgendwo eine geheime Zweitfamilie. Endlich ließ sie das Handy sinken und zog die Decke bis zum Kinn hinauf. »Das war Pamela.«

»Wer?« Es klang vielleicht eine Spur zu aggressiv.

»Die Immobilienmaklerin, Schatz, die Maklerin.«

»Was für eine Maklerin? Ihr verkauft doch nicht etwa … ?«

»Nein, nein, natürlich nicht.« Sie strich über ihre Locken, die sich geradezu dekadent auf ihrem Oberkopf türmten und pflückte einen silbernen Spiegel von ihrem Nachttisch, um sie zu begutachten. »Pamela hat das Haus nebenan verkauft, Dummerchen. Wir haben uns gerade über die Butkuses ausgetauscht.«

»Die wer?« Ich war sicher, dass sie einen ausgeklügelten Scherz auf meine Kosten machte. Butkus – was war denn das für ein Name!

»Das Paar, das dort einzieht! Oh, komm her.« Mom klopfte neben sich auf das Bett und hielt eine Ecke ihrer Chenilledecke in die Höhe. Ausgiebig vor mich hin grummelnd kletterte ich ins Bett und lehnte mich an den Mount Rainier aus Zierkissen. »Sag laut, was dich stört, und lass das Grummeln.«

»Die Butkuses?«

»Ja. Ooh.« Genüsslich ließ sie die Augenlider flattern, als hätte sie, um es mit den Worten der Zwillingen zu sagen, einen dampfenden Kessel voller Klatschtee vor sich. Zumindest glaube ich, dass sie es so formulieren würden. Mit diesem Teentalk werde ich wohl nie so recht warm werden. »Ooh, warte nur, bis du alles erfährst.«

»Leg los.«

Sie holte tief Luft, hielt einen Finger in die Höhe und kramte in ihrer Nachttischschublade herum, aus der sie eine lange Schachtel mit Fran's Chocolates hervorzauberte. Sie war wie Mary Poppins – ständig zog sie irgendwelche Dinge aus ihrem unerschöpflichen Nachttisch. Sie gab mir eine Meersalzkaramellpraline und warf sich selbst ebenfalls eine in den Mund. Dann fuhr sie fort.

»Die Butkuses sind ein reizendes Paar etwa in unserem Alter. Lehrer kurz vor der Pensionierung.«

»Lehrer?« Verwirrt spähte ich durch die Vorhänge, durch die man gerade so eben die Ecke des Nachbarhauses erkennen konnte. Es handelte sich um ein Cape-Cod-Haus im Maritimstil, dessen weiße Backsteinfassade durch grüne Fensterläden kontrastiert wurde und das auf einem vierhundert Quadratmeter großen Grundstück stand – daher besagte 3,5 Millionen Dollar. Klar, damals in den Achtzigern konnte ein Mann wie mein Dad ein solches Haus in Madison Park noch als Alleinverdiener finanzieren. Aber oh, wie sehr sich die Zeiten verändert hatten. Heutzutage konnten sich zwei hart arbeitende Lehrer kaum ein Haus draußen in Bothell leisten, geschweige denn in dieser Gegend.

Moms Augen leuchteten geradezu. Sie faltete die Hände unter dem Kinn. »Ihr Sohn, Christopher Butkus, zweiunddreißig, hat es für die beiden gekauft. Und Darling … « Sie weinte beinahe vor Freude. »Er ist *Single.*«

»Ah.« Um Zeit zu schinden, griff ich nach einer weiteren Karamellpraline. »Und was genau macht dieser Christopher Butkus, zweiunddreißig, beruflich, das es ihm ermöglicht, seinen Eltern ein Drei-Komma-Fünf-Millionen-Dollar-Haus zu spendieren?«

Ich wusste, was sie antworten würde. Ich wusste es. Ihr wisst es auch. Selbst Davis' Assless Chaps wussten es.

»Irgendein Tech-Start-Up. Ist wohl ziemlich erfolgreich.« *Natürlich.*

»Hmm.«

»Sie ziehen Montag ein, Darling. Ich werde sie allesamt zum Dinner einladen. Du weißt ja, was du tragen solltest: dieses grüne Wickelkleid von Nordstrom. Das bringt deine Figur zur Geltung und zeigt ein wenig Bein. Man hört ja immer, dass man sich entscheiden soll, ob man lieber Bein oder Dekolleté zeigen soll, aber ich kapiere nicht, wieso. Was hat es für einen Sinn, seine Karten zurückzuhalten, wenn man ein gutes Blatt hat? Als ich deinen Vater kennenlernte, trug ich … «

»Mom!«

Sie kicherte. »Na ja, wie dem auch sei. Ich weiß, dass du umwerfend aussehen wirst. Wollen doch mal sehen, was eine kleine Internet-Recherche zu Christopher Butkus so ergibt. Ob er wohl groß ist?«

»Mom«, stieß ich mit vollem Karamellmund hervor. Sorgfältig dachte ich über meine nächsten Worte nach. Meiner Mutter zu sagen, dass sie sich in die Sache hineinsteigerte, war eine sichere Methode, um sie nur noch schneller voranzutreiben, so dass sie unaufhaltsam voranrollte wie eine lockenköpfige Bowlingkugel. Also entschied ich mich für einen Themenwechsel. »Möchtest du wissen, was ich mir fürs neue Jahr vorgenommen habe?«

Um sie zum Schweigen zu bringen, hätte ich einfach alles gesagt. Ich holte tief und aufgeregt Luft und sah ihr in die Augen. »Ich werde Jdate ausprobieren.«

Sie stieß einen Schrei aus, der mir das Blut in den Adern gefrieren ließ – jetzt wisst ihr, wo die Zwillinge es her haben –, und schmetterte die Schachtel mit den Pralinen gegen die Wand. Mit offenem Mund und verwirrtem Blick starrte ich sie an. Das kam mir nicht wie ein Freudenschrei vor. Doch war das nicht die gleiche Frau, die mir seit zwei Jahren damit in den Ohren lag, dass ich mir einen netten, jüdischen Partner suchen sollte? War ich etwa in eine Art Parallelwelt geraten? Ich kniff mich selbst, dann kniff ich meine Mom. Sie schrie noch lauter.

»Ich dachte, du würdest dich darüber freuen!«

Sie schüttelte leidenschaftlich den Kopf und wedelte verzweifelt mit dem Händen vor ihrem Gesicht herum, während sie weinte. Schließlich deutete sie mit einem zitternden Finger zum Fenster. »B-B-B-Butkus!«

»Was?« Ich sprang aus dem Bett. »Du willst, dass ich keine neuen Leute kennenlerne, weil du hoffst, dass ich in den Armen dieses reichen Nerds lande?«

Sofort hörte sie auf zu weinen und nickte strahlend.

»Nein!«, kreischte ich. »Ich mag keine Tech-Typen, schon gar nicht solche wie ihn. Du weißt doch, dass ich mich im Job schon genug mit ihnen herumschlagen muss. Sie interessieren sich ausschließlich für Geld und Algorithmen. Das ist furchtbar langweilig. Ich halte es keine dreißig Sekunden mit ihnen aus. Das sind allesamt gierige Kapitalisten mit einem Stock im Arsch, die sich Gott weiß was auf ihre Kohle einbilden. Am liebsten wäre es ihnen, wenn Roboter die Weltherrschaft übernähmen, während sie ihren Luxus-Reichen-Club ins Weltall verlagern, wo noch jede Menge unberührtes Territorium nur darauf wartet, von ihnen ausgeplündert und zerstört zu werden! Unterdessen versuchen wir Normalsterblichen, unseren dahinsiechenden Planeten zu retten, den sie auf dem Gewissen haben mit ihrem … «

»Sei still. SEI STILL!« Mom ließ sich zurückfallen und presste das Gesicht in ein Kissen. »Du bist so hübsch, Rachel; warum kannst du nicht ein wenig mehr so sein wie Jane? Höflich und *still*. Jane wird demnächst heiraten, während du Männer mit deinem politischen Gerede nur abschreckst. Nicht alles auf dieser Welt ist eine apokalyptische Verschwörung von Großkonzernen!«

Ich zog einen Schmollmund. »Ich will Christopher Butkus nicht kennenlernen.«

»Nun, und ich will nicht länger mit dir reden. Schick deinen Vater hinauf.«

Ich wandte mich zum Gehen. Nach kurzem Zögern sammelte ich noch die Meersalzkaramellpralinen vom Teppich auf und steckte sie mir in die Tasche.

Ich fand Dad in der Speisekammer, in die er sich verkrochen hatte. Als ich die Tür öffnete, tat er so, als suche er nach irgendetwas, aber ich erwischte ihn dabei, wie er noch eben hastig ein Lesezeichen in den Roman schob, den er gerade gelesen hatte.

»Wie geht es den Zwillingen?«, fragte ich.

»Gut, gut. Ich habe ihnen versprochen, sie zu Sephora zu fahren, also … «

Ich zuckte zusammen. »Hast du ihnen ein Limit gesetzt?«

»Nein … das hielt ich nicht für klug … « Durch seine schmutzigen Brillengläser hindurch starrte er in die hinterste

Ecke der Speisekammer, zweifellos das Trauma der vergangenen Stunde durchlebend. Ich verzichtete darauf, ihn zu warnen, dass er bald drei oder vierhundert Dollar ärmer sein würde.

»Mom will dich sehen. Ich bin wieder weg.«

Er nickte, gab mir ein Küsschen auf den Scheitel und ließ mich in der Speisekammer allein. Sofort wurde mir klar, warum er sich diesen Rückzugsort ausgesucht hatte: Hier war es dunkel und still und duftete nach Essen. Ich setzte mich auf den Boden, lehnte mich rücklings an ein paar Cornflakes-Schachteln, verspeiste die Karamellpralinen aus meiner Tasche und entwarf im Geiste mein Jdate-Profil.

Den restlichen Tag verbrachte ich bei Jane, die mir zuhörte, wie ich mich über Mom beklagte, während Owen für uns das Abendessen kochte. Ich hoffte, dass Mom recht mit ihrer Prognose hatte, dass Jane Owen bald heiraten würde. Und ich wünschte mir tatsächlich, Jane ähnlicher zu sein: erfolgreich, in sich ruhend, beliebt. Vermutlich hatte sie in ihrem ganzen Leben noch nie einen BH zum Hut umfunktioniert.

Mit einem Achselzucken schüttelte ich die Gedanken ab. Ich hatte schon vor langer Zeit gelernt, mich nicht mit meiner älteren Schwester zu vergleichen – wir waren nun mal grundverschieden. Immerhin hatte ich jetzt einen Plan: Ich musste einfach nur sofort einen Freund finden, damit Mom mich mit Christopher Butkus in Ruhe ließ.

KAPITEL 2

Der Januar ist so etwas wie der Montag des Jahres. Die Zeit dehnt sich endlos vor dir aus, nur wenige freie Tage in Sicht und ausschließlich trübes Wetter, soweit das Auge reicht. Heute war einer dieser Montage, an denen man sich unwillkürlich fragt: War es das? Ist dies das Erwachsenenleben? Auch meine Kollegen steckten noch im Nach-Feiertags-Tief, so dass es noch nicht mal gute Klatschgeschichten gab. Das Einzige, womit ich mein Gehirn beschäftigen konnte, war tatsächlich die Arbeit – wie öde.

Wer im Technischen Support arbeitet, lernt schnell, dass jeder einzelne Kunde sein eigenes Problem für das wichtigste der Welt hält. Und heute bestand an entsprechenden Anfragen kein Mangel. Als hätten die Leute ihre Probleme während der Feiertage gehortet. Allein, wie viele Menschen ihr Passwort vergessen hatten … Ich nippte an meinem Eiskaffee und tippte vor mich hin grummelnd ein paar Antworten auf Kundenanfragen.

Eva und Amy hatten Glück, weil sie sich nicht mit anstrengenden Kunden herumschlagen mussten. Eva machte an der University of Washington ihren Master in Bibliothekswissenschaft. Und Amy unterrichtete Mathematik für begabte Schüler. Obwohl Eva genau genommen nebenher in einem Coffeeshop kellnerte, um ihre Rechnungen bezahlen zu können. Und bei genauerer Betrachtung war es sicher kein Spaß, halbstarke Schüler in Algebra zu unterrichten. Schließlich konnte ich mich noch genau daran erinnern, wie ich selbst mit fünfzehn drauf gewesen war. Sumira, die Arme, musste Klienten zu allen möglichen Dinnerveranstaltungen und Happy Hours begleiten. Ich selbst hatte zumindest nur virtuelle Kunden. Man stelle sich vor, den Typen mittleren Alters am Tisch gegenüber dabei beobachten zu müssen, wie er sich in den Zähnen herumstochert und dabei den Blick zum Hintern der Kellnerin huschen lässt. Doch Sumira nahm das alles gelassen hin – nichts schien sie aus der Ruhe zu bringen.

Mein Handy vibrierte. Apropos umwerfend aussehende Teufelin:

Sumira Khan, 10.27 Uhr
Hat eine von euch Lust, zur Neujahrsparty meiner Firma zu kommen? Immerhin ist es am Freitagabend. Aufbrezeln, kostenloses Essen, freie Drinks. Macht sicher Spaß.

Eva Galvez, 10.28 Uhr
Ich habe Freitag ein Date. Diese Jennifer aus dem Seminar.

Amy McDonald, 10.30 Uhr
Ich entwerfe einen Plan für ein Date mit Ryan.

Eva Galvez, 10.31 Uhr
Du entwirfst einen Plan?

Amy McDonald, 10.31 Uhr
Frag lieber nicht weiter.

Sumira Khan, 10.32 Uhr
Rachel?

Rachel Weiss, 10.38 Uhr
Ja! Ich liebe Feiertagspartys, nachdem die Feiertage vorbei sind. Lass uns weiterfeiern!

Da ich mich auf eine Party freuen konnte, hatte sich meine Laune erheblich verbessert, als plötzlich die bescheuerte Unternehmensfrage des Tages auf meinem Bildschirm aufpoppte. »Wie häufig berücksichtigst du in deiner täglichen Arbeit die Aussage: ›Lebe groß, lerne viel‹?« Echt jetzt? Wer dachte sich nur so was aus? Die täglichen Fragen mussten beantwortet werden, sonst wurde in der Personalakte vermerkt, dass man nicht an der Unternehmenskultur teilnahm. Trotzdem blieben die Antworten anonym, weshalb ich mir gern einen Spaß daraus machte. Heute tippte ich: »N / A. Ziehe es vor, klein zu leben und so wenig wie möglich zu lernen.«

Da ich vor der Mittagspause verhältnismäßig viel erledigt bekommen hatte, belohnte ich mich damit, mich durch die Vorhersagen für die heutige Folge des *Bachelors* zu scrollen. Jane und die Mädchen würden allesamt vorbeikommen, damit wir gemeinsam Jeremy Coltrain anschmachten konnten, den heißesten Bachelor der Geschichte. Schon früh hatte ich gelernt, nie zu viel Aufwand in die Arbeit zu stecken, damit die Erwartungen meines Arbeitgebers nicht zu hoch wurden. Bislang hatte sich diese Strategie als recht nützlich erwiesen. Niemand hielt mich je für einen Überflieger, und doch konnte ich immer genug Geld zusammenkratzen, um meine Rechnungen zu bezahlen. Na ja, zumindest meistens.

Als der Freitag endlich da war, war ich mehr als bereit für Sumiras Party. Das Tolle an Sumiras Job als Account-Managerin waren die schönen Menschen, mit denen sie zusammenarbeitete. Anscheinend war ein atemberaubendes Aussehen Einstellungsvoraussetzung in ihrer Firma – was sicher nicht legal war, oder? Für mich stellte diese Party zudem Schritt eins der Operation Butkus-Vermeidung dar, deshalb war ich vorbereitet. Ich hatte mich rasiert, ein Peeling gemacht, eine feuchtigkeitsspendende Tuchmaske aufgelegt, mir die Nägel lackiert und meine Zähne gebleacht. Nun musste ich vor der Party nur noch meine Augenbrauen waxen.

Ich kontaktierte die Mädels per FaceTime. »Sehen meine Nägel gut aus?«

»Wieso fragst du?« Eva schien sich über den Schreibtisch in ihrem Schlafzimmer zu beugen.

»Nach sechs Tassen Kaffee konnte ich den Nagellackpinsel kaum ruhig halten.«

»Sechs?!«

»Ich war halt nervös wegen der Party.«

»Und die zwölfhundert Milligramm Koffein haben dir sicher geholfen, dich zu beruhigen.«

»Ich fühle mich gut.«

»Rachel, was ist eigentlich mit Jdate?« Amy rührte in ihrem Le-Creuset-Topf herum. »Ich dachte, das wäre dein Plan.«

»Ja, ist es auch.« Ich zupfte meine Netzstrümpfe zurecht. »Aber ich muss jede Gelegenheit beim Schopf packen, oder?

Im Leben laufen einem schließlich nicht ständig geeignete Männer über den Weg. Das neue Jahr ist das Jahr, in dem ich ja sage. Ja zu Jdate, ja zu Partys, ja zu gutaussehenden Männern, die mir die Tür einrennen.«

»Verstehe.«

»Wer weiß, vielleicht schließe ich mich dir ja schon bald in Sachen Eheleben an.«

Amy schnaubte bitter.

»Was?«

»Ach, nichts. Erzähl ich euch später. Ryan ist gerade heimgekommen.«

»Ich muss auch los.« Das Klappern von Sumiras Heels hallte in einem Parkhaus wider. »Ich hol dich um halb sieben ab, Rach.«

»Super. Muss mir noch die Augenbrauen waxen lassen. Um die Ecke gibt es ein neues Studio mit moderaten Preisen.«

»Viel Spaß heute Abend«, sagte Eva. »Ich führe Jennifer ins Comedy Underground aus.«

»Viel Glück! Hoffentlich läuft es gut.«

Um halb sieben begutachtete ich mich ein letztes Mal im Spiegel. Ich hatte mich für das grüne Wickelkleid entschieden. Mom hatte darauf hingewiesen, dass es mir schmeichelte, und sie hatte recht. Tolles Dekolleté. Wenn ich heute Abend Männer kennenlernen wollte, war es wohl kaum ratsam, meine beiden Mädels zu verstecken. Ich drehte mich um, um meinen Hintern im Spiegel zu betrachten.

Das Kleid war zudem SEHR kurz.

Ich hatte schwarze Netzstrümpfe angezogen, damit es nicht ganz so aufreizend aussah. Bonus: Die Strümpfe passten perfekt zu meinen schwarzen Samtplateaupumps.

Meine Augenbrauen waren immer noch ein wenig rot, aber das würde sicher gleich besser werden.

Es war nicht besser geworden. ES WAR NICHT BESSER GEWORDEN. Sumira warf mir nur einen einzigen Blick zu und führte mich energisch wieder nach oben in meine Wohnung.

»Die musst du kühlen.« Vorsichtig berührte sie meinen Augenbrauenknochen.

»Es brennt!«, brachte ich stöhnend hervor, während sie mir ein Kühlpack auf die Stirn pappte.

»Warte einen Moment!«

»Mein Hirn ist eingefroren. Und mir läuft das Augen-Make-up in die Augen.«

Sumira sah mich erneut an und bemerkte dann meinen Nagellack.

»Komm her.« Zehn Minuten später hatte sie sowohl meine Nägel als auch mein Make-up repariert. »Du siehst toll aus.« Über meine Schulter hinweg begutachtete sie mein Spiegelbild. Nicht nur, dass meine Augenbrauen noch immer entzündet waren, mein ganzer Kopf war jetzt rot von dem Kühlpack. Wenigstens taugte das Outfit etwas. Die Operation Butkus-Vermeidung war wieder auf Kurs.

Als wir ankamen, war die Party bereits in vollem Gange. Sie fand im Seattle Art Museum statt, weshalb diese äußerst anspruchsvollen – zumindest *vermute* ich das – Skulpturen von der Decke hingen und eine sehr künstlerische (mit anderen Worten: schmeichelhafte) Beleuchtung herrschte. Auf der einen Seite hatte ein DJ Stellung bezogen, während auf der anderen ein riesiges Buffet und eine offene Bar zu sehen waren.

Wir begaben uns geradewegs zur Bar – wohin auch sonst. Auf dem Weg dorthin schnappte ich mir einen Teller und türmte ein paar Austern darauf – nur zehn; schließlich wollte ich nicht verfressen wirken, indem ich das Dutzend vollmachte – aber ... die Dinger waren immerhin *kostenlos*. Nachdem ich sie geschlürft hatte, reichte mir Sumira den typischen Feiertagscocktail – ein blubberndes Cranberry-Gemisch – und wir machten die Runde.

Sumira sah umwerfend aus. Sie trug ein schimmerndes, schwarzes Kleid aus fließendem Stoff und schwarze Stiletto Overknee Stiefel. Egal, an wem sie vorbeiging, die Köpfe drehten sich nach ihr um; ich hatte das Gefühl, mit einer Berühmtheit unterwegs zu sein. Das Ganze war wie ein Traum. Wie die Filmszene einer glamourösen Party mit Drinks und Gelächter in Hülle und Fülle. Ich dachte gar nicht mehr an meine womöglich noch immer roten Augenbrauen, sondern fühlte mich selbstbewusst und souverän.

Sumira stellte mich ihrem Boss vor, einem ungemein charmanten Mann, der mir sogleich ein Jobangebot machte, dabei aber direkt mit meinen Brüsten sprach. Über seine Schulter hinweg bemerkte ich jemanden, der mich anstarrte. Voller Faszination starrte ich versehentlich einige Sekunden lang zurück, denn ich konnte meinen Augen kaum glauben: Dies musste der schönste Mann in ganz Seattle sein. Markantes Kinn, große, schimmernde Augen unter dichten, schwarzen Brauen, dunkles, welliges Haar, das an den Seiten kurzgeschnitten war. Ihr wisst schon, so ein Haarschnitt, der sagt: *Hallo, ich bin reich und hip*. Langsam ließ ich den Blick an seinem Körper hinabwandern – makelloser Anzug – und bekam einen Schock, als ich seine nackten Knöchel bemerkte: Er trug Loafers ohne Socken. Dieser Look war so unbekümmert und typisch amerikanisch, dass ich erschauerte bis ins Mark. Ich blinzelte, wandte den Blick ab und kippte meinen restlichen Drink hinunter.

Als ich bemerkte, dass auch Sumiras Glas leer und ihr aufmerksamer Boss durch einen muskulösen Pakistani ersetzt worden war, der nicht älter als dreiundzwanzig sein mochte, gab ich ihr lautlos zu verstehen, dass ich uns weitere Drinks holen würde. Sie nickte und warf ihr Haar zurück. Ich hätte schwören können, dass der arme Junge sich genau in diesem Moment in sie verliebte.

Kaum hatte ich die Bar erreicht, da vernahm ich eine Stimme dicht an meinem Ohr, deren Klang eine Gänsehaut an dieser Stelle meines Körpers explodieren ließ.

»Frohe Feiertage.«

Mit sittsamem Augenaufschlag sah ich mich um. »Weihnachten ist doch vorbei. Oder ignorieren Sie das bewusst, weil Sie ein Weihnachtshasser sind?«

Er öffnete überrascht die Lippen und lachte leise auf.

»Kleiner Scherz.« Nun wandte ich mich ganz zu ihm um. Er bemühte sich gar nicht erst, seinen schnellen Blick auf mein – tatsächlich stattliches – Dekolleté zu kaschieren. »Rachel Weiss. Ich bin mit Sumira Khan hier.« Ich streckte ihm die Hand entgegen. Er führte sie an die Lippen und gab mir einen Handkuss.

»Stephen Branson. Senior Account Manager. Sumira ist eine großartige Frau.«

Die lässige Herablassung in seiner Stimme ließ ihn in meiner Achtung gleich wieder ein paar Stufen sinken. Ich warf ihm ein strahlendes Lächeln zu und hielt die beiden frischen Drinks in die Höhe, um ihm zu signalisieren, dass ich woanders hinwollte.

»War nett, Sie kennenzulernen.« Dann schlängelte ich mich durch die Menge zurück.

Als ich die Stelle erreichte, an der ich Sumira zurückgelassen hatte, war sie nirgends zu entdecken. Da ich keine Lust hatte, wie ein verlorener Welpe, der sein Frauchen verloren hat, hier herumzustehen, kippte ich Sumiras Drink hinunter – der Cranberry Fizz war wirklich köstlich – und entsorgte das verräterische Glas auf einem Tisch in der Nähe. Sicher würde Stephen Branson nach mir Ausschau halten, während ich immer noch hier herumstand und Däumchen drehte. Es gab niemanden, dem ich ein Gespräch aufdrängen konnte, denn die attraktiven Vertriebstypen in meiner Umgebung schienen allesamt in angeregtes Geplauder vertieft zu sein. Die schimmernde Tanzfläche in ihrer Mitte lag vollkommen verwaist da.

Und dann – wie ein Geschenk Gottes oder des DJs – erklang ein Beyoncé-Song. Ich kippte nun auch meinen eigenen Drink hinunter, straffte die Schultern und blies zum Angriff.

Tatsächlich hatte ich erwartet, dass die Tanzfläche ohnehin gleich gestürmt würde, aber anscheinend war ich die Einzige, die dem Sirenengesang von Queen Bey nicht widerstehen konnte. Dennoch blieb ich. Ich ließ die Hüften vibrieren und kreisen und mich von der Musik davontragen. Flüchtig öffnete ich einen Spaltbreit die Lider und entdeckte eine (kleine) Handvoll von Leuten, die sich von meinem Beispiel hatten inspirieren lassen und nun ebenfalls zu tanzen anfingen. Der DJ war offenbar von meinen Bewegungen fasziniert, denn er ging sogleich zu einem weiteren Beyoncé-Song über. Triumphierend hob ich die Faust in die Luft und tanzte zu dem neuen Beat. Und plötzlich spürte ich eine Hand auf meiner Hüfte.

»Darf ich mitmachen?« Stephen Branson grinste mich mit mutwillig funkelnden Augen an.

Sein höflicher Ton in Kombination mit dem Bad-Boy-Look auf seinem Gesicht ließ ihn in meiner Achtung wieder beträchtlich steigen.

»Wenn es sein muss.«

Und oh, er enttäuschte mich nicht. Auf diesen nonchalanten Knöcheln erwies sich Stephen Branson als erstaunlich beweglich. Er passte sich jedem einzelnen meiner Schritte und Hüftbewegungen an. Dann rückte er näher, bis sein Oberkörper sich an meinen Rücken schmiegte, und ich spürte seine glatte Wange an meinem Gesicht, seinen heißen Atem auf meiner Haut, roch sein Eau de Cologne, was mein Höschen gründlich durchnässte. Dann drehte er mich um, so dass wir einander gegenüberstanden, umfasste meine Hand, zog mich mit der anderen dicht an sich heran und schob ein Bein zwischen meine, während wir uns weiterhin im Rhythmus bewegten. Im Bruchteil einer Sekunde war ich zur Heldin aus *Dirty Dancing: Havana Nights* mutiert. All meine Teenagerträume wurden wahr. Ich sah ihm in die Augen, vollkommen machtlos gegen seinen Charme – er konnte unmöglich aus Seattle sein. In meiner Welt *gab es nun mal* keine Männer wie ihn.

Als der Song beendet war, hielt er meine Hand weiterhin fest und zog mich von der Tanzfläche zur Seitentür hinüber. Ich folgte ihm – wie ein verschwitzter, sexbesessener kleiner Hund.

Die Nachtluft war kühl, weshalb Stephen mir seine Jacke über die Schultern legte. So stolperten wir auf eine verlassene Terrasse hinaus.

»Wer bist du?« Stephen lächelte, immer noch leicht keuchend.

»Rachel Weiss. Schlechtes Gedächtnis?«

»Glaub mir, an deinen Namen erinnere ich mich durchaus.

Ich frage mich nur, warum wir uns nicht schon viel früher über den Weg gelaufen sind.«

»Hmm.« Ich sah in die Dunkelheit hinaus. »Wahrscheinlich, weil ich so eine vielbeschäftigte, wichtige Frau bin.«

»Natürlich.« Er zog einen schlanken Vape-Pen aus der Tasche. »Hast du was dagegen?«

»Nicht, wenn du mich auch ziehen lässt.« *Warum? Warum bin ich so?*

Er nahm einen Zug und stieß eine Wolke Erdbeerdampf aus. Dann reichte er die Vape an mich weiter. Ich inhalierte tief – genau wie ich es normalerweise mit meinem Joint zu tun pflegte – und musste husten, als mir der widerlich süßliche Rauch tief in Nase und Kehle stieg. Ich drückte ihm die Vape wieder in die Hand und verbarg meinen Hustenanfall im Ellbogen.

Er lachte. »Erstes Mal?«

Ich grunzte unverbindlich und hustete weiter.

Er zog erneut daran, dann schob er die Vape in seine Tasche zurück.

»Bist du hier aus der Gegend?«, fragte ich, nachdem ich wieder Atem geschöpft hatte.

»Nein.« Er fuhr sich mit der Hand durchs Haar. »Aufgewachsen bin ich in Chicago. Ich bin fürs College hergezogen – und danach geblieben.«

»Ah.« Ich hatte mich also nicht getäuscht: Er stammte tatsächlich nicht aus Seattle. Bei den hiesigen Junggesellen kannte ich mich eben aus.

Er redete noch eine Weile weiter, erzählte mir von Chicago, seiner Familie und seinem Studienfach. Irgendwann wurde ich unruhig und überlegte, wie ich seinen Redefluss unterbrechen und einen Ausflug an die Bar vorschlagen konnte. Da hielt er plötzlich inne, um Atem zu schöpfen und sah mich an. Er griff nach einer Locke, die mir ins Gesicht gefallen war und schob sie mir hinters Ohr.

»Und du bist das heißeste Mädchen, das ich seit meinem Umzug hierher getroffen habe.«

Seit seinem Umzug hierher? Ich überlegte, ob ich ihn auffordern sollte, diese Äußerung näher zu erläutern – gegen was für Chigagoer-Schnepfen musste ich da antreten? Aber ehe ich Gelegenheit dazu hatte, platzte Sumira auf die Terrasse, gefolgt von ihrem liebestrunkenen, jungen Mann.

»Da bist du ja! Hab ich mir doch gedacht, dass dich irgendwer abgeschleppt hat – oh, hallo, Stephen.«

»Gefällt dir die Party?«, fragte Stephen.

»Definitiv erheblich besser als die im letzten Jahr«, antwortete Sumira. Ihr Fanboy nickte nachdrücklich, weshalb ich mir einen sarkastischen Blick in seine Richtung nicht verkneifen konnte. Letztes Jahr war er praktisch noch ein Embryo gewesen, weshalb die diesjährige Feier für ihn auf jeden Fall eine Verbesserung darstellte.

»Sollen wir wieder reingehen?«, fragte ich. »Ich könnte noch einen Drink vertragen.«

Den restlichen Abend verbrachten wir zu viert, plauderten, tanzten und schlossen uns irgendwann einer Gruppe um den Boss von Sumira an, die ihn mit liebevollen Beleidigungen traktierte. Anscheinend gehörte es zu den Feiertagstraditionen, dass die Mitarbeiter ihren Chef aufzogen und ihm all das an den Kopf warfen, das sich das Jahr über aufgestaut hatte. Auch ich leistete meinen Beitrag, indem ich fröhlich »Perverser, alter Fettsack!« schrie. Stephen sah mich überrascht an. Als ich ihn nach dem Grund für seinen Blick fragte, antwortete er: »Ich habe gerade bemerkt, dass deine Augenbrauen knallrot sind.«

Der Abend war ein rauschender Erfolg. Und ja, ich gab

Stephen meine Nummer, als er danach fragte. Er schrieb mir, sobald er zu Hause war, also … bleibt dran.

Oh, und Sumira ging mit dem Jungen nach Hause. Eine richtige Cougar.

Am nächsten Tag trafen wir uns zum Mädelsabend in Evas Wohnung. Während wir um den Couchtisch herumsaßen, auf dem sich jede Menge halbleere Weinflaschen und eine Käseplatte tummelten, berichteten Sumira und ich von unseren Abenteuern am Abend zuvor.

»Da bin ich aber froh, dass wenigstens ihr beiden Spaß hattet.« Eva pflückte ein paar Crackerkrümel von ihrem Pullover und verspeiste sie. »Mein Date war ein Desaster. Ich habe noch nie etwas Peinlicheres erlebt.«

»Was war los?«

Eva stöhnte, als verursache ihr allein schon die Erinnerung daran Schmerzen. »Der Headliner sah sich im Publikum nach Leuten um, mit denen er seinen Spaß treiben konnte, und entdeckte ausgerechnet uns. Er deutete auf mich und meinte: ›Hey, dich kenne ich doch. Wir haben uns auf Tinder kennengelernt. Wie, und jetzt experimentierst du mit dem anderen Geschlecht herum?‹ Nachdem ihm das einen ordentlichen Lacher eingebracht hatte, stürzte er sich gleich auf sein nächstes Opfer. Aber Jennifer war danach ein Eiszapfen.«

»Aber das stimmte doch gar nicht, oder?!« Amy sah besorgt aus. »Dein Tinder-Account ist doch nur auf Frauen eingestellt.«

»Ich weiß. Aber Jennifer hat ihm trotzdem geglaubt. Wir hatten uns gerade zuvor darüber unterhalten, dass ich schon seit der Highschool nichts mehr mit einem Kerl hatte, und sie versicherte mir, dass es bei ihr genauso sei. Für sie war das eine Riesensache.«

»Und sie konnte es nicht einfach mit Humor nehmen?«, fragte ich.

»Nope. Sie hat das ganze restliche Date über kaum ein Wort mit mir gewechselt. Und jetzt muss ich jedes Mal, wenn ich sie im Seminar treffe, mit dieser Peinlichkeit leben.«

Wir schnalzten mitfühlend mit der Zunge. Insgeheim dachte ich bei mir, dass es so vielleicht am besten war. Ich war immer schon der Meinung gewesen, dass gerade die bessere Hälfte einen Scherz verkraften können muss – zumal, wenn man zusammen in einer *Comedy Show* sitzt.

»Tut mir leid, Eva.« Amy ließ ihr Glas Rosé in der Hand kreisen. »Mein Date war ebenfalls ätzend.«

»Wie kann das sein? Ich wusste gar nicht, dass ein Date auch dann schiefgehen kann, wenn man verheiratet ist.« Sumira legte ihr Handy beiseite und beugte sich gespannt vor.

Amy starrte einen Moment lang in ihr Glas. »Ach, gar nichts. Vergesst es.«

Sumira, Eva und ich tauschten erstaunte Blicke. Blicke, die besagten: »Los geht's, Ladys. Haltet eure BHs fest, die Fahrt könnte holprig werden.«

»Nun spuck's schon aus, Amy.« »Erzähl uns alles, und zwar sofort.« »Sag uns, was passiert ist, sonst zettel ich eine Kissenschlacht an, darauf kannst du Gift nehmen.«

»Okay, okay!« Amy stellte ihr Glas ab, seufzte und setzte sich aufrechter hin. »Ich habe versucht … nun ja … aber Ryan hat nicht … und um die Wahrheit zu sagen …« Der Rest sprudelte sehr schnell aus ihr heraus. »Wir haben seit einem Monat keinen Sex mehr gehabt.«

Gut möglich, dass ich einen Schrei ausstieß. Sumira schlug sich entsetzt die Hand vor den Mund.

»Ich dachte, wenn man verheiratet ist, ist Sex selbstverständlich. Zumindest bei Frischvermählten.«

»Nicht hilfreich, Rachel«, tadelte Sumira.

»Was ist denn los? Habt ihr eine Krise?« Eva streichelte Amys Schulter.

Amy schüttelte den Kopf und vergrub eine Gesichtshälfte in der Hand, als würde sie am liebsten verschwinden. »Manchmal will er einfach nur nicht.«

»Dieser verfluchte Faulschwanz.« Wütend funkelten die anderen mich an. »Was denn?«

Die nächste halbe Stunde brachten wir damit zu, über Männer im Allgemeinen zu lästern und ihr hilfreiche Vorschläge zu machen – wie zum Beispiel eine Paartherapie anzuleiern. Aber als wir uns voneinander verabschiedeten, schien Amy sogar noch niedergeschlagener zu sein als zuvor.

Später im Bett kreisten meine Gedanken weiterhin um dieses Thema – wie schaffte es Amy überhaupt, diese Trockenperiode zu überstehen? –, also schickte ich Sumira und Eva eine Nachricht.

Rachel Weiss, 22.17 Uhr:
Kaufen wir ihr ein paar Dessous zum Valentinstag.

Sumira Khan, 22.19 Uhr:
Gute Idee.

Eva Galvez, 22.22 Uhr:
Bin dabei.

Rachel Weiss, 23.56 Uhr:
Aber im Ernst. ARME AMY.

KAPITEL 3

Die Woche versprach richtig schön zu werden. Die Wintersonne lugte durch die Wolken, meine Locken hüpften fröhlich und unbeschwert vor sich hin, und Stephen hatte mir mit einer frechen Textnachricht einen guten Morgen gewünscht. Doch schon gegen Mittag sank meine Stimmung. Heute waren die Kunden ganz besonders nervig, und mein Manager Kenneth meckerte schon den ganzen Morgen auf seine Kenneth-Art herum. Er hatte eine spezielle Art, mit mir zu reden, bei der er sich so sehr darauf konzentrieren musste, mich nicht zum Objekt zu degradieren, dass er beinahe schielte. Ich wusste dabei nie, ob ich lachen oder weinen sollte.

Eva schickte ein Update in den Gruppenchat, in dem sie uns informierte, dass Jennifer ihr im Seminar die kalte Schulter zeigte, was sie wiederum an die siebte Klasse erinnerte, in der sie gemobbt wurde und allein war. Amy stimmte mit ein und betonte, wie sehr sie Highschool-Schüler, ihren Ehemann und alle außer uns hasste. Und dann rief auch noch meine Mutter an – gleich mehrfach, und das während der Arbeit – und versuchte, mir ein schlechtes Gewissen einzureden, um mich dazu zu bringen, abends zum Essen zu kommen.

Am Nachmittag war es ihr sogar gelungen, Jane für ihre Zwecke einzuspannen. Jane behauptete, dass man gemeinsam feiern wollte, weil die Zwillinge jetzt ihren Führerschein hatten. Ich wies darauf hin, dass man deshalb keine Dinnerparty veranstalten, sondern vorsichtshalber lieber einen unterirdischen Schutzraum errichten und gepolsterte Helme an sämtliche Nachbarn verteilen solle. Sie antwortete lediglich, dass sie hingehen und Owen mitbringen würde. Anscheinend konnte ich mich also nicht drücken. Und würde deshalb den *Bachelor* verpassen.

Kaum war ich da, war mir klar, dass hier irgendetwas faul war. Mom und Jane öffneten die Tür gemeinsam und mit diabolischem Lächeln auf den Lippen. Ich konnte erkennen, dass der Tisch hinter ihnen für zehn Personen gedeckt war – nicht, wie sonst, für sieben. Obwohl ich in meiner Unschuld da noch annahm, dass die Zwillinge Freunde eingeladen hatten. Mom begutachtete meine Jeans und meinen Pullover von oben bis unten, tippte sich an die Nase und warf Jane einen verstohlenen Blick zu, als sei sie eine Geheimagentin in einem schlechten Film.

Jane lächelte tapfer, wenn auch mühsam weiter – sie war einfach zu anständig, um überzeugend lügen zu können – und bat mich, sie nach oben zu begleiten, um ihr beim Umziehen zu helfen.

»Ich soll dir beim Umziehen helfen?« Ich musterte ihr Kleid mit Wasserfallausschnitt und die dazugehörige Strumpfhose. »Warum musst du dich umziehen?«

Sie warf Mom einen panischen Blick zu, ehe beide mich an den Armen packten und die Treppe hinaufschleiften.

»Was soll das?« Der töricht optimistische Teil meiner selbst dachte, dass sie vielleicht ein verspätetes Chanukka-Geschenk für mich hatten, weshalb ich keinen Widerstand leistete. Lernst du denn nie dazu, Rachel?

Sie drängten mich in Moms und Dads Schlafzimmer, und Mom schloss die Tür hinter uns ab.

»Warum schließt du ab?« Meine Stimme klang schrill, denn endlich dämmerte es mir, dass es kein Chanukka-Geschenk geben würde.

»Shh«, machte Mom beruhigend, während Jane in einer Tasche kramte, die im Vorfeld dort versteckt worden war. Sie zog ein schwarzes Kleid heraus, um sich dann gemeinsam mit Mom auf mich zu stürzen und mir den Pulli über den Kopf zu zerren.

»Aaa!«, schrie ich. »Hilfe! Dad! Aaa!«

Wir kämpften miteinander. Irgendwann gelang mir im BH und mit der Jeans halb über dem Po die Flucht – zumindest konnte ich das als mein tägliches Training verbuchen. Am Treppenabsatz tauchten die Zwillinge aus ihren Zimmern auf und beobachteten gelassen, wie ich davonstolperte. Während ich mit der einen Hand die Jeans festhielt, versuchte ich mit der anderen, Mom und Jane abzuwehren.

»Neiiin!«, schrie ich, als sie mich wieder zurück ins Schlafzimmer schleiften. »Helft mir!« Flehend streckte ich die Hände nach den Zwillingen aus. Ollie richtete die Kamera ihres Handys auf mich und machte ein Video. Abby winkte mir mit unbewegter Miene hinterher, als ich ihren Blicken entschwand.

Letztlich gelang es Mom und Jane, mich in Janes schwarzes Kleid zu quetschen. Janes Garderobe ist von französischem Chic geprägt, ihre Klamotten von minimalistischer Eleganz. Mit anderen Worten, sie stehen mir überhaupt nicht. In diesem Kleid sah ich aus wie eine Wurst in der Pelle, der hochgeschlossene Ausschnitt schnürte mir die Kehle zu, und außerdem kniff das Teil unter den Achseln. Wenn ich mich zu schnell bewegte, drohten meine Brüste den Stoff zu sprengen.

»Warum?«, krächzte ich, während Mom mir ihre Pumps mit Kitten-Heel-Absatz überstreifte, die gut und gern aus dem Jahr 1983 stammen mochten. »Warum tut ihr mir das an?«

»Tut mir leid.« Jane steckte mein Haar zu einem Knoten hoch. »Mom hat mir eingeredet, dass es eine gute Idee wäre. Aber jetzt … « Im Spiegel sah ich, wie sie mich mit skeptischer Miene musterte.

»Es ist eine Überraschung, Darling!« Mom war noch nicht mal der Schweiß ausgebrochen. Sie sah aus, als würde sie jeden Nachmittag Menschen gegen ihren Willen kidnappen und ausziehen. »Eine richtig schöne Überraschung.«

»Was … «, hob ich an und verstummte sofort wieder, denn nun dämmerte mir die schreckliche Wahrheit. Nur eines konnte Mom dermaßen glücklich machen.

Es klingelte an der Tür.

»Oh nein.« Mir sank das Herz. »Nein, nein, nein, nein … « Aber Mom war bereits die Treppe hinabgeeilt.

»Hallo!«, trällerte sie im Flur unten. »Mr. und Mrs. Butkus, ich freue mich ja so. Ganz herzlich willkommen. Und Sie müssen Christopher sein!«

Inmitten der Überreste meines früheren Outfits funkelte ich Jane wütend an. *Sorry,* formte sie mit den Lippen. Mein Blick huschte zum Badezimmerfenster hinüber. Wir befanden uns im ersten Stock, aber draußen stand ein Baum; sicher konnte ich den hinabklettern.

Kaum war ich aufgestanden, hatte sich Jane auch schon auf mich gestürzt und mich mit lautem *Rums* zu Boden geworfen.

»Tut mir wirklich leid, Rachel.« Sie hielt meine Schultern fest. »Aber ich will, dass du genauso glücklich wirst, wie ich es mit Owen bin. Gib dem Typen doch wenigstens eine Chance. Und wenn du ihn nicht leiden kannst, machst du zumindest Mom damit glücklich.«

»Das ist das Letzte, was ich will.«

»Bitte.« Jane blinzelte auf mich herab und sah nun, da die

Deckenbeleuchtung hinter ihrem Kopf erstrahlte, engelhafter aus denn je.

»Na gut. Für dich. Nicht für Mom.«

Unten beschloss ich dann, mich ganz und gar auf den Abend einzulassen. Ich wollte nicht, dass Mom mir hinterher vorwerfen würde, nur zu schmollen und mir deshalb ein zweites Zusammentreffen mit den Butkuses aufzwingen würde.

»Hallo, hallo.« Mit großer Geste betrat ich den Raum und küsste Dad und Owen auf die Wange. Dann wandte ich mich sofort den Butkuses zu, da ich Mom nicht die ganze Vorstellungsrunde überlassen wollte. Zweifellos würde sie mich nämlich als ihre überaus heiratsfähige Tochter vorstellen und wenig subtile Hinweise über mein altjüngferliches Singledasein fallenlassen. Mr. und Mrs. Butkus waren in jeder Hinsicht der Inbegriff des freundlichen Lehrerehepaars. Sie war eine kleine Dame mit sanften, grauen Locken und einer Brille an einer Perlenkette, er ein schlanker Gentleman mit Pollunder und Halbglatze. Die Herzlichkeit, mit der ich beide begrüßte, war echt. Dann wappnete ich mich, um mich ihrem Sohn vorzustellen und musste verärgert feststellen, dass er gar nicht so übel aussah. Seine Haarfarbe lag irgendwo zwischen blond und braun (zerzaust – man hätte ihm Stephen Bransons Friseur empfehlen sollen), unschuldige, blaue Augen und ein überraschendes Grübchen inmitten seines Kinns. Sein Outfit war unscheinbar: Jeans, ein kariertes Button-Down-Shirt und – unwillkürlich musste ich grinsen, als ich sie bemerkte – weiße Socken. Anscheinend hatte er aus Höflichkeit beim Eintreten die Schuhe ausgezogen.

»Hi. Ich bin Rachel.« Ich streckte ihm die Hand entgegen. Er drückte sie kurz und fest. Seine Hand war groß, warm und trocken. Mom gegenüber hätte ich es definitiv nie zugegeben, aber dieser Mann war – objektiv betrachtet – ein Traumtyp. Schon aus Prinzip nicht; gäbe ich das zu, würde sie niemals aufhören, mich mit jedem einzelnen Tech-Bro, Arzt oder Anwalt zu verkuppeln, der ihr über den Weg lief.

»Ich bin Christopher. Wie nett von Ihren Eltern, uns einzuladen.«

Ja, so nett und selbstlos. Über seine Schulter hinweg warf ich Mom ein Grinsen zu, die die Daumen hochhielt und mit den Lippen ein *»Er ist groß«* formte.

»Sie freuen sich sehr über neue Nachbarn. Werden Sie mit Ihren Eltern zusammen in diesem neuen Haus wohnen?«

»Ähm, nein.« Er wirkte ein wenig verwirrt. »Ich lebe in Fremont.«

Hmm. Ich war davon ausgegangen, dass er ein Penthouse in Downtown bewohnte. Anscheinend hatte er eines dieser abscheulich modernen Stadthäuser in Fremont erworben. Wie unpraktisch. Ich hoffte, dass ich ihm in meiner Nachbarschaft nicht irgendwann über den Weg laufen würde.

»Und Sie, Rachel? Was machen Sie beruflich?«

Verdammt. Ich sah mich um, ob nicht irgendwo Alkohol in Sicht war. Mom, Jane und Owen scharten sich um Christophers Eltern, die Zwillinge fläzten sich kichernd auf der Couch und sahen sich einen Film an, und Dad hatte sich in die Küche zurückgezogen.

»Ich arbeite im Technischen Support«, teilte ich ihm liebenswürdig, aber energisch mit. Ich wusste, dass er kurz davor war, mir herablassende, berufliche Ratschläge zu geben oder – schlimmer noch – Vorträge über seine eigene langweilige Karriere zu halten. »Wenn Sie mich entschuldigen wollen. Ich will mal nachsehen, ob mein Vater Hilfe mit dem Essen benötigt.«

In der Küche fand ich Dad, wie er an der Wand neben dem Kühlschrank lehnte und trockene Cornflakes aus der Packung aß.

»Hi, Dad.« Ich griff in den Kühlschrank und holte eine Flasche Weißwein heraus. Dann schraubte ich den Deckel ab und goss mir das Glas randvoll, um es in einem Zug wieder zu leeren. »Wein?«

»Eher Whiskey, glaube ich.« Er verstaute die Cornflakes in der Vorratskammer.

Ich schenkte ihm eine ordentliche Portion Whiskey ein, und wir tranken schweigend.

»Sollten wir den anderen nicht auch ein paar Drinks bringen?«

»Mmh.« Er nickte. »Und deine Mutter hat irgendetwas von Käsewürfeln gemurmelt.«

Bewaffnet mit Alkohol, Käse und Zahnstochern kehrten wir zur Cocktail-Stunde zurück. Ich hielt mich von Christopher fern, um nur ja keinen langweiligen Tech-Talk zu ermutigen.

Irgendwann zogen wir ins Esszimmer um, wo Mom mich wie ein raufl ustiger Defensive Tackle in der Verkleidung einer jüdischen Mutter gewaltsam auf den Stuhl gegenüber von Christopher manövrierte. Jane half ihr, das Essen aufzutragen, ein grellgrünes Hühnchencurry über klumpigem, weißem Reis. Die Zwillinge maulten lautstark über das Essen. Ich versuchte, ihnen mit dem strengen Blick der großen Schwester zu signalisieren, den Mund zu halten – *Ich warne euch, es ist mein Ernst!* –, aber sie sahen mich nur böse mit gerunzelten, schwarz geschminkten Augenbrauen an. Und gewannen das Kräftemessen. Heutzutage können einem Teenager regelrecht Angst einflößen. Nachdem jeder ein paar Bissen zu sich genommen hatte, stand Dad schweigend vom Tisch auf und kehrte einen

Augenblick später mit einem Laib geschnittenem Brot in einer Plastiktüte zurück, den er mit einem Butterfässchen auf den Tisch knallte. Die Zwillinge stürzten sich auf das Brot und zankten sich um die Butter. Ich selbst bin ebenfalls kein Fan von Moms Kochkünsten, aber jetzt brannte mein Gesicht ihretwegen vor Scham. Die Butkuses setzten ihre Mahlzeit fort, als hätten sie nichts bemerkt.

»Also, Rachel«, begann Christopher, »Ihre Mom hat mir berichtet, dass Sie … «

»Hat Ihnen Jane schon von ihrer Arbeit erzählt?«, unterbrach ich ihn. »Sie ist hochinteressant.«

»Nein.« Er lächelte Jane am anderen Ende des Tisches zu. »Was machen Sie denn beruflich, Jane?« Ich verkniff mir ein überraschtes Grinsen; seine aufrichtige Ernsthaftigkeit war irgendwie charmant.

Jane schilderte ihre Arbeit als Researcherin für einen lokalen Nachrichtensender, während Owen sie liebevoll anlächelte und auf dem Tischtuch ihre Hand hielt.

»Möchten Sie denn irgendwann auch vor der Kamera stehen, oder sind Sie mit der Arbeit hinter den Kulissen vollauf zufrieden?« Christopher trank einen Schluck Wein. Widerwillig musste ich anerkennen, dass er meiner Schwester tatsächlich zugehört hatte und sie genauso faszinierend zu finden schien wie ich selbst.

»Ich hätte nichts dagegen, auch mal auf dem Bildschirm zu erscheinen.« Jane wurde rot. »Vielleicht, wenn man mich fragt. Dennoch liebe ich meine momentane Arbeit.«

»Wie schön. Es ist überaus wichtig, das zu lieben, was man tut.«

Unwillkürlich entfuhr mir ein Schnauben. Sämtliche Köpfe wandten sich mir zu.

»Hast du dich am Essen verschluckt?«, fragte Mom hoffnungsfroh.

»Sie haben leicht reden.« Breit lächelte ich Christopher an.

»Inwiefern?« Er klang tatsächlich unschuldig – wie er es geschafft hatte, zum Multimillionär zu avancieren, ohne von seiner Umwelt übers Ohr gehauen zu werden, war mir schleierhaft.

»Es ist überaus wichtig, das zu lieben, was man tut«, zitierte ich ihn leichthin. »Wenn Geld keine Rolle spielt, ja klar, dann tut man das, was man liebt. Man wird Kunstlehrer in einer Nudistenkolonie. Aber der Großteil von uns – also neunundneunzig Prozent aller Normalsterblichen – kann es sich nicht leisten, so wählerisch zu sein und auf seinen Traumjob zu warten. Immerhin müssen wir unsere Rechnungen bezahlen.«

»Natürlich.« Er legte seine Gabel ab und wirkte plötzlich bedrückt. »Ich meinte nicht … ich habe nur gemeint, wenn man aus dem, was man liebt, einen Job machen kann, dann ist das … «

»Hauptsache, Ihnen ist klar, dass dies eine sehr privilegierte Sichtweise ist.«

»Ich verstehe, was Sie meinen.« Mit gerunzelter Stirn sah er auf seinen Teller herab. Mom warf mir über den Tisch hinweg einen strengen Blick zu.

»Jane gehört zu den wenigen Menschen, die Glück haben«, fuhr ich fort. »Ich betrachte mich selbst auch als glücklich – immerhin habe ich ein Dach über dem Kopf und ein Umfeld, das mich unterstützt –, aber *liebe* ich deshalb gleich die Arbeit für eine Firma, deren einziger Sinn darin besteht, Geld für ihre Aktionäre zu scheffeln? Natürlich nicht. Der Kapitalismus ist die Geißel der modernen Menschheit. Er hindert die Normalbevölkerung daran, etwas zu tun, das der Gesellschaft dienlich ist, statt lediglich den Teufelskreis des Konsums zu befeuern … «

»Aber was hält Sie nach dieser Erfahrung dann noch dort?«, unterbrach mich Christopher. »Wir sind nicht alle Sklaven der kapitalistischen Marktwirtschaft, auch wenn es sich so anfühlt. Haben Sie schon mal darüber nachgedacht, wie Sie etwas Gutes in der Welt bewirken können, wenn diese Ihnen so wichtig ist?«

»Ich?« Ich sah rot vor Wut. *Wie konnte er es wagen?* »Ob *ich* je darüber nachgedacht habe ...? Vielleicht sollte viel eher der Mann, der in dieser verqueren Wirtschaftswelt ein Drei-Millionen-Dollar-Haus kauft, darüber nachdenken ... «

»Natürlich«, unterbrach Mom mich so lautstark, dass alle ihr die Köpfe zuwandten, »können Ihre Eltern auf ein langes, befriedigendes Berufsleben als Lehrer zurückblicken.« Sie sah die Butkuses an. »Erzählen Sie uns mehr darüber!«

Mr. Butkus ließ sich über die Freuden und Herausforderungen aus, die der Unterricht von Sozialkunde bei einer Generation von Mittelschülern mit sich brachte. Jane warf mir einen mitleidigen Blick zu. Ich füllte mein Weinglas erneut und zuckte nur mit den Schultern, bemüht, Christophers Worte von mir abprallen zu lassen. Er hatte mir nur eins auswischen wollen, weil es ihm – wie den meisten Menschen – unangenehm war dazuzulernen. Doch *irgendjemand* musste diesen privilegierten Techies die Realität nun mal nahebringen.

Der Nachtisch bestand aus einem dem Anlass absolut angemessenen Schokoladenkuchen aus dem Supermarkt und Kaffee. Christopher stellte mir keine weiteren Fragen. Er und seine Eltern verließen uns kurz nach neun, was ich zum Anlass nahm, meine eigenen Klamotten wieder anzuziehen und mich ebenfalls zu verabschieden. Nach dem, was Mom mir zugemutet hatte, hatte ich keine Lust, ihr auch noch beim Aufräumen zu helfen.

Ich sehnte mich danach, so schnell wie möglich nach Hause zu kommen und mir dort im Pyjama einen Joint zu genehmigen, weshalb der Bus nicht zur Debatte stand. Ich rief mir einen Uber und versteckte mich hinter einem Busch, um dort auf ihn zu warten. Die Butkuses standen noch in ihrem Vorgarten und unterhielten sich miteinander, und ich wollte nicht von ihnen gesehen werden.

»... nur höflich, hinzugehen ... neue Nachbarn«, hörte ich Christopher sagen. »... vielleicht besser meiden ... scheinen die Art von Leuten zu sein, die irgendetwas wollen.«

»... war doch absolut nett«, erklang die Stimme seiner Mutter.

»... und wenn schon ... wirklich die Art von Leuten, mit denen ihr befreundet sein wollt?«

Mein Gesicht brannte bei Christophers Worten. Im Geiste betrachtete ich das heutige Abendessen aus der Perspektive unserer Gäste. Meine verzweifelte Mom, mein Dad, der jegliche Kommunikation vermied, die Zwillinge, die sich verhielten, als seien sie bei Hyänen aufgewachsen und dann ich Großmaul. Normalerweise ist mir so schnell nichts peinlich, aber ... oh Gott.

Sie unterhielten sich immer noch, als mein Uber vorfuhr. Es gab kein Entkommen: Sie würden mich sehen. Also stapfte ich hinter den Büschen hervor. Die Butkuses schwiegen erschrocken, während sie mir hinterhersahen und sich sicher fragten, wie viel ich wohl gehört hatte. Ohne einen weiteren Abschiedsgruß knallte ich die Wagentür hinter mir zu.

Mom hatte ihren Willen bekommen – Christopher Butkus und ich waren eine Zeitlang im gleichen Raum gewesen. Und nun hoffte ich, ihn nie wiedersehen zu müssen.

KAPITEL 4

Zwei geschlagene Wochen vergingen, ohne dass meine Mutter anrief. Endlich Ruhe.

Ich lungerte gerade auf der Couch herum, die Füße hochgelegt, und scrollte auf meinem Handy herum, während eine trashige Reality-TV-Show im Fernsehen lief. Da pingte der Gruppenchat. Es war Amy, die uns darüber informierte, dass sie Sex gehabt hatte.

Schnell tippte ich eine Antwort.

Rachel Weiss, 21.19 Uhr:
Halleluja!

Sumira Khan, 21.20 Uhr:
Ich auch.

Eva Galvez, 21.22 Uhr:
Und hier ist Nummer drei.

Rachel Weiss, 21.23 Uhr:
WAS? Mit wem habt ihr alle Sex? Und warum hab ich keinen?

Sumira Khan, 21.30 Uhr:
Warum hast du noch nicht mit Stephen geschlafen?

Rachel Weiss, 21.31 Uhr:
Wir waren bisher nur ein paarmal aus, und ich versuche … ihr wisst schon. Eigentlich weiß ich gar nicht mehr so genau, was ich versuche.

Ich wechselte zu Instagram und rief Stephens Profil auf. Ich hatte es mir schon häufig angesehen, trotzdem war ich jedes Mal aufs Neue wieder von den Socken. Darin fanden sich haufenweise High-Quality-Fotos, auf denen er allesamt phantastisch aussah. Sein fabelhaftes Leben war angefüllt mit Konzerten, Urlauben, Boten … ooh, vielleicht würde ich durch ihn endlich mal auf ein Boot eingeladen werden! Eva hatte die Nase über ihn gerümpft und ihn als Influencer bezeichnet, als ich ihr sein Profil zeigte, aber …

Ich bekam eine Benachrichtigung, dass ich einen neuen Follower hatte, und mein Herz machte einen Satz. Aber es war nicht Stephen. Auch nicht Colin Firth oder Barack Obama, wie man vielleicht hätte hoffen können.

Sondern Christopher Butkus.

Igitt.

Warum jetzt? Unser bedauerliches Treffen war doch schon zwei Wochen her! Hatte er an mich gedacht? Hatte er meinen Namen in das Suchfeld eingegeben? Ganz schön schräg, das Ganze.

Ich rief sein Profil auf, das lächerlich karg war. Er war in der Tat ein trauriger, alter Mann. Ganze fünf – ja fünf – Fotos, von dem eines ihn auf einer Firmenfeier und eines bei einem TED-Talk zeigte. *Eigentlich ist er nur zwei Jahre älter als du,* flüsterte mir eine gemeine, kleine Stimme in meinem Kopf zu. Und mein eigenes Instagram-Profil war schließlich auch nicht viel besser. Meine Onlinepräsenz beschränkte sich vornehmlich auf unscharfe Karaoke-Fotos und stark gefilterte Bilder von der Katze meiner Schwester.

Stephen folgte mir nicht; warum nicht? Ich folgte ihm bereits seit unserem zweiten Date, was meiner Meinung nach eine durchaus angemessene Wartezeit darstellte. Vielleicht eignete ich mich in seinen Augen nicht zum Content Curator. Vielleicht war ihm aber auch noch nie in den Sinn gekommen, nach mir zu suchen.

Ich verspürte diesen seltsamen, fremdartigen Druck auf der Brust. Wie eine Art … Zweifel oder Befangenheit. Das gefiel mir nicht, und akzeptieren würde ich es schon *gar* nicht. Ich war nach wie vor eine Göttin. Und zwar die Art von Göttin, die auf sich selbst achtete und gesunde Dinge tat wie zum Beispiel … Yoga. *Hot* Yoga.

Eine schnelle Suche auf meiner Fitness-App, und zwei Minuten später hatte ich mich zu einem Hot-Yoga-Kurs am darauffolgenden Tag angemeldet. Die Stunde würde mir dabei helfen, wieder ruhig und ausgeglichen zu werden. Außerdem hatte ich am nächsten Abend ein Date mit Stephen, und nun würde ich bei unserem Treffen diesen gesunden, sportlichen Glow haben.

Als ich zu Bett ging, war ich wieder voller Selbstvertrauen und stolz auf mich selbst, weil es mir gelungen war, meine Selbstzweifel zu ersticken. Rachel Weiss, die Hot-Yoga-Göttin.

Am Samstagmorgen schlenderte ich in hautenger, neongelber Aufmachung in den Yoga-Raum. Gesegnet sei der Schöpfer der Radlerhose – definitiv die beste Möglichkeit, seine natürlichen Rundungen zur Geltung zu bringen, ohne nackt zu sein.

Ich lächelte meinen Mit-Yogis zu, während ich mich auf meiner Matte genüsslichen Dehnübungen hingab, um mich aufzuwärmen. Es war wirklich hübsch hier – weiße Vorhänge, gedämpfte Beleuchtung, sanfte Musik. Und dann diese beruhigende, feuchte Hitze, so angenehm im Vergleich zum eisigen Februarregen draußen. Die Trainerin, eine kleine, aber beunruhigend muskulöse junge Frau, strahlte uns von vorn an.

»Willkommen. Ihr findet euch hier heute aus einem bestimmten Grund wieder. Jede einzelne von euch hat die Entscheidung, hier aufzutauchen, für sich selbst getroffen. Schließt die Augen, holt tief Luft und sagt danke. Wenn es zu intensiv wird oder ihr erschöpft seid, dann ruft euch dieses Gefühl ins Gedächtnis und dankt euch selbst erneut.«

Wow. Einfach nur wow. Als hätte sie tief in meine Seele geblickt. Ich erwiderte ihr strahlendes Lächeln.

»Okay. Fangen wir also mit der Kindspose an.«

Als ich die Augen öffnete, fand ich mich in meinem Bett wieder. Mein gesamter Körper fühlte sich heiß und ausgetrocknet an, wie ein zu lange gegrillter Hot Dog. *Oh mein Gott. Wie viel Uhr mochte es sein?* Meine Hand tastete wild auf dem Nachttisch herum, bis sie auf mein Handy stieß. Fünf vor halb drei nachmittags. Mein Yoga-Kurs hatte heute Morgen um halb elf begonnen. *Wie war das möglich?*

Das Letzte, woran ich mich erinnerte, war, dass ich die Pose des Herabschauenden Hundes einnahm. Ja, nach und nach fiel es mir wieder ein. Die Trainerin hatte unaufhörlich mit Yoga-Begriffen um sich geworfen, die allen anderen offensichtlich irgendetwas sagten, denn sie wussten immerhin, was zu tun war. Ich selbst konnte vor lauter Schweiß, der mir in die Augen strömte, kaum etwas erkennen, tat aber mein Bestes, um die Posen zu imitieren. Wir gingen also in den Herabschauenden Hund; ich sah auf die Uhr an der Wand und musste feststellen, dass immer noch eine geschlagene halbe Stunde übrig war. Dann veränderte sich die Musik. Die sanften Blasinstrumente wurden von pumpenden Beats abgelöst. Jetzt war ich in meinem Element. Mit der Leidenschaft einer eingefleischten Sportlerin warf ich mich in die Moves. Der Flow wurde immer schneller und schneller und mündete dann in etwas mit dem Namen … Adlerpose? Nun war ich eine vertikale Brezel, während mein Herz schmerzhaft in meiner Brust pochte und mein Trainingsoutfit völlig durchnässt war. Ich weiß noch, wie ich mich fragte, wie ich mich jemals wieder entbrezeln sollte. Und dann wachte ich hier auf – splitterfasernackt. Herrje. Hatte ich einen Hitzschlag erlitten und meinen knallroten Körper durch die Straßen Fremonts geschleppt, den Blicken der Öffentlichkeit gnadenlos ausgeliefert? Ich konnte nur hoffen, dass mich niemand gesehen hatte. Ich checkte mein Handy auf der Suche nach Hinweisen. Nichts, nur eine Nachricht von Amy, die sich erkundigte, wie der Yoga-Kurs gelaufen war.

So schnell meine dehydrierten Finger es mir erlaubten, tippte ich eine Antwort.

> Rachel Weiss, 14.29 Uhr:
> ICH HASSE EUCH ALLE. WARUM HABT IHR MICH NICHT GEWARNT?

Sumira reagierte mit meiner Meinung nach unnötigem Sarkasmus.

Sumira Khan, 14.30 Uhr:
Warnen wovor? Dass Hot Yoga heiß ist?

Rachel Weiss, 14.31 Uhr:
Ich kann froh sein, dass ich noch lebe.

Eva Galvez 14.33 Uhr:
Was ist passiert?

Während ich ihnen meine Geschichte höchst öffentlichen Unheils erzählte, trank ich das Wasser aus der Flasche auf meinem Nachttisch. Die Flüssigkeitszufuhr weckte meine Lebensgeister.

Eva Galvez, 14.40 Uhr:
Ich bin froh, dass du okay bist.

Sumira Khan, 14.40 Uhr:
In dieses Yoga-Studio kannst du nie wieder gehen. LOL.

Amy McDonald 14.41 Uhr:
Bist du fit genug für dein Date mit Stephen heute Abend?

Rachel Weiss, 14.42 Uhr:
Oh ja. Tatsächlich glaube ich sogar, dass heute sein Glückstag ist.

Um zwanzig Uhr war ich wieder auf meinem gewohnten Level der Perfektion, obwohl ich noch immer ein wenig dehydriert war. Meine Locken wippten, mein Lidstrich saß perfekt, mein Crop-Top und die High Waist Jeans saßen perfekt. Ich hatte sogar den Yoga-Glow! Meine Haut schimmerte geradezu vor Gesundheit, als ob meine kleinen, roten Blutkörperchen allesamt hart arbeiteten und … na ja, was immer Blutkörperchen eben so treiben. Vielleicht war das mit dem Hot Yoga ja doch keine Schnapsidee gewesen.

Auf die Minute pünktlich kam ich im *Backdoor* an, aber Stephen war noch nicht eingetroffen. Ich bestellte einen Gin Tonic und wählte einen Tisch gegenüber der Tür. Nach ein paar Minuten wurde mir meine Einsamkeit unangenehm bewusst, also schickte ich eine Nachricht in unseren Gruppenchat und fragte Amy, wie es ihr ging. Sie gestand, dass sie sich im Schlafzimmer verkrochen hatte und einen Katherine Heigl Film ansah, während Ryan und seine Freunde *Assassin's Creed* spielten. Dann fügte sie hinzu:

Amy McDonald, 20.22 Uhr:
Ist Stephen immer noch nicht da? Zwanzig Minuten zu spät?

Ich stopfte das Handy wieder in die Tasche und schlürfte meinen restlichen Gin Tonic. Gerade wollte ich wieder vom Hocker aufstehen, um mir einen weiteren Drink zu bestellen, da kam er an. Und verdammt, sein selbstbewusster Gang, seine Lederjacke und sein Grinsen ließen mich auf der Stelle vergessen, wie lange er mich hatte warten lassen.

»Wie war er?«, fragte Sumira aufgeregt flüsternd. Wir waren bei *Bellefleur,* um Dessous für Amy zu kaufen. Ich pflückte einen feuerroten Body vom Ständer und begutachtete ihn.

»Ganz okay.« Sumira und Eva sahen mich nur an, also fügte ich hinzu. »Bisschen klein.«

Sumira prustete los und schlug nach einem Blick der Verkäuferin die Hand vor den Mund. »Oh, nun, da ich das jetzt über ihn weiß, kann ich es kaum erwarten, ihn bei der Arbeit wiederzusehen.«

Ich hängte den Body wieder auf den Ständer und betrachtete einen schwarzen Spitzen-BH. »Außerdem habe ich auf seine Badematte gekotzt.«

Sumira zog die Nase kraus, und Eva gab einen Würgelaut von sich.

»Wie hat er reagiert?«, fragte sie.

»Er war ziemlich angeekelt. Blieb im Bett liegen und sagte mir, wo ich das Putzzeug finden konnte. Aber wisst ihr, er war ebenfalls betrunken. Deshalb kann ich es ihm nicht verübeln.«

»Wirst du noch mal mit ihm schlafen?«

»Ja natürlich. Kann doch nur besser werden, oder?«

»Wenn du meinst.« Eva hielt einen Push-up-BH in Leoprint-Muster in die Höhe. Sumira schüttelte nur den Kopf.

»Darin würden meine Titten toll aussehen.« Ich hielt ein marineblaues Spitzenmieder hoch.

Eva grinste. »Und wirst du es für Stephen tragen?«

»Weiß ich nicht genau. Eigentlich hat er sich neulich gar nicht die Mühe gemacht, mich genauer anzusehen. Kaum waren die Klamotten aus, ging es auch schon zur Sache.«

»Was für ein herzerwärmendes Bild. Ich nehme das hier.« Sumira bezog sich auf ein schwarzes, dreiteiliges Dessousset mit Strumpfbändern, das beinahe zweihundert Dollar kosten sollte.

»Bitte sag mir, dass das nicht für den Kleinen aus deinem Büro ist. Das wäre sein Ende.«

»Es ist für meinen zukünftigen Ehemann.«

»Welchen zukünftigen Ehemann?« Eva wirkte verwirrt.

»Weiß ich noch nicht, aber ich werde ihn erkennen, sobald ich ihn sehe. Und er wird wissen, dass er mich heiraten muss, sobald er mich darin sieht.«

»Köpfchen und Schönheit. Beeindruckend.«

Nachdem wir alle etwas für uns selbst ausgesucht hatten, erfüllten wir schließlich unsere eigentliche Mission, die perfekte Unterwäsche für Amy zu finden. Wir entschieden uns für ein rotes Spitzenset – züchtig und gleichzeitig teuflisch sexy. Unter dem Vorwand eines Mädelsabends in ihrer Wohnung – Ryan war bei einem Freund, um *Warhammer* zu spielen – überraschten wir sie mit dem Valentinstagsgeschenk. Sie war begeistert und meinte, sie könne es gar nicht erwarten, Ryan das am vierzehnten Februar vorzuführen. Sie war sicher, dass er dann nicht mehr würde widerstehen können.

Und ich war froh, dass sich wenigstens eine von uns auf den Valentinstag freute. Bislang hatte Stephen kein Sterbenswörtchen darüber verlautbaren lassen. Nicht, dass ich es erwartet hätte, aber ihr wisst schon. Wenn man in der ersten Februarhälfte mit jemandem vögelt, wird die Sache heikel.

Am Dienstagmorgen rauschte ich (ein wenig zu spät), beflügelt durch einen Eiskaffee-induzierten Koffeinrausch, ins Büro. Ich grinste meinen Computerbildschirm in meinem winzigen

Büro an und spreizte die Finger: Die Unternehmensfrage des Tages war praktisch wie für mich gemacht.

»Wie viel Zeit verbringen Sie damit, an die Kunden und ihre Bedürfnisse zu denken?«

Meine Antwort: »Buchstäblich alle Zeit. Ich kann gar nicht aufhören, an die Kunden zu denken. 24/7. Ich träume sogar von ihnen. Bin vollkommen von ihnen besessen! Mein Therapeut hält das für in Ordnung, und meint, es zeigt nur, wie absolut engagiert ich in meinem Job bin.«

Wie sehr mir der Gedanke gefiel, einer armen Seele in einem kleinen Büro eines anderen Firmengebäudes den Tag zu versüßen. Man stelle sich nur vor, den ganzen Tag über ernsthafte Antworten zu schrecklichen Fragen durchgehen zu müssen. Wirklich, diese Antwort gab ich nur, um irgendjemanden irgendwo zum Lachen zu bringen. Eine wirkungsvolle, kurze Ablenkung. In Wirklichkeit war ich nämlich ganz und gar von etwas anderem besessen. Dieses Etwas war ein Mann mit frechem Grinsen, der im Bett allerdings extrem durchschnittlich war. Auch beim zweiten Mal.

Ja, Stephen hatte mich wieder angerufen, sich zum Sex mit mir verabredet, und wir hatten es wieder getan. Nein, er hatte die Unterwäsche nicht bemerkt. Und nein, er hatte den Valentinstag übermorgen nicht erwähnt.

Nicht, dass mich das störte. Ich war eigentlich gar nicht der Typ für derlei kommerzielle Feiertage.

Gut, ich war durchaus bekannt dafür, mich am St. Patrick's Day von Kopf bis Fuß in Grün zu kleiden. Hasenohren an Ostern aufzusetzen. Sternenbesetzte Miniröcke am 4. Juli. Ja und? Der Valentinstag war trotzdem nur ein alberner, kleiner …

Schwungvoll drehte ich mich vom Schreibtisch weg und schrieb in unseren Gruppenchat.

Rachel Weiss, 15.39 Uhr:
Immer noch nichts von Stephen. Ehrlich gesagt werde ich langsam ein bisschen nervös.

Sumira Khan, 15.41 Uhr:
Manche Männer werden komisch, wenn es um den Valentinstag geht. Besonders, wenn man sich noch nicht allzu lange trifft.

Amy McDonald, 15.42 Uhr:
Vielleicht überrascht er dich ja im letzten Augenblick doch noch.

Eva Galvez, 15.59 Uhr:
Ich habe jetzt akzeptiert, dass meine neueste Tinder-Eroberung mich ghostet. Am Valentinstag habe ich ein Date im *Wildrose*. Große, alte Lesbierinnen-Tanzparty. Ich hoffe, dass du nicht auch geghostet wirst, Rachel. Aber wahrscheinlich nicht.

Rachel Weiss, 16.08 Uhr:
Oh mein Gott. Ob ich tatsächlich geghostet werde?

Eva Galvez, 16.09 Uhr:
Sorry. Hätte ich nicht erwähnen sollen.

Rachel Weiss, 23.18 Uhr:
Stephen folgt mir immer noch nicht auf Instagram!

KAPITEL 5

Nie wieder würde ich meine Wohnung verlassen können. Natürlich musste ausgerechnet ich eine der Top Five meiner größten Peinlichkeiten überhaupt erleben, während meine besten Freundinnen sich wie wahre erwachsene Frauen zu romantischen Valentinstagsabenden aufmachten.

Amy ging mit ihrem Mann im *Copine* essen. Eva war auf einer Tanzparty. Sumira hatte sich dazu herabgelassen, sich von ihrem Jüngling – Ajay – ausführen zu lassen. (Ich habe sie zwar ermahnt, nicht mit seinem jungen Herzen zu spielen, aber ach.) Und ich? Ich hatte beschlossen, mich mit meinem Status als beinahe dreißigjährige alte Jungfer abzufinden. Meine Vagina und mein Herz waren geschlossen. Liebe und Fuckboys hatte ich hinter mir gelassen.

Also entschied ich mich für einen Self-Care-Abend. Gesichtsmaske, Maniküre, Solo-Tanzparty. Ich radelte zum PCC-Supermarkt, um mich mit Vorräten einzudecken.

Überall entdeckte ich glückliche Paare. Händchenhaltend schlenderten sie in Schals und Mäntel gehüllt die Gehsteige entlang. Saßen in von Kerzen erhellten Restaurants mit beschlagenen Fenstern. Kamen einander nahe vor den Bars. Ein Mann trällerte mir irgendetwas hinterher, als ich an ihm vorbeifuhr – irgendein perverser Song über ein Mädchen auf einem Fahrrad. Wenigstens etwas.

Während ich durch den Laden schlenderte, warf ich die notwendigen Einkäufe in meinen Einkaufswagen – eine Flasche Rotwein, eine Tiefkühlpizza, eine Brownie-Backmischung, Mikrowellenpopcorn und eine Tüte Kekse. Außerdem fand hier eine kleine Weinverkostung statt – cleveres Marketing, perfekt für ziellos durch die Gegend schlendernde Singles wie mich –, also stellte ich mich an. Geduldig, wenn auch ein wenig deprimiert starrte ich ins Leere, während ich darauf wartete, dass ich an die Reihe kam und einen kostenlosen, winzigen Pappbecher mit Rosé erhalten würde, als ich meinen Namen hörte.

»Rachel?«

Ich fuhr zusammen. Es war eine tiefe Männerstimme, und während ich noch überlegte, woher ich sie kannte, sträubte sich jede einzelne Körperzelle in mir gegen die Vorstellung, dass überhaupt irgendein Mann mich so sehen könnte.

»Dachte ich mir doch, dass Sie es sind.« Lächelnd trat Christopher Butkus näher, im Schlepptau eine beleidigend hübsche Frau von nicht ganz klarer ethnischer Herkunft – gebräunte Haut, Bambi-Augen und blendend weiße Zähne. Ich bemerkte, wie ihr Blick von meinem Fahrradhelm (den ich nicht abgesetzt hatte, weil er immer noch besser war als meine zerdrückten Locken), über mein ungeschminktes Gesicht zu meinem Einkaufswagen mit den traurigen Snacks wanderte.

»Oh, Christopher. Ich habe Sie gar nicht gesehen. Hallo.«

»Das ist Xio. Xio, Rachel. Wie geht es Ihnen?« Er sah mir intensiv und unverwandt in die Augen. Hatte er das bei unserem ersten Zusammentreffen auch getan? War das seine Masche? Ich kam mir vor wie ein Reh, das wie erstarrt ins Scheinwerferlicht starrt.

»Gut, gut.« Ich bemühte mich, einen leichten Ton anzuschlagen. Und bemerkte, dass die beiden sich nicht an den Händen hielten. »Frohen Valentinstag.«

Xio lächelte strahlend und rückte näher an Christopher heran. Ich spähte über ihre Schulter hinweg, um zu überprüfen, wie nahe ich meinem Weinpröbchen war. Die Schlange schien ins Stocken geraten zu sein. Natürlich, einsame Singles, die kostenlosen Wein tranken, neigten eben dazu, Smalltalk zu machen.

»Ihnen ebenfalls. Haben Sie etwas vor oder ... nun ja ...« Christopher verstummte, denn nun schien auch ihm mein verwahrloster Zustand und der Inhalt meines Einkaufswagens aufzufallen.

Ich lachte und murmelte etwas von Freundinnen, die in meiner Wohnung auf mich warteten. Xio zog mitleidig die Nase kraus.

»Also wohnen Sie auch hier in der Gegend?« Christopher verhielt sich sehr freundlich; vielleicht wusste er, dass ich gehört hatte, wie er über meine Familie hergezogen hatte, und wollte es wiedergutmachen.

»Ähm, ja, gleich da drüben ...« Vage deutete ich hinter mich.

»Cool! Dann sind wir also Nachbarn. Genau wie unsere Eltern. Witzig, wissen Sie? Ich habe letztens schon geglaubt, Sie gesehen zu haben ... Laufen Sie?«

»Laufen?« Ich betrachtete Xios muskulöse Gestalt und überlegte, ob ich lügen sollte. »Ähm, nein?«

»Hmm. Ich hätte schwören können, dass Sie es waren. Sie trugen ein neongelbes Outfit und wirkten ein wenig ... überhitzt.« Christopher gluckste leise. »Ich hätte Sie beinahe angehalten und Ihnen einen Schluck Wasser angeboten.«

Bei der plötzlichen Erkenntnis atmete ich so scharf ein, dass meine Nasenflügel bebten. Anscheinend hatte er mich während meines vom Hot Yoga hervorgerufenen Blackout gesehen. Na klar. Natürlich.

»Hmmm … « Ich tat verwirrt. »Oh, es geht wieder voran, also werde ich … war nett, Sie wiederzusehen, Christopher. Xio … «

Ich wandte mich von ihnen ab und trat an den Weinprobentisch. Die Supermarktangestellte war ein großmütterlicher Typ. Mit sanfter Miene reichte sie mir den kleinen Pappbecher – wie eine Krankenschwester, die Patienten im Endstadium ihre Medizin verabreicht. Ich trank meinen Minischluck Rosé und fragte sie dann, ob ich noch einen haben könnte.

»Natürlich, meine Liebe, hier, bitte sehr.« Ihre Stimme klang so freundlich, dass ich beinahe in Tränen ausgebrochen wäre. »Und Sie haben da etwas – direkt dort.« Sie deutete auf meine Stirn. Entsetzt wischte ich es ab. »Schon besser«, sagte sie. An meinen Fingerspitzen haftete ein grüner, verkrusteter Klecks von meiner Gesichtsmaske.

Nur eine einzige Kasse war geöffnet, an der auch Christopher und Xio sich angestellt hatten, in den Händen eine Tüte Chips, ein Becher mit teurer Guacamole und ein Zwölferpack Bier. Christopher bedeutete mir vorzugehen und beharrte auf seiner peinlichen Ritterlichkeit, bis ich schließlich nachgab.

Mit stummem Nicken trat ich vor die beiden hin und legte mit aller Würde, die ich aufbringen konnte, meine Einkäufe auf das Förderband, obwohl ich wusste, dass meine alte Yoga-Hose ein centgroßes Loch mitten auf der Pobacke zierte.

Nachdem ich einen beträchtlichen Teil der Weinflasche getrunken hatte, fand ich Xio auf Instagram. Sie hatte über fünftausend Follower und jede Menge Fotos, auf denen sie langbeinig am Rand von Schluchten, vor Wasserfällen oder auf Bergwipfeln posierte. Woher nahm sie nur die Zeit, ihre Beauty-Routine aufrechtzuerhalten und gleichzeitig als Naturliebhaberin dermaßen aktiv zu sein? Ich konnte mich nicht mal erinnern, wann ich das letzte Mal gewandert war.

Aber warum interessierte mich das überhaupt? Ich hasste Wandern und Außenaktivitäten im Allgemeinen. Sollte sie doch weiter Pfadfinderin spielen und Christopher Butkus behalten. Immerhin hatte ich eine frischgebackene Portion Brownies nur für mich allein.

Am Samstag bat Amy dringend um eine Valentinstagsnachbesprechung, weshalb wir uns in einem Coffeeshop in der Nähe von Evas Wohnung trafen. Wir rührten und nippten an unseren Cold Brews und teilten uns ein riesiges Stück Kuchen, als Amy gleich zur Sache kam.

»Ich weiß, dass Ihr es nur gut gemeint habt, und die Dessous sind wirklich hübsch, aber die Sache ist total nach hinten losgegangen.«

»Wie denn das?« Ich hatte den Strohhalm gerade zum Mund führen wollen, doch vor lauter Überraschung vergaß ich zu trinken.

»Ryan und ich hatten einen wirklich netten Abend im *Copine*. Als wir heimkamen, waren wir beide leicht beschwipst, und er setzte sich gleich an seine Xbox.

Ich verkündete, dass ich im Schlafzimmer eine Überraschung für ihn hätte und musste ihn im Grunde zwingen aufzustehen, so dass er schon im Vorfeld ärgerlich war, weil er nicht weiterspielen durfte. Als er mich dann in den Dessous sah, merkte ich ihm zwar an, dass ihm der Anblick gefiel, aber er sagte nur: ›Wow, toll siehst du aus, Baby‹, gab mir einen Kuss und versuchte, das Zimmer wieder zu verlassen. Ich packte ihn am Arm und fragte, ob er Lust hätte. Ich hatte sogar Kerzen angezündet. Aber er behauptete, nicht in der Stimmung zu sein, woraufhin ich auf der Stelle in Tränen ausbrach.«

»Oh, Amy … « Eva seufzte.

Sumira war blass geworden. Sie sah genauso schockiert aus, wie ich mich fühlte.

»Ich antwortete, ich wüsste, dass er mich nicht anziehend fände, und hätte keine Ahnung, was ich dagegen unternehmen könnte, und dass ich, wenn nicht einmal *das* Wirkung auf ihn hätte, wohl die hässlichste und am wenigsten liebenswerte Frau auf der Welt sein müsse. Da fing er an, mich anzuschreien, dass ich wunderschön und *er* der hässliche Fettkloß sei. Und dass er sich nur umso mieser fühlen würde, wenn ich mich wie ein Victoria's Secret Model kleidete. Er versicherte mir, dass ich die atemberaubendste Frau sein, die er je gesehen hätte und dass er keine Ahnung hätte, warum ich ihn überhaupt geheiratet hätte, und dass er wisse, dass er mir niemals das Wasser reichen könne.«

»Oh nein.« Ich hielt mir die Hand vor den Mund.

»Ich hatte ja keine Ahnung, dass er sich so fühlt. Bislang hat er nie über seine Unsicherheiten gesprochen. Ich versuchte, ihm klarzumachen, dass ich ihn liebe, dass ich ihn durchaus attraktiv finde und mir einfach nur mehr Sex mit ihm wünsche, woraufhin er ein frustriertes Brüllen von sich gab und das Haus verließ.«

»Wo ist er hingegangen?«, fragte Sumira.

»Hinterher hat er mir geschrieben, dass er zu Peter gegangen ist, um dort am Computer zu spielen, dass er mich liebte und es ihm leidtat. Aber ich fühle mich beschissen.«

»Aber … Victoria's Secret Model … das ist doch immerhin etwas.« Ich versuchte, ermutigend zu klingen.

»Ja. Ich komme mir wie ein beschissenes, sexy Victoria's Secret Model vor. Und habe ein total schlechtes Gewissen, weil ich so phantastisch aussehe.«

»Dafür solltest du dich NIEMALS entschuldigen, du schöne Bestie«, meinte Sumira.

»Ich wünschte nur, ich wüsste, wie ich es schaffen könnte, dass Ryan sich wieder besser fühlt.« Deprimiert starrte Amy auf die Kuchenkrümel.

»Vermutlich hätten wir dir stattdessen lieber einen Vibrator kaufen sollen.« Unter dem Tisch versetzte mir Eva einen Tritt.

An jenem Abend erhielt ich eine unerwartete, wenn auch nicht unerwünschte Textnachricht. Sie war von Stephen, der mich fragte, ob ich Lust hätte, mich mit ihm zu treffen.

Ich war erleichtert. Ehrlich gesagt war ich kein Fan von dieser ganzen Ghosting-Geschichte. Und schauen wir den Tatsachen ins Auge: Ich war zu jung, um als alte Jungfer zu enden.

Wir verbrachten eine vollkommen angemessene Stunde im Bett – wurde er langsam besser? Und dann weihte ich ihn in den Amy-Klatsch ein, schilderte sie als sexy, frustrierte Lehrerin (was sie ja auch ist), und Stephen pflichtete mir bei, dass Ryan ein Loser sei. Dabei hatte ich auf einen Rat aus männlicher Perspektive gehofft.

In dieser Nacht lag ich wach, während meine Gedanken diese blöde Karussellfahrt unternahmen, auf die sie sich zuweilen begaben. Was steckte nun wirklich dahinter, dass Stephen mich am Valentinstag geghostet hatte? Auf Verstandesebene war es mir eigentlich gar nicht so wichtig, denn immerhin trafen wir uns ja erst seit kurzem. Dennoch war ein Teil von mir verletzt. Und – was ich mir selbst nur mit Mühe eingestand – die Gespräche mit ihm ließen zu wünschen übrig. Nach dem Sex neigte er zu einsilbigen Antworten, ehe er nach seinem Handy griff und ein paar Minuten später schon einschlief. Nicht, dass ich mir lange Unterhaltungen mit Seelenstriptease wünschte, bei denen er mich in den Armen hielt und mir tief in die Augen sah. Aber ein *Hauch* mehr Augenkontakt wäre ganz nett gewesen.

Wider besseres Wissen erklärte ich mich irgendwann einverstanden, den beharrlichen Bitten meiner Mutter nachzugeben und den Freitagabend mit ihr zu verbringen.

Als ich in meinem Elternhaus ankam, hatte sie sich beinahe schon in einen hysterischen Weinkrampf hineingesteigert. Dad saß mit ihr am Küchentisch, tätschelte ihr unbeholfen den Kopf und machte sie auf die Möbelstücke aus dem *Restoration-Hardware*-Katalog aufmerksam, von denen er vermutete, dass sie ihr gefallen könnten.

»Ooh, sieh doch, Liebste, ein antik aussehendes Outdoormöbelset aus Teak. Was hältst du davon, hmm? Die ganze Familie könnte sich um die Feuerstelle herum versammeln …« – er blickte zur Hintertür hinaus, wo eisiger Regen einladend in die der Jahreszeit angemessenen Fünf-Uhr-

Nachmittags-Dunkelheit tropfte –« … zumindest in ein paar Monaten.«

Mom lehnte sich stöhnend auf ihrem Stuhl zurück und zählte stumm irgendetwas an ihren Fingern ab. Was immer sie da ausrechnete, es schien ihr nicht zu gefallen, denn kurz darauf stieß sie einen leisen Schrei aus und murmelte: »Hoffnungslos … oh nein … «

»Oder das hier!« Dad blätterte die Seite um und bedeutete mir mit einer Handbewegung, mich hinzusetzen. »Ein Rokoko-Kronleuchter! Den könnten wir über den Esstisch hängen, oder?«

Einen Augenblick lang war Mom abgelenkt und sah äußerst interessiert auf den Kronleuchter herab. Doch als ich ihr gegenüber Platz nahm, schien sie sich wieder zu besinnen und sagte kopfschüttelnd: »Nein, das hilft auch nicht … Es hilft überhaupt nicht … «

»Mom?«, fragte ich zaghaft, wobei ich meine Tasche schützend an die Brust presste. Sie war dafür bekannt, dass sie mit Gegenständen um sich warf, und dieser Restoration-Hardware-Katalog war schwerer als ein Ziegelstein. »Ist alles in Ordnung?«

»Sie hätte auf mich hören sollen.« Sie blinzelte zur Decke empor und tupfte sich mit dem kleinen Finger die Mascara ab. »Wenn sie mit Robbie Steinberg zusammengeblieben wäre … «

»Ah.« Langsam ging mir ein Licht auf. Robbie Steinberg war Janes Freund und Owens Vorgänger gewesen. Er war absolut vernarrt in sie gewesen und ihr wie ein Schoßhündchen hinterhergelaufen. Und er hatte ihr Leben sehr langweilig gemacht. Sogar Frauen wie Jane brauchten hin und wieder ein bisschen Aufregung.

»Aber Mom, sie hat Robbie Steinberg nicht geliebt.«

»… könnte schon verheiratet und Mutter von drei Kindern sein.«

»Drei …?«, stammelte ich.

Dad beschrieb mit der Hand Kreise auf Moms Rücken und schüttelte anscheinend zustimmend den Kopf, offenbar ebenso betrübt wie sie, weil Jane sich Robbie Steinberg durch die Lappen hatte gehen lassen.

»Jane ist dreiunddreißig Jahre alt.« Moms Stimme klang tränenerstickt. »Und sie ist jetzt seit einundzwanzig Monaten mit Owen Foster zusammen. Das sind beinahe ZWEI JAHRE.« Dabei brach sie vornüber zusammen und schluchzte auf das Foto des Rokoko-Kronleuchters. »Es ist hoffnungslos. Ihr ganzes Potenzial v-v-vergeudet.«

Ich versuchte, Dads Blick aufzufangen in der Hoffnung, auch ihn sarkastisch grinsen zu sehen – immerhin war Jane beruflich erfolgreich und hatte ein erfülltes Leben –, aber auch seine Augen füllten sich mit Tränen, als wäre auch ihm gerade klargeworden, dass seine älteste Tochter eigentlich eine Versagerin war.

»Sieh mal.« Ich durchquerte die Küche und füllte den Wasserkessel. »Die meisten Menschen sind Jahre zusammen, ehe sie sich verloben. Zwei Jahre sind da noch gar nichts.«

»BEINAHE zwei Jahre«, schrie Mom. »Nun übertreib nicht, Rachel, um Himmels willen.«

»Sorry!« Mit einem Geschirrhandtuch wischte ich an meinem Shirt herum, denn Moms Schrei hatte mich so erschreckt, dass Wasser daraufgeschwappt war. »Ich habe nur gemeint, dass der Zeitrahmen vollkommen normal ist. Wahrscheinlich macht er ihr irgendwann einen Antrag. Sei unbesorgt.«

»Wahrscheinlich. *Wahrscheinlich?*« Moms Stimme klang

plötzlich kalt und berechnend. Die Veränderung jagte mir einen Schauer über den Rücken. Sie fixierte mich mit durchdringendem Blick. Ich wich bis zur Arbeitsplatte neben dem Herd zurück. Das Zischen des sich erhitzenden Wassers war das einzige Geräusch in der plötzlichen, unheimlichen Stille.

»W-wo sind die Zwillinge?«, fragte ich, denn endlich fiel mir die Abwesenheit chaotischer Teenagerenergie auf.

»Fahren draußen mit Freundinnen herum«, antwortete Mom. Ich erzitterte bis ins Mark.

Der Wasserkessel fing an zu pfeifen, und ich wandte mich hastig um, um Tee zuzubereiten in der Hoffnung, den nächsten Schlag noch abwenden zu können, wohl wissend, dass er eigentlich unausweichlich war. Ich reichte Mom und Dad ihre dampfenden Tassen und setzte mich wieder, wobei ich voller Grauen bemerkte, dass Moms Miene nun von wachsamer Höflichkeit geprägt war. Diesen Gesichtsausdruck trug sie zur Schau, wenn sie kurz davor war, eine Nachbarin zu bitten, die Hinterlassenschaften ihres Hundes nicht auf dem Mittelstreifen vor ihren Häusern liegen zu lassen. *Immerhin handelt es sich um Gemeindeeigentum.* Gnädiges Lächeln, weit aufgerissene Augen.

Eben jenes Lächeln wandte sie nun mir zu. Hastig trank ich einen Schluck Earl Grey, an dem ich mir die Zunge verbrannte.

»Was macht Jane heute Abend?«, fragte sie.

»Keine Ahnung … «

»Vielleicht solltest du heute mit ihr zu Abend essen. In ihrer Wohnung.«

»Ähm … und was, wenn Owen auch dort ist? Er wohnt immerhin auch dort.«

»Das wird dich nicht daran hindern, dich umzusehen. Vielleicht wird es dadurch sogar leichter. Du könntest ihn dir auch allein vorknöpfen und ihn *fragen*, statt herumzuschnüffeln.«

»Herumzuschnüffeln? Und ihn fragen? … Was denn?«

»Oh, Rachel.« Sie legte den Kopf schief und warf mir einen liebevollen Blick zu, als sei ich ein Kind mit besonderen Bedürfnissen, das sie gernhatte.

Zwanzig Minuten später läutete ich an der Tür von Janes Wohnung im Stadtteil Green Lake. Gekleidet in einen weichen, cremefarbenen Cardigan, Leggins und Flauschpantoffeln öffnete sie die Tür und machte ein verdutztes Gesicht. Ihre orangefarbene Katze strich ihr um die Knöchel und funkelte mich wütend an.

»Hi!« Sofort bedeutete mir Jane hereinzukommen. »Ist alles in Ordnung?«

»Alles bestens!« Ich hängte meinen Mantel und den Schal an einen Haken neben der Tür. »Hatte nur einfach Lust, Zeit mit meiner Lieblingsschwester zu verbringen.«

»Okay, na gut … Owen, sieh doch, wer da ist!«, rief Jane über die Schulter hinweg nach hinten. »Wir kochen gerade das Abendessen.«

»Duftet köstlich.«

»Risotto.« Janes Miene hellte sich auf. »Willst du mitessen?«

»Ooh, ja, bitte.«

»Hey, Rachel.« In Schürze und mit einem Geschirrtuch über der Schulter tauchte nun auch Owen auf und umarmte mich herzlich. Ich bekam sofort ein schlechtes Gewissen wegen meiner geheimen Mission.

Danach widmete sich Owen wieder dem Kochen, während Jane und ich es uns mit zwei Gläsern Rotwein auf der Couch gemütlich machten. Sie erzählte mir die neuesten Klatschgeschichten von der Arbeit – die bei Nachrichtensendern anscheinend beunruhigend vielfältig ausfallen –, und meine Gedanken wanderten zu ihrem rothaarigen Liebsten. Owen war wirklich hinreißend. Wenn ich den perfekten Mann für Jane hätte wählen müssen, hätte ich sicher keinen besseren finden können. Okay, vielleicht hätte ich Owen einen dickeren Bizeps mitgegeben und einen etwas besseren Kleidungsstil – aber das waren nur kleine Schönheitsfehler.

Wie sie einander kennengelernt hatten, war Stoff für eine romantische Komödie. Jane war frischgebackene Katzenbesitzerin und hatte Linus – jenen Kater, der gerade schnurrend auf ihrem Schoß saß und mich drohend und ohne zu blinzeln fixierte – zum Tierarzt gebracht. Sie hatte sich Sorgen gemacht, nachdem er einen Haarballen erbrochen hatte. Der Tierarzt war gutaussehend und charmant und riss einen abgedroschenen Witz, als er fragte, zu welchem Friseur Linus ging (denn sein eigenes Haar hatte die gleiche Farbe wie das Fell der Katze). Er verhielt sich absolut professionell, riet ihr, Linus einmal am Tag zu bürsten und ihn anzurufen, falls ihr sonst noch etwas Sorgen bereitete. Zwei Tage später hinterließ er eine Nachricht auf ihrem Anrufbeantworter, in der er sich für seine mangelnde Professionalität entschuldigte und ihr mitteilte, dass er gar nicht mehr aufhören könne, an sie zu denken. Er fragte, ob sie Lust habe, mit ihm am darauffolgenden Samstag essen zu gehen, und betonte, dass er auch unabhängig von ihrer Antwort an Linus denken werde und hoffe, dass es ihm besser gehe. Von diesem zweiten Zusammentreffen an verlief ihre Beziehung ohne jeden Zwischenfall. Vor etwa einem Jahr hatte Jane Owen gefragt, ob er zu ihr in die Wohnung ziehen wollte, und hier waren wir nun.

Ich wusste, dass Jane heiraten wollte – immerhin war sie meine Schwester, weshalb mir das wohl kaum hätte entgehen können. In unserer Jugend waren ihre Träume recht schlicht gewesen: Sie wollte ihren Prinzen finden, eine große, weiße Hochzeit feiern und zwei Kinder mit ihm bekommen – einen Jungen und ein Mädchen. Und wenn irgendjemand etwas verdient hatte, dass Träume wahr wurden, dann war es Jane. In ihrem ganzen Leben hatte sie noch nie etwas Böses getan. Sie war freundlich, interessierte sich für ihre Mitmenschen und spendete regelmäßig für ein Dutzend Wohltätigkeitsorganisationen. Die älteren Schwestern meiner Freundinnen hatten diesen das Leben stets zur Hölle gemacht. Dieses Pech hatte ich nicht gehabt. In unserer Kindheit war Jane meine beste Freundin gewesen, jemand, mit dem ich kichern konnte, während wir unsere Phantasiespiele über Feen und Zwerge spielten. Und wenn sie nicht meine Spielkameradin war, dann so etwas wie eine zweite Mutter. An meinem ersten Kindergartentag hielt sie mich im Arm, als ich weinte, nachdem unsere Mom uns hingebracht hatte. Als ich meine erste Periode bekam, erklärte sie mir alles über Binden und dass eine Wärmflasche gegen die Bauchschmerzen half. Heute, im Erwachsenenalter, war sie ein Mensch, mit dem ich über alles und jedes reden konnte. Also ja, deshalb hatte ich mich für Moms Aufklärungsmission einspannen lassen, denn auch ich hatte gesteigertes Interesse daran, dass Jane ihr Happy End bekam. Außerdem hätte Mom sich womöglich krank gestellt und eine Woche im Bett einquartiert, wenn ich nicht zugestimmt hätte. Das wiederum konnte ich Dad nicht antun.

Jane stand auf, um nach dem Abendessen zu sehen, und ich entschuldigte mich und zog mich ins Bad zurück. Allerdings ließ ich die Gästetoilette neben der Küche links liegen und begab mich stattdessen ins Hauptbad. Ich schloss die Tür hinter mir ab und stöberte in Owens Bereich des Waschtisches herum, spähte hinter Parfümflakons und Rasierzubehör. Dann widmete ich mich dem Wäscheschrank, sah hinter Handtüchern und Klopapierrollen nach. Nirgends schien sich eine kleine Schmuckschatulle zu verbergen. Aber auf dem höchsten Regalbrett – außerhalb meiner Reichweite – befand sich eine Schachtel, in der anscheinend allerlei Krimskrams aufbewahrt wurde. Ich stieg auf den Badewannenrand und beugte mich zur Seite, um an die Box zu gelangen. Ich kam gerade so heran, allerdings war sie schwerer als erwartet und fiel mit lautem Krachen zu Boden, auf den sich prompt jede Menge Sonnenschutz- und Shampooflaschen ergossen. Ich hätte mir gern eingeredet, dass Jane und Owen vielleicht nichts gehört hatten, aber derlei törichter Optimismus lag mir nun doch nicht.

»Rachel?«, rief Jane nach einer kleinen Pause. »Alles okay?«

»Ja!« Ich beeilte mich, die Utensilien in die Schachtel zurückzuwerfen.

Nachdem ich alles weggeräumt und mich vergewissert hatte, dass nirgends ein Verlobungsring zu entdecken war, kehrte ich in die Küche zurück. Owen löffelte gerade Risotto in drei tiefe Teller und warf mir beim Eintreten einen misstrauischen Blick zu.

Strahlend lächelte ich. »Kann ich irgendwie helfen?«

»Hmm. Könntest du den Parmesan reiben? Und Schatz, könntest du die hier schon mal auf den Tisch stellen?«

Jane schnappte sich die drei Risottoschüsseln, während ich anfing, das Stück Parmesan zu reiben. Doch als ich merkte, dass Owen nur wenige Zentimeter neben meinem Ellbogen stand, hielt ich inne.

»Du hast an der falschen Stelle gesucht.« Er grinste schelmisch.

»Was?«

»Komm mit.«

Ich legte den Käse beiseite und folgte ihm ins Schlafzimmer, wo Owen mich zur Kommode herüberwinkte. Er öffnete eine Schublade, holte ein Paar Socken heraus und rollte sie auseinander. Verblüfft beobachtete ich, wie er ein grünes Samtkästchen enthüllte.

»Siehst du?« Er öffnete es. Darin befand sich der schönste Ring, den ich je gesehen hatte. Ein dünner Goldreif, den ein eleganter Diamant im Smaragdschliff zierte. Absolut perfekt für Jane.

»Oh mein Gott«, hauchte ich. Dann hob ich den Kopf und sah ihn scharf an. »Warte, woher wusstest du, wonach ich gesucht habe?«

»Beth hat dich dazu angestiftet, oder?« Er schloss die Schachtel wieder und wickelte sie sorgfältig erneut in sein Sockenpaar.

»Das hat sie tatsächlich, ja. Aber woher …?«

»Deine Mutter plagt mich schon seit Monaten mit entsprechenden Fragen. Erkundigt sich nach meinen Plänen oder danach, ob ich Jane jemals heiraten will …«

Ich verbarg das Gesicht in den Händen. Natürlich. Mom besaß das Feingefühl einer … nun ja, einer verzweifelten, jüdischen Mutter mit vier unverheirateten Töchtern.

»Das alles ist so peinlich.«

»Nein, ist es nicht«, widersprach Owen und zog mir sanft die Hände vom Gesicht. »Ich liebe Jane. Deine Mom ist ein Teil von ihr – genau wie ihr alle. Wenn sie keine Mutter wie Beth hätte, wäre Jane vielleicht nie so sanftmütig geworden.«

Ich verengte die Augen; wenn Jane sich zu einer sanften Person entwickelt hatte – dem Gegenteil von Mom –, was war dann *ich*?

»Wie dem auch sei«, fuhr Owen fort. »Ich will nicht, dass sie sich Sorgen macht. Kannst du ihr also mitteilen, dass ich einen Ring gekauft habe? Und falls sie fragt ... «, wir wussten beide, dass es kein *Falls* gab, » ... dann sag ihr, dass es bis zum Antrag nicht mehr lang dauert.«

Beim späteren Essen bestehend aus Risotto und Salat war ich ungewöhnlich schweigsam. Jane würde also ihren Prinzen heiraten. Es würde endlich eine *Hochzeit* geben. Seit Collin, der verschrobene Cousin meines Vaters, vor beinahe zehn Jahren eine neunzehnjährige Ukrainerin geheiratet hatte, hatte es in unserer Familie keine Hochzeit mehr gegeben.

Ich freute mich unglaublich für Jane – und war gleichzeitig ein wenig beunruhigt, als ich feststellte, dass diese Freude von leiser Traurigkeit um meiner selbst willen getrübt wurde. Ich war keineswegs verzweifelt darauf aus, zu heiraten: Schließlich war ich *erst* neunundzwanzig, Herrgott nochmal. Aber der Gedanke, eine Art Puffer zwischen mir und der Welt zu haben, jemanden, der den kleinen Ärgernissen des Alltags ihren Stachel nahm, jemanden, an den ich mich nachts kuscheln konnte ... diese Vorstellung hatte schon etwas Verführerisches.

Als ich die beiden so ansah – während Linus mit wichtiger Miene auf dem Stuhl zwischen ihnen thronte (und mich immer noch anstarrte – warum nur?) –, kam ich zu dem Schluss, dass ich mich vielleicht doch ein wenig mehr anstrengen sollte. Wenn Stephen abgesehen von gelegentlichen Schäferstündchen keinerlei Initiative zeigte, wurde es vielleicht doch langsam Zeit für Jdate.

KAPITEL 6

Die Mädels und ich lungerten in meinem kleinen Wohnzimmer herum. Während der Nachspann des *Bachelors* lief, scrollten wir auf unseren Handys herum.

»Vielleicht sollte ich ja lieber beim *Bachelor* mitmachen, statt mich auf Jdate zu tummeln«, überlegte ich laut.

»Das willst du nicht wirklich.« Amy blickte nicht mal auf. »Eigentlich willst du es doch nur mit Jeremy Coltrain treiben.«

»Hmm, da magst du recht haben.«

Eva nickte nachdenklich. »Ich stehe ja nicht mal auf Männer, aber Jeremy hat definitiv etwas.«

»Dieser Südstaatenakzent.« Sumira warf den Kopf in die Couchkissen. »Verdammt sexy.«

Ich hatte mich mittlerweile mit Leib und Seele in Jeremys Onlinepräsenz vertieft. »Wusstet ihr, dass Jeremy sich der Umwelt wegen sogar ein volles Jahr vegan ernährt hat? Er hat einen ganzen Artikel in *Medium* darüber geschrieben. Sehr interessante Statistiken. Eigentlich sollten wir alle sofort aufhören, Fleisch zu essen.«

»Er ist wirklich der perfekte Mann.«

»Solltest du nicht eigentlich an deinem Dating-Profil feilen?«, erkundigte sich Eva.

»Auch wieder wahr.«

Ich öffnete Jdate und machte mich an die Arbeit. Ob ich trank? Hmm … sagen wir: in Gesellschaft schon. Ob ich Kinder wollte? Klar, eines Tages sicher. Ich wäre eine *coole* Mom. Ob ich in der Lage war, ein Mean Girls Meme in mein Profil einzubinden? Die nächsten paar Minuten verbrachte ich damit, herauszufinden, wie man ein GIF hochlädt. Endlich gestand ich mir ein, dass ich das Unangenehme nur aufschob und klickte in meinem Profil auf »Veröffentlichen«. Außer einem gelegentlichen Kichern, wenn sie irgendetwas Amüsantes auf ihrem Handy entdeckten, waren die Mädels schweigsam.

Mich durch die Profile von Seattles geeigneten Junggesellen zu wischen, war sofort absolut enttäuschend. Einige von ihnen machten einen netten, gesetzten Eindruck. Viele waren kahlköpfig. Einer von ihnen schickte mir folgende Nachricht: »Hey, Schönheit … willst du jüdische Babys von mir?«

Ich schrie auf und schleuderte mein Gerät quer durchs Zimmer.

»Was ist los?« Eva blickte von ihrem Handy auf.

»Irgendetwas stimmt nicht mit den Männern.«

»Na ja, das ist wahr.«

»Aus dem Mund einer Lesbe ist das nicht gerade hilfreich.«

»Bist du auf Jdate?« Amy und Sumira schenkten mir jetzt ihre volle Aufmerksamkeit. »Was ist passiert?«

»Lass mal sehen.« Sumira schoss quer durchs Zimmer und hob mein Handy auf.

Meine drei Freundinnen rückten zusammen und scrollten durch die Dating App, wobei sie allerlei Laute des Unmuts, der Neugier oder des Abscheus von sich gaben.

»Ooh, was ist mit diesem?«, las Amy laut vor. »Zweiunddreißig, wohnt in Seattle, arbeitet in einem medizinischen Labor, liebt Hunde … « Sie streckte mir das Handy entgegen, um mir das Foto des Kandidaten zu zeigen. Er war einigermaßen gutaussehend und wenigstens nicht kahl, was schon als Pluspunkt galt.

Ich stieß ein leises Knurren aus.

»Was? Sieht doch nett aus.«

»Er kommt mir ein wenig … abstrakt vor.« Ich verschränkte die Arme vor der Brust und lehnte mich auf der Couch zurück.

»Was soll das heißen?«

»All diese Männer, die sind nur … « Ich suchte nach den richtigen Worten.

»Sie sind nur Fotos und Worte. An diesen Typen ist nichts real oder faszinierend, wisst Ihr.« *Kein Hauch Eau de Cologne, der mich um den Verstand bringt,* fügte ich in Gedanken hinzu. *Kein Augenkontakt, kein wissendes Grinsen.*

»Ja, so funktionieren Dating Apps nun mal. Du warst doch auch schon mal auf Tinder aktiv. Also weißt du doch Bescheid.« Sumira neigte den Kopf zur Seite und sah mich an, als sei ich absichtlich ein wenig kompliziert.

»Stimmt.« Mir kam plötzlich eine unbehagliche Erkenntnis. »Ich glaube, es liegt an Stephen. Ich weiß, ich sollte mich zurückziehen und versuchen, andere Typen kennenzulernen. Aber ich kann einfach nicht aufhören, mich zu fragen, warum er mir seit drei Tagen nicht geschrieben hat.«

Sumira atmete seufzend aus und legte ihr Handy beiseite. »Ich habe dir doch gesagt, dass er nichts weiter als ein Fuckboy ist, oder?«

»Vielleicht hat er ja viel zu tun?«, schlug Amy vor.

»Es ist nur … « Ich setzte mich aufrecht hin und wischte mir die Kartoffelchipskrümel vom Shirt. »Ich bin Rachel Weiss, verdammt nochmal, oder?«

Meine drei besten Freundinnen beäugten mich misstrauisch. Waren sie im Laufe der Jahre etwa immun gegen meinen inspirierenden Ton geworden, wenn ich eine Rede hielt?

»Und ich, Rachel Renée Weiss, mache mich nicht wegen irgendwelcher Männer verrückt. Sie kommen *zu mir,* sie bringen mein Telefon zum Glühen, brechen meinetwegen in Tränen aus und stalken mich gelegentlich sogar, nachdem ich sie fallengelassen habe. Das ist ein Naturgesetz.«

Sumira und Eva zuckten unverbindlich mit den Schultern, während Amy ernst nickte.

»Stephen Branson übt irgendeine geheimnisvolle Macht auf mich aus, die das fragile Gleichgewicht der Natur durcheinanderbringt.« Entnervt warf ich die Hände in die Höhe. »Na ja, ich weiß nicht mal, ob er der Richtige für mich wäre. Trotzdem scheine ich einfach nicht über das Gefühl hinwegzukommen, das er mir gibt. Niemand hat je so mit mir gespielt, mich gleichzeitig angezogen und mir die kalte Schulter gezeigt. Das passt mir nicht. Und ich habe das Gefühl, dass ich es unbedingt in den Griff kriegen und überwinden muss.«

»Aah.« Sumira sah aus, als sei ihr gerade ein Licht aufgegangen. »Tut mir leid, Rach, aber ich glaube, du bist schwanznotisiert worden.«

Alle sahen sie an.

»Wie hypnotisiert. Nur eben mit einem Schwanz.«

Mit hochgezogenen Brauen tauschten wir ein paar Blicke. Dann widmeten sich Eva und Amy ohne ein weiteres Wort wieder ihren Handys.

Ich dachte über Sumiras Worte nach. »Aber wie hat er es geschafft, mich mit so einem bescheidenen Exemplar zu schwanznotisieren?«

Ping. Vor Schreck hätte ich beinahe mein Handy fallen lassen. Was für ein Timing.

»Er hat mir gerade geschrieben.«

»Und was?« Eva und Amy rückten näher, um die Nachricht zu lesen, während Sumira uns nur zusah, die perfekt gezupften Augenbrauen neugierig zusammengezogen.

Ich las laut vor. »Gerade an dich gedacht. Frage mich, wie es dir und den Mädels geht.«

»Er hat nach uns gefragt?« Sumira klang ebenso fasziniert wie nachdenklich.

Ping. »Und mit Mädels meine ich diese reifen, saftigen …«

»Okay!« Eva warf die Hände in die Höhe, um mich zum Schweigen zu bringen. »Schon kapiert.«

Ich lachte schallend und brauchte eine geschlagene Minute, um mich wieder zu fangen. Nach Luft schnappend wischte ich mir die Lachtränen ab. Sein Timing. Seine Anzüglichkeit. Wie er eine Sekunde lang unbeabsichtigt meine besten Freundinnen getäuscht und provoziert hatte. Mann, war der Typ gut.

»Wisst ihr was?« Ich lächelte. »Ich gehe aufs Ganze. Kein Jdate. Nur Stephen.«

»Wirklich?« Eva blickte skeptisch drein.

»Wirklich. Der soll sich warm anziehen. Mama bläst zum Angriff.«

Mit dieser entschlossenen Ansage schrieb ich ihm zurück. *Zungen-Emoji. Schweiß-Emoji. Pfirsich-Emoji.*

Er antwortete fast sofort.

> Stephen Branson, 20.32 Uhr:
> Heute Abend bei mir?

Eine Woche später war ich im Hinblick auf meine Entscheidung immer noch zuversichtlich. Nachdem ich alles auf eine Karte gesetzt hatte, war ich entschlossen, nicht über jede Kleinigkeit nachzugrübeln. Ich machte mir auch keine Sorgen mehr, vielleicht zu aufdringlich zu wirken. In einer einzigen Woche hatten wir uns dreimal getroffen. Im Moment schien er genauso sehr an unserer aufkeimenden Beziehung interessiert zu sein wie ich. Das fühlte sich gut an.

Aber in der darauffolgenden Woche? Erinnerte ich mich wieder daran, warum ich ursprünglich gezögert hatte. Ich hatte das Gefühl, dass er mit jedem Tag ein wenig länger brauchte, um meine Textnachrichten zu beantworten. Der Teufelskreis war wieder da: vögeln, am Telefon warten, sich in Sorgen hineinsteigern. Wann hatte ich je zu den Frauen gehört, die vor dem Telefon saßen und warteten? Ich genoss es, mit ihm im selben Zimmer zu sein, aber wenn wir getrennt waren, beschlich mich stets ein unbehagliches Gefühl. Ich kam mir bedürftig vor. Und das war mir verhasst. Eigentlich hätte ich ihm am liebsten jeden Abend geschrieben, um zu erfahren, was er vorhatte, was natürlich total übertrieben gewesen wäre.

Aber am heutigen Abend war ich gezwungen, jeden Gedanken an ihn zu verbannen, denn heute war ich diejenige, die zu tun hatte. Ich musste an einem Dinner zum Thema Nachhaltigkeit teilnehmen. Sehr zu meinem Leidwesen war ich im Büro zur Nachhaltigkeitsbotschafterin ernannt worden. Und das alles nur, weil ich die Kaffeebecher aus Pappe in der Küche versteckt und sie durch Tassen aus dem Secondhandladen ersetzt hatte. Im Unternehmensumfeld muss man vorsichtig mit jeder Art von Initiative sein. Manager pflegen sich darauf zu stürzen wie Verhungernde. Und häufig führt es nur dazu, dass man mehr Arbeit aufgebrummt bekommt, die als aufregende Projekte getarnt werden – oder noch schlimmer, wie in diesem Fall: als berufliches Event. Mein Manager verfasste mit Begeisterung Empfehlungsschreiben für seine Vorgesetzten, verbrachte seine Zeit gern damit, Kudo-Karten auszufüllen oder Sticker mit der Aufschrift »I did a great job today!« zu verteilen. (Was für ein seltsamer Mann. Es war ziemlich ermüdend, einen Manager zu haben, der so versessen darauf war, immer nur das Positive in allem zu sehen.) Eben jenem Kenneth war es also zu verdanken, dass ich heute an einer Festtafel sitzen und selbstgerechten, kapitalistischen Heuchlern dabei zuhören würde, wie sie sich den ganzen Abend selbst beweihräucherten.

Ich kam allein im Bankettsaal an. Sicher waren viele Leute aus meiner Firma hier, da wir die Gastgeber dieser Veranstaltung waren, aber ich entdeckte trotzdem kein bekanntes Gesicht. Ich wurde an einen Tisch ganz hinten geführt, an dem sieben Fremde von Firmen mit Namen wie *Insiqlo* und *Polecat* saßen.

Sie gehörten allesamt zu den eher schüchternen Typen – Ingenieure halt –, also ergriff ich die Initiative und begann eine lebhafte Unterhaltung.

»Hallo, Tischnachbarn! Rachel Weiss.« Ich deutete auf mein Namensschild. »So schön, Sie kennenzulernen, Katelyn, Dan, Edgar … « Ich nickte jedem von ihnen zu, während ich ihre Namen las und freundlich lächelte. Ihre Mienen entspannten sich, und sie grinsten erleichtert. Besonders Edgar sah so aus, als könne er sein Glück kaum fassen, einen Platz neben einer extrovertierten Person ergattert zu haben. Um die Wahrheit zu sagen: Auch von der Wahl meines Outfits schien er ziemlich angetan zu sein. Während die anderen langweilige

Hemden und Chinos trugen – sogar die arme Katelyn –, hatte ich mich in mein geliebtes, grünes Wickelkleid gehüllt und es mit einer schwarzen Strumpfhose und Stiefeletten kombiniert. Eine Halskette mit Ananasanhänger lenkte die Aufmerksamkeit auf mein üppiges Dekolleté, das aus dem tiefen Ausschnitt hervorquoll.

»Also«, sagte ich, während die Gäste an den übrigen Tischen um uns herum Platz nahmen und die Kellner ihre Weingläser füllten. »Weshalb sind Sie alle zu dieser Fete eingeladen worden?«

»Nun ja«, begann Katelyn schüchtern und schüttelte den Kopf, als der Kellner ihr Rot- oder Weißwein anbot. Arme Katelyn. Ich bedeutete dem Kellner, dass ich den Weißen nehmen würde – und gleich auch Katelyns Portion. »Ich habe eine unternehmensweite Initiative geleitet, damit wir bis zum Jahr 2024 CO_2-neutral werden. Wir haben beschlossen, vom Netz zu gehen … mit Hilfe von Wind- und Solarenergie … und Müll und Recyclingmüll auf null zu reduzieren. Tatsächlich haben wir unser Ziel sogar früher als erwartet erreicht und werden noch früher als erwartet CO_2-neutral sein. Allerdings sind wir eine ziemlich kleine Firma, also … «

Ich glotzte sie mit offenem Mund an, mein Weinglas auf halbem Weg zu meinen Lippen erstarrt. Dan stellte ihr eine interessierte Frage, die ich komplett überhörte, denn plötzlich kam ich mir unglaublich minderwertig vor. Aber ich riss mich zusammen, wappnete mich durch einen Schluck Wein und übte mich im aktiven Zuhören, während der Rest meiner Tischnachbarn von ihren jeweiligen Leistungen berichtete.

Vorsätze: mehr Fahrradfahren. Müll komplett vermeiden. Seltener den Föhn benutzen. Wem wollte ich etwas vormachen? Mein Diffusor war mein Leben. *Geführte Meditation aus-*

probieren, um mein Impostor-Syndrom loszuwerden. Allerdings frage ich mich, wie das funktionieren soll, wenn ich tatsächlich *eine Hochstaplerin bin.*

»Und Sie, Rachel?«, wandte Trey sich an mich, nachdem er uns über seine Pläne ins Bild gesetzt hatte, eine der örtlichen Mülldeponien in einen Park zu verwandeln.

»Ich?« Ich strahlte die anderen an, während ich mir das Gehirn darüber zermarterte, was ich antworten sollte. Wie konnte ich »Ich habe bei Goodwill ein paar Tassen gekauft« in etwas Großes, Beeindruckendes verwandeln? Doch dann rettete mich eine Frau, die auf der Bühne ans Mikrophon klopfte. »Ups, anscheinend fängt es jetzt an.«

»Hallo, hallo, allerseits!« Die Gespräche verebbten, und alle Anwesenden wandten ihre Aufmerksamkeit der hübschen Blondine in einem wirklich phantastischen Kleid mit Blumendruck zu. Als Frau, die ebenfalls in der Tech-Branche arbeitete und als Trägerin phantastischer Kleider, wollte ich natürlich unbedingt erfahren, wer sie war – eine Umweltberaterin oder vielleicht sogar ein CEO? Hatte sie irgendwann mit Meditation begonnen, um sich vom Hochstapler-Syndrom zu kurieren? Aber nach einer überschwänglichen Einleitung reichte sie das Mikrophon an einen schlaksigen, kahlköpfigen Nerd in schwarzem Anzug weiter – an den CEO meines eigenen Unternehmens. Brr. War ja nicht anders zu erwarten. Was hätte ich nicht gegeben, um bei Veranstaltungen wie dieser mehr Reden von Frauen zu hören.

Missmutig blickte ich in mein Weinglas, während Mr. Wundervoll lang und breit ausführte, wie stolz er heute auf jeden einzelnen Repräsentanten der lokalen Unternehmen war, die Hervorragendes leisteten. Glücklicherweise traf eine Ablenkung in Form des Dinners ein. Diverse dampfende Gerichte wurden auf unserem Tisch platziert, alles Hausmannskost. Jedes Gericht war sorgsam beschriftet. Ich betrachtete die Auswahl: Rindergulasch, Parmesanhühnchen, Schweinegeschnetzeltes mit Bohnen und ein Drei-Käse-Zucchiniauflauf. Ich verdrehte die Augen, aber außer mir schien niemand die Ironie zu bemerken. Seufzend bediente ich mich am Gulasch und dem Auflauf, wobei ich die selbstgefällige Rede meines CEOs ausblendete, der darüber schwadronierte, wie hart sein Unternehmen daran arbeitete, seinen ökologischen Fußabdruck zu verringern – *das ist mir entgangen* –, und wie sehr er persönlich unseren Planeten liebte. *Wohl kaum.* Mir fiel auf, dass er es anscheinend nicht für nötig hielt zu erwähnen, dass ein Großteil seines eigenen Geldes in eine penisförmige Rakete floss, die definitiv nicht Co_2-neutral war und ihm als privates Fluchtfahrzeug dienen würde, wenn die restliche Welt in Flammen aufging.

Ich schnappte mir einen vorübereilenden Kellner und streckte ihm mein leeres Weinglas entgegen, damit er mir nachschenkte, als den Anwesenden der Sprecher einer anderen Firma vorgestellt wurde. Dieser war, wenn möglich, sogar noch kahlköpfiger. Ich ahnte, dass dies ein langer Abend werden würde.

Einige Reden später wurde es Zeit für die Fragerunde an die Vortragenden, die allesamt auf der Bühne Platz genommen hatten. Ein Zuhörer nach dem anderen nutzte die Gelegenheit, sich einzuschleimen. So fragte doch jemand tatsächlich, ob die Tech-Branche als Vorreiter in Sachen Nachhaltigkeit gelten könne. Die Stimmen der Anwesenden trieften förmlich vor Beflissenheit angesichts der Chance, diese Schar von Visionären persönlich zu fassen zu bekommen. Die arme Katelyn überraschte mich, indem sie eine Frage mit ein wenig Biss stellte: Ob eines der hier vertretenen Unternehmen sich vorstellen könne, einen Vertrag zu unterzeichnen, in dem man sich verpflichte, innerhalb der kommenden fünf Jahre CO_2-neutral zu werden. Mein CEO gluckste gönnerhaft und schwafelte wortreich um die Antwort herum, die im Grunde *Zum Teufel, nein* lautete. Katelyn zitterte, als sie sich wieder hinsetzte. Wahrscheinlich war es dieser Anblick, der mich veranlasste, aufzustehen. Vielleicht lag es aber auch daran, dass diese aufgeblasenen Millionäre mein Blut schon den ganzen Abend lang zum Kochen gebracht hatten. Oder auch nur an den Unmengen an Wein, die ich intus hatte.

»Ja, Sie da hinten im grünen Kleid«, rief das geblümte Maxikleid.

Das Mikrophon wurde zu mir durchgereicht.

»Hi«, grüßte ich mit sanfter, freundlicher Stimme. »Vielen herzlichen Dank für dieses phantastische Event.« Mein CEO erwiderte ein herzliches »Gern geschehen« und warf mir einen anerkennenden Blick zu.

»Das Essen war köstlich, aber ich konnte nicht umhin zu bemerken, dass es thematisch nicht gerade passend war.« Angespannte Stille folgte; ich spürte, dass man unsicher war, worauf ich hinauswollte. »Rindfleisch, Hühnchen, Schweinefleisch und Milchprodukte.« Ich zählte die Nahrungsmittel einzeln an meinen Fingern ab. »Die CO_2-Emissionen pro Kilogramm Rindfleisch liegen im Durchschnitt bei etwa 27 bis 30 Kilogramm CO_2 pro Kilogramm Fleisch. Für die Menge Rindfleisch, die in diesem Raum serviert wurde, sind das schon um die eintausendfünfhundert Kilogramm CO_2. Und die anderen Speisen sind in Punkto Emissionen nicht viel besser.« Ich hielt inne und sah mich um. Edgar starrte bestürzt auf die Reste auf seinem Teller hinab. »Bei einem Nachhaltigkeits-

Event entbehrt das keineswegs einer gewissen Ironie, finden Sie nicht auch?«

»Danke, Miss ... «, begann mein CEO.

»Rachel Weiss.«

»Danke, Miss Weiss, aber die Leute müssen schließlich essen.« Und dann fügte er lachend hinzu: »Habe ich nicht recht?«, und sogleich stimmten die Anwesenden in sein Lachen mit ein.

»Sie können auch pflanzliche Lebensmittel *essen.*« Mein Lächeln kam mir mittlerweile gezwungen vor. Blumenkleid beobachtete den Ausschuss eindringlich und runzelte die Stirn.

»Hören Sie.« Mr. Wundervoll beugte sich vor, wobei er die Ellbogen auf die Knie stützte. *Brr.* »Ich weiß Ihren Standpunkt zu schätzen. Aber lassen Sie mich Ihnen eine Frage stellen. Sind *Sie* Veganerin?«

Einige kicherten leise.

»Nein. Aber ich habe wegen des Verzehrs tierischer Produkte ein schlechtes Gewissen. Ist das nicht die unausgesprochene Übereinkunft, die wir alle getroffen haben? Dass wir zumindest ein schlechtes Gewissen deswegen haben?«

Die Anwesenden lachten. Einer klatschte. Und dann bemerkte ich Katelyns gesenkten Blick und ihren leeren Teller.

»Wurde überhaupt ein veganes Gericht angeboten?« Blumenkleid sah aus, als breche sie gleich in Tränen aus. »Augenblick mal. Hier sind lauter kluge Menschen versammelt, denen dieser Planet am Herzen liegt. Bitte heben Sie die Hand, wenn Sie *tatsächlich* Veganer sind.«

Mindestens ein Dutzend Arme schossen in die Luft. Die Menschen applaudierten.

»Bei allem nötigen Respekt«, fuhr ich fort. »Meiner Ansicht nach hätten wir nur dann *wirklich* eine Führungsposition auf dem Gebiet der Nachhaltigkeit für uns beanspruchen können, wenn das Dinner größtenteils pflanzlich gewesen wäre.«

Jubelrufe und weiterer Applaus folgte meinen Worten. *Daran könnte ich mich glatt gewöhnen.*

Diesmal dauerte es eine Weile, bis der Lärm verebbt war, aber als es so weit war, sagte mein CEO: »Diese Entscheidung sollte jedem Einzelnen persönlich überlassen bleiben. Ohne die Zustimmung der hier im Saal Anwesenden hätten wir unseren Teilnehmern wohl kaum alternative Speisen anbieten können.«

Vor lauter Zwischenrufen schaffte ich es kaum, noch etwas ins Mikrophon zu sagen, aber schließlich schrie ich: »Warum sollte man einem Gemüse zustimmen müssen? Eine Linse stellt schließlich keine Beleidigung dar, Sir!«

Das war's. Die Menschen sprangen auf, lachten, jubelten, schrien und waren kaum zu bändigen. Das Mikrophon wurde mir entrissen, mein CEO verließ die Bühne, und die blonde Frau erklärte, dass die Fragestunde vorüber sei. Edgar packte meine Schultern und schüttelte mich mit grimmigem Stolz. Katelyns Augen waren feucht, als sie mir zulächelte und die Daumen hochhielt. Eine Horde erstaunlich lauter Menschen (zumindest nach Seattle-Standards) wogte unserem Tisch entgegen, und mit einem Mal gratulierte man mir, als hätte ich soeben die Weltmeisterschaft gewonnen.

»... phantastisch ...«

»... gut gesprochen ...«

»... wie erfrischend ...«

Endlich gelang es mir, mich mit königlichem Winken und Lächeln aus der Menge zu befreien, indem ich meinen bewundernden Fans bedeutete, mich in Richtung Bar zu begeben.

Der Barkeeper war ein teilnahmslos dreinblickender, junger Mann in den Zwanzigern, der mich genauso behandelte wie jeden anderen, was ein wenig ernüchternd auf mich wirkte. Aber auch auf dieser Seite des Saals gab es immer noch jede Menge Menschen, die um meine Aufmerksamkeit buhlten, wenn auch auf zivilisiertere Art. Ich nippte an meinem eisgekühlten Wein und neigte gnädig den Kopf, wenn man mich ansprach.

»Rachel, stimmt's?« Plötzlich sah ich mich dem Blumenkleid gegenüber. »Hi, ich bin Amber Crowley.«

»Freut mich, Sie kennenzulernen. Sie haben hier großartige Arbeit geleistet.« Ich schüttelte ihr die Hand.

»Vielen Dank. Jedenfalls wollte ich Ihnen mitteilen, dass Sie mich zum Nachdenken angeregt haben. Ich habe bei der Organisation dieses Events mitgeholfen und bin nicht mal auf die Idee gekommen, ein veganes Gericht anzubieten. Diesen Fehler mache ich nicht noch einmal, das können Sie mir glauben. Außerdem ... «, fügte sie leiser hinzu, » ... war es echt toll mitzuerleben, wie Sie diese alten Knacker vorgeführt haben.«

»Irgendjemand musste es ja tun.« Ich lächelte bescheiden.

»Oh, und ich habe überlegt ... « Ihr Blick huschte zu jemandem in der Menge hinter mir hinüber. »Kennen Sie *Pageant*? Dieses Unternehmen leistet wirklich großartige Arbeit.«

»Nein, nie gehört.« Würde mir jetzt auch noch ein neuer Job angeboten werden? Wie aufregend. »Was macht es denn?«

»Ich bin überrascht, dass Sie die Firma nicht kennen. Dort hat man Apps und Programme entwickelt, die Privatpersonen und Firmen dabei helfen sollen, nachhaltigere Entscheidungen zu treffen. Durch diese Hilfsmittel kann man den eigenen CO_2-Fußabdruck ermitteln, ebenso wie die Kosten der diversen Entscheidungen, die man trifft, und man bekommt Alternativvorschläge vorgestellt. Daran musste ich bei Ihrer Rede über pflanzenbasierte Ernährung denken.«

»Klingt großartig. *Pageant*, stimmt's?«

»Ja. Am besten sprechen Sie persönlich mit dem Unternehmensgründer.« Amber sah sich um. »Da ist er ja!« Oh Gott, dachte ich, strich mir übers Haar und prüfte verstohlen, ob ich Lippenstift an den Zähnen hatte. Sie streckte den Arm aus und pflückte einen Mann aus der Menge.

Vor mir tauchte Christopher Butkus auf, das Gesicht ein wenig gerötet und grinsend, als hätte er gerade über einen Witz gelacht, bevor er weggezogen wurde.

»Hi, Amber – oh Rachel, hi! Eine hervorragende Frage, die Sie heute Abend gestellt haben.« Er lachte dröhnend.

»Hallo, Christopher.« Tatsächlich war also Christopher Butkus' Unternehmen dasjenige, das die Welt ein wenig besser machen wollte. Zugegeben: Ich war davon ausgegangen, dass seine Firma zu diesen unerträglichen langweiligen Unternehmen gehörte, die Methoden zum besseren Zeitmanagement oder Möglichkeiten zur Gewinnmaximierung entwickelten.

»Sie kennen einander? In diesem Fall überrascht es mich noch mehr, dass Sie bislang noch nie etwas von *Pageant* gehört haben, Rachel. Dann lasse ich Sie beide mal allein.« Amber winkte kurz und verschwand.

Einen Moment lang starrte ich Christopher nur an. Zumindest sah ich heute besser aus als bei unserem letzten Zusammentreffen. Ich sah sogar besser aus als er. Er trug einen verwaschenen Blazer über T-Shirt und Jeans. Was war nur *los* mit den modernen Millionären? Wahrscheinlich konnte ich von Glück sagen, dass er keinen Hoodie trug. Dabei hätte er mit ein wenig Beratung meinerseits leicht tatsächlich wie ein Millionär aussehen können. Moment mal, warum dachte ich darüber nach, ihn einzukleiden? Mein Hirn führte offenbar ein Eigenleben.

»Also, wie geht es … «, begann er im gleichen Augenblick, wie ich fragte: »Also, warum *Pageant*?«

»*Pageant*?«, wiederholte er. »Äh, nun ja … « Er zögerte und nippte an dem Whiskey in seiner Hand. »Die mit Wolken bekränzten Türme, die stattlichen Paläste, die feierlichen Tempel und die große Erdkugel selbst – ja, und alles, was sie in sich fasst – werden zerschmelzen und gleich diesem verschwund'nen, unwesentlichen Schauspiel nicht die mindeste Spur zurücklassen. Wir sind aus dem Stoff, aus dem die Träume sind, und unser kleines Leben endet im Schlaf.«

Ich starrte ihn an. Er errötete.

»Haben Sie gerade Shakespeare zitiert?« Ich war durchaus beeindruckt.

»Na ja, deshalb, deshalb habe ich Shakespeares Ausdruck für Schauspiel – *pageant* – als Firmennamen gewählt.«

»Verstehe.« Ich trank einen bescheidenen Schluck Wein. »Nerd.«

»Hey!« Erneut lachte er schallend. Ein angenehmes Geräusch, das über sein wenig modisches Outfit beinahe hinwegtäuschte.

»Tatsächlich gefällt mir dieses Shakespeare-Stück – *Der Sturm.*« Dieses Nerd-Spielchen kann man auch zu zweit spielen.

Er zog die Augenbrauen hoch.

»Englisch Hauptfach«, sagte ich, was ihn zum Grinsen brachte.

»Sie überraschen mich, wissen Sie?« Er drohte mir scherzhaft mit dem Finger. »Als wir uns kennenlernten, hatte ich eher den Eindruck … «

Ich verzog das Gesicht. Worauf wollte er hinaus? Mir war natürlich klar, dass sein erster Eindruck von mir nicht besonders … schmeichelhaft gewesen war.

»Dass Sie nicht gerade verrückt nach Ihrem Job sind.«

»Meinem Job?« Keine Ahnung, was ich erwartet hatte, aber das jedenfalls nicht.

»Sie haben doch eigentlich über die gesamte Tech-Branche hergezogen. Ich hatte das Gefühl, dass Ihre Karriere für Sie nicht gerade an erster Stelle steht. Nichts für ungut!« Er nahm sein Whiskeyglas in die andere Hand. »Aber heute … ich meine, da war dieser leidenschaftliche Funke. Anscheinend können Sie eine ziemliche Naturgewalt sein. Zumindest, wenn Sie sich etwas in den Kopf gesetzt haben.«

»Oh, eine *Naturgewalt* bin ich also.« Mein Ton war lässig, aber meine Gedanken rasten. Er hatte mich also als unseriöse, wenig ehrgeizige Person wahrgenommen? *Bin ich das?* Und heute Abend hatte ich einen Funken gezeigt? *Ich meine, mehr als ein Funke bin ich in seinen Augen nicht?* Aber bedeutete das, dass er in mir ein gewisses Karrierepotenzial sah? Oder … stopp, warum kümmerte es mich überhaupt, was er in mir sah?

Ich trank einen Schluck Wein, verschluckte mich prompt daran, musste husten und spürte, wie mir ein Tropfen übers Kinn rann. *Da. Das wird dich lehren, Potenzial in mir zu sehen.* Unauffällig wandte ich den Kopf ab, um mir das Kinn abzuwischen.

»Deshalb habe ich mich etwas gefragt.« Seine Lippen verzogen sich zu einem belustigten Grinsen. Oh nein, würde er mich jetzt fragen, was ich getan hatte, um heute Abend zu dieser Veranstaltung eingeladen zu werden? Allein bei der Vorstellung, ihm von den Goodwill-Tassen zu erzählen, lief es mir kalt den Rücken runter. »Wer ist der Typ?«

»Was?« Diese Unterhaltung verursachte bei mir ein Schleudertrauma.

»Wer ist der Typ? Als ich Sie am Valentinstag zufällig traf, kam es mir so vor, als ob, Sie wissen schon …«

Als sei ich so eine Loser-Tussi, die liebeskrank am Telefon sitzt und auf den Anruf eines Mannes wartet? *Also wirklich! Wie unhöflich.*

»Und Sie glauben, ich sollte Ihnen seinen Namen verraten? Als ob Sie jeden einzelnen Mann in Seattle kennen?« Im Stillen hätte ich mich ohrfeigen können, weil ich damit zugegeben hatte, dass es tatsächlich einen Typen gab.

Er warf mir einen nervigen Ich-weiß-alles-Blick zu.

»Wenn es Sie unbedingt interessiert – denn anscheinend sind Sie extrem neugierig –, es handelt sich um einen Mann, den ich auf einer Firmenfeier im Büro meiner Freundin kennengelernt habe. Wir waren nur ein paarmal miteinander ausgegangen, weshalb man am Valentinstag wohl kaum irgendetwas erwarten kann. Manchmal ziehe ich es eben vor, einen gemütlichen Self-Care-Abend zu veranstalten, Sie wissen schon, Zeit für mich zu haben. So machen das introvertierte Menschen halt.« Würdevoll reckte ich das Kinn.

Er starrte mich mit offenem Mund an. »Sie sind definitiv *nicht* introvertiert!«

»Das können Sie nicht wissen«, schmollte ich.

»Ach, kommen Sie schon. Das ist doch offensichtlich. Ebenso wie es offensichtlich ist, dass Sie Schütze sind.«

»Was zum …« Woher wusste er das nun wieder? Wenn er sich jetzt als einer dieser Astrologiefanatiker entpuppte, würde ich sofort gehen.

Er warf den Kopf in den Nacken und lachte. »Das geht aus Ihrem Instagram-Profil hervor.«

»Oh mein Gott.« Er machte sich über mich lustig. Und hatte gerade diese unausgesprochene Regel des 21. Jahrhunderts gebrochen, dass man anderen nicht verrät, wenn man sie online gestalkt hat.

»Und Sie sind …« Ich musterte ihn von Kopf bis Fuß. »Was? Jungfrau?«

»Verrate ich nicht.«

»Das ist nicht lustig. Sagen Sie es mir.«

»Nope. Das müssen Sie schon selbst herausfinden. Also, wie stehen Sie zu dem Kerl? Reden Sie noch miteinander?«

Er war wirklich außerordentlich interessiert an Informationen über den Mann, mit dem ich mich vielleicht traf, vielleicht aber auch nicht. Zugegeben, sein Interesse war schmeichelhaft. Normalerweise ließ ich nie eine Gelegenheit zum Flirten verstreichen, und mit Christopher flirtete es sich überraschend leicht. Was ich meiner Mom gegenüber allerdings nicht zugegeben hätte. Niemals.

»Tatsächlich ja.«

»Und wie läuft es?«

»Gut, danke.« Ich überlegte kurz. »Wir treffen uns etwa einmal die Woche.«

»Ah. Und Sie würden ihn gern häufiger sehen?«

»Na ja … ich meine, ich hätte nichts dagegen.« Was war hier los? Wie war es ihm gelungen, meinen Schutzwall zu durchbrechen?

»Hmm. Darf ich mir mal Ihren letzten Chat ansehen?«

»Nein, ganz sicher nicht!«, rief ich beleidigt aus. *Ganz schön dreist, der Kerl!*

»Okay, okay. Aber ohne *Kontext* kann ich Ihnen nur schwerlich einen Rat geben.«

»Ich habe Sie nicht um Rat gebeten …!« Ich musterte ihn

kurz. Er war absolut nicht mein Typ – keinen Sinn für elegante Klamotten, definitiv nicht der *Dirty-Dancing-Havana-Nights-Typ*. Vermutlich hatte er in seinem ganzen Leben noch keine Bootsparty gefeiert – aber objektiv betrachtet war er durchaus gutaussehend und hatte offensichtlich keine Probleme, schöne Frauen zu daten. Außerdem schien er tiefgründiger zu sein, als ich anfänglich vermutet hatte. Nachdem ich von *Pageant* erfahren hatte, fühlte ich mich ihm auf neue, unerklärliche Weise verbunden. Ehe ich mich versah, hatte ich meinen Chat mit Stephen geöffnet und ihm mein Handy gegeben. »Na gut. Aber nicht zurückscrollen.«

Christopher schnaubte. »Heißer Typ von Firmenfeier? Das ist sein Name?«

Dieses kleine Detail war mir entfallen.

»Kaum vorstellbar, unter welchem Namen Sie mich abspeichern würden, wenn Sie meine Nummer hätten.«

Wahrscheinlich etwas wie »Tech-Bro, der meine Familie beleidigt hat, nachdem ihm bei uns zu Hause eine liebevolle Mahlzeit vorgesetzt wurde.« Bei der Erinnerung daran wurde mein Lächeln ein wenig kühler.

»Nicht scrollen«, warnte ich, als ich sah, wie sein Finger über dem Display schwebte.

»Na gut.« Er gab mir das Gerät zurück. »Sie haben ihn also gefragt, ob er an diesem Wochenende Zeit hat, und er hat geantwortet, dass er nachsehen und sich wieder melden würde. Ein paar Stunden später schrieben Sie« – Christophers Lippen zuckten – »dass Sie jetzt eine Weile nicht antworten können, da Sie an einem Dinner mit lauter verschwitzten Nerds in schlechten Anzügen teilnehmen müssen, die sich unentwegt auf die Schulter klopfen, nachdem sie das absolute Minimum getan haben.«

Ich hatte diese Nachricht für einigermaßen witzig gehalten. Aber Stephen hatte nicht mal geantwortet.

»Keine Antwort«, bemerkte überflüssigerweise nun auch Christopher.

»Stimmt.«

»Ich würde sagen, Sie sollten ihn ein wenig zappeln lassen. Hören Sie auf, ihm zu schreiben, es sei denn, er schreibt zuerst.«

Ich verdrehte die Augen. »Ich soll also so tun, als sei ich schwer zu kriegen?«

»Vermutlich schon. Wenn Sie aufhören, in seinem Alltag mit fröhlichen, kleinen Nachrichten aufzutauchen, ist er gezwungen, sich Gedanken darüber zu machen, wie er mit Ihnen umgehen will.«

»Und was, wenn er sich diese Gedanken nicht macht? Wenn er einfach vergisst, dass ich existiere?«

»Glauben Sie mir, das wird er nicht.« Und ich schwöre bei Gott, dass Christopher Butkus' Blick von meinem Gesicht nach unten wanderte, bis er sich zusammenriss und den Rest seines Whiskeys herunterspülte. Eine Gänsehaut überzog die nackte Haut an meinem Ausschnitt und Hals. *Jetzt nicht, Mädels,* tadelte ich im Geiste meine Eierstöcke. *Das hier ist weder der richtige Zeitpunkt noch der richtige Ort – oder der richtige Mann.*

»Ich … soll also aufhören, ihm zu schreiben. Das ist Ihr toller Ratschlag.«

»Außerdem würde es sicher nicht schaden, ihm zu zeigen, dass Sie sich auch ohne ihn amüsieren können. Wie zum Beispiel jetzt. Sie könnten diese Party als Instagram-Story posten.«

Ich verzog das Gesicht. »Er folgt mir nicht auf Instagram.«

Christopher atmete scharf ein. Er sagte nichts, aber mir war klar, dass auch er das für ein schlechtes Zeichen hielt.

»Okay, dann sollten Sie die Party einfach nur posten. Das kann er jederzeit sehen, falls er nach Ihnen sucht, sobald Sie aufhören, ihm Textnachrichten zu schicken.« Er tat es schon wieder! Posaunte herum, dass er wusste, dass mein Profil öffentlich war. »Hier, ich mache jetzt ein Foto von Ihnen.« Er griff wieder nach meinem Handy.

»Was? Echt jetzt?«

»Ja, kommen Sie schon, Sie sehen großartig aus.«

»Mit derlei Schmeicheleien können Sie alles erreichen.« Ich posierte fröhlich mit meinem Weinglas.

»Drehen Sie sich jetzt noch ein wenig zu mir ... perfekt.« Christopher machte ein Foto und gab mir mein Mobiltelefon zurück.

»Danke.« Ich betrachtete das Bild und war überrascht. Ich hatte erwartet, mich mit halbherzigen Lächeln vor der langweiligen Kulisse eines beruflichen Events zu sehen – aber ich strahlte. Meine Augen funkelten, meine Wangen überzog eine gesunde Röte. Als hätte der Fotograf eine tiefe Fröhlichkeit in mir geweckt. Ich sah zu ihm auf und öffnete den Mund, um etwas zu ihm zu sagen – hatte aber keine Ahnung, was.

»Wir könnten noch eins ... «, begann Christopher, wurde aber von einer jungen Frau mit schicken Bangs unterbrochen.

»Rachel Weiss? Endlich habe ich Sie gefunden! Ich arbeite als Reporterin für die *Seattle Times* und schreibe eine Story über dieses Event. Hätten Sie etwas dagegen, wenn ich ein Foto von Ihnen mache und Ihnen ein paar Fragen stelle?«

Christopher lächelte warmherzig und formte ein *Bye* mit den Lippen, ehe er wieder in der Menge verschwand.

Nachdem die Journalistin mit ihren Notizen fertig war, hielt ich nach Christopher Ausschau. Der Abend hatte mich beflügelt, und ich war mehr als nur ein bisschen überrascht, wie sehr ich die Unterhaltung mit ihm genossen hatte. Und dann sah ich ihn mit niemand anderem als dem CEO meiner eigenen Firma und ein paar seiner Handlanger die Köpfe zusammenstecken. Vom anderen Ende des Raumes aus fügte sich Christopher voll und ganz in die Gruppe der restlichen Nerd-Bosse ein. Der Anblick dieser Männer, die so entspannt miteinander schwatzten und lachten – die Tatsache, dass Christopher einer von ihnen war –, machte mich fix und fertig. Während unserer kurzen Unterhaltung hatte ich ganz vergessen, dass es seine Gründe hatte, warum ich ihn ursprünglich abgelehnt hatte. Okay, es hatte sich also herausgestellt, dass seine Firma sich zum Ziel gemacht hatte, die Welt zu verbessern. Trotzdem war er nach wie vor Teil jenes privilegierten Clubs weißer Männer. Nachdem ich jahrelang in der Tech-Branche gearbeitet hatte, verspürte ich eine instinktive, tief verwurzelte Abneigung gegen jeden, der meinem CEO auch nur im Entferntesten ähnelte. Einen Moment lang versuchte ich, das Gefühl abzuschütteln, aber dann dachte ich – warum eigentlich? Immerhin ging ich mit Stephen aus. Ich musste Christopher nicht mögen.

Ich verließ das Event, ohne mich zu verabschieden.

Am darauffolgenden Tag erreichte mich vor der Mittagspause eine an sämtliche Mitarbeiter gerichtete E-Mail, die in ziemlich strengem Ton darauf hinwies, dass sämtliche Fragen auf zukünftigen, von der Firma gesponserten Events im Vorfeld geprüft werden mussten.

Hmm.

Wer behauptet, dass man als kleine Mitarbeiterin im Technischen Support keinen bleibenden Eindruck hinterlassen kann?

KAPITEL 7

»Was ist das für eine Mutter, die das Foto ihrer Tochter in der *Seattle Times* entdeckt und sie deshalb am Telefon anschreit?« Ich nippte an meinem Mimosa. Wie halb Seattle, so genossen auch wir vier einen Sonntagsbrunch im *Portage Bay Café*.

»Stellt sie mir irgendwelche Fragen über das Event oder gratuliert sie mir zu meinem Scharfsinn? Nein. Sie fragt nur, wie ich es wagen konnte, vor Christopher eine solche Szene zu machen. Für sie zählt nur ein einziger Satz in dem ganzen Artikel: ›Zu den namhaften Anwesenden gehörte auch *Pageant* CEO Christopher Butkus.‹« Ich schob meine Gabel in mein *Migas*.

»Vielleicht solltest du ihr von Stephen erzählen«, meinte Amy, während sie auf ihrem French Toast herumkaute. »Das würde sie vielleicht beruhigen, oder?«

»Schon möglich. Genauso gut könnte es sie in tiefe Verzweiflung stürzen. Anscheinend ist sie aus irgendeinem Grund auf Christopher fixiert.«

»Aus irgendeinem Grund …« Sumira rieb die Finger aneinander – die universelle Geste für *Geld*.

»Möglicherweise hast du recht. Ich frage mich, ob meine Eltern vergessen haben, Geld für ihre Altersvorsorge zurückzulegen, weshalb ihr zukünftiger Ruhestand nun von meinen Heiratsaussichten abhängt. Das würde einiges erklären.«

Ein paar Minuten aßen wir schweigend weiter, während die Bedienung unsere Tassen auffüllte.

»Apropos Christophers Strategie«, setzte Eva schließlich nachdenklich wieder an. In unserem Gruppenchat hatte ich den anderen alles verraten, was Christopher nach dem Nachhaltigkeits-Dinner zu mir gesagt hatte. »Sich rar zu machen? Haltet ihr das für eine wirkungsvolle Methode? Es klingt doch sehr nach Klischee, aber wenn es funktioniert, werde ich es ausprobieren. Irgendetwas mache ich schließlich offensichtlich falsch. Vielleicht wirke ich ja zu aufdringlich.«

»Hmm«, machte Amy, ehe ich antworten konnte. Sie grinste verlegen. »Bei mir hat es funktioniert.«

»Was?«

»Nachdem Rachel uns von Christophers Ratschlag berichtet hat, habe ich es bei Ryan ausprobiert.« Sie lachte. »Ich habe ihn buchstäblich einfach ignoriert. Ich habe so getan, als sei ich glücklich und schwer beschäftigt, aber ich bin ihm weder hinterhergelaufen, noch habe ich versucht, ihn zu verführen oder so was. Und dann hat *er* es getan.«

»Wirklich?«

Sie nickte. »Offensichtlich hat Christopher den Nagel auf den Kopf getroffen. Ich meine, immerhin ist er ein *Mann*. Daher weiß er vermutlich Bescheid.«

Eva sah mich fragend an.

»Ja. Zu meinem Erstaunen muss ich zugeben, dass die Methode auch bei Stephen gewirkt hat. Ich habe ihm ein paar Tage lang gar nicht geschrieben, und jetzt ist er eine richtige Plaudertasche. Er hat mich sogar zu einer Hochzeit eingeladen.«

»Echt? Wow. Wann denn?«

»Nächsten Monat.«

»Für eine Hochzeit ist das aber ziemlich kurzfristig.« Sumira legte den Kopf in den Nacken, um ihren Mimosa hinunterzukippen.

»Gönn mir doch meinen Spaß, okay? Ich liebe Hochzeiten. Kostenloses Essen, kostenloser Alkohol, Tanz ... ganz zu schweigen von der Liebe, die in der Luft liegt.«

Eva vergrub das Gesicht in den Händen. »Jetzt mach hier bloß keinen auf romantisch; das ertrage ich momentan nicht.«

Amy, Sumira und ich tauschten mitfühlende Blicke.

»Also hast du von Erica nichts mehr gehör?«

»Erica? Mit der ist schon seit über einem Monat Funkstille. Nein, am Valentinstag habe ich im *Wildrose* eine Frau namens Sherry kennengelernt, aber auch die meldet sich nicht mehr.«

»Frauen sollten es doch nun wirklich besser wissen und nicht ausgerechnet andere Frauen ghosten.« Amy schnalzte missbilligend mit der Zunge.

Ich verspeiste den Rest meiner Mahlzeit, tupfte mir den Mund mit der Serviette ab und verkündete dann: »Wir gehen aus. Nimm uns als deine Wingwomen mit, Eva.«

»Ja!« Amy klatschte in die Hände. »Abends mal wieder ausgehen! Das wäre genau das Richtige. Ich lasse meinen Ehering zu Hause und tue so, als sei ich Single. Natürlich nur für die Wingwoman-Mission.«

»Amy!« Eva wirkte schockiert.

»War ein Scherz!« Amy verdrehte die Augen, ehe sie leise ein »gewissermaßen« vor sich hin murmelte.

Der Frühling rückte näher, und abgesehen von Evas und Amys misslicher Lage lag eindeutig Liebe in der Luft. In meiner Mittagspause suchte ich gerade nach einem Kleid, das ich als

Stephens Begleiterin auf der Hochzeit tragen konnte, als Jane mich anrief.

»Bist du draußen? Ich meine unter Leuten?«, fragte sie mich.

»Warum?« Verstohlen sah ich mich in der Bekleidungsabteilung von Nordstrom um. »Muss ich mir Sorgen machen? Was ist los?«

»Ich schicke dir jetzt ein Foto. Und wenn du es siehst, fängst du womöglich an zu schreien.«

»Hast du dich verletzt? Du weißt doch, dass ich kein Blut sehen kann. Erinnere dich nur an damals, als du dir den Daumen in der Autotür eingeklemmt hast.« Doch eigentlich ahnte ich, was nun kommen würde – bestimmt kein Foto von einer Daumenverletzung.

»Nein. Jetzt sei still und sieh dir meine Nachricht an.«

Es war ein Foto ihrer manikürten Hand, an der ein schimmernder Diamantring im Smaragdschliff prangte. Ich kreischte, ohne auf die anderen Kunden oder das Verkaufspersonal in der Nähe Rücksicht zu nehmen.

»Er hat dir einen Antrag gemacht? Du bist verlobt? Erzähl mir alles!«

»Er hat mich gestern Abend ins *Seattle Rep Theater* ausgeführt, wo wir uns die Aufführung von *Stolz und Vorurteil* angesehen haben. Als der Vorhang zur Pause fiel, ließ er sich auf ein Knie herab, so dass ich ihn erst gar nicht sah, als im Zuschauerraum die Lampen angingen. Doch als ich den Blick senkte, entdeckte ich ihn dort knieend vor mir, in der Hand den Ring. Und er sagte: ›Jane, willst du meine Braut sein?‹ Als ich ›Ja!‹, rief, fing das gesamte Publikum an zu klatschen! Wir werden an Neujahr heiraten!«

»Oh, Jane. Ich freue mich ja so für dich. Das hast du wirklich verdient. Den perfekten Antrag, den perfekten Ehemann. Alles.«

»Danke, Rach. Und weißt du, nichts von alldem wäre ohne dich geschehen.«

Gerührt schnappte ich nach Luft.

»Was du damals zu mir gesagt hast, als ich mit Robbie zusammen war«, fuhr Jane fort. »Niemand hatte den Mut, so etwas zu mir zu sagen. Außer dir.«

»Ich musste es zumindest versuchen, weißt du? Wenn du mit Robbie hättest zusammenbleiben wollen, hätte ich den Mund gehalten. Aber damals hatte ich eben das dringende Gefühl, dir die Augen öffnen zu müssen.«

»›Bist du sicher, dass er genug für dich ist?‹«, zitierte Jane meine Worte, wobei ihre Stimme vor Rührung belegt war. »›Witzig genug? Amüsant genug? Denn wenn er das ist, dann freue ich mich für dich. Aber ich bezweifle es.‹ Du hast damals etwas ausgesprochen, das ich tief im Innern schon spürte, aber zu verdrängen versuchte. Und wenn du damals nicht den Mut gehabt hättest, diese Worte auszusprechen – auch wenn sie mich damals ziemlich verletzt haben –, wäre ich Owen nie begegnet. Mein Leben hätte sich vollkommen anders entwickelt. Ich liebe dich, Rach.«

Nun kamen mir mitten im Nordstrom doch noch die Tränen, die ich hastig wegwischte.

»Ich liebe dich auch. Und ich liebe Owen. Ich freue mich so sehr für euch beide.«

»Okay. Jetzt muss ich Mom anrufen.«

»Sie könnte vor Glück sterben.«

»Ich weiß.«

Ich schob mein Handy wieder in meine Handtasche zurück und ertappte mich dabei, wie mein Blick zur äußersten Ecke der Bekleidungsabteilung hinüberwanderte. Zu den Hochzeitskleidern. Ehe ich mich's versah, hatte ich die Etage durchquert und verkündete der jungen Verkäuferin strahlend: »Meine Schwester hat sich gerade verlobt.« Sie schenkte mir ein nachsichtiges Lächeln, während ich die cremefarbene Seide und den zartrosafarbenen Tüll streichelte. Über ein paar wenige schicke, elegante Kleider, in denen Jane atemberaubend ausgesehen hätte, geriet ich geradezu in Verzückung. Plötzlich blieb ich stehen, und mein Herz wurde weit, als ich ein ganz anderes Kleid entdeckte: ein Etuikleid aus Spitze mit langer Schleppe und sanft geschwungenem Ausschnitt. Es sah aus, als hätten meine Prinzessinnenträume aus Kindertagen meine jugendlichen Fashion-Phantasien geheiratet und dieses Meisterwerk hervorgebracht. Sofort begann ich zu träumen, stellte mir vor, wie ich selbst über eine Wiese hinweg zum Altar schritt, in der Hand einen schlichten Strauß aus zartrosafarbenen Pfingstrosen, während eine sachte Brise den Schleier um mein Gesicht wehte, und … *wie bitte?*

Was sollte das? Seit wann gehörte ich zu den Frauen, die sich sehnsüchtig Hochzeitskleider ansahen? Ja, ich hatte eine Schwäche für Prinzessinnenkleider und Mode; aber meinen eigenen Hochzeitstag hatte ich mir noch nie vorgestellt. Ich wusste nicht mal, ob ich eine Outdoorhochzeit oder gar einen Schleier wollte.

Rachel Weiss, reiß dich zusammen!

Außerdem: Wer sollte an diesem Altar auf mich warten? Stephen Branson? Erst mal abwarten, wie es für mich als seine Begleiterin laufen würde, ehe ich anfing, mir vorzustellen, seine Braut zu sein.

Ruck, zuck war Mitte April. Die grauen Wolken rissen lang genug auf, dass wir einen Blick auf Sonnenstrahlen und blauen Himmel erhaschen konnten. Am Samstagnachmittag holte mich Stephen wie ein richtiger Gentleman mit seinem VW Golf an meiner Wohnung ab.

Ich hatte den ganzen Tag gebraucht, um mich fertig zu machen, inklusive Gesichtsmaske, Haarmaske und Zahnbleaching. Ich hatte mir die Finger- und Fußnägel in Brautwangenpink lackiert, hatte ein Gesamtkörperpeeling gemacht, mich epiliert und Feuchtigkeitscreme aufgetragen. Ich trug ein kurzes, niedliches, mit tropischen Blumen bedrucktes Kleid mit Cutouts an der Taille. Dazu nudefarbene Riemchensandalen und meinen weißen Blazer. In diesem Outfit kam ich mir ehrlich gesagt verdammt heiß vor. Und Stephen gefiel es offensichtlich auch. Als ich in sein Auto stieg, stieß er einen anerkennenden Pfiff aus. Er selbst trug einen marineblauen Anzug, wobei – großer Gott – seine nackten Knöchel verführerisch aus seinen Loafers hervorlugten. Ich wusste, dass es ein schöner Abend werden würde, als er mich im Wagen dermaßen enthusiastisch küsste, dass ich uns beiden hinterher den Lippenstift aus dem Gesicht wischen musste.

Die Hochzeit fand auf einem hübschen, kleinen Weingut in Woodinville statt. Dort stand ein weißes Festzelt, dessen Dach ebenso wie die umgebenden Büsche mit funkelnden Lichtern geschmückt war. Der Gang zum Altar war ein steinerner Weg, gesäumt von rustikalen Weinfässern, die weiße Blumen zierten. Braut und Bräutigam waren Collegefreunde von Stephen. Ich war ganz aufgeregt, weil ich seine Freunde kennenlernen sollte. Als Erstes stand die Zeremonie auf der Tagesordnung. Es handelte sich um eine dieser herrlich kurzen, unitarischen Feiern, die ohne eine einzige Panne über die Bühne ging. Und schon war es Zeit für die Cocktailstunde, bei der ein Wodkacocktail serviert wurde, dem man lächerlicherweise den Namen »Marry Me« – Heirate mich – gegeben hatte.

Stephen legte mir die Hand ins Kreuz und führte mich herum, um mich diversen Freunden vorzustellen. Er war so charismatisch und (ein anderes Wort trifft es nicht) sexy, dass auch andere offensichtlich ganz fasziniert von ihm waren. Seine Freunde blinzelten überrascht und tauschten Blicke, wenn Stephen sie mit seiner Anwesenheit beehrte. Ich hakte ihn unter und hatte beinahe ein schlechtes Gewissen wegen unserer strahlenden Präsenz als Paar; schließlich wollte ich Braut und Bräutigam nicht die Show stehlen.

Kurz nachdem ich mir meinen zweiten *Marry Me* vom Tablett eines vorübereilenden Kellners geschnappt hatte, hatte das glückliche Paar seinen großen Auftritt. Der DJ kündigte sie an, alle jubelten, und ich rief »Mazel tov!«.

Stephen schenkte mir ein freches Grinsen und zog mich auf die Wiese hinüber, wo er mich dicht an sich zog und sich mit mir langsam und intim hin und her wiegte, obwohl der Tanz noch gar nicht begonnen hatte. Zu der Jazzmusik der Cocktailstunde drehten wir uns langsam auf der Stelle, was uns wehmütige und beifällige Blicke von den älteren Gästen einbrachte. Ich sah zu seinem starken, markanten Kinn über meinem Kopf empor und spürte, wie mein Herz einen Schlag aussetzte, als wüsste es, dass dieser Moment etwas Besonderes war, an das ich mich auch später noch erinnern würde.

Er presste einen bedächtigen Kuss auf meinen Scheitel, doch dann spürte ich, wie ihm der Atem stockte. »Verdammt und zugenäht!«, flüsterte er.

»Was?«, fragte ich und lehnte mich zurück.

»Habe nur eben jemanden entdeckt.« Seine Stimme klang

rau. Er versuchte, es mit einem Lachen abzutun. »Du weißt ja, wie so was läuft. Man weiß nie, welche Geister der Vergangenheit plötzlich auftauchen können.«

»Ooh, eine Exfreundin?« Gespannt starrte ich ihn an. Ich reckte den Hals, konnte in der Menge aber kein bestimmtes Gesicht ausmachen.

»Nein, nichts Derartiges.« Auf spielerische Art besitzergreifend zog Stephen mich demonstrativ wieder an sich.

»Gut. Wir wollen uns diesen wunderschönen Abend doch nicht durch einen Zickenkrieg verderben lassen.«

Er lachte, wobei er seine blendend weißen Zähne und die Wölbung seines Adamsapfels zeigte. (Gütiger Himmel, was für ein attraktiver Mann.) »Komm schon, holen wir uns noch einen Drink.«

»Marry Me?«

»Was?« Wie angewurzelt blieb er stehen und entzog mir seine Hand.

»Ich habe nur gemeint, ob du einen *Marry-Me*-Cocktail haben willst?« Ich blinzelte unschuldig.

Sein Gesicht bekam wieder etwas Farbe, und er lachte: »Klar, warum nicht.«

Zugegeben: Eigentlich hatte ich nur einen kleinen Witz machen wollen (der Name des Cocktails bettelte ja schon förmlich darum), aber Stephens Reaktion war nicht gerade schmeichelhaft gewesen.

»Zwei *Marry Mes*, bitte.« Mit Stephen im Schlepptau tänzelte ich zur Bar.

Gerade als ich ein bekanntes Profil aus den Augenwinkeln wahrnahm, hörte ich Stephen hinter mir grummeln: »Ich warte lieber hinten am … «

Der Mann neben mir wandte sich zu uns um.

»… Tisch.«

»Rachel«, begann Christopher Butkus überrascht und hielt dann inne. Sein Blick fiel auf Stephen, und er wurde blass, als hätte ihm jemand ein Glas Wasser ins Gesicht gekippt.

»Hi, Christopher.« Ich blickte mich von ihm zu Stephen um – aber der war wie vom Erdboden verschluckt. »Hmm. Was für ein Zufall, Sie hier zu treffen.«

Christopher starrte Stephen immer noch hinterher – wohin auch immer der verschwunden sein mochte –, dann wandte er mir mit sichtlicher Mühe wieder den Blick zu.

»Woher – woher kennen Sie Jake und Vanessa?«, fragte er.

»Ich kenne sie nicht, aber mein Freund hat mit den beiden das College besucht.« Schuldbewusst nippte ich an meinem Cocktail; bislang hatten Stephen und ich uns noch nicht offen zueinander bekannt.

»*Das* ist Ihr … das ist der Typ?«, fragte Christopher eine Spur beunruhigt. Die intime Frage machte mich gleichzeitig sauer und froh, obwohl sie mich daran erinnerte, dass wir bei unserem letzten Zusammentreffen eine (merkwürdig) offene Unterhaltung darüber geführt hatten.

»Stephen?«, fragte ich verwirrt. »Ja …« Und dann, als Christopher irritiert blinzelte und sichtlich abzuschütteln versuchte, was immer ihn beunruhigte, machte es klick. Christopher *mochte* mich. Er mochte mich und fand es ätzend, mich an der Seite eines Mannes zu sehen, der offensichtlich so viel attraktiver war als er selbst.

Ich unterdrückte ein Lachen und legte ihm tröstend die Hand auf den Arm.

»Schauen Sie, Christopher, ich war Ihnen für Ihren Rat letztens wirklich dankbar. Das war sehr nett von Ihnen. Und …«, fügte ich hinzu, um ihn ein wenig zu provozieren,

»… ich glaube, Ihr Rat hat tatsächlich geholfen. Wenn das kein Grund zur Freude ist!«

Der arme Mann. Wie hatte ich das nur übersehen können? Er schien sich sogar noch mehr aufzuregen, zweifellos vor Bedauern, dass er mir dabei geholfen hatte, mir einen anderen Typen zu krallen. Mitfühlend schob ich ihm Stephens unberührten *Marry Me* hin. Er nahm ihn und trank das Glas zur Hälfte leer.

»Da bist du ja.« Eine Frau tauchte neben Christopher auf. »Ich habe mich schon gefragt, warum du so lange brauchst.«

»Hey, Baby.« Christophers Miene wurde weich. »Ich habe mich mit einer Freundin unterhalten.«

Mein Drink schien mir in der Kehle stecken zu bleiben. Die Frau, die Christopher nun unterhakte, war die atemberaubendste Schönheit, die ich im wahren Leben je zu Gesicht bekommen hatte. Sie hatte eine schmale Stupsnase, einen zarten Kussmund und markante Schlüsselbeine, die ich auf jedem Foto für ein Photoshop-Produkt gehalten hätte. Ihr Haar war seidig glatt und schimmerte honigblond. Sie trug ein schickes, locker sitzendes Seidenkleid, das ihren Körper auf widerlich mühelose Weise umspielte. Plötzlich kam ich mir hässlich vor, spärlich bekleidet und gleichzeitig overdressed. Mein Blumenkleid mit den Cutouts schien zu schreien, während ihres nur flüsterte, mein lockiger Chignon-Knoten wirkte zu bemüht, und mein riesiger Julia-Roberts-Mund war ohrenbetäubend laut, selbst wenn ich nichts sagte.

Am liebsten wäre ich im Boden versunken und auf Nimmerwiedersehen verschwunden.

»Rachel, das ist mein Date Andrea. Andrea, Rachel«, stellte Christopher uns einander vor.

»Wie nett, Sie kennenzulernen. Ihr Kleid ist ein Traum.

Und ich freue mich ja so, dass dieser Mann eine Begleiterin gefunden hat!« Spielerisch knuffte ich Christophers Arm – *warum nur?*

Andrea warf Christopher einen *Wer-ist-diese-Verrückte?*-Blick zu und verengte ihre ungeschminkten Augen. (Ungeschminkt? Mein Gott, trug sie tatsächlich keinerlei Augen-Make-up?)

Andreas Auftauchen als Xios Nachfolgerin verdeutlichte, wie sehr ich mich getäuscht hatte. Christopher *mochte* mich nicht wirklich. Er war ein noch größerer Fuckboy als Stephen, datete schöne Frauen, die er nur wenige Wochen später durch andere ersetzte.

»Nun, ich sollte Stephen wohl einen neuen Marry Me mitbringen, da Sie ja seinen ausgetrunken haben«, sagte ich lachend und bemerkte, dass Andrea einen Schmollmund zog. Das gab mir einen Selbstbewusstseinsschub: Ich mochte zwar kein eins achtzig großes Supermodel sein, aber zumindest war ich witzig.

»Lass gut sein, Rach«, erklang Stephens Stimme in meinem Ohr. Ich wirbelte herum, und sogleich legte er mir den Arm um die Taille. »Lass uns stattdessen Tequila-Shots bestellen.«

Christopher zog ein angewidertes Gesicht. Stephen schien es zu bemerken, denn er schnaubte und verdrehte die Augen, ehe er unsere Bestellung an der Bar aufgab.

»Also, ich nehme an, Ihr beiden …«, begann ich und stockte. Ihrer Miene nach zu urteilen, schien beiden Männern nicht der Sinn nach freundlichem Smalltalk zu stehen. Ich sah Andrea an, um ihr einen *Was-ist-los-mit-den-Jungs?*-Blick zuzuwerfen, aber sie hatte ihr Handy gezückt und wischte konzentriert darauf herum. Mit dem im Neunziggradwinkel geneigten Hals sah sie nicht mehr *ganz* so hübsch aus.

»Die Welt ist klein«, sagte Christopher nun an Stephen gewandt. »Ich kenne deine Freundin. Glückwunsch übrigens. Ich weiß, dass es dir nicht leichtfällt, dich festzulegen. Rachel gehört zu den Guten.«

Mein Blick huschte zwischen beiden Männern hin und her. Ich war verwirrt. Christopher klang keineswegs sarkastisch, dennoch passte sein Ton nicht ganz zu seinen scheinbar freundlichen Worten.

Bei dem F-Wort zuckte Stephen nicht mal zusammen. Beinahe unmerklich zog er die Augenbraue hoch und griff nach unseren Tequila-Shots. »Danke. Ich weiß, wie toll sie ist, sonst wäre sie nicht mein Mädchen. Bis dann.«

Mir voran bahnte er sich einen Weg durch die Menge zurück zu unserem Tisch. Dort gab er mir das Shot-Glas und stieß mit mir an.

»Cheers!« Ich folgte seinem Beispiel, wonach wir die leeren Gläser auf den Tisch knallten.

»Was bin ich doch für ein Glückspilz.« Diabolisch lächelnd beugte sich Steven zu mir vor. »Ich habe die heißeste Freundin auf dieser Hochzeit.«

»Sieh mal. Ich weiß, dass wir eigentlich noch gar nicht richtig darüber gesprochen ... «

Stephen unterbrach mich. »Nein, schon gut. Mir gefällt's.«

»Ach ja?« Das hier war der leichteste Definiere-diese-Beziehung-Talk, den ich je gehabt hatte.

»Ja.« Dann legte er den Arm über meine Stuhllehne, als wolle er der gesamten Hochzeitsgesellschaft zeigen, dass wir ein Paar waren.

Das ganze Dinner über unterhielten wir uns und lachten miteinander. Ehrlich gesagt hatte ich bis heute Abend gar nicht bemerkt, wie amüsant er war. Er war genauso temperamentvoll und extrovertiert wie ich und zog unsere Tischnachbarn in ein so lebhaftes Gespräch, dass wir offensichtlich schon bald das Herz der Party waren. Er war sogar so amüsant, dass Annette – eine Frau in den Fünfzigern und durch ihre Heirat ehemalige Tante der Braut, mittlerweile jedoch geschieden – vor Lachen schrie, während die Gäste an den anderen Tischen offensichtlich neidisch zu uns hinübersahen. Als das Dinner vorüber war und die Menge sich zu zerstreuen begann, um entweder die Bar oder die Tanzfläche aufzusuchen, deutete Stephen auf diverse Bekannte und erzählte mir sämtliche Collegeklatschgeschichten über sie.

Irgendwann winkte er noch ein paar weitere Tequila-Shots herbei, die wir herunterkippten, um uns anschließend mit Gejohle und High fives zu beglückwünschen. Ich beugte mich vor, um ihm einen Kuss zu geben, doch stattdessen zog er mich auf seinen Schoß. Ich kreischte, bis er mich mit einem Kuss zum Schweigen brachte. Ich amüsierte mich so prächtig – und war so unglaublich beschwipst –, dass ich nicht weiß, was mich dazu bewegte, die Augen zu öffnen, als Stephens Lippen nach unten wanderten, um meinen Hals zu küssen. Vielleicht spürte ich ja, dass jemand mich beobachtete. Am anderen Ende des weißen Zeltes saß Christopher stocksteif an seinem Tisch und starrte mich mit steinerner Miene an. Verurteilte er mich etwa, weil ich mich hier amüsierte? Wir waren auf einer Hochzeit, verflucht nochmal! Ich bemerkte Andrea neben ihm, deren Hals dem einer alten Schildkröte ähnelte, während sie wild auf ihrem Handy herumtippte. Ich deutete auf Andrea und formte ein sehr deutliches *Küssen Sie Ihre Freundin* mit den Lippen. Er wirkte gleichzeitig erschrocken und beleidigt. Ich wiederholte die Geste so offensichtlich wie möglich. Christophers Augen verengten sich. Stephen sah auf.

»Hast du etwas gesagt?«, fragte er und folgte meinem Blick. Er sprang so plötzlich auf, dass ich zu Boden fiel.

»Au, was soll das?« Ich richtete mich auf und rieb mir die Hüfte.

»Was hast du ... « Er wandte sich von Christopher ab und fragte so leise wie möglich: »Woher kennst du ihn?«

»Christopher? Unsere Eltern sind Nachbarn.«

»Großer Gott«, murmelte er.

»Warum? Was läuft da zwischen euch?«

»Nichts.«

»Warum ignoriert ihr euch dann den ganzen Abend so krampfhaft und seid so angefressen wie ein altes Liebespaar?«, fragte ich.

»Wie ... was?«, formte Stephen tonlos mit den Lippen. Dann packte er meine Hand. »Komm.«

»Wohin gehen wir?« Vergnügt eilte ich ihm hinterher.

Er zog mich in ein mit Lichterketten geschmücktes Gebüsch.

»Hier?«, hauchte ich, während mir ein Zweig in den Schenkel stach. »Na gut, aber dann mach schnell, ehe der Busch dir zuvorkommt.«

»Wie bitte?« Stephen wirkte entsetzt. »Ich werde nicht – ich würde nie versuchen – nicht hier.«

Ich zog einen Schmollmund, der Andrea alle Ehre gemacht hätte. Schon zum zweiten Mal an diesem Abend hatte er meinen Witz nicht kapiert.

»Warum hast du mich hierhin verschleppt?«

»Um dir etwas zu erzählen ... «, nervös sah sich Stephen um, » ... über Christopher Butkus.«

Sofort hörte ich auf, mich von den Zweigen des Busches befreien zu wollen. *Ja!* Diese Klatschgeschichte würde sicher die beste des ganzen Abends werden – ich wusste es!

»Sprich weiter.«

»Es ist keine lustige Geschichte.« Er klang streng. Ich nickte und setzte eine ernste, respektvolle Miene auf.

»Auf dem College waren wir miteinander befreundet. Wir waren sogar beste Freunde.«

»Ach wirklich?« Ich versuchte, mir das vorzustellen, aber die beiden waren dermaßen verschieden: der große, blonde, unschuldig aussehende Christopher und der kleinere, dunklere und erheblich unartigere Stephen.

»Jep. Wir lernten uns in unserer Studentenverbindung kennen.«

Igitt. Also war Christopher zu allem Überfluss auch noch in einer Studentenverbindung gewesen? Widerlich.

Warte, was sagte ich denn da? Das hieß schließlich, dass auch mein Freund in einer gewesen war. Doch irgendwie war das bei Stephen weniger überraschend.

»Wir waren damals unzertrennlich«, fuhr Stephen jetzt fort. »Machten alles zusammen, belegten sogar die gleichen Kurse. In unserem letzten Studienjahr arbeiteten wir an einem gemeinsamen Abschlussprojekt. Jeder Student sollte eine Geschäftsidee entwickeln.« Stephen schluckte schwer und senkte den Blick; ich merkte, wie sehr die Erinnerung ihm zu schaffen machte. »Eines Abends machten wir ein Brainstorming, und ich kam auf diese Idee ... « Er hielt inne, um die Bedeutung seiner Worte zu unterstreichen. Er konnte doch unmöglich das andeuten, was ich vermutete, oder? »Schließlich nutzten wir sie für unser gemeinsames Projekt. Und dann, ein paar Jahre später, kannst du dir meine Überraschung sicher vorstellen, als ... « Er hielt inne und sah sich um; beide blickten wir zu Christopher in der Ferne hinüber, der im Zelt mit Andrea tanzte.

»Als was?«, soufflierte ich atemlos.

»Als ich hörte, dass er meine Idee aufgegriffen und damit tatsächlich ein richtiges Unternehmen gegründet hatte, eine Firma, die ihn stinkreich gemacht hat.«

»Oh mein Gott.« Mir drehte sich der Magen um, so schrecklich war das. »Er hat dich nicht mal gefragt?«

Stephen schüttelte den Kopf. »Nope. Hat sich einfach meine Idee geschnappt und ist damit auf und davon. Und jetzt sieh ihn dir an. Millionenschwer. Muss schön sein.«

»Stephen, das tut mir so leid. Es ist *schrecklich.*«

Er sah auf mich herab, und sein Gesicht erstrahlte beinahe wie das eines heiligen Märtyrers. »Weißt du was? Es ist okay. Ich habe einen großartigen Job. Und jede Menge Geld. Und, oh ja ... «, er umfasste meine Hüften und küsste mich, »eine heiße Freundin. Es ist einfach nur, hmm, manchmal sehr merkwürdig, ihn zu treffen. Wegen allem, was zwischen uns vorgefallen ist.«

»Natürlich. Heute Abend verlieren wir kein Wort mehr über ihn. Und jetzt lass uns tanzen.«

Keine Ahnung, ob Christopher und Andrea die Party kurz darauf verließen. Den ganzen restlichen Abend lang verschwendete ich keinen weiteren Gedanken an ihn. Stephen und ich wirbelten über die Tanzfläche, und als die Stimmung im Festzelt ein wenig abflaute, veranlasste ich den DJ, »Hava Nagila« zu spielen und startete eine stürmische Hora. Ich brachte sogar ein paar Leute dazu, Braut und Bräutigam auf Stühlen in die Höhe zu heben; diesen Moment würden sie für den Rest ihres Lebens nicht vergessen – Gott segne ihre unitarischen Herzen.

Kurz nach der Hora näherte Stephen sein schweißglänzendes Gesicht dem meinen (Wie schaffte er es nur, verschwitzt immer noch so gut auszusehen?) und schlug vor, dass wir uns ein Zimmer im Hotel suchen sollten. Es folgte eine Stunde mit ziemlich gutem betrunkenen Sex. Ich hätte *schwören* können, dass er besser wurde.

Wer hätte das gedacht? Ich hatte einen Freund (der sogar damit einverstanden war, mein Freund zu sein) – hurra! – und einen weiteren Grund, Christopher Butkus zu hassen. Ich beschloss, Mom die schmutzigen Details über ihren geliebten Butkus vorzuenthalten – ihrer eigenen Gesundheit zuliebe.

KAPITEL 8

Am darauffolgenden Wochenende waren Amy und ich bei Eva in der Wohnung und machten uns gerade fertig, um auszugehen. Eva war zu dem Schluss gekommen, dass ihr Geburtstag der perfekte Zeitpunkt war, um uns in Bezug auf unser Angebot, ihre Wingwomen zu sein, beim Wort zu nehmen.

»Ich habe mich durch so viele Leute auf Tinder gewischt, dass mir mittlerweile Lesben aus Portland angezeigt werden.« Sie stäubte Bronzer auf ihre Wangenknochen.

»Portland? Ach du Schande!«

»Ich weiß, okay?«

»Ach, ich liebe es, sich gemeinsam fertig zu machen!« Amy wickelte eine Haarlocke um den Lockenstab. Der Raum war erfüllt vom Duft kokelnden Haarsprays. »Heutzutage verbringe ich jedes Wochenende in Jogginghose und schaue mir auf meinem iPad Netflix an. Das hier ist wie in den guten, alten Zeiten.«

Ich grunzte zustimmend, während ich mich in meinen Spanx-Suit kämpfte. »Wie haben wir es zu Collegezeiten nur geschafft, das jedes Wochenende zu machen? Ich komme mir vor wie ein Perücke tragender, geschminkter Pavian.«

Eva sah sich nach mir um. »Deine Locken geben heute Abend *tatsächlich* ihr Bestes. Ist die Luftfeuchtigkeit hoch oder so was?«

Ich warf ihr einen Blick zu. Sie war gerade fertig mit Frisieren, und durch die frische Balayage und den Bronzer sah sie aus, als käme sie gerade von irgendeiner Tropeninsel zurück. Ich war gesegnet mit schönen Freundinnen.

»Warum konnte Sumira eigentlich nicht kommen?«, fragte ich.

»Sie hat nur gesagt, dass sie zu tun hat.«

»Hmm.« Plötzlich beunruhigt lehnte ich mich an Evas Bett. »Ist mit ihr alles Ordnung? Findet ihr nicht auch, dass sie in letzter Zeit irgendwie distanziert wirkt?«

»Ich dachte, sie lebt ihr glamouröses Leben.« Amy plusterte sich das Haar auf.

»Und meint ihr nicht, dass sie ... « Ich hielt inne. Am liebsten hätte ich es gar nicht ausgesprochen. »Dass sie sich von uns entfernt? Dem Gruppenchat entwächst?«

»Unmöglich!«, rief Eva. »Das kann ich mir nicht vorstellen.«

»Jetzt brauchen wir erst mal ein paar Shots.« Amy eilte in die Küche und kehrte mit drei Shotgläsern Tequila und einer Handvoll Limettenspalten zurück. Wir stießen an. »Auf Eva! Alles Gute zum Geburtstag!«

»Ich kann nicht glauben, dass mein Mädel schon dreißig wird!«, jubelte ich, und wir kippten unsere Tequilas herunter.

»Capitol Hill, wir kommen, Baby!«

Wenn man im fortgeschrittenen Alter von neunundzwanzig oder – wie in Evas Fall dreißig – ausgeht, ist vieles anders. Man ist so selbstbewusst und reif, dass nichts einen aus der Fassung bringen kann. Die peinlichen Kleinigkeiten, die einem früher die Laune verhagelt hätten (wenn der Barkeeper so tat, als bemerke er einen gar nicht oder wenn man alle paar Minuten seine Shapewear zurechtzupfen musste) perlen einfach an einem ab; durch den gehärteten Schutzschild aus Alter und Weisheit lässt man sich durch nichts mehr aufhalten.

Nachdem wir das *Wildrose* betreten hatten, hatten die Frauen dort keine Chance mehr. Das Publikum ist vielfältig, und damit meine ich, dass man dort Lesben in Flanellhemden, Butch Lesben und Butch Lesben in Flanellhemden antrifft. Kein Wunder also, dass wir sie sofort genau da hatten, wo wir sie haben wollten, als wir drei in Miniröckchen und mit Lippenstift eintraten.

Ehrlich gesagt kam mir Amy ein wenig enttäuscht vor, weil es so wenige Männer gab, mit denen sie flirten konnte. Ich selbst fand diese Regelung gar nicht so dumm: Immerhin war sie scharf aufs Flirten, aber vermutlich weniger versessen aufs Fremdgehen. Warum also nicht einfach mit Frauen flirten? Auf diese Weise war das Risiko, doch in irgendetwas hineinzugeraten, erheblich geringer, denn Amy war hundertprozentig heterosexuell.

Wir näherten uns der Bar, und tatsächlich wurden wir von der Barkeeperin – Buzz Cut und Nackentattoo – demonstrativ ignoriert. Mehr als fünf Minuten lang unterhielt sie sich ungerührt weiter mit einer üppigen Drag Queen, ehe sie sich uns zuwandte. Wahrscheinlich war dies unsere Strafe, weil wir uns nicht an den hiesigen Dresscode gehalten hatten.

Mit unseren Wodka Tonics in der Hand wagten wir uns zum Rand der Tanzfläche vor. Eine wilde Mischung aus Industrial Rock und Screech Techno tönte aus den Lautsprechern. Dieser tätliche Angriff auf die Ohren wurde von einer zierlichen, blonden DJane angeführt, die eine großväterliche Drahtgestellbrille trug.

»Sie ist süß«, schrie ich Eva ins Ohr und deutete auf die DJane.

Eva lächelte unverbindlich und sah sich im Saal um. »Eigentlich nicht mein Typ.«

»Und was ist dein Typ?«

»Ach, du weißt schon.«

Das wusste ich keineswegs. Amy und ich tauschten einen spöttischen Blick. Eva hatte bislang alles gedatet, was das weibliche Spektrum nur hergab: die Hippie-Marktfrau mit Achselbusch, die skateboardende Hundesitterin, welche sich später als kokainsüchtig entpuppte; die Karriere-Barbie auf Highheels; die polynesische Opernsängerin, die dreimal so kräftig wie Eva war – und alles dazwischen.

»Was ist mit der da?« Amy deutete auf eine der Flanellträgerinnen. Eva zuckte mit den Schultern und nippte an ihrem Drink.

»Eins nach dem anderen.« Ich kippte meinen Drink herunter und näherte mich der DJane. Vor ihr wackelte ich ein wenig mit den Hüften, um ihre Aufmerksamkeit auf mich zu lenken. Wackelte, lächelte, wackelte, zog einen Schmollmund. Als mir klarwurde, dass sie mir keine Beachtung schenken würde, beugte ich mich über ihren Tisch.

»Zu dieser Musik kann ich echt nicht tanzen.« Mit großen, traurigen Kulleraugen sah ich sie an.

Sie zog sich den Kopfhörer von einem Ohr.

»Was?«

»Kannst du etwas spielen, wozu wir tanzen können?« Ich schob meine Lippen noch weiter nach vorn und quetschte unauffällig meine Titten mit den Armen zusammen.

Sie presste die Lippen aufeinander, als verursache es ihr körperlichen Schmerz, auch nur in Erwägung ziehen zu müssen, ihre Kunst einer solch simplen Bitte zu beugen.

»Bitte?« Ich sah mich um. »Meine Freundin da hinten hat

ein wenig Liebeskummer.« Ständige romantische Frustration ist doch auch eine Art Liebeskummer, oder? »Wir versuchen gerade, sie aufzuheitern. Außerdem hat sie heute Geburtstag.« Der Blick der DJane huschte zu Eva und Amy hinüber.

»Wozu könntet Ihr denn ... «, sie seufzte deprimiert, als sei dies eine beschämende Niederlage für sie, » ... tanzen?«

»Sie liebt Robyn!« Ich strahlte.

Mit knappem Nicken reckte sie das Kinn und bedeutete mir mit einer Handbewegung, mich wieder zu verdrücken. Als ich mich wieder zu Amy und Eva gesellte, veränderte sich die Musik. Das schrille Screeching verebbte, und der Beat wurde lauter; wahrscheinlich machte sie irgendeinen raffinierten Hokuspokus, um die Songs geschickt zu mischen. Die Energie in der Bar veränderte sich ebenfalls. Erst wurde es stiller, dann steigerte sie sich wieder, als ob jeder die Veränderung spürte.

Eva sah mich misstrauisch an. »Was hast du ... « Und dann erklangen die ersten Töne eines Remix von »Call Your Girlfriend«, und Eva kreischte vor Freude.

Die Tanzfläche füllte sich schnell. Ich sah zur DJane hinüber, ob sie meinen genialen Schachzug erkannt hatte, aber sie kaute auf einer roten Lakritzstange herum und schien vollkommen unbeeindruckt von der allgemeinen Begeisterung zu sein, die der Song ausgelöst hatte.

Eva genoss den Abend in vollen Zügen. Sämtliche Blicke waren auf sie gerichtet. Auch Amy und ich tobten uns aus, aber das Lesbenradar sorgte dafür, dass die meisten Frauen nur um Evas Aufmerksamkeit wetteiferten; zu Robyn tanzte sie mit einer stämmigen Flanellhemdträgerin mit Undercut. Anschließend mit einem Rotschopf in Jeans und schließlich zu einem Lady Gaga Song mit einer zierlichen Frau mit Box Braids.

Außer Atem und lachend zog Eva uns nach dem Lady Gaga Song zur Bar.

»Die gefiel mir«, sagte sie, während Amy die Barkeeperin herbeiwinkte.

»Ja, Lady Gaga ist ja auch sehr populär«, sagte ich freundlich und dachte bei mir, dass Eva wirklich mehr ausgehen sollte.

Sie gab mir einen Schlag auf den Arm. »Dumme Kuh. Nein, ich meinte das letzte Mädel, mit dem ich getanzt habe.«

»Ooh.« Amy und ich drehten uns um, um Evas Objekt der Begierde in Augenschein zu nehmen. Sie trug ein klitzekleines Crop-Top und High Waist Jeans und tanzte jetzt mit dem Rotschopf.

»Na los, fordere sie noch mal zum Tanz auf.«

»Ich kann doch nicht einfach dazwischengrätschen.« Eva runzelte die Stirn, als ich ihr einen frischen Wodka Tonic reichte.

»Warum denn nicht?«

»Das wäre peinlich.«

Nachdenklich nippten wir an unseren Drinks und beobachteten, wie Ginger Evas Crush immer näher kam.

»Cringe.« Amy schüttelte den Kopf.

»Aber sie sieht aus, als gefiele es ihr.« Eva wirkte frustriert.

Wir sahen zu, wie die Rothaarige sich vorbeugte und irgendetwas flüsterte, das die andere Frau zum Lachen brachte.

»Du bist doch viel heißer als der Rotschopf«, betonte ich. »Wahrscheinlich wird sie dir dankbar sein, wenn du sie noch mal zum Tanz aufforderst.«

»Rachel, ich bin nicht ... « Eva verstummte, und verblüfft nahm ich die Unsicherheit in ihrer Stimme wahr. »Ich bin nicht wie du. Ich bringe es nicht fertig, einfach vor irgendwem mit dem Hintern zu wackeln und ihn dadurch dazu zu bringen, mich zu mögen.«

Mit dem Hintern zu wackeln ... ? Das machte mich nachdenklich. Eigentlich hatte ich geglaubt, mehr Klasse zu haben, und dass man sich von meinem freimütigen Wesen und meinem Scharfsinn angezogen fühlte und nicht von meinem Hinterteil. Vorhin hatte ich mich scherzhaft mit einem Pavian verglichen, aber womöglich sahen meine Freundinnen mich genauso: als eine Art heißer, jüdischer Pavian mit rotem Gesäß. Ich versuchte, Amys Blick aufzufangen, aber sie sah demonstrativ zur Seite und nuckelte an ihrem Strohhalm.

»Aber du bist doch absolut ... « Ich hielt inne, als ich die roten Flecken auf Evas Gesicht sah; sie war tatsächlich ziemlich aufgewühlt. »Komm.« Ich nahm ihre Hand und zog sie zu den Damentoiletten.

Im Neonlicht des Waschraums war deutlich zu sehen, dass Eva kurz vor einem Zusammenbruch stand. Sie schluckte und tastete nach einem Papierhandtuch, während sie ihre Tränen fortblinzelte. Amy und ich gesellten uns neben sie.

»Was ist los?«, fragte Amy sanft.

»Ich kann das nicht.« Evas Stimme zitterte.

»Was kannst du nicht?« Ich war verwirrt. »Trinken? Tanzen? Dich amüsieren?«

»Ich kann nicht DATEN«, stieß sie heftig hervor. Amy fuhr so heftig zusammen, dass sie Wodka auf ihre Klamotten verschüttete.

»Was meinst du damit? Natürlich kannst du! Willst du denn niemanden mehr finden?«

Eva sah mich an, als sei mir ein prächtiger Bart aus beiden Nasenlöchern gewachsen. Ihre Augen waren rot, und ihre

Mascara verschmiert (wodurch sie ehrlich gesagt aussah wie ein sexy Kätzchen).

»Bist du etwa genauso dumm wie schön? Natürlich will ich jemanden finden, Rachel!«

»Na dann?« Hilfesuchend sah ich Amy an, aber die war damit beschäftigt, ihren wodkagetränkten Arm mit Papiertüchern zu betupfen.

»Aber *mich* will niemand finden! Irgendetwas stimmt nicht mit mir.«

»Sag das nicht!« Amy und ich übertönten uns gegenseitig mit unserem Widerspruch. »Nimm das zurück! Du bist einfach perfekt.«

Eva presste das Papierhandtuch vors Gesicht und sank gegen das (schmutzige) Waschbecken.

»Es stimmt aber.« Ihre Worte klangen gedämpft. »Jede, die ich in diesem Jahr gefragt habe, ob sie mit mir ausgeht, hat nein gesagt.«

»Was? Wer …?« Eigentlich hatte ich sagen wollen: *Wer sind diese Tinder-Girls, die dich haben abblitzen lassen, und wo finde ich sie, um sie gehörig zu vermöbeln?*, aber Amy kam mir zuvor.

»Das stimmt doch gar nicht. Was ist mit Erica? Und dieser anderen Frau?«

Eva bedachte uns beide mit einem düsteren Blick.

»Wenn sie mit mir ausgehen, Sex mit mir haben und mich *dann* ghosten, ist es sogar *noch* schlimmer, als gleich nein zu sagen.«

Ich blinzelte. Und war sprachlos. In meinem Hirn rangen widersprüchliche Gedanken miteinander. *Jemand, der meine beste Freundin nicht mag, ist nicht ganz richtig im Kopf; ich muss ihre schädliche Selbstkritik sofort zum Schweigen bringen; hat sie möglicherweise recht?* Aber … nein! Es wollte mir nicht in den Kopf, dass diese wunderschöne Frau zurückgewiesen worden war. *Und zwar gleich mehrfach.*

Hilfesuchend sah ich Amy an. Deren Lippen waren geschürzt, ihre Stirn gefurcht, und ich erkannte, dass sie im gleichen inneren Dilemma war wie ich selbst.

»Es ist einfach … es ergibt keinen …« Ich verstummte, dachte an meine eigenen Probleme mit Stephen – Stichwort *schwanznotisiert* – und Amys unerklärliche Probleme mit Ryan. Plötzlich beschlich mich das Gefühl, hier vor einer schwierigen Frage auf einem Gebiet zu stehen, auf dem ich keine Expertin war, was ich mir bislang aber immer eingebildet hatte.

»Alle Menschen auf der Welt außer uns sind verrückt«, flüsterte Amy, woraufhin ich zustimmend nickte. Die Tatsache, dass wir vier makellose Frauen waren, die Welt uns aber trotzdem nicht zu Füßen lag, war einfach nur – na ja, vielleicht war Sumira ja anders. Womöglich konnte sie uns vielleicht sogar einen Rat …

»Christopher«, krächzte Eva und richtete sich entschlossen auf.

»Was?«, fragte ich bestürzt.

»Fragen wir Christopher, was wir tun sollen.«

Ich spürte, wie ich entsetzt die Augen aufriss und streckte abwehrend die Hände aus.

»Hör zu, Eva, das halte ich für keine gute …«

»Sie hat recht.« Amy trat vor, so dass sie dicht neben Eva stand und die beiden mich ansahen wie zwei Mitschülerinnen, die mich auf dem Schulhof mobben wollten. »Wir haben keine Ahnung, was wir hier tun. Aber Christopher hat den Durchblick. Sein Rat hat mir geholfen; dadurch habe ich Ryan dazu gebracht, die Initiative beim Sex zu ergreifen, Herrgott nochmal. Nur wenige Male, aber immerhin.« Sie presste die Lippen aufeinander, und einen Moment lang schweiften meine Gedanken ab. Ich dachte darüber nach, dass meine arme, liebe Amy bestimmt schon wieder eine Woche lang keinen Sex gehabt hatte, obwohl doch niemand ihn so sehr verdient hatte wie sie. Aber diesen Gedanken musste ich auf später vertagen.

»Tu es. Frag ihn.« Evas Tränen waren versiegt, und ihre Wangen färbten sich rosa; nun war sie nicht mehr verzweifelt, sondern aufgeregt. Das durfte ich ihr nicht abschlagen.

Ich stieß einen tiefen, leidvollen Seufzer aus, auf den meine Mutter stolz gewesen wäre.

»Ich habe seine Nummer nicht.«

»Instagram«, schlug Amy sofort vor. »Du weißt doch, dass er dort aktiv ist.«

Ich knabberte an meiner Unterlippe herum, um den gefürchteten Moment noch ein wenig länger hinauszuzögern.

»Na los doch!«, schrie Eva, und ich zuckte so heftig zusammen, dass ich mein Handy fallen ließ.

»Igitt, wie eklig!« Mit spitzen Fingern hob ich es wieder auf. Amy befeuchtete ein Papierhandtuch und wischte ungeduldig mein Telefon ab – als Lehrerin hatte sie sicher schon viele eklige Dinge gesehen.

»Komm schon, diese Frau könnte jeden Moment verschwinden.«

Mir wurde klar, dass Amy recht hatte. Also öffnete ich Instagram und hatte Christopher Butkus schnell gefunden.

»Lieber Christopher«, schrieb ich.

»Nun mach schon!« Amy tippte ungeduldig mit dem Fuß auf den Boden. »Komm einfach gleich auf den Punkt. Bitte ihn um Rat, um Eva zu helfen, sich eine Frau zu angeln.«

Ich löschte meine Worte und begann erneut. »Hey, Christopher, wissen Sie noch, wie Sie mir einen Rat gegeben haben wegen …«, ich hielt inne und beschloss, Stephens Namen nicht zu nennen, für den Fall, dass Christopher bei seinem Anblick vor Wut sein Handy in die Ecke pfeffern würde, »eines Typs? Gerade frage ich mich, ob Sie auch meiner Freundin helfen könnten. Sie hat Pech mit den Frauen. Wird immer wieder zurückgewiesen, ignoriert, geghostet. Sie ist sexy, also das ist nicht das Problem.«

Ich schickte die Nachricht ab, beschloss aber dann, noch mehr ins Detail zu gehen.«

»Wir sind in einem Club, wo sie eine süße Frau entdeckt hat. Aber meine Freundin hat Angst, weil sie sich schon viel zu oft die Finger verbrannt hat. Ideen?«

»Okay. Ich hab's losgeschickt. Sollen wir jetzt an die Bar zurückgehen und …« Eigentlich hatte ich vorschlagen wollen, erst mal weiterzufeiern, weil man schließlich nicht voraussagen konnte, wann er antworten würde. Aber nach einem weiteren Blick auf das Display schnappte ich nach Luft. »Er tippt eine Antwort.«

Amy und Eva drängten sich um mich herum, und gespannt starrten wir auf mein Handy herab.

»Alle Menschen ticken gleich«, schrieb er, was wir im Chor laut vorlasen. »Wir mögen den Wettbewerb. Wir glauben gern, dass irgendetwas unsere eigene Idee ist. Wir haben gern das Gefühl, dass das Glück auf unserer Seite ist.«

Verwirrt sah Eva zu mir auf.

»Geht es auch etwas genauer?«, tippte ich. »Was soll sie tun?«

»Sie soll sich vor den Augen der anderen Frau amüsieren. Vielleicht über andere Frauen reden, während sie zuhört. Sie dazu bringen, dass sie die Initiative ergreift.«

»Was meint er ... «, begann Amy, aber in meinem Hirn machte es klick.

»Verstanden!« Ich tippte ein schnelles Dankeschön und ließ das Handy in meine Tasche zurückgleiten.

Zurück im Club riet ich Amy, meinem Beispiel zu folgen.

»Eva«, sagte ich. »Ich werde dir jetzt jemanden suchen, mit dem du tanzen kannst, und du musst es tun. Es ist nur ein Tanz, mehr muss nicht daraus werden, okay?«

Eva nickte.

Ich sah mich um und entdeckte eine nervös wirkende Frau mit Tattoos und langem, blauem Haar, die mit ein paar Freundinnen tanzte. Ich deutete auf sie, und zu meiner Überraschung stellte Eva keine weiteren Fragen. Sie schlängelte sich durch die Menge und tanzte das blauhaarige Wesen an – lächelnd und selbstbewusst. Die junge Frau wirkte hocherfreut, wandte ihren Freundinnen den Rücken zu und ließ sich auf den Tanz mit Eva ein.

Als Nächstes fischte ich einen Zehndollarschein aus meiner Handtasche.

»Entschuldigung«, sprach ich eine Frau in Lederjacke an, die an der Bar saß. Nachdem ich ihr meine Bitte vorgetragen hatte, schnaubte sie, nickte grinsend und steckte den Zehner ein.

Ich zog Amy auf die Tanzfläche neben Evas Angebetete und ihre neue Tanzpartnerin. Über Amys Kopf hinweg gab ich der Lederjacke das Daumen-hoch-Zeichen, und sie salutierte. Ich kam mir vor wie in einem Spionagefilm.

Lederjacke tanzte zu dem zierlichen Mädchen mit Box Braids hinüber und schrie. »Sorry, ich hab mich gefragt, ob du mich mit der Frau da hinten bekannt machen könntest? Ich habe vorhin gesehen, wie du mit ihr getanzt hast.«

»Was?« Evas Crush sah verwirrt aus.

»Die Frau da hinten.« Lederjacke deutete auf die Stelle, wo Eva tanzte. Im Geiste klopfte ich mir auf die Schulter für die Wahl des Köders; im Tanz mit dem blauhaarigen Mädchen sah Eva unangreifbar und cool aus. »Kennst du sie? Könntest du mich ihr vorstellen?«

»Ähm …« Sie reckte sich auf die Zehenspitzen und sah zu Eva hinüber. Ihre Antwort klang bedauernd: »Eigentlich nicht, sorry.«

Ich wartete eine Sekunde, bis Lederjacke auf recht überzeugende Weise deprimiert mit den Schultern zuckte und sich abwandte. Dann rief ich: »Ich kenne sie!«

Box Braids sah mich an.

»Oh, ich glaube, das hat sie nicht gehört.« Ich drehte mich wieder zu Amy um.

»Sorry, was hast du gesagt?« Box Braids Tanzpartnerin wurde langsam sauer.

»Ich habe nur gesagt, dass ich die Frau dahinten kenne«, schrie ich. »Sie ist meine Freundin.«

»Oh!« Ein Lächeln erhellte ihr Gesicht. »Hm.« Sie warf ihrer Partnerin ein leicht bedauerndes Lächeln zu, die die Augen verdrehte und in der Menge verschwand. »Wie heißt sie?«

»Eva!« Unbeeindruckt tanzte ich mit Amy weiter.

Die Spannung in der Luft war förmlich greifbar, als die junge Frau sich auf die Zehenspitzen stellte, um erneut einen Blick auf Eva zu werfen. Amy grinste und ergriff meine Hand.

»Ich glaube, mit ihr habe ich vorhin getanzt«, sagte Box Braids.

»Ja, sie hat mit vielen Frauen heute getanzt.«

»Weißt du, ob sie Single ist?«

»Sorry, ist ziemlich laut hier drin. Soll ich dich ihr vorstellen?«

»Das wäre cool!«, schrie sie. »Danke!«

Ich führte sie über die Tanzfläche zu Eva hinüber. Letztere tat sehr überzeugend so, als bemerke sie uns nicht.

»Hey, Eva, das ist ... «, begann ich.

»Jasmine!«

»Eva, das ist Jasmine. Wir haben gerade da drüben getanzt; sie ist echt cool.«

Ich zwinkerte Jasmine zu, die die Hände zusammenlegte und mit den Lippen ein *Danke* formte.

»Anscheinend ist Christopher ein Genie«, sagte ich ein paar Minuten später zu Amy, während Eva und Jasmine an der Bar die Köpfe zusammensteckten und sich angeregt unterhielten.

»Eigentlich bist *du* das Genie«, widersprach Amy. »Immerhin war es deine Idee.«

»Auf die Christopher mich erst gebracht hat.«

»Na ja, ihr seid offenbar ein gutes Team.« Ich schnaubte skeptisch.

»Ich frage mich ... « Amy klang nachdenklich. »Ich frage mich, was du tun würdest, wenn du diejenige wärest, die mit Ryan verheiratet ist, wenn du die gleichen Probleme hättest, die ich habe.«

»Was?« Ich stellte mein leeres Glas auf der Theke ab. »Wovon redest du überhaupt? Ryan hat doch selbst gesagt, dass *er* das Problem ist, nicht du. Er hat dich als Victoria's Secret Model bezeichnet, weißt du noch?«

Amy zuckte fast unmerklich mit den Schultern und wandte den Blick ab.

»Es wäre vielleicht nur einfacher, wenn ich dein Selbstbewusstsein hätte«, sagte sie leise.

»Amy …« Darauf fiel mir keine Antwort ein. An diesem Abend sollte es doch um meine Freundinnen gehen – darum, Eva dabei zu helfen, eine Partnerin zu finden, und Amy dabei, mal wieder vor die Tür zu kommen, aber sie streichelten dauernd mein Ego.

Natürlich fand ich das durchaus angenehm. Wir Typen mit dem roten Hinterteil freuen uns genau wie jeder andere über Komplimente – vielleicht sogar noch mehr.

»Ich werde einfach versuchen, dir ähnlicher zu werden.« Amys Stimme war jetzt energischer, und sie grinste mich an. »Du weißt doch, dass ich zu dir aufblicke, seit wir uns im ersten Semester kennenlernten. Irgendwelche Tipps?«

»Nur den einen: Wenn du etwas siehst, das du haben willst, dann nichts wie ran! Sitz nicht herum und frage dich, ob du es verdient hast oder ob du scheitern wirst. Wenn du es nicht versuchst, scheiterst du auf jeden Fall. Und lass nicht zu, dass Ryans Reaktion – oder die eines anderen – dein Selbstwertgefühl untergraben.« Ich überlegte einen Moment, ehe ich fortfuhr. »Hast du es schon mal mit täglichen Affirmationen versucht? Jeden Morgen stellst du dich vor den Spiegeln und erzählst dir selbst etwas Gutes, wie ›Ich bin ganz, ich bin sicher, ich werde geliebt.‹ «

»Machst du das jeden Morgen?«, fragte Amy.

»Jep.«

»Und was sagst du dir?«

»Ich?« Ich wackelte mit den Augenbrauen. »Ich sage: ›Ich bin klug, ich bin erfolgreich, ich bin verdammt sexy.‹ «

Amy lachte schallend.

»Stimmt doch.«

»Wie kommt es nur, dass ich so phantastische Freundinnen habe?« Amy stieß mich mit der Hüfte an.

»Das Kompliment kann ich nur zurückgeben.« Ich gab ihr einen Kuss auf den Scheitel.

Eva und Jasmine gesellten sich zu uns, und wir beschlossen, uns noch eine Runde Shots zu gönnen und dann einen Tapetenwechsel vorzunehmen und in den *Havana Nightclub* zu gehen. Nach der Tequila-Infusion in meinem Blutkreislauf und den ganzen Komplimenten, mit denen ich überhäuft worden war, fühlte ich mich phantastisch, als schwebte ich über einen roten Teppich, oder als sei ich einer dieser Fembots mit diesen übermenschlich großen Brüsten aus dem Film *Austin Powers – Das Schärfste, was ihre Majestät zu bieten hat*. Am liebsten hätte ich jeden mit Liebe überschüttet – einschließlich mich selbst. Was der Grund dafür war, dass ich heimlich eine Textnachricht verschickte, während wir über den Bürgersteig zum *Havana* stolperten.

Die Tanzfläche drinnen war gerammelt voll, und die vergoldete Bar wimmelte vor Menschen. Auch jede einzelne der plüschverkleideten, roten Nischen war besetzt. Es gelang uns, uns durch die Menge zur Theke zu drängen und dort vier Mojitos zu bestellen. Wir überlegten gerade, wie wir ein Plätzchen ergattern konnten, an dem wir ungestört unsere Cocktails trinken konnten, als Stephen neben mir auftauchte. Beim Duft seines Eau de Cologne und seinem Anblick in grauem T-Shirt und edlen, schwarzen Jeans machte mein Magen einen Salto. Dieses markante Kinn, die vollen Lippen und der arrogante Haarschnitt ließen mich innerlich dahinschmelzen.

»Hey.« Er keuchte ein wenig, als er mir die Hand ins Kreuz legte und mir einen Kuss auf die Lippen gab.

»Das ging ja schnell.«

»Ich war mit ein paar Freunden in der Nähe aus, aber viel

lieber wäre ich mit dir zusammen.« Er führte den Mund dicht an mein Ohr heran. »Du siehst atemberaubend aus.«

Eine Gänsehaut explodierte auf meinen Armen und Beinen. Doch da es vermutlich als unhöflich gegolten hätte, ihn hier und jetzt zu bespringen, löste ich mich von ihm und wandte mich den Mädels zu.

»Das ist Stephen. Stephen, das sind meine Freundinnen, Amy, Eva und Jasmine.«

Eva sah aus, als müsste sie sich ein Lachen verkneifen; sie begrüßte ihn und sah mich mit hochgezogenen Augenbrauen an. Ihr Blick huschte zur Seite, als sie versuchte, Amys Blick aufzufangen, aber Amy glotzte Stephen an, als bestünde er aus Diamanten.

Ich stieß ihr mit dem Ellbogen in die Seite und flüsterte. »Ich weiß, okay?« Sie gab keine Antwort, merkte aber anscheinend, dass sie ihn angaffte und kippte hastig die Hälfte ihres Mojito hinunter.

Ein neues Lied setzte ein, woraufhin Jasmine Eva an der Hand nahm und auf die Tanzfläche zog; Eva winkte uns noch kurz mit den Fingern zu, ehe sie mit äußerst zufriedenem Gesichtsausdruck verschwand. Auch ich war zugegebenermaßen sehr zufrieden und stolz darauf, dazu beigetragen zu haben, dass dieses hinreißende Paar, das dort vor mir tanzte, zusammengefunden hatte.

Eine halbe Sekunde später wich mein Stolz einem Gefühl der Panik, denn mir wurde klar, dass ich Amy zum fünften Rad am Wagen degradiert hatte, indem ich Stephen eingeladen hatte. Ich zermarterte mir das Hirn auf der Suche nach einem Gesprächsthema, das faszinierend genug war, um der Verlockung der Tanzfläche und der pulsierenden Musik zu widerstehen. Aber ehe ich auch nur ein Wort sagen konnte, streckte ein großer, dunkelhaariger Mann mit spanischem Akzent Amy die Hand entgegen und forderte sie zum Tanz auf.

Während sie so schnell mit dem gutaussehenden Fremden davonwirbelte, dass ihre erdbeerblonden Locken nur so flogen, fragte Stephen: »Welche deiner Freundinnen ist das noch mal?«

»Das ist Amy.«

»Ah.« Verächtlich verzog er die Lippen. »Die sexuell frustrierte Lehrerin.«

Erst in diesem Moment fiel mir plötzlich auf, dass Amys linke Hand nackt war – sie hatte ihren Ehering tatsächlich zu Hause gelassen.

Stephen und ich tanzten zwei schweißtreibende Lieder lang, dann gelüstete es ihn nach Alkohol. Während wir an der Bar darauf warteten, dass wir an die Reihe kamen und Atem schöpften, hörten wir jemanden Stephens Namen rufen.

Beide wandten wir uns um und sahen uns einem Typen in leuchtend orangefarbenem Poloshirt gegenüber, der offenbar mit ein paar Freunden unterwegs war.

»Stephen Branson, bist du das?«

»Brett.« Stephen schien nicht gerade begeistert über den Anblick des Typen zu sein. »Wie läuft's, Mann?«

»Diesen Kerl habe ich schon so lang nicht mehr gesehen«, erklärte mir Brett, während er Stephen die Hand schüttelte. Ich verzog das Gesicht und sah keine Notwendigkeit, darauf zu antworten. »Wie laufen die Geschäfte?«, fragte er Stephen mit leisem Lachen.

Aus irgendeinem Grund wirkte Stephen angespannt. »Hervorragend. Nett, dich getroffen zu haben, Mann.« Er wandte sich wieder mir zu und schottete mich demonstrativ von Brett ab, der sich daran allerdings nicht zu stören schien.

»Wer war … «, begann ich, verstummte aber sofort wieder. Brett und seine Freunde waren nur wenige Schritte entfernt an der Bar stehen geblieben. Doch er sprach lebhaft auf die anderen ein und deutete auf Stephen. Einen Augenblick später dröhnte vielstimmiges Männerlachen zu uns herüber.

Stephens Miene verhärtete sich noch mehr; er sah jetzt aus, als habe er einen üblen Geruch in der Nase und starrte unverwandt auf seinen Whiskey hinab.

»Stephen, wer war der Typ?«

»So ein Idiot, den ich noch aus Collegetagen kenne.«

»Oh.« Ich fragte mich, ob Brett auf die Tatsache angespielt hatte, dass sich Stephen seine Geschäftsidee unter der Nase hatte wegschnappen lassen; zumindest wäre das eine Erklärung für Stephens Reaktion gewesen. »Was für ein Arschloch.«

Stephen spannte die Kiefermuskeln an und warf Brett einen wütenden Blick zu, um dann irgendetwas Grimmiges vor sich hin zu murmeln.

»Was?«, fragte ich.

»Nichts. Gehen wir.« Und er zog mich wieder auf die Tanzfläche.

Irgendwann schien Stephen die schlechte Laune wieder abzuschütteln, die ihn bei Bretts Anblick befallen hatte. Ich war erleichtert, denn in seiner Gegenwart war ich immer so nervös, dass es mir, auch wenn er normal drauf war, schon schwer genug fiel, charmant zu bleiben. Wenn er sauer war und so finster dreinblickte, war es mir beinahe unmöglich, für eine lockere Stimmung zu sorgen. Aber nach einem besonders erotischen, lateinamerikanischen Song schlich sich wieder ein Lächeln auf seine Lippen. Ich bemerkte, dass die anderen Frauen nun wieder an der Bar standen – Amys Tanzpartner war jedoch verschwunden –, also gesellten wir uns hinzu.

Eva und ich tauschten begeisterte Blicke hinter Jasmines Rücken, weil Letztere *immer noch* da war. Seit sie einander vorgestellt worden waren, waren mittlerweile zwei Stunden vergangen, und sie schien das Zusammensein mit Eva wirklich zu genießen. Als Stephen sich auf die Toilette zurückzog, ergriff ich die Gelegenheit, um mit ihnen zu plaudern, wobei ich bewusst ein paar Anekdoten erzählte, die Eva in ein positives Licht rückten. Jasmine hing mir an den Lippen. Dann kehrte Stephen zurück und zog Amy ins Gespräch, die immer noch ganz fasziniert von ihm zu sein schien. (Ich hatte nichts dagegen, mit einem Mann zusammen zu sein, der eine solche Wirkung auf andere ausübte.) Als ich zu ihnen hinübersah, durchflutete es mich warm: Stephen bemühte sich ernsthaft, meine Freundinnen kennenzulernen. Vielleicht wurde es bald Zeit, ihn meiner Familie vorzustellen – okay, vielleicht erst einmal nur Jane; Mom käme vermutlich nicht klar damit, denn egal, wie gutaussehend er war, Stephen war nun mal kein Butkus.

Während Jasmine uns eine amüsante Geschichte über den Hund ihrer Schwester erzählte, sah sich Amy nach uns um. Ich winkte ihr fröhlich zu. Sie rückte zur Seite, und ich bemerkte das leuchtende Orange von Bretts Poloshirt in der Nähe; auch Stephen war es nicht entgangen. Ich sah, wie er eine Grimasse zog, sich dann jedoch wieder zusammenriss, zweifellos, um weiterhin freundlich auf Amy zu wirken. Doch dann erklangen die ersten Noten eines ABBA-Songs, und jeder Gedanke an die seltsame Situation mit Brett war wie weggeblasen.

Eva und ich kreischten, ebenso wie Jasmine – was ich ihr auf ewig hoch anrechne. Zusammen mit den meisten weiblichen Gästen des *Havana* drängten wir auf die Tanzfläche. Eine wilde Disco-Einlage folgte. Ein paar Songs und eine Toilettenpause später bemerkte ich, dass Stephen verschwunden war. Ich fand die anderen Frauen an einem Tisch und fragte sie, wo er hin sei.

»Weiß nicht genau«, antwortete Amy. »Ich glaube, er ist gegangen.«

»Oh.« Ich war ein wenig geknickt. »Irgendetwas hat ihn eben geärgert. Wahrscheinlich ist er einfach nach Hause gegangen.«

Ich hatte mich darauf gefreut, am Ende des Abends *mit* ihm nach Hause zu gehen – er duftete ja *so* gut –, aber da ich selbst müde und verschwitzt war, hielt sich meine Enttäuschung in Grenzen.

»Ich glaube, ich mache mich auf den Heimweg.« Amy sah auf ihr Handy herab.

»Wirklich? Bist du sicher?« Eva klang enttäuscht.

Mit zusammengepressten Lippen nickte Amy. »Ich bin müde.«

Wir umarmten sie zum Abschied, und sie schlängelte sich über die immer noch überfüllte Tanzfläche davon.

»Kam sie dir nicht auch merkwürdig vor?«, fragte Eva.

»Wahrscheinlich nur müde, wie sie gesagt hat.« Ich verschwieg meine Vermutung, dass sie sich nur nicht hatte anmerken lassen, wie sehr es sie störte, das fünfte Rad am Wagen zu sein. Ich spürte einen schuldbewussten Stich und wünschte, ich hätte mir mehr Zeit genommen, um mit ihr über Ryan und all das zu reden.

Wir drei beschlossen die Nacht mit Burgern und Shakes bei *Dick's*, und dann entschuldigte ich mich, um Eva mit Jasmine allein zu lassen. Im Bus auf dem Heimweg holte ich mein Handy heraus, um nachzusehen, ob Stephen mir irgendeine Nachricht hinterlassen hatte. Nichts. Allerdings hatte ich sieben Textnachrichten von Mom, in denen sie fragte, ob ich schon mit der Planung von Janes Junggesellinnenabschied begonnen hätte. Ich ignorierte sie. Außerdem entdeckte ich eine neue Instagram-Nachricht. Aus irgendeinem unerfindlichen Grund schlug mein Herz schneller, als ich sie öffnete.

Sie stammte von Christopher. »Wie hat Ihre Freundin sich geschlagen? Ich hoffe, es hat alles geklappt.« Dann ein Smiley.

Plötzlich stieg etwas in mir empor – ein Gefühl der Trauer, das so gar nicht zu der fürsorglichen Nachricht passen wollte, die ich gerade gelesen hatte. Während mein Daumen übers Display fuhr, Instagram schloss und meinen Chat mit Stephen aufrief, erkannte ich, dass Christophers Freundlichkeit in krassem Gegensatz zu Stephens Schweigen stand.

Ich verfasste eine Nachricht an Stephen. »Du bist einfach verschwunden! Geht es dir gut? Hat Spaß gemacht, heute mit dir zu tanzen. Xoxo.«

Er antwortete nicht.

KAPITEL 9

Irgendwann rief Stephen mich doch zurück. Er entschuldigte sich dafür, sich am Abend nicht von mir verabschiedet zu haben, aber ich hatte immer noch das Gefühl, dass irgendetwas nicht stimmte. Er druckste herum, wollte sich nicht festlegen, wann wir uns wiedersehen würden. Doch heute Abend war ich zu beschäftigt, um über Stephen nachzugrübeln, da Janes Verlobungsfeier anstand.

Eigentlich hatten die beiden eine Party in kleinem Rahmen geplant – aber sie hatten nicht mit Mom gerechnet, die jeden eingeladen hatte, der auch nur im Entferntesten mit unserer Familie, mit Jane oder Owen zu tun hatte. All ihre eigenen Freundinnen. Sämtliche Freundinnen von Jane. Unseren Rabbi. Owens Cousin dritten Grades als einziges seiner Familienmitglieder, die in dieser Stadt lebten. Janes Lehrerin aus der ersten Klasse – die mittlerweile dreiundneunzig war und vermutlich gar nicht wusste, warum sie überhaupt da war. Janes Boss. Die Butkuses ließen sich bedauernd entschuldigen.

Jane strahlte. Bei unserer gemeinsamen Shoppingtour am vorherigen Wochenende hatte sie ein geradezu engelhaftes Dress erstanden: ein silbernes Midikleid mit Spaghettiträgern und einem Schlitz, der den Blick auf einen Oberschenkel freigab. Das glatte, seidige und frisch gesträhnte Haar trug sie offen. Die Lippen zierte ein schimmernder, zartrosafarbener

Lipgloss, der zu ihrem minimalistischen, aber makellosen Make-up passte. Auf Schmuck hatte sie zugunsten des phantastischen neuen Rings verzichtet, den die Gäste bestimmt tausendmal sehen wollten. Wie die Kids es heutzutage formulieren würden: Meine Schwester war ›goals‹.

Und Owen – nun ja, der war natürlich perfekt. Er war so freundlich und hatte ständig ein Lächeln auf den Lippen – der charmanteste zukünftige Bräutigam, den man sich denken konnte.

In meinem marineblauen Maxikleid und mit dem roten Lippenstift kam ich mir ein wenig zu bunt vor, aber auf mich achtete ohnehin niemand, also machte ich mir darüber keine weiteren Gedanken. Wie erwartet verbrachte ich einen Großteil der Party damit, Moms Anweisungen auszuführen: Snackschüsseln wieder aufzufüllen, Teller und Servietten einzusammeln und dafür zu sorgen, dass die Champagnergläser niemals leer wurden. Mom stolzierte durch die Räumlichkeiten, als gelte diese Party ihr selbst. Sie war so heiter und selig, dass niemand sie für die manische Verrückte gehalten hätte, die sie tatsächlich war. Nach ein paar Stunden winkte sie mich in eine Ecke.

»Ist es Zeit, die Cupcakes reinzubringen?« Ich wischte mir eine schweißnasse Locke von der Stirn.

»Nein, nein.« Ihre Stimme klang atemlos und geheimnisvoll, und ihr Blick huschte umher, als wolle sie sichergehen, dass niemand lauschte. »Du musst mir einen Gefallen tun, Rachel.«

»Oh mein Gott. Ihr braucht *tatsächlich* Geld. Wie schlimm ist es?« Es musste verdammt schlimm sein, wenn sie ihre mittlere Tochter fragte, die momentan nur 207 $ auf der Bank hatte. (*Was?* Der Gehaltstag war immerhin schon zwei Wochen her!)

»Wie bitte?«, blaffte Mom in beleidigtem Ton. »Es geht mir doch nicht um Geld! Also … « Sie zog mich noch tiefer in die Ecke, so dass wir beinahe hinter einem Sessel hockten. Nervös tätschelte sie sich die Locken. »Ich will, dass du den Zwillingen in deiner Firma ein Praktikum vermittelst.«

»Verzeih-*hust*-was?« Ich verschluckte mich an dem Champagner, an dem ich genau im falschen Moment genippt hatte. Tränen traten mir in die Augen.

»Die Zwillinge … deine Schwestern … ich bitte dich, sie für ein Praktikum zu empfehlen.«

»In … welchem Bereich?«, fragte ich und sah zu den Zwillingen hinüber, die hinter Janes Freundin Kailey hinterherschlichen, deren Baby auf ihrer Hüfte saß. Die beiden schnitten Grimassen, anscheinend, um das Baby zum Weinen zu bringen. Als es ihnen gelang, sah sich Kailey um, um den Kleinen zu trösten. Prustend vor Lachen stoben die Zwillinge davon.

»Im … ach, du weißt schon … «, Mom machte eine unbestimmte Handbewegung, » … Computerbereich.«

»Was?! Mom, sie können nicht … Sie sind nicht … «

»Was sind sie nicht? Nicht klug genug?«, fragte Mom mit unnachgiebiger Miene.

Natürlich sind sie nicht klug genug, dachte ich. Mittlerweile waren sie zu dem Tisch mit den Snacks hinübergewandert, wo Abby Ollie gerade dabei filmte, wie sie offenbar versuchte, sich so viele Oliven in den Mund zu stecken, wie gleichzeitig hineinpassten. Zweifellos wurde dieses Filmchen gerade auf TikTok oder dergleichen live an ihre kleinen Freunde übertragen.

»Es handelt sich um ein sehr leistungsorientiertes Unternehmen.«

»*Du* arbeitest doch auch da«, bemerkte Mom.

»Ja, aber ich bin auch keine Informatikerin.« Ich biss die Zähne zusammen. »Sie brauchen wirklich gute Noten und Testergebnisse, um überhaupt für ein Praktikum in Betracht gezogen zu werden.«

»Das haben sie alles.« Sie klang unbeschwert.

»Ach ja?«

»Ja, natürlich, natürlich. Den SAT ... diesen Test für Bachelorbewerber haben sie mit Bravour gemeistert ... «

»Ach wirklich? Wie viel Punkte haben sie erreicht?«

»Fünfzehnhundertsiebzig und fünfzehnhundertachtzig, wenn ich mich recht erinnere.« Mom schniefte.

»Und tust du das? Dich richtig erinnern?« Ich war verblüfft. Nun sahen wir beide zu den Zwillingen hinüber. Abby versuchte gerade, mit zwei Fingern den Olivenmatsch aus Ollies Mund zu holen, und beiden liefen dabei die Lachtränen übers Gesicht.

»Ja, allerdings. Sie sind sehr intelligent. Wie dem auch sei.« Mom schlug einen geschäftsmäßigen Ton an. »Am Montag schicke ich dir sämtliche Unterlagen.«

»Ich bezweifele, dass ich allzu viel Einfluss haben werde.«

»Du bist dort angestellt. Du kannst sie empfehlen. Das hat Gewicht. Ich habe mich darüber schlau gemacht.«

»*Wollen* die beiden denn überhaupt ein Praktikum im Informatikbereich machen?«, fragte ich skeptisch.

»Oh, das ist ihnen egal. Hauptsache etwas, das auf ihren Collegebewerbungen gut aussieht.«

»Na gut.« Wahrscheinlich konnte ein Versuch nicht schaden. Das Schlimmste, was passieren konnte, war, dass sie kein Praktikum bekamen. »Schick mir die Unterlagen per E-Mail, dann kümmere ich mich am Montag darum.«

»Danke, Schatz.« Sie gab mir einen Kuss auf die Wange. Unwillkürlich freute ich mich ein wenig darüber, dass ich eine ganze Unterhaltung mit Mom geführt hatte, ohne dass sie auf Christopher Butkus zu sprechen gekommen war.

»Ach, nebenbei bemerkt.« Mom beeilte sich, Schritt mit mir zu halten, während ich zur Party zurückkehrte. »Hast du bei dieser Nachhaltigkeitsveranstaltung eigentlich ein paar Worte mit Christopher Butkus wechseln können?«

Wie ich in meinem Alter immer noch so naiv sein konnte, war mir ein Rätsel.

»Was daran ist ›nebenbei bemerkt‹, Mom?«

»Also hast du?«, zischte sie dicht neben mir, während sie den übrigen Gästen, an denen wir vorüberkamen, zunickte und zulächelte. »Denn es wäre wirklich eine Schande, wenn du dir diese Gelegenheit hättest entgehen lassen. Nur weil seine Eltern nebenan wohnen, heißt das noch lange nicht, dass er immer hier in der Nähe sein wird – er ist nämlich ein vielbeschäftigter Mann, Rachel. So ein glücklicher Zufall kommt sicher nicht noch mal.«

»Wenn das nur so wäre.« Ich seufzte.

»Was?« In der Küche blieben wir stehen.

»Ja, Mutter. Ich habe tatsächlich ein paar Worte mit ihm gewechselt. Aber ich will ihm auch nicht *zu* nahekommen. Meinem *Freund* würde das vielleicht nicht gefallen.«

Vor Schreck flogen Moms Hände an ihre Wangen, so dass ihr Champagnerglas beinahe zu Boden fiel. (Ich konnte es gerade noch auffangen; meine jahrelangen Erfahrungen mit Moms Wutanfällen hatten meine Reflexe geschult.) Sie gab ein schrilles Geräusch von sich, offensichtlich nicht in der Lage, Worte zu formen.

»Habe ich dich gerade das Wort ›Freund‹ sagen hören?«,

fragte Jane strahlend, die – einen leeren Wasserkrug in der Hand – gerade die Küche betreten hatte.

»Ja, Jane.« Stolz straffte ich die Schultern. »Ich treffe mich seit einiger Zeit mit einem jungen Mann namens Stephen Branson.«

»Nein, nein, nein«, gab Mom leise stöhnend von sich. Es war, als hätte sich in ihrem Hirn ein Fenster geöffnet, hinter dem ich die blinkende Leuchtreklame sehen konnte: *Stephen Branson ≠ Christopher Butkus.*

»Ja, ja, ja.« Ich lächelte Mom an. »Er wird dir sicher gefallen. Das weiß ich einfach.«

Mom war so blass geworden, dass ihr korallenroter Lippenstift und die schwarze Mascara in ihrem entsetzten Gesicht umso deutlicher hervortraten. Sie sah von mir zu Jane, als hoffte sie, Jane würde ihr versichern, dass das alles nur ein Scherz war.

Jane wandte demonstrativ den Blick von ihr ab und strahlte. »Rachel, ich freue mich ja so für dich. Ich wünsche mir nur eines: dass du glücklich bist. Ich wünschte, jeder könnte so glücklich sein, wie ich es heute Abend bin.«

Als würde er von seiner Verlobten magnetisch angezogen, betrat nun Owen die Küche und umfing ihre Taille mit beiden Armen. Dann schmusten sie miteinander. Wenn jemand anders das in meiner Anwesenheit getan hätte, wäre mir schlecht geworden, aber der Anblick von Jane und Owen ließ mich dahinschmelzen.

»Danke, dass du dich so sehr für mich freust, Mom.« Ich nahm Jane den leeren Wasserkrug aus der Hand und füllte ihn unter dem Wasserhahn erneut auf. »Das bedeutet mir wirklich viel.«

Wir ließen Mom in der Küche zurück, wo sie am Fenster

stand und zum Haus der Butkuses hinüberblickte. Dabei gab sie das sehr überzeugende Bild einer Kriegswitwe ab, die den Geistern vergangener Träume hinterhertrauert, die für immer so gerade unerreichbar bleiben werden.

Ich schlich ins Bad, um dort einen Blick aufs Handy zu erhaschen. Dort lachte ich überrascht auf. Moms Traumschwiegersohn hatte auf meine neueste Instagram-Story geantwortet – ein Selfie, nachdem ich mich aufgebrezelt hatte. Er schrieb: »Schon wieder ein Nachhaltigkeits-Dinner?« Dazu ein Zwinkersmiley.

Schnell tippte ich eine Antwort: »Ganz schön neugierig. Ich bin auf der Verlobungsparty meiner Schwester.«

»Meine Glückwünsche an Jane und Owen! Wo war meine Einladung?«

Ich grinste. Dass er sich an die Namen der beiden erinnerte, rechnete ich ihm hoch an. Ich wollte ihm antworten, dass seine Eltern tatsächlich eingeladen worden waren, löschte die entsprechende Nachricht aber gleich wieder. Plötzlich fand ich es peinlich, erklären zu müssen, dass seine Eltern abgesagt hatten. In diesem Moment klopfte es an die Badezimmertür, also schickte ich schnell noch ein die Zunge herausstreckendes Emoji ab, ehe ich mein Handy wieder in der Tasche verstaute. Mir entging nicht, dass ich die nächsten zehn Minuten mit einem Lächeln auf dem Gesicht herumlief. Aber ich sagte mir, dass das nur an dem freudigen Anlass lag, sonst nichts.

Im Laufe der Woche schmolz das wie auch immer geartete Glücksgefühl dahin, das ich auf der Party gehabt hatte, und ich vermisste meine besten Freundinnen. Wir hatten schon eine ganze Weile nichts mehr von Sumira gehört, aber da Ramadan war, hatte sie uns schon vorgewarnt, dass sie sich im Gruppenchat womöglich rarmachen würde, weil sie den ganzen Monat lang hungrig und gereizt sein würde. Vielleicht hätte ich gar nicht groß darüber nachgedacht, wenn mir nicht aufgefallen wäre, dass auch Amy ungewöhnlich still war. Eigentlich war ich davon ausgegangen, dass sie sich an Evas Geburtstag durchaus amüsiert hatte. Vielleicht lief es mit Ryan nicht gut, und sie schämte sich zu sehr, um uns davon zu erzählen.

Ich musste mich irgendwie aufheitern. Da kam mir die tägliche Mitarbeiterfrage gerade recht: »Was empfinden Sie für Ihren Vorgesetzten?«

Grinsend tippte ich eine forsche Antwort. »Ich habe nie etwas für meinen Manager empfunden und bin empört, dass Sie eine wie auch immer geartete emotionale Verbindung zwischen uns andeuten. Kenneth ist ein Gentleman.« Unwillkürlich entfuhr mir ein belustigtes Schnauben. Meine Kollegin Sheryl warf mir einen neugierigen Blick zu, aber ich vertiefte mich nur ohne jede Erklärung in meine ungelesenen E-Mails.

Hmm. Ganz oben im Posteingang – der normalerweise vollgestopft mit automatisierten Support-Ticket-Mails war – fand ich eine, die speziell an mich adressiert und von jemandem namens Jennie war.

»Hi, Rachel, hier schreibt dir Jennie aus der Personalabteilung. Ich habe für heute einen Termin in deinen Kalender eingetragen; bitte sag mir Bescheid, ob dir der Zeitpunkt passt ... «

Wer zum Teufel war diese Jennie? Warum musste ich in der Personalabteilung vorsprechen?

Oh nein. Was hatte ich angestellt?

Während der nächsten Stunde, in der das Meeting mit Jennie

immer näher rückte, entsann ich mich aller Dinge, die ich getan haben mochte, um gefeuert zu werden. Es waren viele. So hatte ich zum Beispiel mitten am Tag einen Waxing-Termin wahrgenommen (und unglücklicherweise ein Teammeeting verpasst, das ich ganz vergessen hatte). Dann waren da die wenigen (Dutzend) Male, die ich mit einem Starbucks-Becher in der Hand zu spät am Arbeitsplatz erschienen war. Die Tatsache, dass ich mit Scott aus der IT geschlafen hatte. Um dann Sheryl gegenüber einen Scherz über Scotts Umfang zu machen, den er vielleicht gehört hatte – vielleicht aber auch nicht.

Oh, bitte, lass mich nicht wegen sexueller Belästigung verklagt werden. Schon wieder. (War ein Scherz.)

Auf dem Weg zu Jennies Büro musste ich an Kenneths Schreibtisch vorbei. Als er zu mir aufsah, machte er ein Gesicht, als beobachte er mich auf dem Gang zur Guillotine, die er mir eingebrockt hatte. Ich musterte ihn aus schmalen Augen. *Kenneth.* Was hatte ich ihm je getan?

So, jetzt ist es offiziell. Ich bin ein Idiot mit ganz großem I. Die Antworten auf diese täglichen Mitarbeiterfragen von unseren Unternehmenshäuptlingen waren in Wirklichkeit natürlich *nicht* anonym. Ich bekam Kenneths säuerliches, kleines Gesicht einfach nicht aus dem Kopf. Die ganze Zeit über schon hatte er meine Antworten mitgelesen! Und anscheinend hatte ich Dinge geschrieben wie: »Ich träume davon, eines Tages die Fesseln des Kapitalismus abzustreifen und die Stadt Seattle meinem Willen zu unterwerfen, und zwar in meiner wahren Gestalt – als Superbösewichtin namens Gullgirl – Möwenmädchen.« Das war meine Antwort auf die Frage: »Welche großen Träume haben sie?« gewesen, die wohl ausreichte, um mir psychiatrische Behandlung aufs Auge zu drücken.

Ich, Rachel Idiot Weiss, war von der Personalabteilung zum Seelenklempner geschickt worden.

Wenigstens hatte ich meinen Job noch. Vorläufig.

Wisst ihr, natürlich hätte ich die Sache sportlich nehmen können. Mein Job war ätzend und wurde auch nicht besonders gut bezahlt. Aber ich brauchte ihn *wirklich*. Jeder weiß doch, wie hoch die Mieten heutzutage sind. Ein Auto besaß ich nicht, denn wer konnte sich das schon leisten? Hundert Mäuse monatlich für den öffentlichen Nahverkehr zu berappen, war schon schlimm genug. Und die Schulden bei meinen Eltern zahlte ich auch immer noch ab: Sie hatten mir die erste Monatsmiete und die Kaution für meine Wohnung geliehen. Außerdem hatte ich Kreditkartenschulden wegen ein paar unüberlegter Einkäufe und der Reise nach Cancún. Die Arztkosten für meinen gebrochenen Zeh, den ich mir eingebrockt hatte, weil ich unbedingt in Stoffturnschuhen hatte Fußball spielen müssen, waren auch noch nicht beglichen. Und trotz allem konnte ich mich noch glücklich schätzen, denn immerhin hatten meine Eltern mir das College bezahlen können. Ich hasste diesen Job zwar, aber ich brauchte ihn auch.

Klar, wenn ich musste, würde ich einen anderen Job finden, aber ich hatte keine Ersparnisse. Ich würde also gleich nach meiner Entlassung etwas Neues finden müssen. Aus irgendeinem Grund kamen mir Christopher Butkus' Worte in den Sinn. *Anscheinend können Sie eine ziemliche Naturgewalt sein. Zumindest, wenn Sie sich etwas in den Kopf gesetzt haben.* Keine Ahnung, ob ich wirklich eine Naturgewalt war, mit der man rechnen musste, aber tief im Innern wusste ich, dass ich das Potenzial besaß, gut in meinem Job zu sein, wirklich professionell. Und offensichtlich erwies sich meine Angewohnheit, alles ins Lächerliche zu ziehen, als gefährlich. Das war's also. Kein Herumalbern mehr. Kein Blödsinn mehr bei der Arbeit.

Nun konnte ich also den Punkt »eine vom Arbeitgeber angeordnete Therapiesitzung wahrnehmen« von meiner Bucket List streichen. Man hatte mich an eine Therapeutin verwiesen, die keine Verbindung zum Unternehmen hatte. Also war es eigentlich genau wie eine ganz normale, nicht vom Arbeitgeber verordnete Sitzung. Trotzdem begann sie mit dem altbekannten: »Sie haben also Probleme am Arbeitsplatz.«

»Eigentlich nicht«, antwortete ich verdrießlich.

»Möchten Sie mir davon erzählen?« Es war genau wie in all den Therapiesitzungen, die ich je im TV gesehen hatte: Sie war eine unscheinbare Frau mit sanftem Lächeln und Notizblock, und ich war von jeder Menge Kissen und Taschentuchboxen umgeben. Zum ersten Mal in meinem Leben war mir nicht wohl dabei, im Mittelpunkt zu stehen.

»Ähm.« Nervös lachte ich auf. »Wir müssen täglich diese albernen Fragen beantworten, und ich gebe halt gern lustige Antworten. Sie wissen schon, um mich selbst zu unterhalten. Ich dachte, die Antworten wären anonym.«

Sie schwieg; ich fragte mich, ob sie im Geiste erst mal bis zehn zählte, ehe sie weitersprach.

»Warum finden Sie diese Fragen albern?«

»Na ja.« Automatisch brach sich meine gewohnte Streitbarkeit Bahn. »Ich halte es für einen Eingriff in unsere Privatsphäre, sich ständig nach unserer Gemütsverfassung, unserer Arbeitsumgebung oder Arbeitseinstellung zu erkundigen. Wer für ein großes Unternehmen arbeitet, der weiß, dass er nichts weiter ist als ein Rädchen im Getriebe. Gerade deshalb kommt man sich noch weniger wie ein Mensch vor, wenn ständig Daten über einen gesammelt werden. Man überwacht genau, wie viele Stunden ich tagtäglich arbeite, wie viele Telefonate und Tickets ich abarbeite, wie viele Smileys die Kunden mir geben. Deshalb ist es beleidigend, jeden verdammten Tag auch noch diese kleinkarierten Fragen beantworten zu müssen.«

Sie schwieg erneut; diesmal zählte sie anscheinend bis zwanzig.

»Mögen Sie Ihren Job?«

Ich kniff die Augen zusammen. »Erstatten Sie meinem Arbeitgeber von meinen Antworten Bericht?«

Sie schüttelte den Kopf. »Rachel, alles, was Sie oder ich in diesen Sitzungen sagen, ist streng vertraulich. Was Sie mir in meiner Praxis erzählen, bleibt unter uns.«

»Okay, dann nein. An meinem Job gibt es nicht allzu viel zu mögen, außer dem Gehalt und den Benefits.«

»Was würden Sie tun, wenn Geld keine Rolle spielte?«

Ich schnaubte. »So zu denken, kann ich mir nicht leisten.«

Wieder zehn Sekunden.

»Was ist mit Ihren Eltern? Welchen Beruf haben sie ausgeübt?«

»Mein Dad ist Raumfahrtingenieur. Meine Mom ist eine professionelle jüdische Mutter.«

»Was bedeutet das?«

»Sie war Hausfrau und nicht berufstätig. Heute arbeitet sie ehrenamtlich und hat ihre Clubs – einen Strickclub, einen Buchclub – und versucht, ihre Töchter gut zu verheiraten.«

»Sie haben Schwestern?«

»Drei. Eine ältere, zwei jüngere.«

»Erzählen Sie mir von ihnen.«

»Jane, meine ältere Schwester, ist ... na ja, eigentlich ist sie perfekt.« Ich hörte, dass meine Stimme plötzlich weich und glücklich klang. »Sie ist unglaublich klug und so schön, dass sie sich nicht mal großartig zurechtmachen muss, um gut auszusehen. Außerdem ist sie der freundlichste Mensch, dem ich je begegnet bin.«

»Was für ein glühendes Lob. Was ist mit Ihren jüngeren Schwestern?«

»Sie sind ...« Ich lachte freudlos, während ich darüber nachdachte, wie ich die Zwillinge beschreiben sollte. »Sie sind sechzehn. Und irgendwie ... durchgeknallt.« Ich nickte, zufrieden darüber, dass ich eine nette Umschreibung für *völlig verwildert* gefunden hatte. »Sie nehmen nichts ernst. Sie sind, na ja, Sie wissen schon, Teenager, und zwar auf die schlimmste Art. Absolut lächerlich.«

Zwanzig lange Sekunden.

»Erkennen Sie sich selbst in ihnen wieder?«

Ich war so entsetzt, das ich beinahe eine Taschentuchbox nach ihr geworfen hätte. Aber dann besann ich mich und atmete tief durch die Nase ein, um nicht loszublaffen: *Verdammt sicher nicht.*

»Ob ich mich ... in den Zwillingen wiedererkenne?« Ich tat, als würde ich darüber nachdenken. »Nein, eigentlich nicht.«

Nun wartete sie, bis die Stille ohrenbetäubend wurde.

Die Zwillinge waren verzogene Gören. Sie taten, was immer sie wollten, wann immer sie es wollten. Was andere von ihnen hielten, war ihnen vollkommen egal. Es war, als seien sie die Stars ihrer eigenen, ganz persönlichen Show, und *Oh mein Gott.*

»Sie sind genau wie ich«, flüsterte ich entsetzt.

Ich hätte schwören können, ein zufriedenes Grinsen über das Gesicht der Therapeutin huschen zu sehen.

»Aber wie … ? Aber ich bin nicht … ich dachte immer, wir seien uns überhaupt nicht ähnlich. Ich meine, ich mag sie eigentlich nicht mal besonders.«

»Oft sind wir schnell damit bei der Hand, andere wegen Eigenschaften zu kritisieren, die wir an uns selbst nicht mögen.«

Für diese dramatische Enthüllung war ich einfach noch nicht bereit. Also saß ich eine Weile einfach nur nachdenklich da. Wenn sie mich gleich fragte, ob ich wie Mom war, würde ich fliehen müssen. (Achtung, Spoiler! Die Antwort lautet vermutlich Ja, aber darüber würde ich nie wieder nachdenken – wirklich *nie* wieder.)

Schließlich sagte sie: »Da Ihr Job Sie hergeführt hat, würden Sie dann noch etwas ausführlicher über Ihren Beruf reden?«

Ich zuckte mit den Schultern.

»Was war auf dem College Ihr Hauptfach?«

»Englisch.«

»Warum haben Sie sich dafür entschieden?«

»Ich mag Bücher.«

»Hatten Sie bei der Wahl Ihres Hauptfaches bestimmte Berufe im Auge?«

»Eigentlich nicht. Ich gehöre nicht zu den Menschen, die alles im Voraus planen.«

Sie lächelte. »Das ist völlig in Ordnung.« In diesem Moment wurde mir klar, wie schlecht ich mich häufig sah. Als ich gesagt hatte »Ich gehöre nicht zu den Menschen, die alles im Voraus planen«, hatte ich im Grunde so etwas gemeint wie *Ich bin faul und verantwortungslos.* Ich blinzelte kurz und versuchte, mich mit dem Gedanken vertraut zu machen, dass einige meiner Schwächen womöglich »völlig in Ordnung« waren.

»Hmm. Ja, ich bin irgendwie in den Tech-Support reingerutscht, weil ich Arbeit brauchte, und genau das machen die Menschen in dieser Stadt schließlich, stimmt's?« Ich lachte kurz auf. »Sie arbeiten in der Tech-Branche?«

»Manche schon. Was wollten Sie mal werden, als Sie klein waren?«

»Natürlich Präsidentin.«

Diesmal war ihr Lächeln breiter. »Nicht jedes Kind will Präsident oder Präsidentin werden.«

»Oh. Na ja, ich schon. Ich habe mir meine eigenen Kampagnen ausgedacht und alles. Mit acht Jahren habe ich sogar einen Werbespot gedreht. Die Videokassette hat meine Mom bestimmt noch.«

»Interessieren Sie sich immer noch für Politik?«

»Ich glaube nicht, dass meine Kindheitswünsche einem Interesse an Politik entsprangen. Vielmehr wollte ich einfach nur das Zentrum des Universums sein. Aber doch, ich interessiere mich immer noch dafür.«

Sie schwieg so lange, dass ich schon glaubte, der Termin sei vielleicht bereits vorüber, und sie wartete nur darauf, dass ich den Raum verließ.

»Ja, ich meine …«, fuhr ich fort. »Ich verfolge die Politik. Ich beschwere mich gern darüber, wie schrecklich alles ist und träume davon, wie ich die Welt verbessern könnte.«

»Auch das tut nicht jeder.«

»Hmm.«

»Denken Sie daran, dass da draußen eine ganze Welt wartet, die nichts mit Technischem Support zu tun hat.«

Nun war ich mit Lächeln an der Reihe; das war das Fröhlichste, was sie in der vergangenen Stunde von sich gegeben hatte.

»Für heute ist unsere Zeit vorüber, Rachel. Möchten Sie einen weiteren Termin mit mir vereinbaren?«

Ich zögerte. »Meine Versicherung bezahlt das, oder?«

Sie nickte.

»Okay, dann ja.«

Und so kam es, dass Rachel, ehemals Sexgöttin mit selbstzerstörerischen Neigungen sich in Rachel, die verantwortungsvolle Frau verwandelte, die zur Therapeutin ging und sich um ihre mentale Gesundheit kümmerte (und hoffentlich immer noch eine Sexgöttin war).

Am Freitagmorgen schrieb ich eine Nachricht in unseren Gruppenchat, die lautete: »Liegt es an mir, oder ist es in unserem Chat momentan ein wenig ruhig?«

Gerade hatte mir mein Iced Coffee einen ordentlichen Koffeinschub beschert. Außerdem drückte ich mich vor meinen Aufgaben, wie man das im Job manchmal so macht. Um ehrlich zu sein, hatte ich zudem vor einer halben Stunde eine Nachricht an Stephen geschickt und noch keine Antwort erhalten. Irgendwas in Richtung »Thank God it's Friday«, und wer das für den Versuch hält, ihn dazu zu bringen, sich mit mir am Wochenende zu verabreden, der liegt genau richtig. Aber leider biss der Fisch nicht an. Vielleicht würde ich mich besser fühlen, nachdem ich ein paar Klatschgeschichten mit den Mädels ausgetauscht hatte. Ich musste grinsen, als mein Display sofort aufleuchtete und Evas Antwort erschien.

Eva Galvez, 11.01 Uhr:
Es war tatsächlich ziemlich ruhig! Ich habe viel Zeit mit Jasmine verbracht. 😊 Wie geht es euch dreien?

Rachel Weiss, 11.03 Uhr:
Ich sehe meine Therapeutin häufiger als Stephen. Er zieht immer noch diese Heiß-und-kalt-Masche bei mir ab. So langsam mache ich mir deshalb ein wenig Sorgen.

Eva Galvez, 11.07 Uhr:
Das tut mir leid, Rach.

Ich starrte noch ein oder zwei weitere Minuten auf mein Handy und wartete auf weitere Sympathiebekundungen. Wartete darauf, ob Amy und Sumira überhaupt reagieren würden. Aber das taten sie nicht. Erneut rief ich meinen Chat mit Stephen auf. Keine Antwort. Keine tanzenden Punkte, die anzeigten, dass er irgendetwas schrieb.

Das Koffein vibrierte in meinen Adern.

Ich kaute auf meiner Unterlippe herum und wippte nervös mit dem Fuß. Ich wünschte mir doch nur einen schnellen Dopamin-Kick durch eingehende Nachrichten; war das wirklich zu viel verlangt? Also machte ich ein albernes Selfie mit meinem Kaffee und postete es mit dem Kommentar: »Wie viel Eiskaffee ist zu viel Eiskaffee an einem Freitag?«

Keine zwei Minuten später vibrierte mein Handy.

Christopher Butkus, 11.15 Uhr:
Kommt drauf an. Wie stark zittern Ihre Hände?

Ich schnaubte vor Lachen. Da war er: mein Dopamin-Kick.

KAPITEL 10

Der Monat Juni begann nicht gerade vielversprechend. Die letzte Woche hatte ich damit verbracht, Trübsinn zu blasen und mich in meiner Einsamkeit zu suhlen. Natürlich freute ich mich darüber, dass meine Freundinnen glücklich waren – Eva mit ihrer neuen Frau, Amy mit ihrem Ehemann, Sumira mit ... wer weiß? –, aber konnten sie mir in meiner Notlage nicht ein wenig mehr Aufmerksamkeit schenken? Ich meine, zugegeben, offiziell befand ja auch ich mich in einer Beziehung, aber mein sogenannter Freund machte weniger als das absolute Minimum. In den letzten zwei Wochen hatten wir einmal miteinander geschlafen, und dabei hatte er den Eindruck gemacht, mit den Gedanken ganz woanders zu sein. Was, wie man sich vorstellen kann, alles andere als schmeichelhaft war. Jedenfalls hatte ich mittlerweile sämtliche trashigen Reality-Shows durch, die Netflix zu bieten hatte, und die Kassiererin im Supermarkt beäugte mich schon misstrauisch, wenn ich allabendlich mit meiner Flasche Wein und einer Tüte Kekse vor ihr stand.

An einem Montagmorgen erhielt ich nach zweieinhalb Tassen Kaffee eine kryptische Einladung zu einem Meeting mit Kenneths Boss Mike. Während meines bisherigen Berufslebens hatte ich keine einzige Terminanfrage dieser Art erhalten, und jetzt bekam ich jeden Monat eine. Wieso?

Als ich an seinem Büro anlangte, war Jennie aus der Personalabteilung ebenfalls anwesend. Inzwischen war ich fest davon überzeugt, gleich entlassen zu werden, hatte aber keine Ahnung, aus welchem Grund. Jennie warf mir einen mitleidigen Blick zu, nach dem Motto: *Armes Ding, du warst dumm genug, um Scherzantworten auf deine täglichen Mitarbeiterfragen zu geben, und jetzt wirst du auch noch gefeuert?* Am liebsten hätte ich ihr meinen Kaffee an den Kopf geworfen. (Ich war jetzt bei der vierten Tasse, denn ich war nervös und brauchte dringend flüssigen Trost.)

Mike, ein breitschultriger Mann mit dichtem, grauem Haarschopf und markantem Kinn deutete auf einen Stuhl an der Seite seines Büros. Ich nahm Platz, plötzlich unsicher wegen meiner Knie und der Frage, in welche Richtung ich sie wenden sollte. Schließlich zog ich sie seitlich heran; mit zitternden Händen umfasste ich den Kaffeebecher auf meinem Schoß.

Jennie verzichtete darauf, sich hinzusetzen, sondern blieb wie ein Wachtposten neben der Tür stehen. Das wertete ich als schlechtes Zeichen. Mike seufzte so tief enttäuscht und unheilverkündend, dass ich es nicht mehr aushielt.

»Ist alles okay?« Meine Stimme klang übertrieben fröhlich.

»Genau genommen, Rachel«, brummte Mike, »nein. Wir müssen über ein bestimmtes Thema reden.«

Die Mischung aus Koffein und Angst war so heftig, dass meine Zähne klapperten; ich hatte das Gefühl, gleich in Ohnmacht zu fallen.

»W … was ist los? Habe ich irgendetwas falsch gemacht?«

Angewidert verzog Jennie den Mund. Sie presste eine Aktenmappe an ihre Brust, die ich ihr am liebsten aus der Hand gerissen und sie angeschrien hätte: *Was ist in dieser Mappe, Jennie?!*

»Wir haben uns Ihr Empfehlungsschreiben für Ihre Schwestern angesehen«, fuhr Mike fort.

Ich war so überrascht, dass ich meine Nervosität ganz vergaß. »Was?« Diese ganze Empfehlungsgeschichte hatte ich beinahe schon wieder vergessen. »Wenn sie für ein Praktikum nicht in Frage kommen, ist das okay. Sie können auch irgendeinen Job in einer Eisdiele annehmen oder so. Die beiden kommen schon klar.« So langsam wurde ich sauer, weil man mir den Eindruck vermittelt hatte, gefeuert zu werden, wodurch mein Blutdruck in nie da gewesene Höhen gestiegen war – und das alles nur wegen der behämmerten Idee meiner Mom. Mir war von vornherein klar gewesen, dass die Zwillinge sich nicht für ein Praktikum im IT-Bereich eigneten. Dieses ganze Drama war also vollkommen unnötig.

»Ihre mangelnde Qualifikation ist nicht der Punkt.« Mikes tiefe Stimme klang bedächtig.

Ich erstarrte. Wollte er mir etwa sagen, dass die Zwillinge absolut brillant waren, und dass man sie vom Fleck weg einstellen wollte? Meine Phantasie ging mit mir durch: Ich stellte mir vor, wie die Zwillinge in den Lokalnachrichten interviewt wurden und auf die Fragen des Moderators nur mit Grunzen und Augenverdrehen reagierten.

»Unser Unternehmen arbeitet, ebenso wie andere Firmen und Schulen in der Umgebung im Rahmen einer laufenden Ermittlung mit den örtlichen Strafverfolgungsbehörden zusammen.«

Mir blieb der Mund offen stehen. Warum erzählte er mir das, und was konnte das mit meinen Schwestern zu tun haben?

Mike stand auf und begann, im Raum auf und abzugehen, den Blick auf den Teppich gerichtet, die Hände hinter dem Rücken verschränkt.

»Wenn Testergebnisse eine gewisse Marke überschreiten, kontaktieren wir unsere Ansprechpartner bei der Strafverfolgungsbehörde, um uns davon zu überzeugen, dass alles koscher ist.« Er schluckte und warf mir einen unbehaglichen Blick zu. (Ich schwöre, die Leute in dieser Firma hatten keine Ahnung, wie man mit einer jüdischen Person spricht. Und schon gar nicht mit einer jüdischen Frau. Vermutlich war ich den meisten von ihnen ein absolutes Rätsel.) Er fuhr fort. »Diesem Protokoll sind wir im Falle Ihrer Schwestern angesichts ihrer hervorragenden Testergebnisse ebenfalls gefolgt.«

So langsam dämmerte es mir. Und mir wurde eiskalt. Ich stellte meinen Kaffeebecher auf Mikes Schreibtisch ab, und spürte, wie mir die Luft wegblieb.

Er blieb stehen und sah mich ernst an. »Aufgrund der Kombination aus ihren Testergebnissen, dem Ort, an dem sie ihr Examen ablegten und der dort Aufsicht führenden Person wird gegen Ihre Schwestern nun ein Ermittlungsverfahren wegen Betrugs eingeleitet.«

»Ich … « Mir schwirrte der Kopf. Mein Hirn war nur noch eine Wüste aus zusammenhanglosen Gedanken, die wie Steppenläufer vom Wind umhergeschleudert wurden.

»Da es sich um ein laufendes Ermittlungsverfahren handelt, kann ich Ihnen bedauerlicherweise nicht mehr darüber sagen.« Mike betrachtete mich mit beinahe freundlicher Miene. Wahrscheinlich sah ich aus, als hätte mich jemand mit einem toten Fisch geohrfeigt.

»B … Betrug? Aber … wie hätten sie … ?« Ich verstummte, als mir die absolute Unfähigkeit der Zwillinge in allem abgesehen von TikTok und dem Nachziehen ihrer Augenbrauen einfiel. Dann tauchte das Bild meiner Mom vor meinem geistigen

Auge auf, in einer Minute noch verzweifelt schluchzend, in der nächsten hart und entschlossen.

Ich barg das Gesicht in den Händen.

»Ich schlage vor, dass Sie sich wegen der Untersuchung nicht weiter zu dem Sachverhalt äußern.« Er hielt inne. »Ich wollte Ihnen nur die Gründe darlegen, warum wir Ihren Schwestern keinen Praktikumsplatz anbieten.«

Ich stieß ein schwaches Lachen aus. Sie würden nie einen Praktikumsplatz ergattern. Aber weil Mom mich gezwungen hatte, ihre Bewerbungen weiterzuleiten, würde wegen einer Straftat gegen sie ermittelt werden.

»Sonst noch was?«, fragte ich steif.

Mike schüttelte den Kopf. Jennie trat beiseite, um mich vorbeizulassen. Ohne einen von beiden auch nur anzusehen, schlüpfte ich aus dem Büro.

Am Abend ging ich ruhelos im Wohnzimmer meiner Eltern auf und ab, während meine Mom auf der Couch saß und mich beobachtete.

»Die Sache ist übel, Mom. Du könntest wegen einer Straftat angeklagt werden.«

»Ich weiß immer noch nicht, wovon du überhaupt sprichst.« Mom pflückte einen Keks von dem Tablett auf dem Couchtisch.

»Das habe ich dir doch jetzt schon dreimal erklärt. Du weißt sehr gut, wovon ich rede.«

Sie biss herzhaft in ihren Keks und kaute eine Weile nachdenklich darauf herum. »Ich habe einen Nachhilfelehrer für sie engagiert.«

Frustriert stöhnte ich auf. »Es war mehr als ein Nachhilfelehrer, und das weißt du.«

»Nein, weiß ich nicht. Keine Ahnung, wovon du sprichst.«

Wütend funkelte ich sie an. »Doch, du … « Ich unterbrach mich und seufzte nur; sie sah mit weit aufgerissenen Augen zu mir empor, kaute dabei züchtig vor sich hin und sah aus wie eine unschuldige Milchkuh. »Großer Gott, Mom. Wo sind die Zwillinge überhaupt?«

»Ich habe deinen Vater gebeten, mit ihnen shoppen zu gehen. Ich wollte nicht, dass sie das hier hören.«

»Warum nicht? Immerhin hängen sie in dieser Sache auch mit drin.«

Lässig winkte Mom ab. »Zu hören, dass sie des Betrugs in ihren SATs beschuldigt werden? Das würde ihrem Selbstvertrauen schaden.«

»Ihrem …?!« Ich starrte sie an, wobei Fassungslosigkeit und Wut in meinem Innern um die Vorherrschaft rangen. Hatte sich meine Mutter in den dreizehn Jahren, die zwischen meiner Geburt und der der Zwillinge lagen, in eine vollkommen andere Frau verwandelt? Die Vorstellung, dass sie sich je Gedanken über *mein* Selbstvertrauen gemacht hatte, kam mir geradezu lächerlich vor. Schauen wir doch mal genauer hin: Als ich sechs war, hatte sie mir eine Frisur wie Brittany Murphy in *Clueless – Was sonst?* verpassen lassen – bei Brittany süß, aber grässlich bei einer pummeligen Sechsjährigen. Dann das Jahr, in dem sie mich zu unzähligen Castings für Teenager-Models schleppte. (Überraschung: Niemand wollte eine Zwölfjährige mit Riesenbrüsten und widerspenstigem Haar unter Vertrag nehmen.) Und dann der Sommer, in dem sie darauf bestanden hatte, dass ich für die Rolle der Titania in *Ein Sommernachtstraum* vorsprach, das im Gemeindetheater aufgeführt werden sollte. Stattdessen bekam ich die Rolle des Puck und verbrachte den ganzen Sommer damit, als notgeiler Clown über die Bühne zu stolzieren.

»Rachel.« Mom wischte sich die Kekskrümel von den Händen. »Ich will nicht mehr darüber reden. Wenn wir von … der Polizei verhört werden, will ich nicht, dass du dabei bist. Du weißt nichts. Die Zwillinge und dein Vater wissen nichts. Und ich selbst weiß nur, dass ich einen Nachhilfelehrer engagiert habe. Das war's.«

»Aber die Lage ist ernst.«

»Ja, anscheinend. Und genau deshalb ist dieses Gespräch beendet.«

Ich fiel in mir zusammen. Wollte sie tatsächlich nicht weiter mit mir darüber reden? Ich war unerwartet enttäuscht von ihr. Meine Mutter war noch nie der Inbegriff von Moral gewesen, aber die Vorstellung, dass sie die SAT-Ergebnisse der Zwillinge gefälscht hatte … Das war schlicht und ergreifend unethisch. Unsere Familie war doch ohnehin schon so privilegiert – erkannte sie das nicht? Die Zwillinge würden schon durchkommen, trotz grottenschlechter Testergebnisse.

Sie tätschelte das Couchkissen neben sich. Nachdem ich mich hingesetzt hatte, bot sie mir einen Keks an.

»Danke.« Gedankenverloren biss ich hinein. »Mom, ich glaube, du verstehst nicht. Es ist nicht richtig, etwas zu … «

»Still jetzt.« Sie strich mir das Haar aus dem Gesicht. »Warum erzählst du mir nicht etwas über diesen sogenannten Freund von dir?«

Ich verschluckte mich an meinem trockenen Cookie. Geschickt lenkte ich das Gespräch auf Janes bevorstehende Brautproben. Ihre Hochzeit sollte erst in etwa sechs Monaten stattfinden, aber ein Teil von mir wünschte, wir könnten die Planungsphase über mehrere Jahre ausdehnen. Es gab nichts Effektiveres, um Mom abzulenken, als die Hochzeitsplanung.

Mom versprach, mich im Hinblick auf die Untersuchung

über alles auf dem Laufenden zu halten, und ich versprach ihr im Gegenzug, den Zwillingen nichts zu verraten.

»Ich könnte doch deinen Vater bitten, ihnen eine Praktikumsstelle in seiner Firma zu verschaffen.«

»Mutter!«, rief ich, entsetzt bei der Vorstellung, dass noch ein weiteres Unternehmen womöglich Anzeige erstatten könnte.

»Oh, tja, vielleicht besser doch nicht.« Nach kurzem Nachdenken sagte sie: »Dann werde ich ihnen wohl am besten einen Job bei den Sommercamps der Temple University verschaffen. Als Betreuer braucht man keine guten Testergebnisse.«

Vermutlich war es klüger, nicht an sämtlichen Fronten gleichzeitig zu kämpfen, deshalb hielt ich den Mund. Und versuchte, mir nicht vorzustellen, welche Folgen es haben konnte, wenn man kleine Kinder der Obhut der Zwillinge überließ.

Mein Jahr hatte so vielversprechend begonnen. Wie hatte es innerhalb von sechs Monaten nur dermaßen den Bach runtergehen können?

Zusätzlich zu meiner immer größer werdenden Einsamkeit war meine Mom jetzt auch noch in irgendeine kriminelle Betrugsgeschichte verwickelt. Und trotz meines hohen Alters von beinahe dreißig hatte ich jetzt auch noch einen alarmierenden Pickel am Kinn. Wie unfair war das denn, bitte schön? Die Kombination aus pubertären Makeln und altersbedingten Beschwerden wie den Falten an meinem Mund und meinen knirschenden Fußgelenken am Morgen war einfach nur deprimierend.

Es war Freitagabend, und ich saß allein in meiner Wohnung und studierte meine Züge im Spiegel über dem Sofa. Bislang hatte ich ganze dreizehn graue Haare gezählt. *Dreizehn.* Und was noch schlimmer war: Die Falten um meinen Mund blieben, egal, wie sehr ich meine Gesichtsmuskeln zu entspannen versuchte.

Ich ließ mich wieder auf die Couch plumpsen und rief die Mädels an. Gewiss waren sie an diesem Freitagabend mit allem Möglichen beschäftigt, aber wir hatten eine unausgesprochene Übereinkunft, bei spontanen Anrufen grundsätzlich dranzugehen.

Eva hob als Erste ab, und ich hörte das leise Hintergrundgemurmel des Fernsehers und Jasmines Stimme, die hallo sagte. Auch Sumira nahm ab, allerdings ohne Hinweise auf ihren Aufenthaltsort zu geben. Amy ignorierte den Anruf. *Seltsam.*

Ohne Umschweife verkündete ich: »Ich habe endlich die Erleuchtung in Sachen Botox. Natürlich lohnt es sich, sich ein Nervengift spritzen zu lassen, wenn man dafür glatte, elastische Haut bekommt.«

»Lass die Finger vom Botox; das ist albern«, meinte Eva.

»Warum denn?«, fragte Sumira. »Ich habe es schon getan.«

»Sumira Khan, das hast du uns verheimlicht!« So langsam kam ich wieder besser drauf. Anscheinend waren meine Freundinnen jetzt genau der Trost, den ich brauchte.

»Ihr habt mich nie danach gefragt.«

»Wir quatschen über so vieles, nach dem die anderen nicht explizit fragen«, entgegnete ich.

»Wie damals, als du uns deinen Besuch beim Gyn in allen Einzelheiten geschildert hast?«

»Das ist ein gutes Beispiel, ja.«

»Wann hast du es machen lassen?«, erkundigte sich Eva. »Und wie fühlt es sich an?«

»Ich habe mir im letzten Jahr zweimal eine Spritze geben lassen. Und man spürt gar nichts. Ich habe es in die Stirn und zwischen die Augenbrauen spritzen lassen. Das friert die Gesichtszüge eine Weile ein. Die Bewegungen deiner Muskeln sind für die Faltenbildung verantwortlich, und Botox verhindert eben, dass du diese Muskeln benutzt.«

»Und wir haben nie etwas davon mitbekommen? Wie viel hat es gekostet?«, fragte ich gespannt.

»Beinahe dreihundert.«

»US-Dollar?«, fragte ich ernüchtert. »Das ist mehr als die Hälfte meiner Ersparnisse. So viel also dazu.«

»Moment mal.« Sumira klang plötzlich besorgt. »Du hast nicht mal ein separates Sparkonto? Ich dachte immer, wenn du über Geld redest, sprichst du nur von deinem Girokontostand, hättest aber zumindest noch etwas auf der hohen Kante.«

Ich spürte ein unangenehmes Ziehen im Magen. »Haben denn hier alle außer mir ein sogenanntes Sparkonto?«

»Hmm, ich glaube schon«, meinte Eva.

»Na klasse. Phantastisch. Das kann ich jetzt also auch noch auf die Liste meiner Versäumnisse setzen. Oh, ich habe euch ja noch gar nicht von meinem Zahnarzttermin neulich erzählt. Ich schwöre, da läuft irgendeine Verschwörung.«

Doch Sumira unterbrach mich. »So gern ich mir die Geschichte auch anhören möchte, ich muss jetzt los. Bis später.«

»Red weiter«, ermutigte mich Eva. »Hat der Zahnarzt dich sexuell belästigt?«

»Nein, Dr. Melinda Chung hat mich nicht sexuell belästigt. Glaubt ihr im Ernst, ich würde einen männlichen Arzt aufsuchen? Unwahrscheinlich. Jedenfalls gab es da eine neue Zahnhygienikerin, Sam, die sich ganz schön reingehängt hat. Sie hat dauernd Sachen gesagt wie: ›In Ihrem Alter kann diese Plaquebildung wirklich gefährlich sein.‹ oder ›In Ihrem Alter bilden sich die Knochen zurück.‹ oder ›In Ihrem Alter sollten Sie über die Anschaffung einer Mundddusche nachdenken.‹ Herrgott nochmal.«

»Wie unhöflich!«

»Und dann rief sie Dr. Chung herbei, damit sie mein Gebiss untersuchte. Also stocherte die Ärztin in meinem Mund herum und schnalzte unaufhörlich besorgt mit der Zunge. ›Abgesehen von dem Karies‹, sagte sie, »gefallen mir diese hinteren Backenzähne gar nicht. Knirschen Sie nachts mit den Zähnen?‹ Und ich so: ›Nur nachts? Schön wär's!‹ Als sie nicht lachte, fügte ich hinzu, dass sie mich wohl verstünde, wenn sie meine Mutter kennen würde.«

»Was ist denn los mit deinen hinteren Backenzähnen?«, fragte Eva, ganz die fürsorgliche Freundin.

»Das ist der gute Teil der Geschichte. Dr. Chung also: ›Ich verschreibe Ihnen eine Aufbissschiene und ein Fluoridgel, das Sie täglich benutzen sollten. Sonst droht Ihnen schon in ein paar Jahren eine Zahnprothese.‹ Ich könnte schwören, dass Sam sich ein gehässiges Grinsen verkneifen musste. Warum hasst Sam mich?«

»Eine Zahnprothese?«, kreischte Eva.

»Und als ob es nicht schon so schwer genug wäre, einen Mann zu finden, kann ich die betreffenden Kandidaten nun becircen, indem ich zuerst wie eine Dreizehnjährige im Bett eine Zahnklammer und schon bald die falschen Zähne einer Neunzigjährigen trage.«

»Genau genommen hast du doch schon einen Mann, oder?«

»Stimmt. Meinen reizenden Freund, der sich nicht mal die Mühe macht, mir zu schreiben, geschweige denn, sich mit mir zu treffen. Aber so ist es sicher am besten. Meine Prothese würde ihn nur abschrecken.«

»Und wann lässt du deine Karies behandeln?«

»Weiß ich noch nicht so genau. Meine Zähne verfaulen und ausfallen zu lassen, wäre für eine alte Spinatwachtel wie mich wohl nur konsequent.«

Es entstand eine Pause. Ich hörte, wie Jasmine verkündete, noch mehr Popcorn machen zu wollen.

»Hey.« Evas Stimme klang sanft. »Ist mit dir und Stephen alles okay?«

»Ganz ehrlich? Ich glaube nicht. Seit wir mit dir aus waren, haben wir uns nicht mehr allzu oft gesehen.«

»Aber das ist jetzt schon länger als einen Monat her.«

»Ich weiß.«

»Hat er irgendetwas gesagt, was eine Erklärung sein könnte?«

»Nope. Es fühlt sich so an, als wolle er die Sache leise sterben lassen, ohne sich die Mühe zu machen, sich von mir zu trennen.«

»Wie Nolan Thompson in der siebten Klasse, weißt du noch?«

»Oh, Nolan. Der hat mich gefragt, ob ich mit ihm ausgehe. Wir sind ins Kino gegangen. Im Sozialkundeunterricht habe ich unentwegt davon geträumt, seine Hand zu halten. Und dann?«

»Nichts.«

»Hat kein Wort mehr mit mir gewechselt. Vielleicht sollte ich mich mal auf die Suche nach ihm machen. Im Grunde sind wir jetzt verheiratet. Nach Gewohnheitsrecht oder so, oder? Immerhin gehen wir jetzt schon sechzehn Jahre miteinander.«

»Du befürchtest also, dass Stephen es mit der Nolan-Thompson-Masche versucht?«

»Es fühlt sich so an.« Ich hielt inne. »Aber das lasse ich nicht zu. Ich habe dazugelernt. Verflucht sollst du sein, Nolan. Nicht mal deine Hand durfte ich je halten.«

»Wirst du mit ihm reden?«

»Nee. Sicher ist er mittlerweile verheiratet und hat einen Haufen Kinder.«

»Nicht mit Nolan. Mit Stephen.«

»Ja. Vermutlich sollte ich das.«

»Okay. Ich bin für dich da, falls du mich brauchst.«

Nachdem wir aufgelegt hatten, starrte ich in die zunehmende Dunkelheit vor dem Fenster. In meiner Brust spürte ich eine ungeheure Leere. Auch abseits der Falten und des grauen Haars war ich nicht ich selbst. Ich kam mir vergessen und belanglos vor. Zerbrechlich und lädiert. Zum ersten Mal in meinem Leben schien ich nicht stark genug zu sein, um dem wie auch immer gearteten Sturm ins Auge zu blicken, der sich über mir zusammenbraute.

KAPITEL 11

Ich hatte all meinen Mut zusammengenommen und Stephen zur Fremont Solstice Parade, eine Sonnenwendparade mit anschließendem Volksfest in unserem Viertel, eingeladen. Er hatte geschlagene vier Stunden für eine Antwort gebraucht, sich aber dann zu einem »Ja, klar« herabgelassen. Hier stand ich also und wartete im *Fremont Coffee* auf ihn. Das Café war gerammelt voll. Auf meinen Iced Latte musste ich ganze zwanzig Minuten warten. Und natürlich kam Stephen zu spät, weshalb ich eine halbe Stunde auf der Veranda stand, eingeklemmt zwischen einem sabbernden English Mastiff und einer Vierjährigen, die mich nicht aus den Augen ließ, während sie einen Cookie verspeiste, der so groß war wie ihr Kopf. Warum war ich so nervös, obwohl ich den Typen, auf den ich wartete, doch schon seit beinahe sechs Monaten datete?

Als er endlich ankam, war meine Laune im Keller. Es war nie ein gutes Zeichen, wenn sich jemand dermaßen verspätete und sich nicht mal die Mühe machte, zu schreiben oder anzurufen, um sich zu entschuldigen. Außerdem hatte die Vierjährige versucht, mit mir zu reden.

Stephen küsste mich wie eine altjüngferliche Tante auf die Wange. Er lächelte nicht und mied meinen Blick. Anscheinend versuchte er nicht mal zu verbergen, dass er sich eigentlich von mir trennen wollte. Die Tatsache, dass er so köstlich aussah und duftete wie eh und je, machte es umso schlimmer.

»Willst du einen Corn Dog?« Ich deutete auf den nächstbesten Food-Truck.

Entnervt nahm ich sein betont gleichgültiges Schulterzucken wahr. Ansonsten schien er jeden Moment die Flucht ergreifen zu wollen, als fühle er sich in der Menschenmenge, die uns aus allen Richtungen bedrängte, alles andere als wohl.

»Nachos? Churros?« Ich deutete auf einen anderen Truck in dem verzweifelten Versuch, unserem Date zumindest den Anschein von Normalität zu geben.

Stephen rieb sich den Nacken.

»Das heißt vermutlich Nein«, murmelte ich und zog dann los, um mir selbst von allem etwas zu besorgen. Stephan kaufte sich ein Bier und schlich hinter mir her, bis ich eine Stelle am Bordstein gefunden hatte, wo ich mich hinsetzen konnte. Während ich aß, saß er schweigend neben mir. In Gesellschaft einer Person zu essen, die weder isst noch redet, ist eine ganz besondere Form der Folter. Nur knapp widerstand ich dem Impuls, ihm mit meinem Churro eine Ohrfeige zu geben.

»Stephen, stimmt irgendetwas ... « Plärrende Musik unterbrach mich, denn nun näherte sich die Parade.

»Die Parade fängt an«, sagte er, ebenso barsch wie unnötig.

Die Menschen um uns herum klatschten und pfiffen. Ich warf meinen Müll in einen Mülleimer in der Nähe und sah mich nach Stephen um: Er stand da und starrte auf sein Handy herab, eine düster aufragende Gestalt inmitten der bunten Menge.

Bis zum heutigen Tag hatte mich noch nie jemand verlassen. Vielleicht hatte ich es ja auch nur verdrängt – oder ich war wirklich eine unwiderstehliche Sexgöttin. Tatsache war jedenfalls, dass mir noch nie so elend zumute gewesen war. Meine Organe fühlten sich an, als seien sie von einem Laster plattgewalzt worden; das Atmen war schmerzhaft und offen gesagt auch nutzlos. Alles kam mir vollkommen falsch vor; wie ein Gegenteiltag, dieses alberne Spiel aus Kindertagen. Nur dass alles an *mir* das Gegenteil zu sein schien. Statt makellos fühlte ich mich hässlich. Statt geistreich und witzig kam ich mir dumm und langweilig vor. Trotz des Wirbels an Farben und Musik um mich herum war mir, als sei jegliche Freude aus meiner Welt vertrieben worden.

So wollte ich mich definitiv nie wieder fühlen müssen.

Nebeneinander, aber ohne uns zu berühren, sahen wir der Parade zu. Sicher waren wir im Umkreis mehrerer Quadratkilometer das ernsteste, unliebevollste Paar überhaupt. Endlich hielt Stephen es offenbar nicht mehr aus und wandte sich zu mir um. »Rachel, wir müssen uns unterhalten.«

Ich blinzelte zu ihm empor und wartete nur stumm ab. Schließlich gab es keinen Grund für mich, irgendetwas zu sagen.

Er holte tief Luft, runzelte die dunklen Augenbrauen und verzog missmutig die Oberlippe. Ich würde ihm nie verzeihen, wie gut er in diesem Moment aussah.

»Du bist eine großartige Frau. Ich hatte viel Spaß mit dir. Aber wir können uns nicht mehr treffen.«

Ich wandte den Blick ab und beobachtete zwei Hula-Hoop-Tänzerinnen in der Parade.

»Gibt es irgendeinen Grund?«, fragte ich tonlos.

»Ich … « Er zögerte. »Ich habe Gefühle für jemand anders entwickelt. Aber es ist kompliziert.«

Das überraschte mich. Ich drehte mich zu ihm um und fragte: »Was meinst du damit? Wieso?«

»Es … es ist kompliziert, weil sie … «

»Nein, das meine ich nicht. Ich meine, wie kommt es, dass du dich in jemand anderen verguckt hast?«

Er wirkte irritiert; dunkelrote Flecken erschienen auf seinen Wangenknochen. »Ich meine, sie … ich … «

Mein Hirn arbeitete nur langsam. Doch dann dämmerte es mir, und ich trat hastig einen Schritt von ihm zurück, wobei ich jemand anders auf den Fuß trat. Dessen Schmerzensschrei ignorierend starrte ich Stephen an.

»Du meinst, während wir miteinander gegangen sind? Hast du mich betrogen?«

Seine Stirn legte sich noch tiefer in Falten. »Dich betrügen? Mir war nicht klar, dass das zwischen uns eine richtige Zweierbeziehung ist.«

»Wie bitte?« Ich hörte selbst, dass meine Stimme jetzt schriller klang. »Wir waren zusammen. Weißt du noch? Freund und Freundin?«

Stephen wirkte jetzt ernsthaft besorgt. »Rachel, ich dachte, wir seien uns einig gewesen. Wir haben nie gesagt … «

»Nein. *Ich* dachte, dass wir uns einig waren. Bei der Hochzeit?« Mir war schwindelig. Eine Formation aus einem Dutzend, nur mit Federn bekleideten Frauen, skatete im Gleichtakt vorüber und erntete tosenden Applaus von den Zuschauern. Ein als Zauberer verkleideter Mann auf Stelzen taumelte ihnen hinterher und schielte grinsend auf den ein oder anderen herab. Erschrocken wich ich zurück, als ich plötzlich sein Gesicht vor mir sah, und er die Zähne fletschte.

»Mist, das tut mir leid.« Stephen klang zerknirscht.

»Und diese andere Frau … «

»Sie will nicht, dass ich mich von dir trenne, aber ich kann nicht anders. Ich glaube, ich liebe sie.«

Ich zuckte zusammen. »Wow. Okay.«

»Okay?«

»Was bleibt sonst noch zu sagen? Es ist aus.«

»Tut mir wirklich leid, Rachel.«

Ich presste die Lippen aufeinander und verzog das Gesicht in der Hoffnung, dass er verschwinden würde. Er schien den Hinweis zu verstehen. Also beugte er sich herab und nahm mich ungeschickt in den Arm, wobei sein Kinn auf meinen Scheitel prallte. Dann vergrub er die Hände in den Taschen und drängte sich durch die Menge davon. Ich sah ihm nach, bis er verschwunden war.

Lange stand ich da, wobei mir allerlei unerwünschte Gedanken durch den Kopf rasten: *Da verschwindet die einzige Beziehung, die ich in beinahe zwei Jahren hatte; Jetzt fange ich wieder von vorn an; Vielleicht bekomme ich nie das, was Jane mit Owen hat.*

Die Menge um mich herum schob sich nach vorn, als eine Marschkapelle auf uns zukam. Ich ließ mich in Richtung der Food-Trucks zurückfallen und kaufte mir ein Bier, kippte es herunter und kaufte mir gleich ein zweites. Ich würde mir jetzt eine Toilette suchen und anschließend nach Hause zurückkehren. Gerade als ich mich auf den Rückweg zur Mainstreet machte, begann das Nacktradeln. Ich blieb stehen, um zuzusehen, und spürte, wie sich ein Lächeln auf meinem Gesicht ausbreitete. Wer die nackten Einwohner Seattles in allen Formen, Größen und Farben dabei beobachtet, wie sie im endlosen Strom von Fahrrädern vorbeiziehen, kann sich eines Lächelns nun mal nicht erwehren. Manche Leute waren golden und in allen Regenbogenfarben bemalt, manche grün mit Kronen aus gelben Blütenblättern, wieder andere waren mit Zebrastreifen oder Skelettknochen bemalt. Es gab große Titten und kleine,

Körperbehaarung und Pofalten. Menschen, die so nackt waren wie am Tag ihrer Geburt, deren Haar vom Wind verweht wurde, und die grinsten, als sei dies der glücklichste Tag ihres Lebens.

Bei dem Anblick wurde mir leichter ums Herz. Ich rannte zurück zum *Fremont Coffee*, vor dem ich mein Bike angekettet hatte und riss mir übermütig die Kleider vom Körper. Gerade wollte ich aufs Rad steigen, als ein Mann in der Nähe mir etwas zurief.

»Anmalen?« Er war ein Hippie um die fünfzig, der ein Batik-T-Shirt und abgeschnittene Shorts trug. In der einen Hand hielt er einen Pinsel, in der anderen eine Farbrolle.

Ich schob mein Rad zu ihm hinüber; schon merkwürdig, die Brise auf meinen Nippeln und meinem Schamhaar zu spüren.

»Hab nur noch ein paar Farben übrig.« Er deutete darauf.

»Mir gefällt das Pink.«

»Na dann also Pink.« Glücklich tauchte er die Rolle in die Bubblegum-pinke Farbe. Ich stand mit ausgebreiteten Armen und Beinen da, während er mich über und über mit Farbe bedeckte. Erst war es kalt, aber das Gefühl der weichen Rolle und der seidigen Farbe war herrlich. »Gänsehaut!« Er lächelte mir über den Rand seiner runden Sonnenbrille hinweg zu.

»Wie viele Leute hast du angemalt?«, fragte ich.

»Heute? Oh, fünfzig, sechzig. Mach das schon seit dreißig Jahren, seit der ersten Parade 1989.«

»In dem Jahr wurde ich geboren!« Das hatte doch sicher etwas zu bedeuten.

»Was du nicht sagst!« Er rollte Farbe über meinen linken Arm. »Ein wichtiges Jahr. Meinst du, du wirst dem Vermächtnis gerecht?«

Ohne zu wissen, was genau er meinte, nickte ich: »Ich gebe mein Bestes.«

»Braves Mädchen!« Er legte die Rolle ab und wischte sich die Hände an seinem Shirt ab. »Fertig. Dreh dich ein paarmal um dich selbst, damit es trocknet, und dann flieg los!«

Ich gehorchte, wirbelte mehrfach im Kreis herum, nackt und pink und voller Freude. Bei dem Gedanken, wie erstaunlich es war, dass ich mich zwanzig Minuten zuvor noch total elend gefühlt hatte, kicherte ich los.

»Danke!« Ich schwang ein Bein über mein Fahrrad.

»Flieg! Flieg!«, rief er. Und ich flog davon.

KAPITEL 12

Nach einer Trennung war Nacktradeln definitiv die beste Therapie. Was für ein unglaublich effektiver Stimmungs-Booster. Eine Woche später war mein Herz wieder so gut wie neu. Es war ein wunderschöner Sommermorgen. Die Sonne schien, und ich war auf dem Weg ins Brautmodengeschäft, um Jane beim Anprobieren der Hochzeitskleider zuzusehen. Ich hatte für alle Becher mit Cold Brew dabei, in denen fröhlich Eiswürfel klirrten, während ich den Bürgersteig entlanglief.

Als ich das Geschäft erreichte, war ich bester Laune. Und genau pünktlich, obwohl Mom und Jane natürlich schon längst da waren. (Sie hatten beide dieses Early-Bird-Gen, das ich nicht nachvollziehen konnte. Meiner Meinung nach war es unhöflich, irgendwo zu früh aufzukreuzen.) Die beiden waren ebenfalls gut drauf. Sonne, Kaffee, Hochzeitskleider. Wie hätte man da nicht fröhlich sein können?

Jane stand an der Rezeption und schilderte die Details ihrer Hochzeit der Verkäuferin, die alles mit großer Ernsthaftigkeit notierte. (Recht so! Kaum zu glauben: Meine Schwester sollte heiraten und hatte schon Einzelheiten wie Datum und Location festgelegt!) Ich nahm auf einer kleinen Couch Platz, nippte an meinem Kaffee und bewunderte Janes Ausstrahlung. Selbst in Jeans und T-Shirt – natürlich ein bretonisches Fischerhemd mit U-Boot-Ausschnitt – wirkte sie elegant.

»Großer Tag«, sagte ich zu Mom. »Bist du aufgeregt?«

»Ich bin so stolz.« Ihre Stimme zitterte leicht, als sie mit dem kleinen Fingern die Haut unter den Augen abtupfte. »So unsagbar stolz.«

»Mom, fang doch nicht schon jetzt an zu weinen. Immerhin hat sie noch nicht mal ein Kleid anprobiert.«

Sie schniefte und zog ein Papiertaschentuch hervor.

»Ich weiß.« Sie riss sich zusammen. »Du hast recht.«

»Okay, alles klar.« Jane strahlte uns an. »Lasst uns Kleider aussuchen!«

Wir wuselten im Laden umher, pflückten Kleider von den Ständern und zeigten sie Jane. Sie mochte Spitze und Seide, nicht zu viel Tüll, nichts Ausladendes oder Aufgebauschtes. Nachdem wir etwa ein Dutzend Kleider beisammenhatten, führte die Verkäuferin sie in einen durch einen Vorhang abgeteilten Umkleideraum. Mom und ich nahmen auf der dick gepolsterten Couch davor Platz. Mom war so aufgeregt, dass sie sich nicht mal die Mühe machte, mich zu schikanieren. Sie lächelte nur die ganze Zeit fröhlich vor sich hin und sprudelte vor Aufregung beinahe über.

Mit dramatischer Geste riss die Verkäuferin den Vorhang auf. Es entstand eine lange Pause, während Mom und ich Jane andächtig musterten. Dann prusteten wir alle drei los.

»Das nächste!«, rief ich.

Janes Figur lässt sich am besten als »Bohnenstange mit Busen« beschreiben. Ihre Titten sind nur eine Spur kleiner als meine, aber ihr restlicher Körper ist winzig. In dem ersten Kleid sah sie aus wie ein Maiskolben, gerade und formlos von oben bis unten. Zwar wollte sie ein züchtiges Kleid, aber ein wenig figurbetonter würde es doch sein müssen. Natürlich plädierte Mom für etwas Rückenfreies mit Beinschlitz, das außerdem Dekolleté zeigte. Insgeheim wollte sie vermutlich jedem zeigen, wie heiß Janes Körper war, weil sie damit indirekt auch ihre eigenen Gene ins Rampenlicht rücken konnte.

Ehrlich gesagt hatte Mom es immer noch drauf. Sie war zwar alt, ja, aber gut in Form. Und sie wusste, wie man sich durch einen Push-up-BH in Szene setzen konnte. Außerdem hatte sie ihre Locken voll im Griff.

Nachdem wir ein paar Minuten lang Flüstern, Lachen und etwas, das wie ein gedämpfter Boxkampf klang, hinter dem Vorhang gehört hatten, tauchte Jane wieder auf. Diesmal trug sie ein perlenbesticktes Neckholder-Kleid, in dem sie wie eine Meerjungfrau aussah. Skeptisch sah sie an sich herab.

»Stehst du auf den Meerjungfrauen-Look?«, fragte ich.

»Nein … außerdem kann ich in dem Ding kaum laufen.«

»Ich finde es wunderschön.« Moms Augen waren feucht.

Jane sah aus, als sei sie bereit, auf Moms Einflüsterungen zu hören und ihre eigene Meinung zu revidieren.

»Weg mit dir.« Mit einer Handbewegung scheuchte ich sie in die Kabine zurück. »Du musst bestimmt noch zehn weitere anprobieren.«

Die Verkäuferin schob sie wieder hinein.

»Mir hat es gefallen.« Moms Stimme klang schmollend.

»Ich weiß, ich weiß.« Ich tätschelte ihre Hand.

»Rachel. Wann lerne ich deinen Freund kennen?«

Ich war dermaßen verblüfft, dass mir eine Sekunde lang die Luft wegblieb. Ich bewegte die Lippen, brachte jedoch keinen Ton heraus, während sie selbst mich mit strengem Blick fixierte. Doch das Geräusch des Vorhangs, der erneut aufgezogen wurde, rettete mich.

»Wow«, hauchte ich im gleichen Moment, in dem Mom sagte: »Oh, Jane.«

Jane strahlte und drehte sich erst in die eine und dann in die andere Richtung, um ihr Spiegelbild zu begutachten. Das Kleid bestand aus einem Seidenmieder mit dünnen Trägern; zarte Lagen aus seidengesäumtem Tüll flossen den gesamten Rock hinab.

»Du siehst aus wie eine Prinzessin.« Ich strahlte.

»Ich hätte nicht gedacht, dass mir Tüll gefallen könnte.« Jane breitete die Hände über dem Rock aus.

»Das kommt durchaus häufiger vor«, meinte die Verkäuferin. »Manchmal glaubt man, eine bestimmte Vorliebe zu haben, doch dann stellt sich heraus, dass einem nach dem Anprobieren etwas ganz anderes gefällt.«

»Es ist wunderschön«, sagte Mom. »Sehr geschmackvoller Ausschnitt.«

Jane fing meinen Blick auf, und ich grinste. Der sanfte Schwung des Ausschnitts zeigte gerade genug Dekolleté, um jedermann zufriedenzustellen.

»Es ist wirklich perfekt«, hauchte Jane, die sich immer noch im Spiegel bewunderte.

»Ja, stimmt, aber den Rest musst du auch noch anprobieren.« Ein Glück, dass ich da war, um das Kommando zu übernehmen. Was hätte meine Familie nur ohne meine Führung getan? »Da drin könnte sogar ein noch besseres Kleid auf dich warten.«

»Okay, okay.« Jane konnte mit dem Lächeln gar nicht mehr aufhören, als sie den Vorhang hinter sich schloss.

Auch ich spürte das Lächeln auf meinem Gesicht, als ich mich wieder Mom zuwandte.

»Wow, das war tatsächlich … «

»Rachel Renée Weiss.« Mom klang hart und scharf, was so gar nicht zu dem rührseligen Moment von vorhin passen wollte. Plötzlich schlug mir das Herz bis zum Hals. Selbst als Erwachsene konnte mir nichts so viel Angst einjagen wie die strenge Stimme meiner Mom.

»Was?« Ich verfiel in den quengeligen Ton meiner Teenagerzeit zurück, den ich eigentlich hinter mir gelassen zu haben glaubte. Das war ganz allein ihre Schuld: Sie tat mir das an.

»Es ist unbegreiflich – *unbegreiflich* –, dass du mich so behandelst«, zischte sie.

»Wie denn? Was meinst du damit?«

»Dass du mir Dinge verschweigst. Dass du mir nicht das Geringste über den Mann in deinem Leben erzählst. Ganz zu schweigen davon, dass du gar nicht erst in Erwägung ziehst, ihn der Familie vorzustellen.«

»Mom ... «, stöhnte ich.

In diesem Moment tauchte Jane wieder auf, begleitet von der Verkäuferin, die begeistert krähte: »Das hier dürfte Ihnen ebenfalls gefallen!«

Sofort hatten Mom und ich nur wieder Augen für Jane. Es war ein minimalistisches Seidenkleid mit einer Art Cape, das den Rücken hinabfloss.

»Oh, Schatz.« Moms Stimme triefte vor Rührung – ungläubig starrte ich sie an. War meine Mutter etwa eine Soziopathin? »Damit könntest du auf dem Cover der *Vogue* landen.«

Jane errötete vor Freude.

»Was denkst du, Jane?«, fragte ich.

»Es ist ... es ist wirklich hübsch ... «, begann sie zögernd. Wie ich vermutet hatte.

»Stimmt, aber das bist nicht *du*, oder?«

Dankbar griff sie die Frage auf. »Vielleicht nicht. Nicht ganz mein Stil. Aber wirklich hübsch.«

Mit enttäuschter Miene winkte die Verkäuferin sie wieder

hinein. Kaum waren wir allein, stürzte sich Mom erneut auf mich, drehte so schnell den Kopf zu mir um, dass ich mich wunderte, dass sie sich nicht den Hals dabei brach.

»Sag mir, wieso. Warum hältst du diesen Mann von mir fern? Du weißt doch, dass ich mir nur eins wünsche, nämlich, dass du glücklich bist.«

»Glücklich verheiratet«, murmelte ich.

»Sprich deutlich, brummele nicht in dich hinein!«, donnerte Mom. Doch ehe ich auch nur ein Wort herausbringen konnte, legte sie erst recht los. »Was habe ich dir nur getan? Warum willst du mir *weh tun*?«

»Mom! Ich will dir nicht weh tun!«

Wieder standen Jane und die Verkäuferin vor uns und starrten uns mit offenen Mündern an.

»Sorry«, murmelte ich, und mein Gesicht wurde ganz heiß.

»Dieses hier – hmm – dieses hier schmeichelt Ihnen sehr.« Die Verkäuferin präsentierte Jane wie eine Showmasterin ihre Gäste.

Es war ein überladenes Spitzenmachwerk mit Keyhole-Ausschnitt.

»Nein«, riefen Mom und ich im Chor. Die beiden anderen verschwanden ohne ein weiteres Wort.

»Mom.« Ich sprach mit leiser Stimme in dem Versuch, ihr ein gutes Vorbild zu sein. »Hör zu, in Wirklichkeit ... «

»Wirklichkeit? Wie soll die aussehen? Dass du mich hasst?« Sie hatte noch nie zu den Menschen gehört, die einem guten Beispiel folgten.

»Ich hasse dich nicht! Wir haben uns getrennt!«

Jane riss den Vorhang auf, obwohl das nächste Hochzeitskleid ihr noch halb vom Körper herabhing. Die Verkäuferin stand mit Klammern in der Hand hinter ihr.

»Was?«, riefen Mom und Jane gleichzeitig.

»Wir … « Ich warf der Verkäuferin einen zerknirschten Blick zu, die gerade mit hochrotem Kopf versuchte, Janes Kleid am Rücken zu schließen. »Stephen und ich haben uns getrennt. So. Jetzt zufrieden?«

»Nein!« Jane wirkte erschüttert. »Es tut mir so leid, Rachel.«

Moms Nasenflügel bebten. Instinktiv hätte ich am liebsten die Flucht ergriffen. (Warum folge ich meinen Instinkten nie? Warum nicht?)

»Schon gut. Es … es hat einfach nicht gepasst. Und nicht funktioniert.«

Mom befeuchtete ihre Lippen wie ein Tiger, der sich gleich auf seine Beute stürzt, um sie zu verspeisen. (Machen Tiger das so? Keine Ahnung. Ich jedenfalls fühlte ich mich wie eine zitternde Antilope, die sich darauf vorbereitet, gleich ihrem Schöpfer entgegenzutreten.)

»Ihr habt euch getrennt?« Moms Stimme klang gefährlich leise. »Nach zwei Monaten?«

»Ähm … « Ich überlegte, ob ich gestehen sollte, dass wir schon seit Januar miteinander gingen, kam aber dann zu dem Schluss, dass das die Situation nur noch schlimmer machen würde. »Ja?«

Und dann tat Mom das möglicherweise Peinlichste, das sie in dieser Situation tun konnte: Sie brach in lautes Schluchzen aus und weinte hemmungslos.

»Ohhh. Ohhh!«, stöhnte sie, als hätte sie beim soeben erfolgten Untergang der *Titanic* ihre gesamte Familie verloren.

Einen Augenblick lang war die Verkäuferin vor Schreck wie gelähmt. Dann hastete sie davon, wobei sie irgendetwas von Tee vor sich hin murmelte.

»Mom. Shhh.« Eilig setzte Jane sich neben sie und strich ihr über den Rücken.

»Er hätte dir ohnehin nicht gefallen! Und sieh doch – Jane heiratet! Macht dich das denn nicht glücklich?«

»Und was ist mit dir, Rachel? Ich will, dass du auch heiratest!«, presste Mom heulend vor.

»Das werde ich … eines Tages. Aber ich bin doch erst … « Ich fluchte innerlich und verstummte. Warum nur musste ich dieses Jahr dreißig werden? Das machte all meine Ausreden zunichte, warum ich nicht verheiratet / erfolgreich / Mutter / etc. war. Älter zu werden war wirklich äußerst unpraktisch.

Mom schluchzte nur umso lauter, zweifellos, weil ich in fünf Monaten Geburtstag hatte. Was ihr zweifellos nur eingefallen war, weil ich meine große Klappe nicht halten konnte.

»Rachel wird schon jemanden finden, Mom, keine Sorge. Wir wissen, dass du nur aus Liebe so reagierst. Aber du solltest dir nicht so viele Sorgen machen.«

»Außerdem sollte ich deiner Ansicht nach ja sowieso Christopher Butkus heiraten.«

Ich bereute meine Worte sofort, denn nun blitzten ihre Augen.

»Wenn du Beziehungen nicht ernst nehmen kannst, hast du Christopher Butkus nicht verdient.«

»Autsch, Mom.«

Jane hörte auf, ihr über den Rücken zu streichen und wirkte empört. »Ist das nicht ein wenig hart?«

»Nein.« Mom beugte sich vor und wedelte mir mit einem Finger vor dem Gesicht herum. »Du musst noch viel lernen, Rachel. Für dich ist alles nur ein Witz. Tja, einige Dinge sind nun mal ernst. Einiges kann man nicht mit einem Lachen abtun. Im Alter einsam zu enden gehört dazu. Das Leben ist nicht voller Möglichkeiten. Wenn du eine Gelegenheit nicht beim Schopf packst, sobald sie sich dir bietet, wenn du nichts, aber auch gar nichts ernst nehmen kannst, nun ja, dann hast du einen so wunderbaren Menschen wie Christopher Butkus auch nicht verdient.«

Die dröhnende Stille, die diesen Worten folgte, wurde nur von der Verkäuferin unterbrochen, die mit Pappbechern voller graubraunem Tee herbeigeeilt war.

»Hochzeiten können zuweilen sehr emotional sein.« Mit gesenktem Blick reichte sie uns die Becher. »Sie bringen all unsere Hoffnungen und Träume, Dinge, die wir bereuen und Erinnerungen an die Oberfläche. Ganz normal, völlig normal.« Wieder eilte sie davon und flüchtete sich ins sichere Refugium des Empfangstisches. Voller ehrfürchtiger Bewunderung sah ich ihr hinterher. Was für ein Profi!

»Mom, ich finde dich ein wenig unfair«, flüsterte Jane. »Rachel gibt sich alle erdenkliche Mühe. Aber dieser Kerl war nun mal einfach nicht der Richtige für sie.«

»Nun, das ist Christopher Butkus ebenso wenig. Jedenfalls will ich nicht, dass man ihm weh tut«, antwortete Mom knapp.

»Was?!«

»Wenn du Männer so behandelst – mit ihren Gefühlen spielst und sie nach wenigen Wochen wieder in die Wüste schickst –, dann will ich dich nicht in seiner Nähe haben.«

»Ich ... «

»Mom, sollten dir Rachels Gefühle nicht viel wichtiger sein?«

»Oh nein. Nein, nein. Ich weiß, wie sie ist. Bevor ich euren Vater heiratete, war ich genauso. Wollte nur meinen Spaß und mich nur ja nicht festlegen. Habe jede Menge Herzen gebrochen.« Sie schniefte. »Aber denk dran: Die Uhr tickt. Gute Männer gehen nun mal weg wie warme Semmeln. Wenn du deine Karten nicht bald ausspielst, kannst du dich in ein paar Jahren nur noch unter den Geschiedenen umsehen.«

Über Moms Kopf hinweg wechselte ich einen Blick mit Jane. Beide pressten wir die Lippen aufeinander, um uns das Lachen zu verkneifen. Die Verkäuferin glaubte offenbar, gefahrlos zurückkehren zu können; sie sah Jane mit hochgezogenen Augenbrauen an und deutete auf das Kleid, das sie trug.

Jane schüttelte den Kopf. »Probieren wir es mit dem nächsten.«

Mit erleichtertem Seufzer schloss die Verkäuferin die Vorhänge erneut.

Mom mied meinen Blick und sah aus dem Fenster. Ich musterte ihr Profil und musste mir das Lachen immer noch verkneifen. Obwohl ihr Hang zur Dramatik mir das Leben zeitweise zur Hölle machte, gefiel mir die Art, wie sie mich sah. Rachel Weiss, die Herzensbrecherin, die jeden Fuckboy in die Knie zwang.

Und ein Positives hatte das Ganze auf jeden Fall: Durch meine Trennung von Stephen hatte sie sich diese Schnapsidee mit Christopher Butkus anscheinend endlich aus dem Kopf geschlagen.

KAPITEL 13

Als ich drei Tage später erwachte, hatte ich eine mysteriöse Nachricht von Sumira auf dem Handy. Sie hatte gerade eine Stunde lang mit Amy telefoniert und war offenbar zu dem Schluss gekommen, dass ich mich bei ihr melden sollte. Also schickte ich eine Nachricht in den Gruppenchat.

Rachel Weiss, 7.37 Uhr:
Hey, Ames, was geht ab bei dir? Alles in Ordnung?

Sumira Khan, 7.40 Uhr:
Nein, du musst ihr separat texten. Sie hat den Gruppenchat schon vor einer Weile auf Stumm gestellt.

Eva Galvez, 7.42 Uhr:
Was? Warum sollte sie das tun?

Mich überlief es eiskalt. Amy hatte den Gruppenchat stummgeschaltet? Wie konnte sie nur? Und wieso war mir das entgangen?

Ich rief sie an, und sie bestand darauf, sich auf einen Kaffee zu treffen, um mir persönlich zu erklären, was los war. Wir verabredeten uns in meiner Mittagspause bei Starbucks; sie selbst hatte sich bei der Arbeit offenbar krankgemeldet.

Sie sah … nicht wie sie selbst aus. Ihr Haar war strähnig, und sie trug kein Make-up. Als ich ankam, saß sie bereits an einem Tisch, vor sich eine Tasse Tee. In meinen Augen sind Menschen, die Tee einer Tasse Kaffee vorziehen, definitiv krank. Als sie mich entdeckte, stand sie halb auf, setzte sich aber dann hastig wieder hin und presste unglücklich die Lippen aufeinander. Für einen Moment dachte ich, dass sie mir vielleicht gleich erzählen würde, dass sie an Krebs erkrankt war.

»Hi, Rachel. Danke, dass du dich mit mir triffst.« Ihre Stimme klang angespannt und dünn.

»Amy.« Ich setzte mich neben sie und nahm ihre Hände in meine. »Was ist los? Bitte sag, dass es dir gut geht.«

Ihre Lippen zitterten, und sie schüttelte den Kopf.

»Bitte hör auf, Rachel. Hör auf, so nett zu mir zu sein.«

»Wovon sprichst du überhaupt?«

»Es tut mir so furchtbar leid. Ich habe etwas getan …« Amys Stimme klang plötzlich erstickt, dann verstummte sie ganz.

Mittlerweile war ich ernsthaft beunruhigt. Ich beugte mich zu ihr vor und flüsterte: »Was immer es ist, es wird schon wieder. Ich helfe dir. Dank meiner Mom bin ich mit Straftaten mittlerweile vertraut, also erzähl einfach …«

»Ich habe mit Stephen geschlafen«, wisperte sie.

Zunächst war ich so schockiert, dass ich den Namen Stephen nicht mit *meinem* Stephen in Verbindung brachte. Mit Stephen Branson. Mein erster Gedanke war: *Sie hat Ryan also tatsächlich betrogen, aber das ist kein Problem. Heutzutage werden Frauen bei Ehebruch nicht mehr auf dem Scheiterhaufen ver-*

brannt. Und wenn sie diesen Typen liebt, diesen Stephen, dann … Moment mal. Stephen?

»Stephen *Branson*?« Nur, um sicherzugehen.

»Ja.«

»Ah. Verstehe.« Ich trommelte mit den Fingern auf den Tisch. »Aber … wann?« Ich war ganz benommen – meine verheiratete beste Freundin hatte mit meinem Freund geschlafen. Das war Neuland für mich. Ich erforschte meine Gefühle und stellte überrascht fest, dass ich weder verletzt noch eifersüchtig war, sondern mir einfach nur Sorgen um meine Freundin machte. Anscheinend war ich tatsächlich über Stephen hinweg.

»An dem Abend, als wir im *Havana* waren.«

»Was? Habt ihr … auf der Toilette?« Mir wollte kein anderer Ort einfallen, wo sie es hätten tun können.

»Nein.« Amy klang, als würde sie jeden Moment in Tränen ausbrechen. »Ich habe ihn in seine Wohnung begleitet.«

»Echt?«

»Weißt du noch, er ist verschwunden, ohne sich zu verabschieden, und dann … und dann bin ich auch gegangen.«

»Oh.« Die Worte trafen mich mit schockierender Wucht. Ich erinnerte mich noch ganz genau an den Moment und daran, wie ich Amys Erklärung für ihren abrupten Abgang bereitwillig akzeptiert hatte, ohne sie zu hinterfragen. Der Gedanke, dass sie ein geheimes Rendezvous mit Stephen plante, wäre mir allzu absurd vorgekommen. Und doch – ich erinnerte mich *auch* daran, dass sie keinen Ehering trug, dass sie Stephen angeschaut hatte, als wolle sie ihn verschlingen, und dass er noch genau wusste, was ich ihm über ihre sexuelle Frustration erzählt hatte. Daran, dass er nur sie in ein Gespräch verwickelt hatte, und dass ich damals angenommen hatte, er versuche nur, meine Freundinnen näher kennenzulernen. Ich hatte geglaubt, dass er das für mich tat.

»Ich komme mir so dumm vor. Ich war völlig ahnungslos.«

»Rachel, bitte nicht. Ich bin diejenige, die sich schlecht fühlen sollte – und ich habe ein furchtbar schlechtes Gewissen. Ich habe Ryan betrogen, habe deinen Freund dazu verführt, dich zu betrügen. Ich kann nicht mehr schlafen, ich ... «

Dann fielen mir Stephens Worte ein, als er sich von mir getrennt hatte. Dass er die geheimnisvolle Frau zu lieben glaubte, mit der er zusammen gewesen war.

»Ist es mehr als einmal passiert?«

Sie nickte, und ihre Augen füllten sich mit Tränen. »Zweimal.«

»Amy.«

»Ich weiß. Aber es war so ... gut. Und ich hatte es schon mal gemacht. Da fiel die Wiederholung leicht.«

Mir war klar, dass es falsch war, aber am liebsten hätte ich laut losgelacht. Es war so *gut*? War der Sex mit Ryan dermaßen mittelmäßig? Oder vielleicht sprang bei Amy und Stephen auch einfach ein Funke über, den es bei uns beiden nicht gegeben hatte. Vielleicht gehörte das zu den Dingen, die in unserer Beziehung nicht gepasst hatten – wenn man überhaupt von Beziehung sprechen konnte.

»Es tut mir so unendlich leid, Rachel.«

»Stopp. Es ist vorbei. Stephen war nie der Richtige für mich. Ich bin froh, dass es vorbei ist.«

Die Trennung selbst war zwar ätzend gewesen, aber danach war es, als sei mir ein Gewicht von den Schultern genommen worden. Ich musste mich nicht mehr dermaßen anstrengen.

Mittlerweile weinte Amy tatsächlich und schniefte in eine Papierserviette.

»Aber Ames, was ist mit *dir*? Und Ryan?«

»Ich habe es ihm nicht erzählt … Ich will nicht mit Stephen zusammen sein, definitiv nicht. Ich will ihn nie wiedersehen. Aber Ryan … ich kann es ihm nicht beichten.«

»Okay, aber deine Ehe. Läuft es jetzt besser? Nachdem du … « Plötzlich hatte ich Amys glatte Haut vor Augen, während Stephens gebräunte Beine sich um sie schlangen. Im Geiste beförderte ich das Bild mit einem Karateschlag ins Jenseits. »Nachdem du mal ausprobiert hast, mit jemand anderem zu schlafen?«

»Eigentlich nicht, nein.« Amys Tränen versiegten, und sie lehnte sich auf ihrem Stuhl zurück. »Ich fühle mich seither von ihm einfach gar nicht mehr angezogen.«

»Mist.«

»Ja.«

Ich stand auf, und Amy schreckte mit entsetzter Miene zusammen. »Gehst du jetzt?«

»Nein. Bin gleich wieder da.« Ein paar Minuten später kehrte ich mit zwei Cappuccini und einem Brownie zurück. Den schnitt ich in zwei Hälften und schob ihr eine zu.

Sie lächelte unter Tränen. »Danke.«

»Ich bin deine beste Freundin. Also weiß ich, wann du Koffein und Zucker brauchst.«

Die nächste Stunde verbrachten wir damit, über Ryan zu sprechen und über eine Möglichkeit, die sie bislang ausgeblendet hatte – die Möglichkeit des S-Wortes. Zuerst rief der Gedanke an Scheidung einen erneuten Tränenstrom hervor, denn sie erinnerte sich an ihre Hochzeit und dachte daran, wie schmerzhaft es sein würde, ihren jeweiligen Familien mitzuteilen, dass es vorbei war. Aber nachdem wir den letzten Schluck Cappuccino getrunken hatten, leuchtete Amys Gesicht vor

Hoffnung bei der Vorstellung, wieder Single zu sein, in eine eigene Wohnung zu ziehen und sich eine Katze zuzulegen – Ryan war allergisch dagegen. Nie wieder würde sie hinter ihm herräumen müssen, nie wieder während seiner *Warhammer*-Sessions aus dem Wohnzimmer verbannt werden, sich nie wieder über Sex streiten müssen.

Bevor wir uns verabschiedeten, quetschte ich mich neben sie auf den Stuhl und legte ihr den Arm um die Schultern.

»Du musst nur darüber nachdenken, was für dich selbst das Richtige ist.«

Sie schwieg lange, und ich spürte, wie ein paar Tränen in mein Haar rannen.

Schließlich drückte sie sich an mich und flüsterte: »Eine Katze.«

Nachdem ich die Mädels (mit Amys Erlaubnis) eingeweiht hatte, berief Eva eine Wein-und-Käse-Krisensitzung ein. Wir trafen uns in ihrer Wohnung und besprachen, wie Amy und ich uns mit all dem fühlten. Was Amys Eskapaden mit Stephen betraf, gingen wir nicht zu sehr in die schmutzigen Details – das wäre dann doch etwas viel für mich gewesen – und diskutierten auch nicht lang und breit darüber, wie Amy sich Ryan gegenüber verhalten sollte. (Schon bei der Erwähnung seines Namens füllten sich ihre Augen mit Tränen.) Schließlich unterhielten uns Eva und Sumira mit Klatschgeschichten über ihre Kollegen, und Amy versprach, unsere Gruppe nie wieder stummzuschalten.

»Hört, hört.« Ich hob mein Weißweinglas. »Darauf, dass wir auf ewig zu viel Infos und Memes austauschen.«

»Darauf trinke ich auch«, stimmte Eva zu.

Der ganze Abend war mal wieder ein Beweis für die Kraft der Freundschaft: Trotz der niederschmetternden Enthüllung, die mir noch vor wenigen Stunden gemacht worden war, endete dieser Dienstagabend mit meinen Mädels in schallendem, weinseligem Gelächter.

Nach allem, was in letzter Zeit passiert war – der Entscheidung meines Arbeitgebers, mich zum Seelenklempner zu schicken, der Trennung von Stephen, der Tatsache, dass Amy mit Stephen geschlafen hatte, der Hochzeitsplanung mit Jane und der Aufgabe, die verrückten Aktionen meiner Mutter zu bremsen – musste ich mich einfach mal verwöhnen lassen. Also gönnte ich mir ein paar sommerliche Strähnchen, wobei ich einen 60 %igen Groupon-Rabatt nutzte.

Die Stylistin geriet über meine Locken ins Schwärmen, während ich an dem kostenlosen Espresso nippte und jeden einzelnen Artikel aus *Us Weekly* las, in dem etwas über Meghan Markle stand – diese waschechte, amerikanische Ikone. Ich war so fasziniert von Meghans Skin-Care-Routine und genoss diese Stunden so ganz und gar, dass ich kaum merkte, wie die Stylistin auf die Uhr schaute, leise fluchte und eilig zu mir hinüberhastete, um die Folienstreifen aus meinen Haaren zu entfernen.

Schwungvollen Schrittes verließ ich den Salon und blieb draußen stehen, um ein paar Selfies zu knipsen. Die Abendsonne brachte meine frischen, karamellfarbenen Highlights zum Leuchten, ein Anblick, den ich für mein Dating-Profil festhalten wollte. Auf meinem Heimweg hatte ich das Gefühl, dass die Welt in Ordnung war. Die Luft war warm und duftete nach Geißblatt. Der Gruppenchat war wieder auf Kurs. Und morgen würde ich in den jährlichen Familienurlaub der Familie Weiss aufbrechen. Rachel Weiss war wieder da, Baby.

Beinahe reflexartig postete ich ein Foto meiner neuen Frisur auf Instagram. Ebenso vorhersagbar war Christophers Reaktion. Ich war amüsiert, dass er die Antwort nicht mal ein paar Minuten hinauszögerte, wie es die meisten Leute machen, um nicht übereifrig zu erscheinen. Sobald er meine Storys sah, antwortete er sofort. Einfach so.

Christopher Butkus, 19.09 Uhr:
Sieht frisch aus.

Rachel Weiss, 19.10 Uhr:
Seid bedankt, freundlicher Herr.

Christopher Butkus, 19.11 Uhr:
Ein besonderer Anlass? Wieder mal eine rauschende Party oder stürzen Sie sich ins Nachtleben?

Ich freute mich, dass das sein Eindruck von mir war. Dass er mich für eine Person hielt, die ständig auf Achse war und die Nacht zum Tage machte.

Rachel Weis, 19.12 Uhr:
Ich fahre übers Wochenende weg.

Möglicherweise verschwieg ich, dass ich mit meiner Familie unterwegs sein würde – Ihr wisst schon, um mir meine geheimnisvolle Aura zu bewahren. Er tippte ein paar Sekunden lang, dann hielt er inne. Ich spürte einen seltsamen Stich, und dann ein sogar noch seltsameres Flattern im Bauch, als er wieder anfing.

Christopher Butkus, 19.15 Uhr:
Schön für Sie! Ich bin am Wochenende auch nicht in der Stadt. Viel Spaß!

Ich widerstand dem Impuls, ihn zu fragen, wohin er wollte und wer ihn begleiten würde – schließlich ging mich das nun wirklich nichts an. Ich kommentierte seine Nachricht mit einem Daumen-hoch-Emoji und steckte das Handy wieder in die Tasche, entschlossen, die abendliche Sommerluft auf meiner Haut zu genießen.

KAPITEL 14

Im Morgengrauen stand ich auf, nur um auf die verdammte Familienkutsche zu warten. Dad hatte ursprünglich sogar schon um vier Uhr morgens losfahren wollen, aber wir hatten lautstark dagegen protestiert, denn wir wussten, dass er von Stauprognosen geradezu besessen war. Ehe es losging, schickte ich noch einen schnellen Abschiedsgruß in den Gruppenchat.

> Rachel Weiss, 7.03 Uhr:
> Guten Morgen, liebe Freundinnen. Wenn ihr innerhalb der nächsten drei Tage nichts von mir hört, dann schickt bitte eine Such- und Rettungsmannschaft nach Leavenworth und gebt ihnen den Hinweis, dass ich womöglich von der überwältigend fehlgeleiteten Liebe meiner Mutter zu Tode geprügelt wurde.

Zwanzig Minuten später schrien mich meine Eltern bereits an. Irgendetwas darüber, warum ich immer eine geschlagene halbe Stunde brauchte, um meine Wohnung zu verlassen, sogar nach vierundzwanzigstündigem Vorlauf. Doch ich verstand sie kaum, denn auf dem Rücksitz waren die Zwillinge in lautstarkes Schluchzen ausgebrochen, weil Dad sich geweigert hatte, im Starbucks zu halten, ehe wir nicht mindestens achtzig Kilometer zurückgelegt hatten.

Es war so unfair, dass Jane und Owen in ihrem eigenen Auto fahren durften. Und alles nur, weil sie verlobt waren. Und weil sie einen Wagen besaßen und ich nicht. Und weil in Dads Subaru nur fünf Personen passten. Es war überaus unpraktisch, dass Mom und Dad beschlossen hatten, die Zwillinge erst *nach* mir zu bekommen. Dabei wäre ich selbst doch der perfekte reproduktive Schwanengesang gewesen.

Kurz nach Mittag kamen wir in Leavenworth an, etwa zwei Stunden später, als Google Maps vorausgesagt hatte. Es war der Fluch von Dads Leben, dass die Frauen in seiner Familie darauf bestanden, auf jeder Autofahrt mindestens fünfmal anzuhalten: um zur Toilette zu gehen, um Kaffee zu kaufen, um in jedem Outlet shoppen zu gehen, an dem wir vorbeikamen, um noch mehr Kaffee zu kaufen – ihr wisst, was ich meine.

Wir wohnten in dem gleichen Ferienhaus, in dem wir beinahe jedes Jahr meines Lebens verbracht hatten. Es befand sich in einer kleinen, dichtgedrängten Siedlung aus weiteren Häuschen und besaß eine umlaufende Veranda mit Feuerstelle, Grill und Whirlpool. Tatsächlich war es sogar recht hübsch, was überraschend war, da Mom und Dad es ausgesucht hatten. Normalerweise konnte man ihnen nicht mal die Auswahl des Toilettenpapiers überlassen.

Wie dem auch sei, als wir ankamen, stolperten wir aus dem Subaru, allesamt keuchend und nach Luft schnappend. (Die Zwillinge hatten haufenweise Bodyspray und Lufterfrischer von Bath & Body Works im Outlet gekauft und sie auf der Weiterfahrt alle gleichzeitig ausprobiert.) Um genau zu sein: Dad und ich waren diejenigen, die keuchten und nach Luft schnappten. Mom hingegen schwärmte: »Ooh, die Natur duftet nicht annähernd so herrlich wie dieses Auto – Mädchen versprüht doch noch etwas von dem Zuckerwatteduft.« Die Zwillinge tänzelten hinter Mom ins Haus und sprühten wild in der Luft herum, als seien sie ihre persönlichen Duftfeen, während Dad und ich das Gepäck hineinschleppten. Dann stürmten die beiden die Treppe hinauf zu den Schlafzimmern und schrien: »Ich kriege das hier! Nein, das hier!«

Ich ignorierte sie und half Dad, die Lebensmittel, die wir für die kommende Woche mitgebracht hatten – genug, um drei Monate lang ein ganzes Studentenwohnheim zu verköstigen – in den Kühlschrank und die Schränke zu räumen. Naiverweise glaubte ich immer noch an das Gute in der Welt, weshalb ich davon ausgegangen war, mein übliches Zimmer zu bekommen, einen der drei Räume, in denen ein Queen Size Bett stand. Doch nachdem ich in der Küche fertig war und meinen Koffer die Stufen hinaufgehievt hatte, musste ich feststellen, dass die Zwillinge sich jeweils ein Erwachsenenzimmer unter den Nagel gerissen hatten, weshalb mir nur der Dachboden mit den vier Einzelbetten blieb, in denen sie sonst immer übernachtet hatten.

»Sehr witzig, ihr beiden«, rief ich und zerrte eine ihrer Reisetaschen von dem Doppelbett, das früher mein Stammplatz gewesen war. »Zum Totlachen.«

Rückwärts schleifte ich Abbys Reisetasche über die Holzdielen auf den Flur hinaus. Doch plötzlich hielt ich inne, und meine Nackenhaare richteten sich auf: Ich war nicht mehr allein. Zu spät erkannte ich, dass ich von den Zwillingen flankiert wurde. Jede zielte mit einer Sprühflasche auf mich, den Finger bedrohlich nah am Abzug.

Und so kam es, dass ich schließlich in einem Kinderbett auf dem Dachboden landete und mir die Lunge und das Gemisch aus Zuckerwatten- und Mangosorbetduft aus dem Hals hustete. Kurz gesellte sich Mom zu mir, um mir zu erklären, dass sie es für das Beste hielt, den Zwillingen die Erwachsenenbetten zu überlassen.

»In diesem Sommer haben sie es nicht leicht«, erklärte sie. »Ein Vollzeitjob ist eben ganz schön hart.«

»Was du nicht sagst«, hustete ich.

»Sie arbeiten in diesem Sommercamp härter, als sie je arbeiten mussten.«

Das bezweifelte ich allerdings. Aus dem, was mir die Zwillinge erzählt und was ich in ihren Social Media Storys gesehen hatte, bestand ihr Job vornehmlich darin, sich in der Hängematte liegend zu sonnen oder Kinder dazu zu zwingen, sie in Kanus durch die Gegend zu rudern.

Als Jane und Owen ankamen, deponierten sie ihr Gepäck ohne Einwände auf zwei der anderen Einzelbetten. Zweifellos hing der Duft des brutalen Zwillingsangriffs immer noch in der Luft.

Doch im Laufe des Tages gerieten diese Unannehmlichkeiten in Vergessenheit. Wir gingen in die Stadt und klapperten alles ab, was die bayerische Touristenfalle zu bieten hatte: Wir aßen Würstchen und tranken Bier zum Mittagessen, nahmen an Schokoladen- und Weinverkostungen teil und besuchten endlos viele Souvenirshops. Mom hatte am Ende eine Tüte voller dekorativer Magnete und eine weitere mit handgemachten Seifen in festlichen Formen ergattert. Zum Abendessen grillte Dad so viele Burger, dass jeder Einzelne von uns sechs Stück hätte essen können. Sobald man ihm eine Grillzange in die Hand drückt, gibt es anscheinend kein Halten mehr für ihn. Wir aßen auf der Veranda, versammelten uns um die Feuerstelle, während die untergehende Sonne die gesamte Umgebung in rosiges Licht tauchte. Solche Momente erinnerten mich daran, dass meine Familie zuweilen doch recht amüsant sein konnte.

Irgendwann verabschiedeten sich Jane und Owen, behaupteten, zu voll für den Nachtisch zu sein und jetzt zu Bett gehen zu wollen.

»Oh, Jane«, rief Mom ihr hinterher. »Nimm dein übliches Zimmer. Ihr beiden solltet ein Doppelbett haben. Und etwas Privatsphäre.«

Die Gesichter von Jane und Owen leuchteten auf, während die Zwillinge kreischend protestierten. Ich schluckte meine Kommentare herunter, dass (a) Mom nicht das Gleiche zu mir gesagt hatte und (b), dass ich nun den Dachboden mit einer der Zwillingsschwestern würde teilen müssen. Aber Hauptsache, Jane war glücklich, dachte ich dann.

»Danke, Mom. Das wäre wirklich schön.« Jane lächelte.

»Natürlich.« Mom winkte ab. »Ihr könnt doch nicht auf dem Dachboden schlafen. Ihr beiden sollt schließlich euren Spaß haben und zur Sache kommen können.«

Das Protestgeschrei der Zwillinge verwandelte sich in Ausrufe des Ekels. Janes Lächeln verblasste, und sie wurde blass, während Owen mich entsetzt ansah, die Hände auf die Wangen legte und hinter Janes Rücken einen stummen Schrei mimte.

Mom, die von dem Entsetzen, das sie mit ihrer Bemerkung ausgelöst hatte, gar nichts zu bemerken schien, sprach unbeirrt weiter: » … in eurem Alter wie die Karnickel, glaubt mir, daran erinnere ich mich genau.« Bei diesen Worten stand Dad auf. »Außerdem will ich schließlich nicht ewig auf Enkelkinder warten. Also los, ihr beiden, macht schon. Wir werden sicher alle noch eine Weile hier draußen sitzen, ihr habt also jede Menge Zeit.«

Und so kam es, dass ich mir den Dachboden doch mit meiner großen Schwester und ihrem Verlobten teilte.

»Gute Nacht, Owen!«, sagte ich fröhlich, als ich in das Einzelbett kroch.

»Nacht.« Er hatte das Bett gewählt, das am weitesten entfernt von Jane war. Hätte er einen Schlafsack dabeigehabt, hätte er vermutlich sogar mitten im Wald geschlafen.

»Gute Nacht, Jane!«

Sie tat, als sei sie schon eingeschlafen. Was ich ihr kaum verdenken konnte.

Am nächsten Morgen ging jeder seiner bevorzugten Freizeitaktivität nach (außer den Zwillingen, die nie vor Mittag aus dem Bett kamen). Jane und Owen waren laufen. Mom hatte die erste Hälfte ihres Urlaubsromans durch. (Das Cover suggerierte eine spicy Story voller glühender Leidenschaft, denn es zeigte einen muskulösen Piraten, der eine atemlose Frau an die Brust presste. Mein Gott, wie viel ich als Kind aus Moms Romances gelernt hatte. Wenn sie fertig war, würde ich das Buch vielleicht ebenfalls lesen.) Dad war draußen und hackte Holz. Letzteres war mir ein wenig rätselhaft, weil sowohl Grill als auch Feuerstelle mit Gas betrieben wurden, aber wer war ich zu hinterfragen, was Männer vergnüglich fanden?

Ich selbst schnappte mir eine Schale Cerealien und eine Tasse Kaffee und machte es mir in einem gemütlichen Sessel auf der Veranda bequem, von wo aus ich dem Morgennebel zusah, der über dem Gras schwebte und sich an den Gipfeln der fernen Berge verfing. Alle möglichen, erfreulichen Gedanken gingen mir durch den Kopf. Die unzähligen Stunden dieses

Urlaubs, der noch vor mir lag, die Tatsache, dass ich noch jung war und tatsächlich noch einen anderen Beruf außerhalb der Tech-Branche anstreben konnte, und die sehr reale Möglichkeit, dass im Großraum Seattle jede Menge muskulöser, jüdischer Männer herumliefen, die nur darauf *warteten,* dass ich mein Jdate-Profil vervollständigte. Genau das liebte ich an Urlauben: Sie waren eine Atempause vor der realen Welt, in der alles möglich schien.

Zur Schlafenszeit war ich erholter und entspannter als seit Jahren. An diesem Tag hatte ich nichts weiter getan als zu essen, im Whirlpool zu relaxen und in Moms Piratenroman zu schmökern. Auch meine Familie entspannte sich offenbar zusehends, denn sie hatten mich heute kaum genervt. (Außer vielleicht Abby, die mich fragte, ob meine Strähnen tatsächlich *diese* Farbe haben sollten. Ich ignorierte sie. Aber um die Wahrheit zu sagen, sahen sie heute tatsächlich eher kupfer- als karamellfarben aus. Ach, was soll's.) Für den darauffolgenden Tag war nichts weiter als eine gemütliche Schwimmreifentour auf dem Fluss geplant. Ich ging davon aus, dass es ein weiterer schöner, friedlicher Tag werden würde.

Weil ich unverbesserlich war und einfach nie dazulernte.

KAPITEL 15

Am nächsten Morgen erwachte ich ruckartig durch Janes und Owens Geflüster, die sich anscheinend einbildeten, dabei leise zu sein. Sie rochen nach kaltem Schweiß. Offenbar waren sie gerade vom Joggen zurückgekommen. Ich hatte gerade einen *sehr* angenehmen Traum gehabt, und zwar von dem Piraten aus dem Buch – ich selbst war Dienstmagd auf seinem Schiff und scheuerte gerade auf Händen und Knien das Deck, als er sich mir von hinten näherte, um mir eine Stelle zu zeigen, die ich übersehen hatte –, als Janes Stimme in mein Unterbewusstsein drang.

»... keinen Grund, es ihr zu erzählen«, wisperte sie.

»Warum nicht? Sie wird sich vermutlich sogar darüber amüsieren«, flüsterte Owen zurück.

»Nein, Owen. Sie genießt die Tage hier. Stell dir doch nur vor, wie nervig Mom reagiert, wenn sie es herausfindet.«

»Aber sie werden es sowieso herausfinden.«

»Nicht unbedingt. Die Ferienhäuser liegen in einiger Entfernung voneinander. Wahrscheinlich sehen wir ihn nicht wieder.«

In diesem Moment bekam ich eine Gänsehaut. Mittlerweile hellwach schoss ich in die Höhe.

»Wovon redet ihr beiden?«

Jane fuhr zusammen und presste die Hand in Herzhöhe auf

ihr makellos weißes Jogging-Tanktop. »Ich dachte, du schläfst noch.«

»Ihr seid die lautesten Flüsterer des Planeten. Und jetzt erzählt mir alles.«

»Wir haben ... «, begann Owen.

»Owen!«, mahnte Jane.

»Jane. Lass den Mann reden.«

Owen grinste triumphierend und stieß eilig hervor. »Wir haben gerade Christopher Butkus gesehen.«

»Was?«, schrie ich und schlug mir dann die Hand vor den Mund. Jane hatte recht: Das musste Mom nun wirklich nicht mitbekommen.

Owen nickte. »Gerade eben, auf dem Rückweg vom Joggen. In der Nähe eines der anderen Ferienhäuser.«

»Aber ... ich ... « Was war nur mit mir los? Eine kalte Mischung aus Grauen und Erregung lief mir über die Haut. Ich war halb genervt, halb überglücklich. Die letzten Nachwirkungen meiner durch den lüsternen Traum hervorgerufenen Gefühle hatten meinen Körper noch nicht ganz verlassen, so dass Christopher Butkus' Bild die gleichen Reaktionen hervorrief wie das des gutaussehenden Piraten in der Hitze des Gefechts. Ich schüttelte die Hände aus. Am liebsten hätte ich mich geohrfeigt, um mir wieder etwas Verstand einzubläuen.

»Ach.«

»Ich weiß.« Mitfühlend schüttelte Jane den Kopf. »Wirklich nervig. Aber ich bezweifele, dass wir noch einmal zufällig auf ihn treffen, also mach dir keine Sorgen.«

»Ha.« Jane hatte ja keine Ahnung! Immerhin hatte ich die Gewohnheit, Christopher Butkus immer und überall über den Weg zu laufen. »Mit wem war er da?« Eine verräterische und lüsterne Stimme hoffte wider alle Vernunft, dass er nicht in Begleitung einer Andrea oder Xio reiste.

»Mit seinen Eltern und ein paar anderen älteren Leuten. Sah nach Familienausflug aus. Anscheinend waren sie auf dem Weg zu einem Naturlehrpfad.«

»Igitt.« Ich stand auf. Plötzlich ging es mir wieder gut. Die Nachricht hatte mich im Halbschlaf überrascht, das war alles. Jetzt fand ich die Vorstellung, wie die Butkuses einen strammen, frühmorgendlichen Spaziergang machten, um dort begeistert auf Blätter und die Hinterlassenschaften von Eichhörnchen zu deuten, angemessen langweilig.

»Keine Sorge, sie haben uns nicht gesehen«, versicherte Jane.

»Gut. Und Mom verraten wir nichts davon?«

»Einverstanden.« Sie verließ das Zimmer, um zu duschen. Owen ging nach unten und murmelte etwas von Frühstück vor sich hin. Zweifellos hoffte er insgeheim, das Mom und Dad ihn sahen, während Jane unter der Dusche stand, so dass niemand auf merkwürdige Ideen kam.

Nach dem Mittagessen quetschten sich Jane, Owen, die Zwillinge und ich ins Auto und fuhren zur Anlegestelle. Es war ein wunderschöner Tag. Perfektes Wetter. Wir liehen uns Rettungswesten und Schwimmreifen und bestiegen das Shuttle des Leavenworth Outdoor Centers. Man brachte uns zum Startpunkt und teilte uns mit, dass die Fahrt etwa vier Stunden dauern würden, dass wir genug trinken, aber auf Alkohol verzichten sollten. Und schon ging es los. Das Wasser war beinahe schmerzhaft kalt, aber die Sonne war heiß, und es war himmlisch, sanft über den Fluss zu treiben.

Das Wasser war voller Menschen. Wir waren nur zu fünft und hatten unsere Schwimmreifen zusammengeklemmt, um einander nicht zu verlieren, aber es gab auch Gruppen von zwölf oder mehr, die laute Musik spielten und Staus verursachten. Beinahe jede Gruppe hatte eine Kühltasche dabei, aus der eisgekühlte Dosen mit La Croix und Bier herumgereicht wurden – die Regel, keinen Alkohol zu trinken, wurde offen ignoriert. Ein paar Leute hatten statt der robusten Reifen diese neuen, witzigen Schwimmgeräte mitgebracht – einen Flamingo und einen Hai – und posierten für Fotos, als sei der Fluss nichts weiter als eine lange Fotostrecke. (Wir entdeckten sie ein paar Stunden später, völlig durchnässt und zitternd vor Kälte auf den Schwimmreifen ihrer Freunde und die schlaffen, löchrigen Schwimmtiere hinter sich herziehend.)

»Ein wunderschöner Tag für so eine Tour.« Mit hinter dem Kopf verschränkten Armen lehnte Owen sich zurück, so dass seine Pilotenbrille in der Sonne blitzte.

»Mm-hmm.« Jane legte ein langes Bein über die seinen und ließ ihre Finger durchs Wasser gleiten.

»Stimmt.« Die Zwillinge unterdrückten ein Lachen und stießen mit ihren Gatorade-Flaschen an. Nachdem sie etwas getrunken hatten, verzogen sie das Gesicht und sogen scharf die Luft ein.

»Stimmt irgendwas mit eurem Gatorade nicht?«, fragte ich.

»Nope!« Sie machten sich daran, ihre Rettungswesten zu öffnen und Videos voneinander zu machen.

»Ihr lasst eure Handys noch in den Fluss fallen.« Ich lehnte mich ebenfalls zurück und seufzte genüsslich, während die Sonne mir Gesicht und Hals wärmte.

»Hey!«, blaffte Jane. »Diese Rettungswesten behaltet ihr an.« Ich wandte den Kopf und sah, wie die Zwillinge ihre winzig kleinen Bikinis enthüllten und versuchten, ihre Rettungswesten unter dem Po zu verbergen.

»Aber die sehen bescheuert aus ... «

»Ich will braun werden.«

»Behaltet sie an. Das Wasser wird demnächst kabbelig, das wisst ihr doch. Safety first«, mahnte Jane.

»Ja, Mom«, grummelten sie, schoben die Arme aber zurück in die Rettungswesten.

Als Ollies Reifen gegen meinen stieß, nahm ich deutlichen Alkoholgeruch wahr. Träge hob ich ein Augenlid und bemerkte, dass die beiden Mädchen tatsächlich mit jeder Minute alberner wurden. Trotzdem machte ich die Augen wieder zu und beschloss, den Mund zu halten. So verantwortungsbewusst wie Jane war, hätte sie die Zwillinge noch gezwungen, den Inhalt ihrer Gatorade-Flaschen ins Wasser zu kippen – dabei konnte ich sicher auch irgendwann einen Schluck davon vertragen. Vier Stunden waren eine lange Zeit.

»Hi, Jane!«

Wir sahen uns allesamt um und entdeckten eine lächelnde Frau mit Seemannsmütze, die uns zuwinkte, während sie vorüberfuhr.

»Hi, Ellen!«, rief Jane ihr ebenfalls winkend hinterher. »Das war Ellen, eine Kollegin«, informierte sie uns. »Witzig, dass wir hier auf dem Fluss immer Leute treffen, die wir kennen. Wisst ihr noch? Im letzten Jahr waren es die Freunde der Zwillinge.«

»Gott sei Dank ist es dieses Jahr deine Kollegin und nicht ... «, begann ich, verstummte jedoch abrupt, denn die Worte blieben mir im Hals stecken. Nicht weit hinter uns trieb Christopher Butkus hinter uns her. Er drehte uns den Rücken zu und plauderte lebhaft mit seiner Mom und einer anderen älteren Frau. Sein Haar war nass und zerzaust und schimmerte im Sonnenlicht bronzefarben. Sein Nacken war gebräunt, und – *oh mein Gott,* warum registrierte ich das alles?

»Versteckt mich«, zischte ich und paddelte wild mit den Händen im Wasser in dem Versuch, meinen Schwimmreifen hinter den von Jane und Owen zu manövrieren.

»Was ... oh.« Jane folgte meinem Blick zu den Butkuses hinüber. »Du musst dich doch nicht verstecken. Sei nicht albern. Alles gut.«

»Ähm ... « Abby zog die Augenbrauen hoch und musterte mich von oben bis unten.

»Sie hat recht. Sieh mich doch an!« Ich trug einen alten, einteiligen Badeanzug und darüber eines von Janes langärmeligen 5K-Shirts, getoppt von der schimmeligen Standardschwimmweste. Mein Haar hatte ich zu einem unordentlichen Knoten am Oberkopf zusammengefasst, mein ungeschminktes Gesicht war – glücklicherweise – fast vollkommen hinter meiner Sonnenbrille verborgen, und die Krönung meiner Erscheinung waren meine blassen, unrasierten Beine, die vor mir in die Gegend ragten. Vermutlich war meine ebenfalls unrasierte Bikinizone ebenfalls deutlich sichtbar. Ich zerrte am Saum meines nassen T-Shirts herum, um es so weit wie möglich herunterzuziehen.

»Dreht mich um, dreht mich um.« Ich streckte Jane und Owen die Hände entgegen. Sie drehten meinen Reifen herum, so dass ich nun zum Flussufer blickte und der Mitte des Flusses und jedem, der zufällig vorbeitrieb, den Rücken zuwandte. »Danke«, flüsterte ich mich in sicherer Deckung wähnend.

»Hi, Christopher!«, schrien die Zwillinge und winkten wie wild.

»Was zum Teufel?«, stieß ich hervor.

»Hey, das ist ja Familie Weiss«, sagte eine freundliche Stimme sehr dicht hinter mir. Ich nickte kurz und winkte ihm über die Schulter hinweg zu, dann wandte ich den Blick wieder ab und mimte großes Interesse an den Felsen und den Bäumen am Flussufer.

Von den restlichen Butkuses ertönte großes Hallo. Aus dem Augenwinkel sah ich, wie Mr. und Mrs. Butkus an der Spitze weitertrieben. Als ich gerade schon glaubte, es geschafft zu haben, spürte ich, wie mein Schwimmreifen sacht angestoßen wurde.

»In letzter Zeit mal wieder Fahrrad gefahren?«, hörte ich Christophers leise Stimme im Ohr.

Ich wirbelte herum. »Wie bitte?«

Er packte den Griff, der seitlich an meinem Schwimmring angebracht war. Seine Augen funkelten amüsiert. Er trug keine Sonnenbrille, so dass ich jeden einzelnen grünen und braunen Sprenkel in seinen blauen Augen, jede Hautfalte in den Augenwinkeln erkennen konnte, während er sich krampfhaft das Lachen verkniff.

»Pink steht Ihnen.« Er ließ den Griff los.

Wütend öffnete ich den Mund, brachte jedoch keinen Ton heraus, während er davontrieb.

»Sie wissen doch, dass ich in Fremont wohne«, rief er mir noch zu und lachte jetzt schallend. »Ist es da so überraschend, dass ich mir die Parade ansehe?«

Ich rollte mich auf den Bauch und tauchte mein Gesicht ins Wasser. Als ich mich wieder aufsetzte, war er weitergedriftet und hatte sich wieder zu seiner Familie gesellt. Sein einzelner Reifen trieb schnell auf der Strömung dahin. Mein Blut schien in meinen Adern zu pochen, und mein Gesicht glühte vor Scham. Der Gedanke, dass Christopher an der Seite gestanden und zugesehen hatte, wie ich mit ungehemmter Freude in die Pedalen trat, wie meine Brüste im Wind wippten, ich am ganzen Körper pink angemalt war, grinsend wie eine durchgedrehte Figur aus einem Pixar-Film …

»Gebt mir was von dem Gatorade ab«, blaffte ich die Zwillinge an.

»Nein! Du hast dein eigenes Wasser.«

»GEBT ES MIR.«

Ich trank einen Schluck und schmatzte. In der Flasche war mehr Wodka als Gatorade. Ollie streckte die Hand aus in der Erwartung, ihren Drink zurückzubekommen, aber ich winkte ab.

»Ihr könnt euch die andere Flasche teilen. Die reicht, um euch aus den Latschen kippen zu lassen. Wo habt ihr den Wodka überhaupt her?«

»Psst.« Sie warfen Jane nervöse Blicke zu. Aber die hatte sich in ihrem Schwimmring zurückgelehnt und schenkte uns nicht die geringste Aufmerksamkeit.

Liebe Leserinnen und Leser, ich hätte es wissen müssen und mir eine Scheibe von meiner verantwortungsvollen Schwester abschneiden sollen. Und doch … und doch. Immerhin nennt man mich nicht grundlos Rachel Weiss.

Eine Stunde später war ich angenehm beschwipst und dachte nicht mehr an Christopher Butkus. (Okay, *fast* nicht mehr. Hin und wieder hatte ich doch noch seine Worte im Ohr – *In letzter Zeit mal wieder Fahrrad gefahren?* – Dann nahm ich jedes Mal wieder einen Schluck.) Meiner Einschätzung nach waren die Zwillinge mittlerweile deutlich über »angenehm beschwipst« hinaus. Sie hörten gar nicht mehr auf, wie Hyänen zu gackern, so dass ich mich schon fragte, ob sie zwischendurch auch mal Luft holten. Nach geschlagenen zehn Minuten des Herumgekichers warfen Jane und Owen ihnen einen nachdenklichen Blick zu, schienen ihre Darbietung aber als Teenager-Zwillings-Idiotie abzutun – womit sich ihr Verhalten zumeist erklären ließ.

»… muss mindestens vierzig sein.« *(Irres Gekicher.)*

»Trotzdem heiß!« *(Schnauben. Kreischen.)*

»Wetten, du traust dich nicht, ihm ein Nacktfoto zu schicken.«

»Nein, schick du ihm doch eins.« *(Kichern.)*

»Okay, aber ich sage einfach, dass du es bist.« *(Brüllendes Gelächter.)*

»Wisst ihr«, warf ich träge ein. »Nur mal so laut gedacht, aber ich glaube, keine von euch sollte eurem Geschichtslehrer Nacktfotos schicken.«

»Was?«, schrie Jane und setzte sich auf.

Daraufhin lachten die Zwillinge so schallend, dass ich kurz damit rechnete, sie könnten Wasser schlucken und sterben. Beurteilt mich nicht zu streng, denn ich begnügte mich mit zusehen, ohne einzugreifen. Doch dann wurde ihr Anfall durch die Rufe derjenigen unterbrochen, die flussaufwärts bereits weiter waren als wir:

»Felsen! Untiefen! Passt auf!«

»Okay, alle mal herhören.« Mit Leichtigkeit schlüpfte Owen in die Daddy-Rolle. »Ihr wisst, was ihr zu tun habt. Anscheinend befinden sich die Untiefen auf der linken Seite. Also paddelt alle nach rechts.«

Der Flusslauf verändert sich jedes Jahr wieder aufs Neue, aber ein paar flache Stücke sind den Stromschnellen in tiefem Wasser, die ebenfalls zuweilen vorkommen, im Allgemeinen vorzuziehen. Natürlich gibt es auch seichte Stellen mit starker Strömung …

Nach ein oder zwei Minuten wurde deutlich, dass nur die Insassen der vorderen Reifen ächzend und stöhnend vor sich hin paddelten, und dass die hinter uns hertreibenden Zwillinge immer noch vor sich hin kicherten und ansonsten tatenlos aneinander festhielten. Wir näherten uns bereits den Felsen und hatten es nicht geschafft, auch nur annähernd nah an die andere Flussseite zu gelangen.

»Was ist nur los mit den beiden?«, fragte Jane, deren Stimme eine Spur panisch klang.

»Vielleicht … vielleicht sind sie ein wenig betrunken.« Ich paddelte mit aller Kraft.

»Betrunken?!«

»Jane!« Owen deutete auf die Felsbrocken, die vor uns aus dem Wasser hervorsahen. »Pass auf.«

»Oh nein.« Jane lehnte sich halb aus ihrem Schwimmreifen und versuchte, uns um die Steine herum zu manövrieren. »Mädchen! Helft uns, von dem Felsen wegzupaddeln.«

Endlich ging auch den Mädchen auf, in was für einer Lage wir waren, weshalb sie ihre Paddel ins Wasser tauchten, aber zu spät. Unsere Reifen verlangsamten ihr Tempo und blieben im flachen Flussbett vor den großen Felsbrocken liegen. Erleichtert lachten wir auf: Immerhin waren wir nicht mit den Steinen kollidiert. Jetzt mussten wir uns nur noch abstoßen, um uns zu befreien. Owen schlüpfte ins Wasser und zog an Janes Reifen.

»Alle anderen bleiben sitzen. Hier hinten ist die Strömung ziemlich stark.« Er konnte sich kaum auf den Beinen halten, als er Janes Reifen befreite.

»Vorsicht, Liebling«, sagte Jane, doch dann registrierten wir entsetzt eine plötzliche Störung. Wir sahen uns um: Die Zwillinge waren ebenfalls herausgesprungen, um Owen dabei zu helfen, die Reifen zu befreien.

»Nein!«

»Steigt wieder ein!«

Das Wasser ging ihnen kaum bis zu den mageren Knöcheln, aber die Felsen waren rutschig. Sie versuchten, sich wieder in ihre Schwimmringe zu hieven, doch ihr gemeinsames Gewicht brachte die miteinander verbundenen Reifen mit einem Ruck wieder in Bewegung: Die schnelle Strömung erfasste uns und warf die Zwillinge vollends ins Wasser, während unsere Reifen weitergetrieben wurden. Owen versuchte, uns wieder in seichtere Gewässer zu manövrieren, aber das Wasser floss zu schnell und war schon bald zu tief. Also sprang er in seinen Schwimmring zurück, solange er noch konnte. Jane und ich schrien. Die Zwillinge schaukelten im Wasser auf und ab, gerettet durch ihre Rettungswesten, aber ich wusste, dass wir sie aus den Augen verlieren würden, wenn sie von der Strömung davongetragen würden. Also sprang ich ins Wasser, was Jane zu einem noch lauteren Schrei veranlasste.

Die kalte Strömung zerrte an meinen Beinen; stromaufwärts zu schwimmen war unmöglich, während ich mich umsah, schwappte mir Wasser in den Mund. Jane hatte mittlerweile einen niedrig hängenden Zweig umklammert, wodurch sie vorübergehend verhindern konnte, dass die Schwimmringe weiter flussabwärts getrieben wurden. Alle paar Sekunden tauchten die Köpfe der Zwillinge mit einem Kreischen auf, um sodann wieder unter Wasser gezogen zu werden. Ich trat aus so heftig ich konnte, wobei ich versuchte zu erkennen, wohin es die Zwillinge trieb, wollte mich aber gleichzeitig nicht zu weit von Jane entfernen. Ollie prallte irgendwann gegen mich, so dass ich sie mit aller Macht Jane entgegenschleudern konnte. Ich hatte keine Zeit, mich davon zu überzeugen, ob sie es geschafft hatte, denn nun wurde Abby in die Mitte des Flusses gerissen. Ich schwamm ihr mit aller Kraft hinterher und bekam den Griff ihrer Rettungsweste zu fassen. Als sie spürte, wie Letztere sich enger um ihren Hals zog, schlug sie wild um sich.

»Hör auf, dich zu wehren!«, schrie ich, doch meine Worte wurden vom Wasserrauschen erstickt.

Sie rang nach Luft, wobei ich nicht sicher war, ob sie schluchzte oder lachte. Doch wir hatten Glück und gelangten mühsam zu den Schwimmringen zurück. Der Zweig, an dem Jane sich festgehalten hatte, war gebrochen, aber Owen hatte einen anderen, kleineren zu fassen bekommen. Jane hielt Ollie an den Armen fest.

»Pack zu«, befahl ich Abby. Mit kalten, weißen Fingern umklammerte sie den Griff eines Schwimmrings. »Bleib hier.«

Ich rückte zu Jane und Ollie hinüber und versuchte, Letztere am Hinterteil hochzuhieven, während Jane beide Hände unter ihre Achseln legte. Wir waren allesamt durchnässt und mittlerweile taub vor Kälte. Ich stöhnte, als eine knochige Pobacke auf mein Gesicht traf. Meine Arme zitterten vor Anstrengung, sie weiter hochzuheben.

»Zieh dich mit aller Kraft an den Armen hoch!«, schrie Jane sie an.

»Mit welcher Kraft?!«, kreischte Ollie und beugte den Oberkörper über den Rand von Janes Schwimmring. Endlich glitt sie nach oben, kippte hinein und blieb wie ein zitterndes Bündel dort liegen. Vorsichtig kletterte Jane in einen der leeren Schwimmringe.

»Helft mir!«, schrie Abby, deren Knöchel am Griff weiß hervortraten.

Keuchend packte Jane ihre Hände, während ich mich von einer Schwimmhilfe zur nächsten hangelte, um zu ihnen zu gelangen.

»Jane …«, rief Owen.

»Halt uns nur weiter fest!«, schrie sie zurück.

»Ich kann nicht!«, woraufhin Owens Zweig mit einem widerlichen Knacks abbrach. Die fünf Schwimmringe wurden davongerissen, zogen Abby und mich hinter sich her.

Abby wimmerte, die Hände erschöpft vom langen Festhalten. Ich verlor jegliches Zeitgefühl, während wir flussabwärts rasten und dabei versuchten, Abby hinaufzuhieven. Jane streckte beide Hände nach unten aus, bemühte sich krampfhaft, ihre Rettungsweste zu fassen zu kriegen, während ich selbst weiter im Wasser trieb, mich mit einer Hand so fest ich konnte festhielt und sie mit der anderen nach oben schob.

Irgendwann, als Abbys Hintern unsicher auf meinem Kopf balancierte, ich selbst kreischte und versuchte, nicht noch mehr Wasser zu schlucken und Jane über uns »Rachel! Schieb!« schrie, ging mir auf, wie absolut lächerlich wir auf die anderen Flussfahrer wirken mussten. Und während wir so in dieser schmeichelhaften Formation dahintrieben, entdeckte ich mit dem einen Auge, das nicht durch den Wasserfall aus der Rettungsweste meiner Schwester geflutet wurde, das fassungslose Gesicht von Christopher Butkus. Er und seine Familie trieben zivilisiert in der Nähe des gegenüberliegenden Flussufers dahin.

Der peinliche Moment lenkte mich einen Augenblick lang ab, meine Arme verkrampften sich, und Abby purzelte von meinen Schultern ins Wasser.

»Abby!«

Ich suchte das Wasser ab, versuchte zu erkennen, wo genau sie war, um nur ein einziges Mal tauchen zu müssen. Meine Arme fühlten sich an wie zu lang gekochte Spaghetti. Ich sah, wie sie sich an einer flachen, felsigen Stelle in der Nähe des Ufers aufzurichten versuchte, aber immer wieder ausrutschte, während das Wasser ihre Knöchel umspülte. Ich holte tief Luft, hielt dann aber inne, als ich hörte, wie jemand meinen Namen rief.

»Rachel, bleiben Sie, wo Sie sind! Zurück in Ihren Schwimmring!«

In ein paar Metern Entfernung riss sich Christopher sein weißes T-Shirt vom Körper. Ehe ich mich's versah, sprang er in den Fluss. Seine Arme durchpflügten das Wasser und führten ihn geradewegs ans gegenüberliegende Ufer, so mühelos, als gäbe es gar keine Strömung.

Sein Kraulstil war einfach perfekt. Er wandte den Kopf, um Luft zu holen, und erblickte mich, die ich immer noch im Wasser war und eine Seite meines Schwimmrings umklammerte.

»Rein mit Ihnen!«, schrie er, ehe sein Gesicht wieder abtauchte. Ich brauchte all meine Kraft, um mich hochzuhieven. Jane drückte meine Hand, während wir beobachteten, wie Christopher sich Abby näherte.

»Klettere auf meinen Rücken«, rief er ihr zu. Sie kniete jetzt auf der seichten Stelle. Ihre Haut war von der Kälte des Wassers rot und fleckig.

»Ich kann nicht«, jammerte sie.

»Mach schon!«, schrie ich, während Jane rief. »Du schaffst das, Abby!«

Christopher half ihr, auf seinen Rücken zu steigen, so dass sie ihm die Arme um den Hals legen konnte. Mit offenem Mund starrte ich seinen Bizeps an, der sich vor Anstrengung wölbte. Wo hatte er denn den bislang versteckt? Nun schwamm er langsam und behutsam, unterstützt von der Strömung, so dass sie uns innerhalb weniger Sekunden erreicht hatten.

Einen Ellbogen auf meinen Schwimmring stützend half

Christopher Abby von seinem Rücken herunter; ich selbst konnte lediglich seine glatte Haut und die definierten Brustmuskeln anstarren, die nur wenige Zentimeter von mir entfernt waren. Ich war einfach zu erschöpft, um so tun zu können, als hätte ich sie nicht bemerkt. Abby umklammerte Ollie. Beide schluchzten. Jane und Owen dankten Christopher überschwänglich. Ich glaube, ich nickte. Er atmete schwer und war offensichtlich durchgefroren, weshalb er keine Zeit verschwendete, sondern nur kurz winkte und dann zu seiner Familie zurückkehrte. Die hatte in einer sandigen Bucht flussaufwärts angehalten, wo sie auf ihn wartete. Sie wirkten schockiert, genau wie die anderen Menschen, die an uns vorübertrieben. Ich war zu erschöpft, zu durchgefroren und verwirrt, um mich darum zu scheren, dass meine Familie zur Lachnummer des Wenatchee River mutiert war.

Auf der Rückfahrt zum Ferienhaus sprach keiner von uns ein Wort.

Ich kauerte in einem alten Collegesweatshirt mit einem Handtuch um die Taille auf meinem Sitz und zitterte trotz der hochgedrehten Heizung im Wagen unkontrolliert vor mich hin. Meine Arme, Schultern und Brustmuskeln waren erschöpft und schmerzten so sehr, dass ich kaum meine Wasserflasche hochbekam. Jane, die ganz blass vor Kälte war, lehnte den Kopf an das Beifahrerfenster und hatte, seit wir eingestiegen waren, keinen von uns auch nur eines Blickes gewürdigt. Noch nie hatte ich sie so wütend erlebt. Die Zwillinge zitterten nur stumpfsinnig vor sich hin, und ich fragte mich vage, ob sie an Unterkühlung litten (ehrlich gesagt, hätten sie das verdient). Owen hatte vermutlich Angst, das Schweigen zu brechen.

Erst als wir vor dem Haus vorfuhren, ergriff Abby endlich das Wort.

»Rachel ... «, begann sie langsam und mit heiserer Stimme. Ich setzte mich auf, um ihre Entschuldigung einigermaßen würdevoll entgegenzunehmen. »Dein Haar ... durch die Sonne ist es jetzt leuchtend orange. Ich meine, noch oranger als vorher.«

»Raus. Steig sofort aus!«

Das ließen sie sich nicht zweimal sagen. Die Zwillinge stolperten ins Haus, Jane und Owen folgten ihnen wortlos. Ich krabbelte auf den Vordersitz und klappte die Sonnenblende herunter, um in den Spiegel zu schauen. Es stimmte: Während meine Strähnen gestern noch als messingfarben mit einem *Hauch* von Orange durchgegangen waren, leuchteten sie nun grell, als hätte ich mein Haar mit Cheeto-Pulver bestäubt.

Ein Teil meiner selbst wäre am liebsten noch hier im Auto in Tränen ausgebrochen, aber mir war klar, dass ich dringend ins warme Haus musste, so gefühllos vor Kälte, wie ich war.

Mom stand auf der vorderen Veranda und sprach mit Jane. Sie wirkte entsetzt. Als ich näher kam, schlüpfte Jane hinein und ließ mich auf der Veranda mit Mom allein.

»Du hast zugelassen, dass sie Alkohol trinken?« Moms Stimme klang schrill. »Sie wären beinahe ertrunken!«

»Ähm ... « Ich blieb stehen und umklammerte das Handtuch um meiner Taille. War das ihr Ernst? Sie wollte hier und jetzt darüber reden? »Ich habe ihnen den Alkohol nicht gegeben. Den haben sie sich allein besorgt.«

»Findest du das etwa witzig?« Moms Stimme wurde noch schriller. Sie verschränkte die Arme über ihrem makellosen

Cardigan und verzog missbilligend das Gesicht. Wie ätzend, dass sie warm und trocken und sauber war, während ich hier klatschnass und vollkommen durchgefroren vor ihr stand, und noch ätzender fand ich, dass sie so sauer auf mich war, wo es doch die Zwillinge gewesen waren, die sich in Gefahr gebracht hatten.

»Oh nein.« Ich wich einen Schritt vor ihr zurück. »Ich würde es nicht wagen, einen Scherz über deine ach so kostbaren Zwillinge zu machen. Mir ist klar, dass sie die Einzigen sind, die dir am Herzen liegen. Um die du dich kümmerst und ihnen hilfst, wenn sie mal wieder Mist gebaut haben. Und für deren beschissenen Erfolg du Himmel und Hölle in Bewegung setzt, obwohl sie nicht das Geringste tun, um ihn zu verdienen.«

Sie folgte mir die Treppe hinunter und auf den Rasen.

»Du hast keine Ahnung, wie das ist, oder?« Sie sprach ernst und abweisend und wirkte ohne ihre übliche Aura der Hysterie beinahe verletzlich. »Vier Mädchen großzuziehen. Ich mache mir Sorgen um euch, um euch alle, die ganze Zeit.«

»Um uns alle?« Ein Windstoß rauschte durch die Bäume und zerzauste mein feuchtes und ohnehin schon verfilztes Haar. »Seltsam, ich erinnere mich gar nicht daran, dass du mir dabei geholfen hast, Praktika zu finden oder ... «, ich senkte die Stimme zu einem scharfen Flüstern, obwohl niemand in der Nähe war, der uns hören konnte, » ... dass du nicht mal vor Betrug zurückgeschreckt wärest, um mir einen Studienplatz zu ergattern.«

»Du kannst doch nicht allen Ernstes behaupten, dass du alles vergessen hast, das ich unternommen habe, um dich auf den richtigen Weg zu bringen. Ich würde alles tun – alles –, um meinen Kindern zum Erfolg zu verhelfen. Glaubst du, ich wüsste nicht, wie töricht die Mädchen sind?« Sie sprach so schnell, dass man die Worte kaum auseinanderhalten konnte. »Ihr seid alle töricht, ihr seid alle wie ich – nur Jane nicht, Gott sei Dank für Jane. Vielleicht würde ich mir ja um eure Zukunft nicht ganz so große Sorgen machen, wenn ihr Jungs wärt, vielleicht wäret ihr dann fokussierter, weniger wie ich selbst.«

»Mom! Was für unglaublich frauenfeindliche Worte!«

»Nun ja, ich habe keine Ahnung, wie es wäre, Jungen großzuziehen, oder? Vielleicht wäre es leichter. Frauen müssen sich stets erheblich mehr ins Zeug legen, und wenn ihr es nicht mit aller Ernsthaftigkeit versucht, wenn ihr euch mädchenhaft und frivol verhaltet, woher soll ich dann wissen, ob ihr jemals Erfolg haben werdet. Ich brauchte damals keinen anständigen Beruf, nicht wahr? Ich hatte das Glück, euren Vater zu finden und musste nur hin und wieder einen Teilzeitjob annehmen. Aber heutzutage ist alles anders. Ihr werdet allesamt euren eigenen Weg machen müssen …«

»Aber …«, angesichts der aufrichtigen Sorge, die aus ihren Worten sprach, wurde mein Ton weicher, »… aber du musst doch nicht gleich Himmel und Hölle in Bewegung setzen, oder? Die Zwillinge kommen schon klar, egal, auf welches College sie gehen. Auf ein Community College. Staatliche Unis. Sie machen das schon!«

»Sie brauchen unbedingt ein Stipendium. Wir haben keine Ersparnisse für ihr College. Und Gott weiß, dass die beiden mit Pauken und Trompeten untergehen würden, wenn sie sich auch noch mit der Rückzahlung von Studiendarlehen herumschlagen müssten. Unsere Möglichkeiten, um ihnen zu helfen, sind nun mal begrenzt, und wenn wir ihnen noch nicht mal das College finanzieren können …«

Ich spürte, wie mir der Mund offen stehen blieb.

»Warum habt ihr euch das nicht überlegt, bevor ihr die Zwillinge bekamt?«

»Die Zwillinge waren ein Unfall, Rachel!«

»Ein was?!«

»Großer Gott, bei ihrer Geburt war ich schon achtunddreißig ... So etwas kommt vor. Ursprünglich planten dein Vater und ich, zwei Kinder aufs College zu schicken; wir haben unser Leben lang gespart, um dich und Jane auf jede Schule schicken zu können, die ihr euch wünschtet. Und dann kam das Leben dazwischen. Plötzlich mussten wir die Kita-Gebühren für zwei weitere Kinder zahlen, und zwar zur gleichen Zeit, als Jane das College besuchte. Wir hatten immer vor, auch einen Collegefonds für die Zwillinge einzurichten, aber es kam immer etwas dazwischen – die Elektrik am Haus musste erneuert werden, dann das Jahr, in dem dein Vater arbeitslos war, und die Tatsache, dass deine Studiengebühren höher ausfielen als erwartet. Und jetzt ... tja, stehen wir dumm da.«

Mit zitternden Knien kehrte ich zur Verandatreppe zurück und setzte mich. Ich hatte ja keine Ahnung gehabt – keine Ahnung. Ich dachte an mein abgehobenes, geisteswissenschaftliches Studium am Whitman-College und die Hunderttausende von Dollars, die meine Eltern ausgegeben hatten, damit ich Literatur studieren und vier Jahre lang die beste Zeit meines Lebens haben konnte, um letztlich in einem Sackgassenjob in der Tech-Branche zu landen.

»Es tut mir leid.« Ich sah zu Mom auf. »Ich hatte ja keine Ahnung.«

»Das weiß ich. Wir wollten nicht, dass eine von euch es weiß. Wir wollen nur, dass ihr glücklich seid.« Sie rauschte an mir vorüber, hielt aber vor der Haustür noch einmal inne. »Bitte verrate den Zwillingen nichts davon.«

Als die Tür sich hinter ihr geschlossen hatte, verbarg ich das Gesicht in den Händen. Ich war so dehydriert, dass keine Tränen kamen, obwohl meine Augen und meine Kehle brannten. *Wir wollen nur, dass ihr glücklich seid.* Und das war dabei herausgekommen: Ich war alt und alleinstehend, mein Gehalt reichte gerade so eben, um über die Runden zu kommen, ich hasste meinen Job, wurde von Pickeln und orangefarbenem Haar heimgesucht und würde bald ein Gebiss benötigen.

Schritte knirschten über das Gras und die Zweige vor mir. Ich hob den Blick und hätte beinahe ungläubig aufgelacht. Irgendjemand, irgendwo – wahrscheinlich der Geist meiner Grandma Pearl – machte sich anscheinend einen Spaß daraus, mir Streiche zu spielen.

Christopher Butkus kam auf mich zu. Er sah aus, als hätte er gerade geduscht, trug ein frisches, weißes T-Shirt zu adretten, rosafarbenen Shorts mit weißen Tennissocken. Er lächelte, und in der Hand hielt er eine Tupperdose. Unwillkürlich fragte ich mich – obwohl das die Sache jetzt auch nicht mehr schlimmer machen konnte –, ob er meine Unterhaltung mit Mom mit angehört hatte.

»Das war eine bemerkenswerte Showeinlage eben, auf dem Fluss«, sagte er statt einer Begrüßung.

Als ich aufstand, fühlte sich mein Gesicht so taub an, dass ich zunächst keine Antwort herausbekam. Ich wusste, dass ich etwas hätte sagen sollen wie »Danke, dass Sie meiner Schwester das Leben gerettet haben«, brachte aber einfach nicht die Energie auf.

Stattdessen rutschte mir dann doch heraus: »Stalkt Ihre Familie die meine?«

»Ja«, antwortete er ernsthaft. »Eigentlich arbeiten wir fürs

FBI und sammeln jetzt schon geraume Zeit Daten über die Familie Weiss.«

Ich gab keine Antwort, denn die Möglichkeit, dass wegen der gefälschten SAT-Ergebnisse tatsächlich eine Untersuchung gegen Mom lief, dämpfte meine Stimmung doch beträchtlich. Ich sah auf die Plastikdose in Christophers Händen herab.

»Meine Tante hat Kekse gebacken.« Er streckte sie mir entgegen. »Ich dachte mir, Sie würden sich vielleicht darüber freuen.«

»Danke. Sehr aufmerksam.«

Er sah so gut aus – und roch auch so phantastisch, dass ich möglichst schnell verschwinden wollte. Dass er mich in meinem derzeitigen Zustand sah, war momentan mehr, als ich ertragen konnte. »Tja, vielleicht sollte ich mich jetzt mal umziehen; ich bin ein wenig …«

Plötzlich machte er einen Schritt auf mich zu. »Eigentlich, Rachel, waren die Kekse nur ein Vorwand.«

»Was?«

»Ich wollte mit Ihnen reden.«

Ganz benommen presste ich die Plastikdose an meine Brust und forderte ihn mit einem Kopfnicken auf fortzufahren, in der Hoffnung, dass er schnell machen würde.

»Ich …« Er sah sich um. »Könnten wir uns setzen?« Er deutete auf das gepolsterte Sofa auf der Veranda.

»Okay.« Ich folgte ihm und nahm auf der gegenüberliegenden Seite des Sitzmöbels Platz, um so viel Abstand wie möglich zwischen uns zu bringen.

Er warf mir ein nervöses Grinsen zu, dann senkte er den Blick in den Schoß, wo er die Fingerspitzen zusammengeführt hatte. Obwohl ich mir nicht vorstellen konnte, was er wohl sagen wollte, überkam mich plötzlich ein ungutes Gefühl.

»Worum geht es?«, fragte ich. »Falls es um Stephen geht, das müssen Sie beide unter sich ausmachen. Lassen Sie mich da raus.«

»Stephen?« Seine Miene wurde düster. »Sind Sie beide immer noch …?«

»Nein. Großer Gott, nein.«

Ein strahlendes Lächeln breitete sich auf seinem Gesicht aus. »Gut. Das macht alles leichter. Denn, Rachel, ich … « Er holte tief Luft und sah mir dann entschlossen in die Augen. »Ich wollte Ihnen sagen, dass ich Sie … dass ich dich für die unglaublichste Frau halte, die ich je getroffen habe.«

Die Stille nach dieser Erklärung war ohrenbetäubend. Ich blinzelte langsam. Christophers glatte, frisch rasierte Wangen färbten sich rot.

»Es ist … « Er sah wieder auf seine Hände herab und lächelte, nervös und dennoch mit einer lässigen Selbstsicherheit, wie nur wohlhabende, gutaussehende, weiße Männer sie an den Tag legen. »Es ist absolut erstaunlich. Seit unserem ersten Treffen kann ich nicht aufhören, an dich zu denken. Und jedes Mal, wenn ich dich wiedersehe, machst du so etwas so … Verrücktes, so Erstaunliches, dass es … durch dich fühle ich mich lebendiger als durch jeden anderen in meinem Umfeld. Du bist nicht perfekt, du bist chaotisch, und du versuchst gar nicht erst, perfekt zu sein – wie die meisten anderen Frauen heutzutage. Du bist impulsiv. Ich habe dich noch nie ein Buch lesen sehen. Deine Familie ist bizarr und peinlich, aber das spielt keine Rolle. Tatsächlich gefällt es mir sogar. Alles an dir ist witzig, und … « Er brach ab und fuhr sich mit der Hand durch das feuchte Haar. »Ich glaube, ich bin gerade dabei, das hier total zu vermasseln. Vermutlich, weil ich etwas nervös bin. Aber Rachel … « Er machte einen unbeholfenen Schritt nach vorn und umfing meine kalten Hände. Ich war so verblüfft, dass ich sie zurückzog und mich daraufsetzte. Er lachte ein wenig gequält auf, sprach aber weiter. »Das alles ist verrückt, und so etwas habe ich noch nie gemacht, aber Rachel, ich glaube, ich habe mich in dich verliebt.«

Mein erster Gedanke war: *Muss er mir das ausgerechnet dann gestehen, während mir der kalte Badeanzug zwischen die Pobacken rutscht und an meinen Nippeln scheuert?*

Mein zweiter Gedanke war: *Warte ... was zum Teufel war das gerade?*

Und dann spulte mein Hirn einen Teil seiner Rede noch mal in Zeitlupentempo ab, und Zorn stieg in meiner Brust empor, so dass mir plötzlich wärmer war als seit Stunden.

»Bist du fertig?«

Immer noch hatte er diesen hinreißend verlegenen und gleichzeitig erwartungsvollen Gesichtsausdruck. Ich beobachtete ihn, ohne auch nur einen einzigen Moment lang zu blinzeln, um den Moment, da seine Miene in sich zusammenfiel, nur ja nicht zu verpassen.

»Ähm, ja.« Mit einer auf linkische Weise galanten Handbewegung forderte er mich zum Weitersprechen auf.

»Oh, gut. Also ist dies jetzt der Zeitpunkt, da ich dir in die Arme fallen sollte? Du bist der gutaussehende Millionär und ich die arme Frau aus einfachen Verhältnissen, an der du einen Narren gefressen hast. So soll es deiner Meinung nach funktionieren, oder?«

Da war es: Seine Brauen zogen sich zusammen, seine Pupillen weiteten sich, seine Nasenflügel bebten. Seine Selbstsicherheit bröckelte.

»Nein, wirklich. Was hast du erwartet? Dass ich dankbar

dafür bin, dass du auf mich stehst, obwohl du mich peinlich findest?«

»Ich halte dich nicht für … «

»Darf ich dich gleich unterbrechen? Du hältst mich für unvollkommen, chaotisch und – oh ja – verrückt. Meine Familie ist in deinen Augen bizarr und peinlich.« Er wurde blass, als ich ihm seine eigenen Worte entgegenschleuderte. »Nun ja, tut mir leid, dass wir keine verklemmten, zugeknöpften, weißen Vorzeigeamerikaner sind. Nein, weißt du was? Eigentlich tut mir das überhaupt nicht leid. Wenigstens sind wir interessant. Hast du allen Ernstes geglaubt, dass ich mich in dich verlieben würde, wenn du meine Familie beleidigst? Und nur weil ich nicht ständig irgendwelche Buchtitel erwähne oder alles, was ich lese, in den sozialen Medien poste, heißt das noch lange nicht, dass ich nicht lese. Meintest du das ernst? Letztes Jahr habe ich fünfzig Bücher gelesen.«

»Ich meinte nicht … das kam alles ganz falsch rüber … «

»Ich bin noch nicht fertig.« Ich stand auf, und trotz des Handtuchs, das ich immer noch um die Hüften geschlungen hatte, fühlte es sich gut an, ihn zu überragen. »Was für ein patriarchalischer Fiebertraum hat dich glauben lassen, dass es gut für dich enden könnte, mir deine Liebe zu gestehen? Wann habe ich je – *jemals* – den Eindruck vermittelt, ich könnte auf dich stehen? Du weißt gar nichts über mich – abgesehen vom Wohnort meiner Eltern und meinem Aussehen, wenn ich nacktradele. Wahrscheinlich warst du auch noch nie mit einem jüdischen Mädchen zusammen und dachtest dir: *Hey, das ist meine Chance!*«

»Rachel, warte.«

»Nein, *Christopher,* ich werde nicht warten. Ich habe noch nie herumgesessen und darauf gewartet, dass ein Mann hereinrauscht und mein Leben im Handumdrehen verändert. Und selbst wenn ich darauf gewartet hätte, könnte ich definitiv niemals mit jemandem wie dir zusammen sein. Leute, die Millionen und Abermillionen von Dollars mit ihren Firmen scheffeln, machen mich krank. Ganz zu schweigen, dass du immer mal wieder ein paar Wochen lang mit atemberaubend schönen Frauen wie Xio und Andrea ausgehst und dich vermutlich schon nicht mehr an ihre Namen erinnerst, sobald du sie gegen jemand anders ausgetauscht hast. Und die Art, wie du deinen besten Freund behandelt hast? In meinen Augen ist Freundschaft das Allerwichtigste auf der Welt. Auch wenn all das, was ich gerade aufgezählt habe, nicht wäre, ich könnte nie mit jemandem zusammen sein, der seinem besten Freund die Idee geklaut und ihn um das Geld betrogen hat, das von Rechtswegen doch eigentlich ihm zustünde.«

Mittlerweile wirkte Christopher fassungslos. Sein sonst stets lächelnder Mund stand offen, die Brauen waren zusammengezogen. Anscheinend hatte ich meinen Standpunkt mehr als deutlich gemacht.

»Also vielen Dank, dass du mir auf die beleidigendste Art überhaupt gesagt hast, dass du mich liebst. Damit hast du alles bestätigt, was ich über Typen wie dich denke. Wenn du mich jetzt entschuldigen würdest, ich muss diese nassen Klamotten loswerden und dann diesen Tag ein für alle Mal aus meinem Gedächtnis tilgen.«

Ich tat einen Schritt auf die Tür zu, machte dann aber noch einmal kehrt. Christopher sah auf, einen Funken Hoffnung in den Augen.

»Die Kekse nehme ich trotzdem.« Ich schnappte mir die Plastikdose und der Hoffnungsfunke erlosch sofort. »Leb wohl, Christopher.«

Ich knallte die Haustür hinter mir zu und stapfte die Treppe hinauf, ohne den diversen Familienmitgliedern, die sich in der Küche oder im Wohnzimmer aufhielten, auch nur eines Blickes zu würdigen. Dann schloss ich mich im Bad ein, ließ glühend heißes Wasser einlaufen und zog endlich, *endlich* diese verdammten, nassen Klamotten aus. Ich ließ mich in die Badewanne sinken und kam erst heraus, als ich die Keksdose bis auf den letzten Krümel geleert hatte.

KAPITEL 16

Nachdem ich mir trockene Klamotten angezogen hatte und mein Körper wieder Normaltemperatur angenommen hatte, spülte ich die Plastikdose aus und schlich mich durch den Wald in die Richtung, aus der Christopher gekommen war. Dort standen nur ein paar wenige Ferienhäuser, und genau vor dem ersten, auf das ich stieß, parkten diverse Autos, darunter auch ein Tesla. Natürlich fuhr er einen Tesla. Ich stürmte zur Haustür und ließ die leere Dose auf der Matte liegen. Schließlich wollte ich in unserer Küche nicht ständig über diese Erinnerung an unseren Zusammenstoß stolpern müssen, ihm aber auch keinen Vorwand liefern, um noch einmal mit mir zu reden – obwohl ich bezweifelte, dass er seine Dose zurückverlangen würde.

Zufrieden, dass ich einen Schlussstrich unter die ganze Sache gezogen hatte, kehrte ich zu unserem Ferienhaus zurück und stibitzte eine weitere von Moms spicy Romances – diesmal mit einem Ritter, der auf dem Cover mit freiem Oberkörper sein Schwert schwang, während sein Cape und seine Lockenmähne im Wind flatterten. Ich rollte mich auf der Couch zusammen und tauchte mehrere Stunden lang in dieser verführerischen Phantasiewelt ab.

Mom und Dad waren einkaufen und Wein holen gegangen. Bei ihrer Rückkehr hörte ich Mom gurren. »Ooh, wie nett! Ich frage mich, wer die hergebracht hat.«

Ich schoss kerzengerade in die Höhe. *Unmöglich!*

»Cookies!«, kreischten die Zwillinge.

Mom rauschte ins Wohnzimmer, in der Hand einen wohlbekannten Plastikbehälter, in dem sich ein frischer Schwung Kekse befand.

»Rachel, hast du gesehen, wer die hergebracht hat? Wie außerordentlich aufmerksam!«

»Nein«, grummelte ich.

»Sprich lauter, sprich ... «

»*Nein!*«, brüllte ich so laut, dass Mom mich stirnrunzelnd ansah. »Ich habe niemanden gesehen ... ich habe keine Ahnung. Wahrscheinlich ein Streich. An eurer Stelle würde ich sie lieber nicht anrühren.«

Den Nachsatz fügte ich hinzu, weil die Hafer-Chocolate-Chip-Cookies tatsächlich sogar köstlich gewesen waren und ich sie gern wieder allein verspeist hätte.

»Mach dich nicht lächerlich.« Mom lief in die Küche. »Sicher stammen sie von einem Nachbarn.«

»Ooh, ein Nachbar«, trällerten die Zwillinge und glotzten mich vielsagend an. Ich fuhr mit dem Finger über die Kehle, doch sie ignorierten die Drohung und gaben Schmatzgeräusche von sich, während sie Mom in die Küche folgten.

Den restlichen Abend über zog diese Tupperdose meinen Blick auf sich wie ein unanständiges Foto von Christopher Butkus höchstpersönlich. Ich versuchte, sie zu ignorieren, musste aber immer wieder hinsehen – während des Abendessens und während ich den Abwasch erledigte. *Die unglaublichste Frau, die ich je getroffen habe ... Ich glaube, ich habe mich in dich verliebt.*

Bizarr. Peinlich.

Ich könnte niemals mit jemandem wie dir zusammen sein.

Wieso hatte er die Keksdose wieder aufgefüllt? Bedeutete das, dass meine Worte nicht – wie erhofft – sämtliche Brücken hinter mir abgebrochen hatten? Und hatte ich das *wirklich* gehofft?

Je mehr Zeit verging, umso häufiger fragte ich mich, ob ich überreagiert hatte. Ehrlich gesagt hatte ich Christopher Butkus eigentlich nie wirklich als romantischen Partner in Betracht gezogen. Er war immer nur ein Witz gewesen. Erst als jemand, den Mom mir aufs Auge drücken wollte, dann als nerviger Tech-Bro, dann als jemand, mit dem ich mich vielleicht manchmal ganz gern unterhielt – und der, ohne zu zögern, losschwamm, um ein Mädchen zu retten. Aber als Mann an meiner Seite? Als gutaussehender Mann mit ansehnlichem Bizeps und starken Händen, mit glattem Kinn und dem sauberen Duft seines Eau de Cologne, den seine warme Haut verströmte ...

Was? Nein!

Nein, Rachel, keinesfalls. Ich musste wirklich aufhören, diese Romances zu lesen. Vermutlich hatte ich einen Schock erlitten; mein Verstand war geschwächt und daher empfänglich für unpassende Phantasien.

Nach Dessert und Kaffee gönnte sich die Familie einen nächtlichen Abstecher in den Whirlpool. Ich zog es vor, mich in eine Decke gehüllt auf die Verandacouch zu kuscheln, denn ich hatte keine Lust mehr auf Wasser. Diese Entscheidung bereute ich allerdings ein bisschen, denn mein Rückzugsort erinnerte mich an das Gespräch, das ich nur wenige Stunden zuvor dort geführt hatte.

»Ich wünschte wirklich, wir wüssten, wer diese köstlichen Cookies hier abgestellt hat, um uns revanchieren zu können«, drang Moms Stimme über das Rauschen der Düsen hinweg zu mir hinüber. Jane, die zwischen Dad und Owen hockte, sah zu mir hinüber. Ihre Miene war unergründlich. Seit unserer Rückkehr vom Fluss hatten wir kaum ein Wort miteinander gewechselt. Ich hätte ihr liebend gern alles wiedergegeben, was Christopher zu mir gesagt hatte, nahm aber an, dass sie noch immer wütend auf mich war.

»Wie würdest du dich denn revanchieren? Ihnen auch Kekse backen? Wie eine unendliche Keksschlacht?« Abby lachte.

»Ihr beiden solltet euch heute jeglichen bissigen Kommentar verkneifen«, blaffte ich.

Wütend funkelte Abby mich an und wandte sich dann wieder an Mom. »Vielleicht war es Christopher Butkus. Die Butkuses haben wir heute nämlich getroffen.«

Moms schrilles Kreischen ging in einem Platschen unter; anscheinend hatte sie am Rand des Whirlpools das Gleichgewicht verloren.

»Christopher – Christopher Butkus?« Moms Kopf wirbelte zu mir herum.

»Shh.« Unwillkürlich huschte mein Blick zum dunklen Wald hinüber, hinter dem sich das Ferienhaus der Butkuses befand. Ich ging zwar nicht davon aus, dass Christopher in den Büschen lauerte und uns belauschte, aber man konnte nie wissen.

Mom folgte meinem Blick, und ihr Gesicht wurde puterrot.

»Sie sind hier? Rachel? Wusstest du davon? Wahrscheinlich halten sie uns jetzt für absolut unhöflich! Wir haben sie nicht mal kurz begrüßt.«

»Wir haben sie nicht gebeten, nach Leavenworth zu reisen. Also alles bestens. Schließlich haben sie nicht mal eine Notiz bei den Keksen hinterlassen. Womöglich stammen sie gar nicht von ihnen.«

»Oder vielleicht doch«, meldete Abby sich in mittlerweile aggressivem Ton erneut. »Das wäre doch denkbar, zumal Christopher eben noch hier war, um Rachel seine Liebe zu gestehen.«

Es entstand eine lange Pause, die nur von leisem Platschen unterbrochen wurde, und während der ich darüber nachdachte, wie es wohl wäre, einfach Dads Auto zu stehlen und in der Nacht zu verschwinden, um nie wieder ein Wort mit Mom oder den Zwillingen wechseln zu müssen. Diese Vorstellung lenkte mich zumindest kurz von der immer weiter wachsenden Spannung an. Wir alle wussten: Je länger Mom schwieg, umso schlimmer war die darauffolgende Explosion.

Schließlich schrie ich: »Oh mein Gott, sag doch irgendwas!«, im gleichen Augenblick, wie Mom brüllte: »RACHEL RENÉE Weiss?«

Es hätte mich nicht gewundert, wenn der Rest der Familie die Flucht ergriffen und irgendwo Schutz gesucht hätte, aber sie blieben, wo sie waren. Die Zwillinge grinsten zufrieden, Dad wirkte nervös, Owen gebannt und Jane besorgt.

Ich zog die Decke bis zum Gesicht hinauf und begann: »Es ist nicht …«, aber Mom schnitt mir das Wort ab.

»Habe ich dir nicht verboten, dem armen Jungen das Herz zu brechen?«

»Warum interessierst du dich nur so sehr für seine Gefühle?«

»Weil er ein Schatz ist. Ein verantwortungsbewusster Junge, der seine Eltern liebt. Und es ist ein Wunder, dass er immer noch Single ist. Ich will nicht, dass du ihn für jedes würdige Mädchen, das seinen Weg kreuzt, ruinierst.«

»Rachel *ist* würdig«, platzte Jane heraus. Ich schenkte ihr ein ebenso angespanntes wie dankbares Lächeln.

»Dein kostbarer Schatz ist nur deshalb noch Single, weil er Supermodels datet und sie ausrangiert, sobald sie ihn langweilen.« Ich verschränkte die Arme vor der Brust.

»Oder weil er sämtliche Hoffnungen auf die Falsche setzt.« Das traf mich dann doch ein wenig; keine Ahnung, was ich getan hatte, dass meine Mutter mich ständig beleidigte.

»Keine Sorge, den Fehler macht er nicht noch einmal. Zumindest nicht bei mir.«

»Was hast du zu ihm gesagt?«

»Ich … « Ich wandte den Blick ab, denn ich wollte weder Moms, noch Janes Reaktion auf meine nächsten Worte sehen. »Ich habe ihm mitgeteilt, dass er mit mir seine Zeit verschwendet und ich nicht interessiert bin.«

Mom stand so abrupt auf, dass der Whirlpool überschwappte, während sie nach ihrem flauschigen Bademantel angelte. Dann trat sie dicht an mich heran, so dass Wasser auf mich herabtropfte, weil sie anscheinend vermeiden wollte, dass die anderen hörten, was sie zu sagen hatte.

»Nach allem, was dein Vater und ich für dich getan haben, nach allem, was wir geopfert haben, damit du Erfolg hast, kapiere ich einfach nicht, wie – WIE – du einer Chance wie dieser so einfach ins Gesicht spucken kannst.«

Angesichts dieser ungerechten Anschuldigung sprang ich auf die Füße und stand ihr nun Auge in Auge gegenüber.

»Du hast doch gerade gesagt, dass ich nicht gut genug für ihn bin, dass du nicht willst, dass ich ihn verletze. Vielleicht entscheidest du dich mal, was du willst!«

»Wenn du das Glück noch nicht mal erkennst, wenn du es vor der Nase hast – wenn ein gutaussehender und reicher Mann dir seine Liebe gesteht –, dann frage ich mich allen Ernstes, was nicht mit dir stimmt.«

»Ich war nicht interessiert! Ich mag ihn nicht!«

»Irgendwann musst du mal umdenken! Du kannst es dir nicht leisten, so wählerisch zu sein, du musst einfach …«

»Beth«, warf Dad leise ein, der immer noch im Whirlpool an den Düsen lehnte. »Das reicht.«

»Aber sie …«

»Sie mag den Typ nicht. Was gibt es da sonst noch zu sagen?«

»Aber das ist …« Mom deutete in Richtung des Butkus'schen Feriendomizils und hielt sich dann mit beiden Händen den Kopf, als fehlten ihr die Worte, um die enorme Größe des Problems zu schildern.

»Unser kleines Mädchen sollte sich nie mit weniger zufriedengeben als dem, was ihr Herz begehrt. Das sollte keines unserer Kinder.« Dads Stimme klang leise und ruhig. Jane warf Owen einen glühenden Blick zu. Eine Flutwelle schwoll in meiner Brust an und füllte meine Kehle mit Tränen.

»Aber …« Mom verstummte, denn Dads Einwand hatte ihr den Wind aus den Segeln genommen.

»Rachel wird irgendwann ganz allein erfolgreich sein. Ganz sicher hat sie es nicht nötig, sich an den Erfolg eines anderen Menschen zu hängen. Womöglich gefällt es ihr auch gar nicht, im Schatten eines Partners zu stehen.« Dad sah mich an, und seine Augen funkelten belustigt.

Ich zog die Decke fester um meinen Körper und wünschte mir plötzlich, dass alle ins Haus gehen würden; ich war mir nicht sicher, wie lange ich die Tränen noch würde zurückhalten können.

»Zeit, ins Bett zu gehen.« Jane kletterte aus dem Whirlpool und bedeutete den anderen, ihr zu folgen. Sie wusste eben immer, was ich brauchte.

Ich wartete ein paar Minuten ab, ehe ich ebenfalls ins Haus ging. Das Feuer im Wohnzimmer brannte. Ich machte es mir davor bequem und grübelte über das Gewirr an Gedanken und Gefühlen in meinem Innern nach. Über mir knarrte der Boden unter den Schritten der anderen, die zu Bett gingen.

»Hey.« Jane stand auf der dunklen Treppe.

»Hi.« Ich klopfte auf das Bodenkissen neben mir. Nachdem sie sich gesetzt hatte, bot ich ihr die Hälfte meiner Decke an.

»Was ist passiert?«, flüsterte sie.

»Er ...« Ich starrte in die Flammen, und mein Blick verschwamm im tanzenden Licht der Flammen. »Er ist hier aufgekreuzt und hat mir aus heiterem Himmel erklärt, dass er verliebt in mich zu sein glaubt. Aber gleichzeitig hat er mich in gewisser Weise beleidigt.« Keine Ahnung, wieso, aber ich wollte ihr nicht erzählen, dass er auch unsere Familie beleidigt hatte. »Da habe ich ihm geantwortet, dass ich mit jemandem wie ihm, der nur ans Geld denkt und seine Freunde wie Dreck behandelt, nie zusammen sein könnte.«

»Seine Freunde?«

»Du kennst doch Stephen?« Ich gab alles wieder, was Stephen mir anvertraut hatte.

»Was für ein Mistkerl.« Jane umfasste ihre Knie. Nun, da ich hier neben meiner Schwester saß, nachdem ich ihr alles erzählt hatte und wusste, dass sie meiner Meinung war, war mir deutlich leichter ums Herz.

»Genau. Nicht auszudenken, dass Mom ihn auch noch dermaßen ins Herz geschlossen hat.«

»Offen gesagt glaube ich sogar, dass sie alle vier Töchter gegen ihn eintauschen würde«, sagte Jane. Wir lachten plötzlich los und konnten gar nicht mehr aufhören, so dass unsere

Schultern aneinanderstießen und wir schließlich atemlos auf dem Boden zusammenbrachen.

»Bist du okay?«, fragte Jane, ehe wir nach oben gingen.

»Ja, mir geht es gut. Ich will nur wieder nach Hause, in meine eigene Wohnung. Fort von Mom und den Butkuses.«

»Nur noch ein Tag.« Und mit dieser fröhlichen Aussicht eilten wir auf den Dachboden.

Vor der Tür hielt mich Jane noch einmal auf. »Übrigens schläft Dad in dem vierten Bett. Mom hat ihn rausgeschmissen, weil er dich doch hätte überreden sollen, Christopher zu heiraten.«

Wir brauchten noch einige lange Minuten, um uns von unserer leisen Kicherorgie wieder zu erholen.

Ich stieg in mein Einzelbett. »Gute Nacht, Jane. Gute Nacht, Owen. Gute Nacht, Dad.«

»Nacht«, antworteten sie im Chor, wobei Dad ein wenig missmutig klang.

»Und Dad … danke«, flüsterte ich.

KAPITEL 17

Schweigsam packten wir am nächsten Morgen für die Abreise. Nach ihrer Nahtoderfahrung waren die Zwillinge vermutlich müde. Mom verhielt sich nach unserem Zusammenstoß ernst und förmlich. Eigentlich sah ihr das nicht ähnlich, aber ich stellte keine Fragen. Sondern genoss die Stille.

Gerade als ich den Reißverschluss meiner Reisetasche schloss, kam Jane ins Zimmer. Sie schlug mit einem Briefumschlag in ihre Handfläche.

»Der lag auf der Fußmatte, als Owen und ich vorhin zum Joggen aufgebrochen sind.«

Erstaunt nahm ich ihn ihr aus der Hand. Vorn stand mein Name in einer unbekannten Handschrift. Mein Magen zog sich zusammen und fing gleichzeitig an zu flattern. Außer meiner Familie kannte ich niemanden in Leavenworth, also konnte dieser Brief nur von einer einzigen Person stammen.

Jane musterte mein Gesicht, eine besorgte Falte zwischen den Augenbrauen. »Dann … lasse ich dich mal allein, damit du ihn lesen kannst.« Sie zog die Tür hinter sich zu.

Ich hockte mich auf die Bettkante und riss den Umschlag auf. Drinnen befand sich ein förmlich aussehender Brief, der ordentlich mit schwarzer Tinte geschrieben worden war.

14. Juli, 6.00 Uhr

Liebe Rachel,

nachdem unsere Unterhaltung dermaßen schiefgelaufen ist, konnte ich nicht mehr schlafen. Ich würde gern ein paar Dinge erklären. Ich hoffe, Du erweist mir die Ehre, diesen Brief zu lesen, obwohl Du mir natürlich nichts schuldig bist.

Zuerst einmal möchte ich mich dafür entschuldigen, weil ich Dich ohne Vorwarnung mit meinen Gefühlen konfrontiert habe. Der Gedanke an diesen peinlichen Vorfall tut mir mittlerweile beinahe körperlich weh. Du hattest vollkommen recht. Es war anmaßend – schlicht und ergreifend. Tut mir leid, dass ich davon ausgegangen bin, dass Du meine Gefühle erwiderst. Und ich bedaure, Dich mit meinen Worten verletzt zu haben. Für mein mangelndes Feingefühl in dieser Situation habe ich keine Erklärung, außer vielleicht die Tatsache, dass ich mich von der Idee ... einem Traum ... habe mitreißen lassen.

Zum zweiten habe ich das Gefühl, dass ein paar Erklärungen notwendig geworden sind. Damit will ich keine wie auch immer geartete Diskussion anfangen oder Dich überzeugen, dass Du mit Deiner Einschätzung falschlagst. Ich erwarte, dass Du auch nach der Lektüre dieses Briefes nie wieder ein Wort mit mir reden willst, und dafür habe ich Verständnis. Im Eifer des Gefechts kommen mir die richtigen Worte oft nicht so schnell in den Sinn, wie ich es gern hätte. Erst hinterher bin ich zu zusammenhängenden Gedanken fähig. Dieses Problem hast Du selbst offenbar nicht, oder?

Betrachte diese Erklärungen sowohl als Bitte um Entschuldigung als auch darum, dass Du nicht allzu schlecht von mir denkst. Obwohl ich weiß, dass Du keinerlei romantischen Gefühle für mich hegst, kannst Du in mir hoffentlich einen anständigen Menschen sehen.

Ich werde mich zunächst dem Thema widmen, auf das es keine leichte Antwort gibt. Du betrachtest Geld als Charakterfehler, und in dieser Hinsicht *müssen wir unterschiedlicher Meinung sein. Ich versuche, Gutes in der Welt zu tun. Mein Unternehmen wurde aus dem Bedürfnis heraus gegründet, diesem Planeten dienlich zu sein. Dass es dabei viel Geld verdient hat, ist in meinen Augen Grund zum Optimismus. Dennoch bin ich Deiner Meinung, dass ein Mann keine obszöne Menge Reichtum anhäufen muss, und ich gedenke, intensiv darüber nachzudenken, in welcher Hinsicht ich mit meinem Vermögen Gutes tun kann.*

Das Betätigungsfeld meines Unternehmens lässt Dich natürlich an Stephen Branson denken. Ich war überrascht von dem, was Du mir von ihm erzählt hast, denn diese Version der Ereignisse war mir völlig neu. Das Ganze ist eine längere Geschichte, deshalb versuche ich, sie abzukürzen. Ich will nicht schlecht von irgendjemandem reden, aber die Wahrheit ist alles andere als schmeichelhaft. Wenn Du je Beweise sehen möchtest, die meine Version der Ereignisse stützen, kann ich Dir E-Mails und Kontoauszüge vorlegen.

Ja, Stephen und ich waren Freunde auf dem College, und ja, wir entwickelten das Konzept von Pageant gemeinsam. Nach unserem Abschluss trennten sich unsere Wege, und als ich beschloss, Pageant in der wirklichen Welt auszuprobieren, forderte ich ihn auf, sich mir anzuschließen. Er jedoch behauptete, eine erheblich lukrativere Möglichkeit zum Gelderwerb aufgetan zu haben und lehnte ab. Ein oder zwei Jahre später nahm er Kontakt zu mir auf und bat mich um eine große Geldsumme. Unsere Freundschaft war zwar schon seit Jahren vorbei, aber er war verzweifelt. Er war in ein Schneeballsystem hineingeraten, durch das er mehrere zehntausend Dollar verloren hatte. Ich suchte nach juristischen Möglichkeiten, um ihm zu helfen, sein Geld zurückzuerlangen, aber als ich keine auftun konnte, gab ich ihm das Geld, das er benötigte. Als Teil des Systems hatte er jede Menge Brücken hinter sich abgebrochen, und früher einmal war er mein bester Freund gewesen. Er betonte immer wieder, mir die Summe eines Tages zurückzahlen zu wollen, aber ich versicherte ihn, dass ich ihn mit meiner Gabe nur aus der Schuldenfalle befreien wollte, und dass er mir alles zurückzahlen könne, indem er sich einen anständigen Job suchte und wieder auf die Beine kam. Ich glaube, diesem Rat ist er gefolgt, obwohl ich dafür keinerlei Beweise habe, denn danach habe ich nie wieder von ihm gehört. Ich habe Grund zu der Annahme, dass er mich auf sämtlichen Kanälen blockierte, nachdem ich ihm das Geld gegeben hatte. Ihn in Deiner Begleitung auf dieser Hochzeit zu sehen, war unser erster Kontakt seit Jahren.

Zum Schluss hast Du mich beschuldigt, Frauen wie Xio zu daten und sie danach abzuservieren und zu vergessen. Ich bin nie mit Xio zusammen gewesen. Ich verstehe, warum Du dieser irrigen Annahme bist, nachdem Du uns am Valentinstag zusammen gesehen hast, aber Xio arbeitet bei Pageant, und an jenem Abend waren wir auf dem Weg zur Party eines Kollegen.

Du hast auch Andrea erwähnt. Diese Hochzeit war unser erstes und gleichzeitig letztes Date. Wir hatten nicht viel miteinander gemein. Ich will nicht abstreiten, in der Vergangenheit mit schönen Frauen ausgegangen zu sein. Die Frauen in meinen Kreisen sehen meist gut aus, sind intelligent und charmant – und manchmal eine Kombination aus allen drei Eigenschaften. Ich werde nicht schlecht über sie reden. Aber hier muss ich aufhören, denn ich habe Dir bereits mitgeteilt, was ich für Dich fühle, und da Dir meine Empfindungen zuwider sind, werde ich es nicht wiederholen.

Rachel, Du sollst wissen, dass mir das alles zutiefst leidtut. Wenn ich alles zurücknehmen und Dich weiterhin nur als freundlicher Nachbar zufällig in der Stadt treffen könnte, würde ich das tun. Wahrscheinlich verzeihe ich mir diese Idiotie niemals, aber ich hoffe, dass Du es kannst.

Hochachtungsvoll, Dein

Christopher W. Butkus

Erst nach gefühlten Stunden konnte ich wieder einen klaren Gedanken fassen. Ich sah aus dem Fenster, während wir über die unsicheren grau-purpurnen Bergstraßen und dann durch üppig grüne Wiesen fuhren, auf denen jede Menge Kühe weideten. Und da ich nun mal eine große Denkernatur bin, kam mir als Erstes folgender Gedanke in den Sinn: Wieso hatte ausgerechnet *er* so eine schöne Handschrift? *Also wirklich!* Und was für eine Frechheit, meine Gefühle so exakt zu benennen und … und dabei auch noch so wortgewandt zu sein. *Wie* war das möglich? Und *warum*? Und …

Und wenn das, was er über Stephen geschrieben hatte, stimmte, dann war Christopher der gute Freund und Stephen der Lügner. Trotzdem blieb seine Anmaßung, sein typisches Gebaren als reicher, weißer Mann eine Tatsache. Genau wie die Arroganz, mit der er mir seine Liebe auf die peinlichste und unwillkommenste Weise gestanden hatte, die man sich denken konnte. *Nein, danke.*

Den Brief hatte ich in meinem Rucksack verstaut, den ich jetzt unter den Sitz vor mir schob, als könnte ich mich besser fühlen, wenn er fünf Zentimeter weiter weg von mir wäre. Dieser verhasste Brief.

Da Dir meine Empfindungen zuwider sind, werde ich es nicht wiederholen.

Hatte er das Wort *Liebe* tatsächlich ausgesprochen?

Ich musste auf der Stelle aufhören, darüber nachzugrübeln. Sonst verlor ich noch den Verstand. Also schloss ich die Augen und versuchte zu schlafen.

KAPITEL 18

Am Montag nach der Arbeit lud Sumira uns auf die Dachterrasse ihres Wohnhauses ein. Wir machten es uns auf den von der Sonne gewärmten Sofas unter einem breiten Sonnenschirm bequem.

»Heute Abend auf der Speisekarte ... «, Sumira deutete auf die Snacks, die sie aufgetischt hatte, » ... Chips mit Dip. Und frischer Klatsch. Wer will anfangen?«

»Tja ... « Amy lächelte geheimnisvoll. »Ich habe so was wie ein Update.«

»Ein gutes hoffentlich?«

»Ja. Ryan gibt sich tatsächlich Mühe. Er hat sogar eine Paartherapie vorgeschlagen. Und nicht nur das; er hat sogar einen Therapeuten für uns aufgetan.«

»Verdammt. Da hat er noch mal Glück gehabt!« Ich musterte Amys Gesicht und hielt nach Zweifeln Ausschau. »Und wie fühlst du dich bei dem ... allen? In Bezug auf ihn?«

»Ehrlich gesagt bedeutet es mir eine Menge, dass er sich so sehr bemüht. Er gibt mir das Gefühl, ich weiß auch nicht, als ob ihm unsere Ehe wichtig wäre.«

»Das sollte sie auch!«, warf Sumira ein.

»Im Moment bin ich jedenfalls froh darüber. Ich habe das Gefühl, dass wir auf dem richtigen Weg sind. Wahrscheinlich kann man nur abwarten, wie es mit uns weitergeht.«

Wir versicherten ihr einmütig, wie sehr wir uns für sie freuten. Doch dann wandten sich die Mädels allesamt mir zu.

»Okay, spuck's aus, Rachel«, forderte Eva mich mit vollem Guacamole-Mund auf.

Ich hatte sie schon im Gruppenchat über die Ereignisse des vergangenen Wochenendes auf dem Laufenden gehalten, aber jetzt wollten sie Einzelheiten hören. Und den Brief sehen. Besonders Amy, die immer schon eine Schwäche für Jane-Austen-Helden gehabt hatte.

»Ich kann immer noch nicht glauben, dass er dir tatsächlich einen Brief geschrieben hat.« Sie öffnete eine Dose Mineralwasser. »Wie romantisch ist das denn?«

»Ist romantisch wirklich das richtige Wort?« Sumira rümpfte die Nase. »Immerhin war das ein unerwünschter Annäherungsversuch.«

»Stimmt genau«, pflichtete Eva ihr bei. »Eine Person zu bedrängen, die nichts für einen empfindet, ist wohl kaum ein Grund zum Dahinschmelzen.«

»Ich weiß, aber, na ja, Rachel meinte, er habe eine schöne Handschrift.« Amy wölbte die Augenbrauen, als sei dies ein schlagendes Argument.

Seufzend holte ich den Brief aus der Tasche.

»Hier. Viel Spaß damit.« Kreischend stürzten sich die anderen auf das mittlerweile schon ziemlich abgegriffene Stück Papier.

»Stopp! Zerreißt ihn nicht!« Amy hielt den Brief in beiden Händen, während Eva und Sumira ihr über die Schulter sahen, um mitzulesen.

Erst gab es einige ebenso schockierte wie belustigte Kommentare, doch dann wurden sie allesamt untypisch still.

Schließlich brach Sumira das Schweigen: »Der Mann weiß, wie man Briefe schreibt.«

»Stephen war … «, begann Eva vergnügt, aber Amy unterbrach sie. »Können wir den Teil mit Stephen bitte ignorieren?«

Wieder verfielen wir in Schweigen, während meine Freundinnen ihre Chips mit Dip verspeisten und mir prüfende Blicke zuwarfen, um herauszufinden, wie ich mich fühlte. Und wie fühlte ich mich nun tatsächlich? Der Brief war umwerfend – das war mir klar. Immer wenn ich ihn las, wurde ich wieder ein wenig weicher. Wünschte sich ein Teil von mir, ihm auch weiterhin zufällig in der Stadt in die Arme zu laufen? Natürlich. War ich immer noch rechtschaffen zornig auf ihn? *Natürlich.* Ihn abzuweisen, war die richtige Entscheidung gewesen, und dieser Brief würde nichts daran ändern.

»Wirst du mit ihm schlafen?«, fragte Sumira, dezent wie immer. Ich warf ihr einen Maischip an den Kopf.

»Nein.« Ich bemühte mich um einen würdevollen Ton. »Ich werde nicht mit einem Mann schlafen, nur weil er mir einen Brief geschrieben hat.«

»Du hast es schon für weniger getan«, murmelte Eva, und Sumira schnaubte.

»Nein, tatsächlich hat mir dieses ganze Debakel sogar die Augen geöffnet. Es hat mir gezeigt, dass … ich buchstäblich makellos bin.«

Amy tauschte einen verstohlenen Blick mit Sumira, während Eva mich ungläubig anstarrte.

»Ich meine, schaut doch mal. Ein Mann wie Christopher ist objektiv betrachtet, ein guter Fang. Er ist megaerfolgreich. Abstoßend ist er auch nicht … genau genommen ist er sogar … ach egal. Seinetwegen flippen sogar jüdische Mütter aus. Und anscheinend ist er meinetwegen ebenfalls ein wenig ausgeflippt. Ja, er hat mich teilweise nicht allzu schmeichelhaft beschrieben, mir aber gleichzeitig seine *Liebe* gestanden. Dabei kennt er mich doch kaum. Was mal wieder bestätigt, was ich immer schon dachte: Ich bin eine Göttin.« Diese Worte unterstrich ich, indem ich lautstark auf einem mit Hummus bepackten Chip herumknusperte.

Es folgte eine lange, nachdenkliche Pause.

»Eine Göttin mit Nacho-Käsesaucen-Haar«, sagte Sumira, und diese fiesen Hexen kreischten vor Vergnügen.

Ich musste allerdings zugeben, dass Sumira recht hatte. Während die anderen weiter herumalberten, zog ich mein Handy hervor und vereinbarte einen Termin bei einem anderen Friseur.

Je näher der August rückte, umso drückender und schwüler wurde es. Mein Haar war wieder glänzend braun. Ich hatte mir ein Madewell Sommerkleid gegönnt, in dem ich aussah wie die südländische Version von Daenerys Targaryen aus Staffel 1. Und obwohl all diese Kleinigkeiten einen kleinen Hoffnungsschimmer darstellten, konnten sie mich doch nicht vor den negativeren Aspekten meines Lebens schützen. Wie zum Beispiel vor Kenneth.

»Ähm, Rachel … Rachel, hi.« Gerade tauchte er am Rand meines Sichtfeldes auf. Diese Art von Auftritt nervte mich noch mehr als ein Stabhochsprung in mein Abteil, um dort vor meiner Nase ein Tänzchen aufzuführen.

»Hallo, Kenneth.« Ich drehte mich zu ihm um.

»Sheryl hat diese Woche Urlaub, und Cam sollte sie vertreten, aber jetzt hat Cam sich krankgemeldet, deshalb ... « Er schob seine Brille die Nase hoch, schnappte sich den Tacker von meinem Schreibtisch und inspizierte ihn – wieso? »Du wirst sie vertreten müssen. Beide.«

Mir gingen diverse mögliche Antworten durch den Kopf, einschließlich des wesentlichen Hinweises, dass ich eine Einzelperson war, die nur vierzig Stunden die Woche arbeitete. Aber ich schluckte die Einwände herunter, indem ich mir ins Gedächtnis rief, dass ich des Geldes wegen hier war. Jenes Geldes, das ich brauchte, um mir etwas zu essen und Sommerkleider zu kaufen.

»Okay.«

»Okay?« Überrascht blickte er auf, und der Tacker klappte auf. Hatte er erwartet, sich damit gegen mich zur Wehr setzen zu müssen?

»Natürlich. Ich gebe mein Bestes.«

Sichtlich erleichtert stellte er den Tacker wieder auf meinen Tisch. »Danke, Rachel!« Im Davongehen deutete er auf mich, als sei er mein Trainer und rief: »Goldstern!«

Seufzend wandte ich mich wieder meiner stetig wachsenden Liste von Kundenbeschwerden zu. Wenn die Goldstern-Sticker doch nur in Dollars umgewandelt werden könnten.

In meiner Mittagspause setzte ich mich draußen auf die Treppe, streckte die Beine in die Sonne und befasste mich mit Tinder.

»Igitt. Nein. Doppel-Igitt.« Wieder und wieder wischte ich nach links. Anscheinend herrschte in Seattle akuter Single-Notstand. Vielleicht sollte ich meine Suchdistanz auf zwei Kilometer reduzieren, um ein paar respektable Typen mit festem Job aufzutun, die sich hier in der Nähe während ihrer Mittagspause ebenfalls auf Tinder tummelten. Hmm. Da war einer:

blond, fit, aber ohne einschüchternd zu wirken. Seine Fotos zeugten von normal aussehenden Freunden. Ich scrollte zu seiner Bio weiter. »Brent, 30. Mein Truck identifiziert sich als Prius. Waffengegner bitte nach links wischen.«

Ich schauderte und warf den Rest meines Sandwiches in den Mülleimer. Männer waren doch alle gleich: eine Komplettverschwendung von DNA. Warum vertat ich damit überhaupt meine Zeit? Mein Schicksal war doch ohnehin besiegelt: Ich würde als alte Jungfer enden, oder? Eigentlich sollte ich lieber nach einer Hütte im Wald und ein paar Katzen suchen statt nach einem Mann. Mein Handy vibrierte, und ausnahmsweise war ich erleichtert, eine Textnachricht von meiner Mom zu erhalten. Immer noch besser als eine Nachricht von meinen sogenannten Matches.

»Alle sind heute zum Abendessen eingeladen! Wir haben etwas zu feiern!«

Eine spontane Feiereinladung von meiner Mutter? Das konnte nichts Gutes bedeuten.

Mom war in dermaßen ausgelassener Stimmung, dass sie zum Dinner sogar chinesisches Essen bestellt hatte. Jane war schon vor mir angekommen, und als ich mit hochgezogenen Augenbrauen auf Mom deutete, die herumstolzierte und Chow Mein und Cashew-Huhn in die Servierschüsseln schaufelte, warf mir Jane nur einen wissenden *Warte-bis-du-es-hörst*-Blick zu.

»Was gibt es denn zu feiern, Mom?« Ich schnappte mir eine Chow-Mein-Nudel.

»Sehr aufregende Neuigkeiten.« Sie schlug mir liebevoll auf die Hand.

Auf der Suche nach einem Hinweis musterte ich den Rest meiner Familie. Die Zwillinge lungerten auf dem Teppich im Wohnzimmer herum und sahen mit halb geöffneten Mündern und glasigen Augen einer Beauty-Vloggerin zu. Dad saß lesend in seinem Sessel. Ich musste zweimal hinsehen – das Buch trug den Titel *Die Masken der Männer.* (Echt jetzt, was war nur los mit ihm?)

»Willst du es mir *jetzt* verraten?«, fragte ich, während ich Mom mit einer Schüssel süß-saurer Suppe ins Esszimmer folgte.

Sie stellte eine Schale auf den Tisch und wandte sich zu mir um, die Hände unter dem Kinn gefaltet.

»Wir haben mit diesem abscheulichen Mann gesprochen, und alles ist gut. Es ist vorbei.«

Was sagt es über mich aus, dass ich, als sie von einem »abscheulichen Mann« sprach, als Erstes an Christopher Butkus dachte?

»Ich kann dir nicht folgen. Was ist vorbei?«

»Diese lächerliche Angelegenheit mit dem Schummeln bei den SATs.« Sie machte eine entrüstete Handbewegung.

»Mom!« Ich sah mich zu den Zwillingen um. »Ich dachte, sie sollten nichts davon erfahren.«

»Oh, sie wissen Bescheid. Immerhin musste er sie ebenfalls verhören.«

»Wer?«

»Der Mann. Der Detective.« Sie öffnete einen Schrank und holte die Schabbat-Kerzen heraus.

Ich schlug mir die Hände vor den Mund. »Ihr seid allen Ernstes von einem Polizisten verhört worden?«

»Ja, und unserem Anwalt zufolge war's das. Wir bekommen womöglich sogar noch eine Entschädigungssumme. Da wir als unschuldige Partei in ein illegales Komplott mit hineingezogen wurden.«

»Aber … du … unschuldig?« Ich warf Jane einen Blick zu, die nur die Lippen aufeinanderpresste.

»Ja, Liebes.« Mom hörte auf herumzuwuseln und wandte sich zu mir um. Ihre großen, unschuldsvollen Augen verrieten nichts. Ihr schauspielerisches Talent – oder handelte es sich vielmehr um kognitive Dissonanz? – war gelinde gesagt schockierend.

»Tja.« Ich brauchte ein paar Sekunden, um mich an diese neue Version der Realität zu gewöhnen. »Mom, war es wirklich ein Versehen? Warst du dir darüber im Klaren, was du getan hast? Denn es war falsch, und zwar aus so vielen … «

»Rachel«, unterbrach mein Vater mich mit leiser Stimme. Nachdenklich schüttelte er den Kopf. »Sie hat es nicht getan.«

»Nein?«

»Durch die Freundin einer Freundin hat sie von diesem Typen erfahren, der der beste Nachhilfelehrer an der ganzen Westküste sein sollte. Angeblich hatte er dem Sohn von Soundso dabei geholfen, sein SAT-Ergebnis um ganze sechshundert Punkte zu steigern. Sie hatte keine Ahnung, dass es ein Schwindel war.«

»Als Schwindel würde ich das Ganze allerdings nicht bezeichnen, sondern vielmehr als *offensichtlichen Betrug*! Abgesehen von unserer momentanen Finanzsituation gehören wir zur privilegierten Bevölkerungsgruppe, Dad. Anscheinend ist euch das allen nicht bewusst.«

»Aber wenn sie es doch nicht mit Absicht getan hat«, warf Jane zögerlich ein.

»Es ist einfach nur so, dass … « Ich hatte selbst keine Ahnung, worauf ich hinauswollte, aber ich musste ihnen meinen Standpunkt klarmachen. Anscheinend hatten meine Eltern den Begriff *privilegiert* noch nie im Leben gehört.

»*Willst* du etwa, dass deine Mutter angeklagt wird?«, fragte Dad.

»Was? … Nein! Aber … «

Mom warf mir einen unheilverkündenden Blick zu. Die Zwillinge wischten auf ihren Handys herum und bekamen kein Wort mit.

»Was seid ihr für Vorbilder? Was bringt ihr den beiden fürs Leben bei?« Wild fuchtelte ich in die Richtung meiner kleinen Schwestern.

»Oh, sie würden sowieso auf nichts hören, was ich ihnen beibringe, nicht mal, wenn ich dabei splitterfasernackt mit einem Igel auf dem Kopf vor ihnen herumtanze.« Alle (außer den Zwillingen) starrten sie nur fassungslos an. »Jedenfalls … «, fuhr sie fort, » … habe ich immer noch große Neuigkeiten für euch!«

»War's das noch nicht?«

Jane zuckte mit den Schultern; anscheinend tappte sie über das, was Mom uns sonst noch zu verkünden hatte, ebenfalls im Dunkeln.

Wir sechs versammelten uns um den Tisch, Mom sprach den Segen über die Kerzen, und kaum hatten unsere Hinterteile die Stühle berührt, schlug sie mit einem Löffel an ihr Weinglas.

»Wir haben etwas zu verkünden«, meinte sie, während der Lockenberg auf ihrem Kopf vor Aufregung vibrierte.

»Ja, wissen wir«, sagte ich. »Bist du schwanger?«

Mom warf mir einen sehr bösen Blick zu. Dann sah sie Dad an, der ihr ermutigend zunickte, riss sich zusammen und fuhr fort.

»Die Zwillinge haben ein Stipendium erhalten!«

»Wunderbar!« Jane klatschte in die Hände.

»Basiert dieses Stipendium auf dem ergaunerten SAT-Ergebnis oder …?« Dad schüttelte entschieden den Kopf und sah mich streng an. »Wie hoch ist es?« Wenn Mom jedes Mal so einen Riesenwind machte, wenn die Zwillinge ein paar hundert Dollar von der Jüdischen Gemeinde oder den Burger King Scholars bekamen, würde es ziemlich anstrengend werden, eine begeisterte Fassade aufrechtzuerhalten.

Mom legte die Hände zusammen und holte tief Luft.

»Vollstipendium.«

Immer noch auf die Pointe wartend sah ich mich um. Jane blieb der Mund offen stehen. Dad strahlte.

»Was?«, fragte ich verwirrt. »Vollstipendium wofür?«

»Für das College ihrer Wahl! Schatz, hol doch mal den Scheck.«

Dad gehorchte und kehrte kurz darauf mit einem offiziell aussehenden Brief und einem Hochglanzscheck zurück. Jane und ich beugten uns darüber: Der Brief enthielt ein paar lahme Glückwünsche zu irgendwelchen unbestimmten Leistungen und behauptete, dass die Organisation sich zum Ziel gesetzt habe, Familien mit Mehrlingen bei der Finanzierung der Hochschulbildung ihres Nachwuchses zu unterstützen. Keuchend hielt mir Jane den Scheck unter die Nase. Ich brauchte einen Moment, um die Anzahl der Nullen zu erfassen.

»Dreihunderttausend Dollar?«, kreischte ich.

Mom weinte beinahe vor Freude. Die Zwillinge sahen mit unbestimmtem Lächeln auf, ehe sie sich wieder ihren Handys widmeten.

»Das ist ja unglaublich!« Jane stand auf, um alle Anwesenden nacheinander zu umarmen.

»Aber was … wie? Hast *du* etwa das Bewerbungsschreiben für sie verfasst?«, beschuldigte ich Mom misstrauisch.

»Oh, wer weiß. Wir haben so viele Bewerbungen geschrieben, dass ich mich kaum noch daran erinnere.«

Dad beugte sich über den Tisch, um den Scheck wieder an sich zu nehmen, und ich warf einen letzten, flüchtigen Blick darauf. (Immerhin würde ich eine so große Summe womöglich nie wieder zu sehen bekommen.) Da entdeckte ich den Namen der Organisation: Tempest Scholars. Tempest … *Der Sturm* … Shakespeare.

Plötzlich hatte ich das Gefühl, Eiswasser geschluckt zu haben. Christopher? Hatte er an jenem Tag vor unserem Ferienhaus meine Unterhaltung mit Mom mitbekommen? War das möglich – würde er so etwas tun?

Ich gedenke, intensiv darüber nachzudenken, in welcher Hinsicht ich mit meinem Vermögen Gutes tun kann. Vielleicht hatte er das ja tatsächlich ernst gemeint. Und steckte womöglich mehr dahinter als bloße Großzügigkeit? Versuchte er, seinen Schnitzer wiedergutzumachen?

Ich war verwirrt. Was sollte ich davon halten? Die Summe war immens und die Situation komplett neu für mich. Eigentlich egal, wie hoch der Betrag war, der meiner Familie von einem Mann überlassen wurde, der mir seine Liebe gestanden hatte. Dass sich Männer in mich verliebten und ich sie zurückwies, hatte ich durchaus schon erlebt; aber derlei Episoden endeten meist mit betrunkenen Anrufen oder gehässigen Tweets ihrerseits oder damit, dass sie mich auf Instagram blockierten. Nie – *niemals* – mit einem großzügigen Geschenk, das das Leben meiner Eltern und Schwestern auf immer verändern würde.

Aber – ich trank einen Schluck Wein – vielleicht täuschte

ich mich ja auch. Christoph hatte auf das Wort »Tempest« schließlich kein Monopol. Ich würde später ein paar Nachforschungen anstellen.

»Was wisst ihr über diese Organisation?«, fragte ich bewusst leichthin, während wir uns bedienten. »Über die Tempest Scholars?«

»Also, also«, gluckste Dad. »Einem geschenkten Gaul sieht man doch nicht ins Maul.«

Fragend zog ich die Augenbrauen hoch und sah Mom an.

»Ich habe sie gegoogelt. Ortsansässiges Unternehmen. Schicke Website«, antwortete sie wenig hilfreich.

Jane warf mir einen prüfenden Blick zu. »Später«, formte ich mit den Lippen.

Nach dem Abendessen nahm ich Jane beiseite und klärte sie über meinen Verdacht auf.

»Weißt du was? Ich wette, du hast recht.« Sie klang nachdenklich. »Als ich diesen Scheck sah, habe ich mich gleich gewundert. Irgendwie bezweifle ich, dass Stipendienstiftungen dreihunderttausend Dollar auf einmal auszahlen.«

»Ja.« Ich stieß die Luft aus. »Also was soll ich tun? Ihn fragen?«

»Ihn fragen? Keine Ahnung. Wenn er gewollt hätte, dass wir Bescheid wissen, hätte er sich sicher deutlich zu erkennen gegeben.«

»Aber warum sollte er das tun?«

»Tja, du hast mir doch erzählt, dass er Moms Worte darüber, dass sie und Dad das College für die Zwillinge nicht finanzieren können, mit angehört hat. Also womöglich … aus reiner Herzensgüte?«

Verblüfft starrte ich sie an.

»Aus Großzügigkeit?«, ergänzte sie.

»Ohne eine Gegenleistung zu erwarten?«, fragte ich, nur um sicherzugehen.

»Da er anonym bleibt …, sieht es ganz so aus.«

Ich war immer noch überfordert. Einerseits wusste ich nicht, was ich zu ihm hätte sagen können, andererseits konnte ich die Angelegenheit wohl kaum unkommentiert lassen, oder?

»Nachtisch!«, rief Mom. »Rachel, Jane, was treibt ihr beiden denn da im Bad?«

Ich folgte Jane in die Küche und betäubte meine Verwirrung mit vier Stücken Schokoladenkuchen. Die Tatsache, dass Mom keine Einwände erhob, zeigte einmal mehr, wie selig die dreihunderttausend Mäuse sie machten – beim vierten Stück ertappte ich sie dann allerdings doch noch bei einem kritischen Blick auf meine Taille.

Zu Hause zündete ich mir eine Vanillekerze an und kochte mir eine beruhigende Tasse Kamillentee. Ich hatte ernsthaft vor, mir so lange *Love Island* anzugucken, bis ich einen Zustand absoluter Entspannung erreicht hatte. Trotzdem wanderte mein Blick immer wieder zu meinem Handy auf dem Couchtisch, bis ich es schließlich doch zur Hand nahm und nach den Tempest Scholars suchte.

Eine Website gab es tatsächlich. Sie bot nur spärliche Informationen. Unter der Rubrik »Über uns« war folgendes zu lesen: »Tempest Scholars wird von mehreren anonymen Wohltätern im Nordwestpazifik betrieben.«

Ich suchte nach Informationen über das Entstehungsdatum der Website. Zwei Minuten später hatte sich mein Verdacht bestätigt: Die Domain war erst in der vergangenen Woche erworben worden. Entweder war diese Organisation also brandneu, oder es handelte sich nur um eine Tarnung für die Person, die das Geld geschickt hatte. Mittlerweile war ich fest davon überzeugt zu wissen, um wen es sich handelte. Trotzdem hatte Jane recht. Er hatte die Spende anonym vorgenommen. Er wollte keine Gegenleistung. Also musste ich einfach so weitermachen, als hätte ich keine Ahnung, dass Christopher Butkus – ein Mann, der spontan genug war, um mir seine Liebe zu gestehen, aufmerksam genug, um mir einen Entschuldigungsbrief zu schreiben – die Collegegebühren meiner Schwestern übernommen und damit meiner Mutter eine Last von den Schultern genommen und zehn weitere Lebensjahre geschenkt hatte.

Ich würde ihn mir aus dem Kopf schlagen. Ganz bestimmt würde ich das. Aber wie es halt so ist, wenn man über den Text eines Liedes nachgrübelt: Man kriegt einen Ohrwurm. So konnte auch mein armes, altes Hirn nicht abschalten, weil sich dieses Puzzle nicht lösen ließ. Christopher Butkus wollte partout nicht zu den Erfahrungen meines Lebens passen. Als alleinstehende Frau Ende zwanzig in diesem unserem einundzwanzigsten Jahrhundert glaubte ich eigentlich, schon alles gesehen zu haben: die typischen Verführer, die einem von der anderen Seite des Raumes auf einer Party Blicke zuwerfen, die verwandten Seelen, die einem schon am ersten Abend sämtliche Geheimnisse anvertrauen und sich schließlich als vergeben entpuppen, die Typen mit den Piercings, bei deren Anblick jeder Boomer in Ohnmacht fällt. Aber jetzt schien alles, was ich bislang zu wissen geglaubt hatte, keine Bedeutung mehr zu haben. Ich hatte gedacht, erhabene Gesten gäbe es nur in Meg-Ryan-Filmen. Aber genau das war das richtige Wort, um Christophers Aktion zu beschreiben: *erhaben.*

Aber wenn ich Meg Ryan wäre und er Tom Hanks, würden wir offen agieren, und die erhabene Geste wäre das Finale. Doch so war es nicht: Er hatte sich geirrt, seine Gefühle wurden nicht erwidert, und nun wollte er sich einfach nur entschuldigen. Und hoffte, dass ich ihm seine Dummheit verzeihen würde. Und würde ich das? Ihm verzeihen?

KAPITEL 19

Ich sehnte mich nach einer Happy Hour. Ich brauchte einen kalten Drink an einem sonnenbeschienenen Tisch in der Stadt und musste spüren, wie der Alkohol durch meine Adern brauste. Ich eröffnete eine Abstimmungsrunde im Gruppenchat, und Sumira sagte zu.

Der Freitagnachmittag war traumhaft schön. Tage wie diese waren es, die die Menschen dazu brachten, nach Seattle zu ziehen: der azurblaue Himmel, ein Hauch von Meersalz in der Luft und als Kontrast die warme Sonne mit der erfrischenden Kühle im Schatten. Sumira und ich wählten unseren Stammplatz im *Mr. West*.

»Heiß siehst du aus«, begrüßte sie mich. Ich trug mein Daenerys-Sommerkleid.

»Du aber auch.« Sie hatte eine Leinenhose und dazu ein Seidentop übergestreift. Das schwarze Haar fiel ihr über eine Schulter.

»Es geht doch nichts über einen Drink mit einer Freundin, um das Ego wieder aufzupolieren.« Sie grinste. Wir bestellten Rosé und eine Käseplatte und stürzten uns dann sofort auf den neuesten Klatsch.

»Irgendwas Neues in Bezug auf Christopher seit dem letzten Ereignis?«, fragte Sumira, nachdem wir einen Großteil des Käses verspeist hatten. Ich hatte den Mädels bereits von dem

Tempest-Scholar-Vorfall berichtet und eigentlich nicht vorgehabt, das Thema heute schon wieder anzuschneiden. Offen gesagt war ich es leid, ständig über ihn nachzudenken.

»Nein, nichts. Eigentlich will ich das Kapitel endlich abschließen.«

»Ja. Er war nie der Richtige für dich.« Allerdings klang Sumira nicht ganz überzeugt. Sie spielte nervös am Stil ihres Weinglases herum. »Und wir sollten nach Jungs Ausschau halten, die zu uns passen.« Ihre Stimme wurde wieder fester, und sie setzte sich kerzengerade auf und musterte mich entschlossen. »Ich meine, mit den Typen in meiner Vergangenheit hätte ich mir nie etwas Festes vorstellen können, oder? Aber Rachel …«

»Oh mein Gott, ja.« Ich trank meinen letzten Schluck Wein. »Erinnerst du dich an Ajay bei der Weihnachtsfeier, und daran, wie verknallt er in dich war? Hättest du dir vorstellen können, eine dauerhafte Beziehung mit ihm oder Jamal einzugehen? Die spielen doch beide nicht in deiner Liga.« Ich winkte dem Kellner, um mir ein weiteres Glas bringen zu lassen.

Sumira starrte mich einen Augenblick lang an, untypisch schweigsam.

»Was? Habe ich irgendwas zwischen den Zähnen?«

»Äh – nein. Du siehst gut aus.« Sie wandte den Blick ab, sah auf die Straße und kaute auf ihrer Unterlippe herum.

»Alles okay? Willst du auch noch etwas trinken?«

»Nein, alles gut.« Eine Sekunde später sah sie mich mit Sumira-typisch hochgezogenen Augenbrauen wieder an. »Okay, du musst mir *unbedingt* verraten, woher du dieses Kleid hast.«

Auf der Heimfahrt mit dem Bus fühlte ich mich von den beiden Gläsern Rosé angenehm beschwingt und hatte das Gefühl, dass alle im Bus mich anstarrten. Logisch, denn sie konnten nicht anders. Ich strahlte förmlich vor Sommer-Freitags-Energie und von all den Komplimenten, mit denen Sumira mich überschüttet hatte.

Warte. Zumindest eine Person im Bus starrte mich *tatsächlich* an. Er machte einen abgerissenen Eindruck und erinnerte mich entfernt an meinen Ex – oh mein Gott, es *war* mein Ex. Felix. Seit wir uns vor beinahe drei Jahren getrennt hatten, hatte ich ihn nicht mehr gesehen. Warum hatten wir uns eigentlich getrennt? Er sah heiß aus.

Ach ja, richtig. Seine emotionale Reife entsprach der eines Fünfzehnjährigen, und er pflegte jeden Abend ein Sixpack Bier zu trinken. Ich würde einfach so tun, als hätte ich ihn nicht gesehen.

Doch jetzt kam er auf mich zu.

Das konnte ich ihm nicht verdenken. Immerhin trug ich *das* Kleid.

Er sah gut aus, als hätte er in den letzten Jahren häufig Sport getrieben. Sein Bizeps lugte auf höchst faszinierende Weise aus seinem T-Shirt-Ärmel hervor. Er lächelte mich an. Er hatte ein bezaubernd schlichtes Gemüt – wie ein Labrador. Und da ich mich nach der Happy Hour ziemlich gut fühlte, fand ich es nur recht und billig, dass das Schicksal mir eine kleine Gelegenheit zum Flirten verschaffte.

»Rachel!«, rief er, als könne er sein Glück kaum fassen, und schon bald unterhielten wir uns angeregt miteinander, wie Expartner es tun, die feststellen, dass sie beide Single sind. Ich bemerkte voller Wohlwollen, dass sein Blick langsam an meinem Körper hinabwanderte, und sein Lächeln breiter wurde.

Zwar hatte ich die vergangenen drei Jahre keinen Fuß ins Gym gesetzt, aber die Zeit war auch zu mir gnädig gewesen. Außerdem hatte ich mittlerweile entdeckt, wie gut ein gelegentliches Peeling tat, und wie man sich die Augenbrauen perfekt zupfte. Als wir seine Haltestelle erreichten, warf er mir einen fragenden Blick zu. Also stieg ich ebenfalls aus.

Unser kurzer Fußmarsch zu seiner Wohnung rief mir ins Gedächtnis, dass er sogar noch mehr reden konnte als ich selbst. Die zweite Erkenntnis folgte gleich auf dem Fuße, und zwar, dass er die letzten zehn Minuten über nichts anderes als Felsenklettern gesprochen hatte. Zwar hatte dieser Sport durchaus seine Vorteile – siehe Beweisstücke A und B, namentlich Felix' Bizepse –, allerdings auch viele, viele Nachteile. Der erste besteht darin, dass jeder, der ihn betreibt, irgendwann völlig besessen davon ist. Nachteil Nummer zwei: Das Thema ist todsterbenslangweilig. Stellt euch doch mal vor, ihr habt noch nie etwas von Felsenklettern als Sportart gehört, und irgendein begeistertes Individuum kaut euch ein Ohr ab und schildert im Detail, wie herrlich es ist, sich am Wochenende in die Felsen zu stürzen. Kapiert ihr, was ich meine? Ihr würdet nur höflich nicken, während ihr verstohlen nach jemandem Ausschau haltet, der euch helfen könnte, falls das fragliche Individuum versucht, euch in seine Felsenhöhle zu verschleppen.

»Wow, hübsch hier.« Das war reine Höflichkeit. Die Wohnung war scheußlich. Fahrräder hingen an den Wänden, und auf der Couch flätzten sich Mitbewohner und aßen Spaghetti.

»Danke.« Er warf seinen Rucksack auf den Boden neben der Tür. »Jedenfalls kann ich dir die Kletterfotos zeigen, von denen ich eben sprach. … Sie sind in meinem Zimmer.«

Leider (und erstaunlicherweise) nahm die Unterhaltung

danach eine sogar noch unangenehmere Wendung. Nebeneinander saßen wir auf Felix' Bett, während er ein schmales Fotoalbum durchblätterte, in dem sich Bilder irgendeiner exotischen Klettertour befanden. Er und seine Freunde waren dabei anscheinend mit sämtlichen REI-Produkten auf dem Markt ausgestattet. Nach ein paar Bildern registrierte ich, dass Felix immer neben dem gleichen hübschen Mädchen stand.

»Wer ist das?« Ich deutete auf sie.

»Natascha.« Er machte eine kleine Pause, ehe er hinzufügte. »Meine Ex.«

»Oh. Willst du damit sagen, dass ich dir nicht ein für alle Mal das Herz gebrochen habe, als ich dich verließ, weshalb du dich nie wieder mit einer Frau eingelassen hast?«

Er schüttelte den Kopf und stieß ein klägliches Lachen aus.

»Erzähl mir von ihr.« Aus Respekt vor seinen Gefühlen wurde mein Ton weicher.

Der arme Junge riss sich zusammen und fuhr mit gleichmütiger Stimme fort: »Wir sind beinahe zwei Jahre miteinander gegangen. Eigentlich wollte ich ihr sogar einen Heiratsantrag machen, aber dann hat sie mich verlassen. Sie zog nach Georgia, um dort eine Ausbildung zur Krankenschwester zu machen.«

»Zur Krankenschwester?« Ich pfiff durch die Zähne, was lässig wirken und meine Verwirrung kaschieren sollte. Meine Gedanken überschlugen sich. Dieses zierliche, schicke Mädchen kletterte auf Berge und war kilometerweit weggezogen, um Leben zu retten. Sie hatte sich von Felix getrennt, um etwas Mutiges und Lebensveränderndes zu tun. Ich selbst hatte mich von ihm getrennt, weil ich mit einem Mann namens Antoni hatte schlafen wollen. Sogleich rief ich mir ins Gedächtnis, dass Antoni ein europäischer Sexgott gewesen war, eine einmalige Chance – die ich fast ein halbes Dutzend Mal nutzen durfte. Das war es definitiv wert gewesen.

Aber derlei Überlegungen führten zu nichts. Schließlich war es legitim, dass ich einem Mann gestattet hatte, meinen Körper so zu würdigen, wie er es verdient hatte. An mir selbst zu zweifeln und mich mit *Natascha* zu vergleichen hingegen, war mehr als sinnlos.

»Interessant.« Ich legte das Fotoalbum beiseite. »Aber weißt du, was ich noch viel interessanter finde? Die hier.« (Während er redete, hatte ich mich die ganze Zeit über danach gesehnt, seine Arme zu berühren.)

Er knurrte und ergriff sofort die Initiative. Darin war Felix immer schon gut gewesen.

Aber … dann kamen mir doch Zweifel. Alle möglichen Fragen schwirrten mir durch den Kopf. Zum Beispiel: Früher hatte ich Felix' Küsse durchaus genossen: War ich damals so naiv und unschuldig gewesen, dass ich sein Geschlabber für erotisch hielt? Oder stimmte jetzt etwas nicht mit mir, weil ich es nicht mehr genießen konnte, dass ein unkomplizierter Mann mich auf unkomplizierte Weise berührte? Oder lag es vielleicht daran, dass mein alternder Körper nach zweimonatigem Zölibat nichts mehr für weltliche Vergnügungen übrighatte? Gut möglich, dachte ich, als Felix mir die Zunge ins Ohr steckte, dass es das jetzt gewesen war. Ich hatte meinen Spaß gehabt, und jetzt war meine Zeit vorüber, und ich konnte nur noch ins Kloster gehen. Ja: ein mystisches, abgeschiedenes Kloster in den Bergen, in dem eine magische Liste mit den Neuankömmlingen aufbewahrt wurde – Frauen, deren Vaginen sich von dieser Welt verabschiedet hatten. Und in diesem Moment tauchte in glänzender Tinte der Name Rachel Weiss auf der Liste auf. Ich musste meinen Platz dort sofort einnehmen. (Hoffentlich akzeptierten sie dort auch jüdische Nonnen.)

Schließlich wanderten meine Gedanken in eine sogar noch beunruhigendere Richtung. (Ich musste mich dringend über moderne Lobotomiemethoden informieren. Sicher existierte eine schnelle Laser-OP, durch die man unerwünschte Gedanken ausschalten konnte?) Rätselhafterweise fragte ich mich, wie Christopher Butkus wohl im Bett war. Ich schämte mich vor mir selbst, weil ich mir insgeheim Gedanken über seine Liebhaberqualitäten machte. Aber ... nun ja ... würde er hinterher ebenfalls mit dem Tempo und Präzision eines Narkoleptikers einschlafen, wie Felix es immer gemacht hatte? Würde er kuscheln wollen? Würde er – bei dem Gedanken wand ich mich und trat Felix' schmuddelige Decke beiseite –, würde er mich an seine Brust ziehen, so dass ich in seinen perfekten Armen lag, würde er mir das Haar zurückstreichen und mir einen Kuss geben?

Hastig stand ich auf. Felix wirkte verblüfft. Der Drang, von hier zu verschwindend, war überwältigend. »Ähm. Ich muss mal schnell ins Bad.«

»Kein Problem. Den Flur entlang auf der linken Seite.«

Ich zog mein Kleid nach unten und schnappte mir meine Tasche, wobei ich murmelte, dass ich mir auch noch die Lippen nachziehen wollte.

»Lass dir Zeit«, sagte er.

Im Bad ging ich meine Optionen durch: Entweder huschte ich an den Spaghetti essenden Mitbewohnern vorbei, oder ich stieg aus dem winzigen Fenster über der Toilette. Die Entscheidung war leicht. Ich kletterte auf den Spülkasten und setzte mich aufs Fensterbrett. Als ich die Beine hinausschwang, wünschte ich, dass dort ein Baum stünde, auf den ich mich retten könnte. Aber es gab nur ein abschüssiges Dach – die untere Etage ragte über die zweite hinaus – also ließ ich mich darauf herabgleiten, wobei sich die Dachpfannen in meinem Kleid verfingen. Auf allen vieren kroch ich zum Rand und blickte in den Abgrund. Ich befand mich mindestens vier Meter über der asphaltierten Zufahrt. Seufzend kniete ich mich hin und drehte mich um, um mich sodann langsam herabzulassen. Eigentlich hatte ich vor, mich mit beiden Händen am Dach festzuhalten, um mit den Füßen dem Boden so nah wie möglich zu sein, ehe ich losließ. In der Realität führte das Gewicht meines Hinterns in Kombination mit der Schwäche meiner Arme dazu, dass ich sofort herunterfiel. Ein paar Sekunden später steckte Felix, der den Krach und meinen schrillen Schrei gehört haben musste, den Kopf aus dem Badezimmerfenster.

»Rachel?«

»Au.«

»Alles in Ordnung?«

Ich richtete mich auf und spürte, wie mein linkes Bein unter meinem Gewicht nachgab. Mein Knöchel pochte schmerzhaft.

»Warum bist du aus dem Fenster gesprungen?«

Ich tat, als hätte ich nichts gehört.

»Ich glaube, ich muss ins Krankenhaus.« Es entstand eine lange Pause, in der er mich nur anstarrte. Eine sehr lange Pause.

»Soll ich dich … «

»Ich rufe mir einen Uber.«

»Okay, cool. Tja. War jedenfalls nett, ähm … «

»Bis dann, Felix.« Ich wandte mich um und humpelte davon. Als ich außer Sichtweite war, lehnte ich mich an ein parkendes Auto und rief mir einen Uber.

Eigentlich hatte ich gedacht, es damit hinter mir zu haben.

Aber Fehlanzeige. Der Fahrer fuhr vor und öffnete das Fenster. Meine Knie wurden weich, als ich sah, dass er genauso aussah wie Adam Driver, der Darsteller des Kylo Ren in den Star-Wars-Filmen.

Halluzinierte ich durch den Schmerz in meinem Knöchel etwa? Oder war es eine Art Wortassoziation. Uber-Driver, Adam Driver? Wahrscheinlich würde ich es nie erfahren, trotzdem ließ sich die Ähnlichkeit nicht verleugnen. Er hatte dunkles, dichtes Haar und traurige Augen wie die eines misshandelten Welpen. Außerdem hatte er einen attraktiven Südstaatenakzent.

»In die Notaufnahme, ja? Was ist passiert?«

Seine tiefe Stimme war unbestreitbar sexy. Mein Ego war so angeschlagen von meinem peinlichen Abgang eben, dass ich es mir von Adam Driver aufpäppeln lassen wollte. Ich wollte impulsiv und sinnlich sein und nicht in einem magischen Nonnenkloster weggesperrt werden. Immer wenn der Blick seiner tiefbraunen Augen mich im Rückspiegel traf, wäre ich gern wahnsinnig vor Lust gewesen.

Aber … das war nicht der Fall. Was war nur los mit mir? Zuerst war ich vor dem Exsex mit Felix geflohen, und jetzt bekam ich noch nicht mal ein gewisses, unangebrachtes Kribbeln zustande, wenn Adam Driver am Steuer meines Ubers saß?

»Ich bin aus einem Fenster gesprungen.«

»Warum haben Sie das gemacht? Sie waren hoffentlich nicht in Gefahr?«

»Nein, nein. Ich bin nur eine Gefahr für mich selbst.«

Er gab ein leises *hmm* von sich, seine Mundwinkel hoben sich, und wieder huschte sein Blick zu mir hinüber. Es fühlte sich definitiv so an, als hätte das Schicksal mich genau an diesen Punkt geführt, als wüsste das Universum von meinen

Kylo-Ren-Phantasien. Meine Gedanken rasten: Es war mir also vorbestimmt, mit diesem sexy Südstaaten-Kylo-Ren zu schlafen. Ich sah es bereits vor mir. Der Blickkontakt würde an jeder roten Ampel immer intensiver werden, bis ich ihn schließlich bat, an den Rand zu fahren. Er würde sich zu mir umdrehen und mich fragen, ob alles in Ordnung sei, und diese magnetische Anziehungskraft würde uns überwältigen. Wir würden uns nicht mehr zurückhalten können und einander bespringen, uns die Kleider vom Leib reißen und einander verschlingen.

Doch je mehr ich darüber nachdachte, umso weniger reizvoll klang es. Ich wimmerte leise und verwirrt.

»Ihr Bein?«, fragte er. »Tut weh, oder?«

Der Schmerz in meinem Knöchel war tatsächlich schlimmer geworden. Außerdem war ich offensichtlich nicht mehr ich selbst, war labil und unkonzentriert. Um nicht weiter nachdenken zu müssen, stellte ich Adam / Kylo Fragen über sich. Er berichtete mir von seinem Podcast und seinem Wunsch, Synchronsprecher zu werden – wozu ich ihn von ganzem Herzen ermutigte. Innerhalb weniger Minuten hatten wir das Krankenhaus erreicht.

»Wir sind da, Miss Rachel. Soll ich Ihnen hineinhelfen?«

»Ich schaffe das schon. Danke, Ad … äh …« Schnell checkte ich die App und entdeckte, dass er eigentlich Matt hieß. »Matt. Viel Glück mit Ihrem Podcast.«

»Hey.« Er steckte den Kopf aus dem Fenster an der Fahrerseite, als ich mich hinten hinaushievte. »Eigentlich mache ich das sonst nie, aber hätten Sie Lust, mit mir mal irgendwann etwas trinken zu gehen?«

Ich erstarrte. *Ja,* schrie die kleine, unanständige Rachel in meinem Kopf. *Sag ja zu Adam / Kylo / Matt!* Aber seine Worte erinnerten mich nur an die eines anderen Mannes. *So etwas habe ich noch nie gemacht, aber Rachel, ich glaube, ich habe mich in dich verliebt.*

»Das ist sehr schmeichelhaft, aber ich glaube nicht.« *Wie bitte? Nein! Verflucht sollst du sein, Christopher!*

»Ah.« Er lächelte bedauernd und klopfte von außen an seine Autotür. »Einen Versuch war's wert. Schönen Tag noch.«

Atemlos humpelte ich, ohne mich noch einmal umzusehen, Richtung Krankenhaus. Anscheinend sah ich genauso blass und verstört aus, wie ich mich fühlte, denn die Frau am Empfang sprach mich sogleich besorgt an.

»Können Sie beim Ausfüllen der Formulare überhaupt stehen? Kommen Sie, setzen Sie sich, dann bringe ich Ihnen die Sachen herüber.«

Ich murmelte meinen Dank und ließ mich auf einen harten Stuhl fallen. Dann kritzelte ich meine persönlichen Daten auf das Formular, das sie mir reichte, und gab es ihr wortlos zurück. Nachdem ein paar Minuten völlige Leere in meinem Hirn geherrscht hatte, erwachten meine Gedanken surrend wieder zum Leben.

Ich hatte Adam Driver zurückgewiesen.

Also würde ich meine Kylo-Ren-Phantasie nie mehr ausleben können.

Normalerweise ließ ich keine Gelegenheit aus, eine wilde Phantasie zu verfolgen.

Was war nur los mit mir? Ein solches Verhalten sah mir so gar nicht ähnlich.

Es war Christophers Schuld. Seit er mich so überrumpelt hatte, war ich durcheinander und verunsichert. Ich war meiner selbst und meiner Ansichten eigentlich immer sicher gewesen, stets überzeugt, recht zu haben. Doch dann kam mir dieser Christopher Butkus in die Quere. Er hatte mich dazu gebracht, alles zu hinterfragen, das ich je über Männer gedacht habe. Männer wie er waren niederträchtig, langweilig und selbstsüchtig. Aber er … war das alles nicht? Mir war nicht entgangen, dass Christopher Butkus objektiv betrachtet ein begehrenswerter Mann war. Trotzdem war ich absolut sicher gewesen, als ich ihm eine Abfuhr erteilt hatte. Mittlerweile war mir klar, wie grausam ich dabei gewesen war. Hatte ich vielleicht einen Fehler gemacht?

Dass ich dauernd die Stimme meiner Mutter im Ohr hatte, war auch nicht gerade hilfreich. Diese Frau mochte zwar verrückt sein, war aber immer noch meine Mutter, und ihre Meinung war mir wichtig, sosehr ich mir auch das Gegenteil wünschte. Alles, was geschehen war, ließ mich an meinem Urteilsvermögen zweifeln, und das wollte ich *keinesfalls*. Ich wollte wieder festen Boden unter den Füßen haben, das Gefühl, ganz ich selbst, ganz Rachel zu sein. Aber offensichtlich war ich in Bezug auf Christopher in mancherlei Hinsicht auf dem Holzweg gewesen. Zum Beispiel was seine Beziehung zu Stephen anging. Was also, wenn ich mich auch anderweitig im Irrtum befand?

Durch diese ganze Grübelei geriet ich in Panik, barg das Gesicht in den Händen und stöhnte.

»Die Krankenschwester ist gleich bei Ihnen, meine Liebe«, rief mir die Frau an der Rezeption zu.

»Danke«, murmelte ich. Wie praktisch, dass meine Reaktion dem Schmerz und nicht meinem inneren Aufruhr zugeschrieben wurde.

Eine Stunde später schickte ich ein Foto meiner Orthese in den Gruppenchat. Ich hatte mir den Knöchel verstaucht und würde etwa einen Monat lang mit dem Ding herumlaufen müssen. Sie antworteten allesamt beunruhigt und mitfühlend, und ich schilderte ihnen die Ereignisse des Abends in so wenigen Worten wie möglich.

»Vermutlich will das Universum mir raten, es ruhig angehen zu lassen. Abzutauchen. Mich auf mich selbst zu besinnen«, schlussfolgerte ich.

Evas Kommentar war überaus hilfreich: »Oh … na ja … das Universum könnte dir auch einfach nur raten, nicht mehr von irgendwelchen Dächern zu springen.«

KAPITEL 20

Am nächsten Morgen erwachte ich in einem Nebel aus Scham und Schmerz. Ich bereute jede einzelne Entscheidung der letzten vierundzwanzig Stunden, oder vielleicht sogar … jemals?

Im Gruppenchat fand ich eine Nachricht von Amy, die ich mit einem zugekniffenen Auge las. Sie hatte mir einen Link zu einem Artikel in der *Seattle Times* geschickt. Ich klickte ihn an und hatte das Gefühl, dass die Erde sich vor mir auftat.

> Pageant CEO ruft neue Non-Profit-Organisation ins Leben
> Eine neue Non-Profit-Organisation, die am Freitag von dem ortsansässigen CEO Christopher Butkus ins Leben gerufen wurde, hat sich zum Ziel gesetzt, die Qualität der geisteswissenschaftlichen Bildung an den öffentlichen Schulen in der Region Seattle zu verbessern. Das erste Projekt werden Nachmittagskurse sein, die sich in einkommensschwachen Gegenden der Kunst- und Musikerziehung widmen.

Klar. Natürlich. Phantastisch!

Nein, ehrlich … gut für ihn.

Natürlich war mir klar, dass ich nicht der Nabel der Welt war. Dass sich nicht alles um mich drehte. Aber nach dieser Nachricht kam ich mir vor wie der letzte Dreck (Dabei hätte ich nach dem Aufwachen vor zehn Minuten nicht geglaubt, dass es mir noch schlechter gehen könnte). Christopher Butkus hatte gerade eine Wohltätigkeitsorganisation aus dem Boden gestampft, die das Leben der Menschen verändern würde. Und um mir noch einen weiteren egozentrischen Gedanken zu erlauben: Ich hatte den Verdacht, dass ihm diese Idee erst nach unserer Unterhaltung gekommen war. Nachdem er mir verkündet hatte, intensiv darüber nachdenken zu wollen, wie er in Zukunft sein Geld nutzen wollte. Was bedeutete, dass er diese Idee nur zwei Wochen, nachdem sie ihm gekommen war, verwirklicht hatte.

In zwei Wochen.

Ich hingegen hatte den Großteil des letzten Jahrzehnts untätig wie Schimmelpilz auf einem Holzscheit herumgesessen, hatte mich mit einem Job zufriedengegeben, der mich nicht erfüllte, nur um das Gehalt zu kassieren. Und hatte die Jahre verstreichen lassen.

Was fing *ich* mit meinem Leben an?

Meine besten Freundinnen konnten allesamt auf berufliche Erfolge zurückblicken: Amy arbeitete seit fünf Jahren als Lehrerin, Sumira stieg die Karriereleiter empor, und Eva hatte erst einmal eine Weile herumprobiert, ehe sie beschlossen hatte, Bibliothekswissenschaften zu studieren. Jane hatte einen erfüllenden, interessanten Job beim örtlichen Nachrichtensender. Und dann war da noch Natascha, Felix' zierliche Ex, die ihr Leben komplett umgekrempelt hatte, um eine Ausbildung zur Krankenschwester zu machen.

Und ich? Ich steckte fest. Ich verbrachte meine Tage damit, Anfragen älterer Mitbürger zu beantworten, die keine Ahnung von moderner Technologie hatten. Vorige Woche hatte ich sogar einen Mann an der Strippe, der keine Ahnung hatte, wie er sein GPS bedienen sollte. (Wir verkaufen gar keine GPS-Technologie.) In der Woche davor war da der Typ, der nicht wusste, wie er unsere App auf sein Handy herunterladen sollte – sein Nokia-Klapphandy. Und zwischen den Support-Anfragen, die meinen Blutdruck in gefährliche Höhen trieben, war da noch Kenneth. In letzter Zeit vermied er es, mich anzusehen, weil sein Blick einmal auf meinem Dekolleté geruht hatte. Er war dermaßen verlegen gewesen, dass er mitten im Satz verstummt war und sich rücklings von mir entfernt hatte, als sei ich die Queen von England. Den gesamten Flur hinab, bis er um die Ecke gebogen war.

Christopher hingegen leitete ein erfolgreiches Unternehmen – und nun auch noch diese Non-Profit-Geschichte … ein wenig überrascht registrierte ich, dass er beschlossen hatte, sich nicht auf die MINT-Fächer, sondern auf Geisteswissenschaften und Künste zu konzentrieren. Jeder – sogar Menschen, die nichts mit Technik am Hut hatten – hielten MINT für den Weg in die Zukunft. Aber Christopher hatte sich für Kunst entschieden. Anscheinend war ihm bewusst, dass wir die Künste und Geisteswissenschaften fördern mussten, um als Gesellschaft zu gedeihen. Und das hatte ich ihm *nicht* gesagt. Er *wusste* es einfach.

Tja, na gut, ich würde jedenfalls nicht das ganze Wochenende hier herumsitzen und Trübsal blasen. Ich würde Schritte ergreifen, etwas unternehmen … irgendetwas. Ich würde mich weiterentwickeln.

Ich bereitete mir einen grünen Smoothie zu und tippte dann eine Liste in unseren Gruppenchat.

Rachel Weiss, 8.42 Uhr:
Es wird Zeit für eine grundlegende Veränderung. Mein altes Leben funktioniert so

nicht mehr. Hiermit gelobe ich, dass ich ab heute: Yoga mache (wobei ich meinen Knöchel weiterhin schonen muss) und endlich *Magic Cleaning: Wie richtiges Aufräumen Ihr Leben verändert* und *Du bist der Hammer!* lesen werde. (Beide Bücher liegen schon seit einem Jahr auf meinem Nachttisch.) Außerdem werde ich versuchen, vegan zu leben. Es wird höchste Zeit für mich, mit dem Gerede aufzuhören und endlich aktiv zu werden. Oh, und ich schwöre der Männerwelt ab. Es hat keinen Zweck, sich mit irgendwem zu verabreden oder jemanden aufzureißen, wenn die eigentliche Arbeit nur in mir selbst ansteht.

Amy McDonald, 8.57 Uhr:
Guter Plan, Rach. Ich glaube an dich.

Nach ein paar Minuten des Nachdenkens schrieb ich ein Update.

Rachel Weiss, 9.02 Uhr
Aber ehe ich mich rein pflanzlich ernähre, esse ich lieber die ganze Eiscreme in meinem Tiefkühlfach auf. Wäre doch zu schade, wenn ich sie wegwerfen müsste.

Nach meinem aus Eiscreme bestehenden Frühstück, machte ich mich an die Arbeit. Ich kaufte einen Groupon für einen einmonatigen Yoga-Anfängerkurs und meldete mich für die

Nachmittagsstunde an. Dann füllte ich meine größte Wasserflasche mit Eiswasser, schnappte mir eine Decke und humpelte zum Park um die Ecke hinüber, wo ich ein paar Stunden in der Sonne liegend mit der Lektüre meiner inspirierenden Lebenshilfebücher verbrachte. Nach ein paar Kapiteln war ich voller neuer Energie. Ich würde es schaffen. Ich würde die beste Version von Rachel Weiss werden.

Anfänger-Yoga entpuppte sich als erheblich einfacher als Hot Yoga. Zumal ich mich wegen meines Knöchels bei der Hälfte der Posen hinlegen durfte. Auf dem Heimweg vom Yoga-Studio machte ich einen Abstecher in den Supermarkt und belud meinen Einkaufswagen mit Pfirsichen, Pflaumen, Kirschen, Grünzeug, Mandelmilch und veganen Schokoriegeln.

Zu Hause widmete ich mich mit ganzer Kraft dem Aufräumen. Offensichtlich bereitete mir keines meiner Kleidungsstücke wirkliche Freude. Ich würde mir also mit meinem nicht vorhandenen Einkommensüberschuss eine vollkommen neue Garderobe zulegen müssen. Mein Jeansminirock? Mein grünes Wickelkleid? Das alles erinnerte mich an die alberne, unseriöse Version von Rachel. Ich konnte sie nicht mal ansehen. Marie Kondo wollte mich augenscheinlich zur Nudistin machen.

Mit meinen Klamotten würde ich mich später befassen müssen. Ich schob sie in den Schrank zurück; Letzter sah aus wie ein Katastrophengebiet, aber zumindest bekam ich die Tür noch zu. Bei dem Rest meiner Wohnung war das Aufräumen leichter. Ich feudelte mit dem Swiffer herum, wischte Staub und füllte eine ganze Umzugskiste mit Sachen, die ich für einen wohltätigen Zweck spenden wollte. Am Sonntagabend blinkte und blitzte die Küche, die Arbeitsflächen waren leer bis auf ein Einweckglas mit einem Blumenstrauß, den ich auf dem Bauermarkt gekauft hatte. Ich ließ mich auf die Couch sinken, um meine vegane Pizza zu genießen. Mein kleines Wohnzimmer funkelte im Glanz der Lichterketten, die ich an den Wänden drapiert hatte. Mein Knöchel pochte jetzt wieder leicht, dennoch fühlte ich mich gut, als hätte ich etwas geleistet.

Die langen Sommertage zogen dahin, und langsam gewöhnte ich mich an meinen neuen Lebensstil. Ich war ein Muster an Tugendhaftigkeit und hielt eisern an meinen guten Vorsätzen fest. (Bis auf den Teil mit der veganen Ernährung, den ich nur zwei Tage lang durchhielt. Pizza ohne Käse? Toast ohne Butter? Vom Kaffee ganz zu schweigen. Wieso hatte mir bislang niemand gesagt, wie widerlich schwarzer Kaffee schmeckte? Und Mandelmilch hinzuzufügen, machte es nur noch schlimmer. Das Leben war schon hart genug, ohne dass ich mich zwang, Milch zu mir zu nehmen, die der Brust einer Mandel entstammte.)

Wenige Wochen später hatte ich schon große Fortschritte in meinem Streben nach einer besseren Lebensführung gemacht, aber irgendetwas fehlte noch immer. Ich hatte mich auf meine mentale und physische Gesundheit konzentriert, aber noch nicht allzu viel unternommen, um anderen Menschen zu helfen. Also beschloss ich, mich nach einer ehrenamtlichen Tätigkeit umzusehen. Und zugegeben, meine Motive mochten nicht vollkommen selbstlos sein: Jane war gerade befördert worden und hatte ihren Traumjob als Berichterstatterin vor der Kamera ergattert, was mich veranlasste, über meine eigene Karriere nachzudenken. Ich hatte keine Ahnung, welches Ziel ich verfolgen wollte, aber vielleicht würde gemeinnützige Arbeit mich ja inspirieren.

Als ich das bei den Mädels erwähnte, gab Eva mir den Tipp, dass die öffentliche Bibliothek auf der Suche nach ehrenamtlichen Mitarbeitern war, die älteren Bibliotheksbesuchern den Umgang mit moderner Technologie näherbringen konnten. Ich bewarb mich online und konnte zwei Wochen später schon anfangen.

Am ersten Montag im September fuhr ich mit dem Bus vom Büro zur Bibliothek. Ich hatte ganz vergessen, wie hübsch die Bibliothek in meinem Viertel war. Es handelte sich um einen altmodischen Bau mit hölzernen Deckenbalken, der auf einem Hügel über dem Kanal thronte. Nach meinem kalten, farblosen Bürogebäude war allein das schon wie ein frischer Luftzug. Als Erstes stellte ich mich der Bibliothekarin vor, einer reizenden Frau namens Karen. Sie führte mich in einen Seminarraum, in dem drei weißhaarige Frauen bereits auf mich warteten. Ich war fünf Minuten zu früh dran; aber diese Frauen waren offenbar so aufs Lernen erpicht, dass sie schon eine ganze Weile auf mich warteten.

»Das sind Ihre Schülerinnen«, verkündete Karen.

»Ich hätte eigentlich mehr erwartet«, flüsterte ich und strich meinen Pullover glatt. Da ein erster Anflug von Herbst in der Luft lag, hatte ich mich für einen Cardigan, eine Cordhose und Boots entschieden und kam mir sehr qualifiziert vor – wie eine Lehrerin am ersten Schultag.

»Sie können noch von Glück sagen«, gab Karen ebenfalls im Flüsterton zurück. »Drei sind mehr als genug. Der Fragestrom wird nicht abreißen, glauben Sie mir.« Dann wandte sie sich an die wartenden Seniorinnen. »Das ist Rachel Weiss, unsere neue freiwillige Mitarbeiterin. Sie wird Ihnen bei sämtlichen technischen Problemen zur Seite stehen.«

»Hallo zusammen.« Ich lächelte freundlich.

»Sagen Sie Bescheid, falls Sie irgendetwas brauchen.« Mit einem letzten Winken schlüpfte Karen aus dem Raum.

»Also.« Ich setzte mich zu den Damen an den Tisch. »Wie wär's, wenn wir uns erst einmal miteinander bekanntmachten?«

»Ich bin Phyllis.« Die größte und anscheinend auch resoluteste der drei straffte die Schultern. »Ehemalige Grundschullehrerin und stellvertretende Schulleiterin.«

»Helen.« Die zweite Dame hielt bereits Stift und Notizblock gezückt. Anscheinend war ich nicht die Einzige, die »Erster-Schultag-Vibes« spürte.

»Ich bin Jin.« Die dritte hielt ihr iPhone mit beiden Händen umklammert und machte einen äußerst ängstlichen Eindruck.

»Wunderbar. Wie gesagt, ich bin Rachel. Ich stamme aus Seattle und arbeite als ... «

»Rachel«, unterbrach mich Jin und streckte mir das Handy entgegen, als befürchtete sie, es könnte sie beißen. »Können Sie mir dabei helfen, dass ich mir die Fotos von meinem Enkel ansehen kann?«

»Aber klar.«

»Machen Sie es so, dass ich zusehen kann.« Helen hielt immer noch ihren Stift bereit.

»Und ich muss wissen, wie ich meinen Enkeln auf Instagram folgen kann und wie man einen Blog startet.« Phyllis klang wild entschlossen.

»Okay.« Ich blinzelte überrascht. »Fangen wir also mit Jin an, und dann kommen wir zu Ihnen Phyllis.«

Ich zeigte Jin, wie sie die Fotos finden konnte, nach denen sie suchte – was sich als schwieriger entpuppte als erwartet, da ich nicht wusste, ob diese Fotos online, in einem privaten Album gespeichert oder per Mail verschickt worden waren, und natürlich hatte auch Jin keine Ahnung. Helen notierte die

Anweisungen für sie. Dann widmete ich mich Phyllis' Anfrage. Auch hier sah Helen aufmerksam zu und schrieb unter gelegentlichem, erstauntem Gemurmel mit.

»So, Helen«, sagte ich, nachdem ich Phyllis' Fragen allesamt beantwortet hatte. »Was liegt Ihnen denn auf dem Herzen?«

»Ich … « Sie wurde rot. »Ich habe eigentlich keine Ahnung von dem allen.«

Ich zögerte.

»Verstehe. Haben Sie ein Handy oder einen Computer?«

»Ja.« Sie nickte und langte in ihre Tasche. Ihr entnahm sie ein nagelneues iPhone, ein iPad und einen Laptop. »Mein Sohn Jason hat mir das alles gekauft.«

»Wie nett von ihm. Er hat Ihnen nicht gezeigt, wie man diese Dinge nutzt?« *Oh, Jason,* dachte ich, *gute Absichten, schlechte Umsetzung.*

Helen schüttelte den Kopf, während Jin mit offenem Mund die auf dem Tisch ausgebreiteten Geräte anstarrte. Phyllis ignorierte uns und war völlig in ihren neuen Blog vertieft.

»Was möchten Sie damit am häufigsten erledigen?«, fragte ich zunächst.

»Nach Informationen suchen und mich auf Social Media mit Freunden und Familie vernetzen.« Helens Stimme klang plötzlich selbstsicher.

»Großartig! Und mit welchem Gerät fühlen Sie sich am wohlsten? Würden Sie vornehmlich Ihr Handy, das Tablet oder den Computer benutzen?«

Diese Frage verwirrte sie. Mit besorgter Miene musterte sie die diversen Optionen.

Jin beugte sich vor und tippte auf das iPhone. »Handy. Für die sozialen Medien solltest du auf jeden Fall das benutzen.«

»Und den Computer für Google-Recherchen«, fügte Phyllis hinzu, die Augen immer noch unverwandt auf ihren Bildschirm gerichtet.

Helen nickte und notierte sich alles in ihrem Notizbuch.

»Ähm, eigentlich … können Sie alle drei benutzen … für alles. Alles, was im Internet ist. Oder«, fügte ich im Nachsatz hinzu, »oder auch nicht darin ist.«

Die drei Frauen sahen mich an, als hätte ich gerade verkündet, dass die Schwerkraft ein Mythos sei.

»Was meinen Sie damit?« Phyllis' scharfer Ton zeigte mir, dass sie es nicht gewohnt war, korrigiert zu werden.

»Nun ja … alle diese Geräte können sich mit dem Internet verbinden. Social Media, Google und E-Mails sind allesamt im Netz zu verortet. Und mit … « Ich verstummte, stand auf und begann, nachdenklich im Zimmer auf und abzuschreiten.

»Muss ich das Handy in die anderen beiden einstöpseln?«, fragte Helen. »Wie können die Geräte miteinander kommunizieren? Woher weiß mein Computer, wenn ich mit dem Handy etwas auf Facebook gepostet habe?«

Ich atmete lang und bedächtig aus, dann entdeckte ich einen Marker auf der Ablage des Whiteboards.

»Das Internet«, begann ich und unterstrich meine Erklärung durch eine schnelle Skizze an der Tafel, »ist ein Netzwerk aus Peer-to-Peer-Verbindungen. Es überträgt Daten via … «

Ich verstummte, als ich bemerkte, dass Phyllis mich fassungslos anstarrte. Helen hatte die Spitze ihres Bleistifts abgebrochen, und Jin sah mit gleichermaßen entsetzter wie gebannter Miene zwischen mir und ihrem Handy hin und her.

Ich schob die Kappe wieder auf meinen Marker und betrachtete das Board. Zum ersten Mal fragte ich mich, ob ich dieser Herausforderung überhaupt gewachsen war. Ich besaß keinerlei Unterrichtserfahrung. Wie sollte ich diesen drei Frauen den Umgang mit moderner Technologie vermitteln? Sie kamen mir vor wie hochgebildete Aliens oder Zeitreisende, auf ihre Weise äußerst klug, aber absolut nicht vertraut mit dem Leben im einundzwanzigsten Jahrhundert. Aber dann sah ich die drei wieder an, sah die Hoffnung und Furcht in ihren Gesichtern und hätte beinahe laut aufgelacht. Ich war Rachel Weiss: Natürlich konnte ich das schaffen.

»Okay, schauen Sie. Wir müssen hier nicht alles verstehen, sondern nur das kapieren, was unseren eigenen Zwecken dienlich ist. Es ist wie mit der Relativitätstheorie. Wir wissen, dass sie wichtig ist, aber wer kann sie schon erklären, stimmt's?« Phyllis hob die Hand. »War nur ein Beispiel, Phyllis! Wie dem auch sei. Lassen Sie uns dieses ganze Technologiethema in kleine Häppchen herunterbrechen, die für Sie relevant und leicht zu verdauen sind, okay?«

Nachdem ich Helen kurz Zeit gelassen hatte, ihren Bleistift nochmals zu spitzen, fing ich noch einmal von vorn an und beantwortete ihre Fragen Bit für Bit. Am Ende der neunzigminütigen Sitzung waren sie zufrieden.

»Sie sind viel besser als unser letzter Ehrenamtler.« Helen verstaute Bleistift und Notizbuch in ihrer Tasche.

»Der war ein Trottel«, stimmte Phyllis ihr zu.

»Was ist mit Ihrem Bein passiert?«, fragte Jin.

»Oh, das?« Ich lachte und antwortete dann todernst: »Ich bin aus dem Fenster meines Exfreundes gesprungen.«

»Gesprungen? Warum?« Jin klang besorgt, Phyllis runzelte die Stirn und Helens Gesicht leuchtete auf.

»Sie sind Single?« Helen strahlte. »Mein Jason ist zwar ein paar Jahre älter als Sie, aber … «

»Nur die Ruhe.« Ich schlang mir die Tasche über die Schulter. »Ich habe den Männern abgeschworen, um an mir selbst zu arbeiten. Wie Sie sehen, engagiere ich mich ehrenamtlich, und … und … « Ich seufzte. »Na ja, keine Ahnung, was sonst noch kommt, aber Männer gehören nicht dazu. Sorry, Helen.«

»Ah, na ja. Gut für Sie.«

»Es ist tatsächlich gut!« Jin nickte. »Meine Tante hat nie geheiratet. Und wurde hundertsieben.«

»Ach du je.« Insgeheim dachte ich, dass meine bisherigen Eskapaden meine Lebenserwartung womöglich schon um einige Jahre verkürzt hatten.

»Danke, Rachel.« Phyllis schüttelte mir die Hand. »Bis nächste Woche.«

»Nächste Woche? Aber ich dachte, ich hätte all Ihre Fragen beantwortet?«

»Ja, natürlich, deshalb werde ich demnächst meine Quilting-Gruppe mitbringen. Sie werden Sie lieben.«

Diese Worte von Phyllis zauberten mir ein Lächeln aufs Gesicht, das ich auf dem ganzen Heimweg nicht mehr loswurde.

KAPITEL 21

Am Sonntag wollten wir Amys Geburtstag bei einem Picknick am Green Lake feiern. Während Amy die Speisen aus ihrem Korb räumte (natürlich hatte sie darauf bestanden, ihren eigenen Geburtstagslunch vorzubereiten), fragte ich: »Wo ist Sumira?«

»Hat auf den letzten Drücker abgesagt.« Eva streckte sich auf Amys Karodecke aus. »Meinte, ihr wäre etwas dazwischengekommen.«

»Ziemlich vage.« Ich legte den Kopf in den Nacken und genoss die Sonnenstrahlen auf Gesicht und Dekolleté.

Besorgt legte Amy die Stirn in Falten, während sie eine Tupperdose mit Minisandwiches öffnete. »Hoffentlich ist sie okay.«

»Hey.« In dem Versuch, sie aufzumuntern, schlug ich einen fröhlichen Ton an. »Willst du jetzt dein Geschenk haben?«

Tatsächlich hellte ihre Miene sich auf, als ich ihr eine glitzernde Geschenktüte reichte. Darin verbarg sich ein Buch. »Oh mein Gott, Rachel, was ist das?«

»Gwyneth Paltrows Sexbuch. Für dich und Ryan.«

Eva prustete los.

Amy blätterte es unsicher durch.

»Hat Jane mir empfohlen.«

»Jane hat dieses Buch mit Owen benutzt?« Amy und Eva

wirkten gleichermaßen amüsiert und beeindruckt. »Jane steckt voller Überraschungen«, fügte Eva hinzu.

Ich nickte und nahm mir ein Räucherlachssandwich. »Wie läuft es denn eigentlich gerade mit Ryan? In letzter Zeit hast du dich ziemlich bedeckt gehalten.«

»Ach, Ryan ist schon okay.« Amy stopfte das Buch in die Geschenktüte zurück. »Und es läuft ziemlich gut. Die Paartherapie bringt tatsächlich etwas. Ist schon Monate her, seit ich das letzte Mal in Tränen ausgebrochen bin, weil er keine Lust auf Sex hatte.«

»Und …«, Eva machte eine taktvolle Pause, »… habt ihr welchen?«

»Mehr als vorher. Immer noch nicht viel. Aber vorläufig habe ich mich damit abgefunden. Ich liebe ihn wirklich.« Amy pflückte ein paar Trauben aus einer anderen Dose und warf sich eine in den Mund. »Neulich … er weiß, wie sehr ich *Downton Abbey* liebe – jedenfalls hat er mich gefragt, ob ich mir meine Lieblingsserie mit ihm noch einmal ansehen will, damit er endlich mitreden kann.«

»Okay, das ist süß«, meinte Eva.

»Sehr«, stimmte ich zu.

»Ich halte euch auf dem Laufenden, was er von diesem Sexbuch hält.« Amy grinste. »Aber apropos Jane, wie läuft es in ihrem neuen Job? Sie ist jetzt Berichterstatterin?«

»Ja! Spezialgebiet Frauenthemen.«

»Oha.« Eva verzog das Gesicht.

»Nein, eher coole Themen wie Frauen in der Politik oder Lohngerechtigkeit.«

»Und reproduktive Rechte? Häusliche Gewalt?«

»Hmm … ich nehme an, das gehört auch zu ihren Themengebieten. Auf jeden Fall ist sie total aufgeregt. Wollt ihr euch mit mir zusammen ihr Fernsehdebüt ansehen? Nächsten Donnerstag ist es so weit.«

»Definitiv!« Amy nickte.

»Toll. Wer hat Kabel-TV?«

»Wir haben ESPN, Disney und Netflix«, zählte Amy an den Fingern ab.

»Und ich schaue von deinem Netflix-Account aus, Rach«, sagte Eva.

»Moment mal«, sagte ich. »Ich dachte, *ich* nutze *deinen* Netflix-Account.«

»Hmm. Wessen Netflix nutzen wir denn jetzt?«

Es entstand eine peinliche Pause. »Jedenfalls müssen wir jemanden mit Kabelanschluss finden. Ganz sicher schaue ich die Sendung nicht mit meiner Mom. Ich frage mal herum und sage euch dann Bescheid.«

Wir verputzten die Sandwiches und mampften das Obst, während wir zusahen, wie unsere Mit-Seattliten wie fröhliche Kätzchen in der Sonne herumtollten. Und wir beobachteten, wie ein paar sportlich wirkende Leute auf einem zwischen zwei Bäumen gespannten Tightrope balancierten.

»Das erinnert mich an etwas«, sagte ich. »Diese Woche wird mir die Orthese abgenommen. Aber danach muss ich ein paarmal zur Physiotherapie.«

»Das ist gar nicht so schlimm«, wandte Eva ein. »Hab ich mit meinem Tennisarm auch machen müssen. Die Therapeutin war total süß. Auf die Termine mit ihr habe ich mich sogar gefreut.«

»Ooh.« Ich täuschte eine Begeisterung vor, die ich nicht im Geringsten empfand. »Vielleicht lerne ich da ja einen süßen Typen kennen. Zum Beispiel einen strammen, jungen Physiotherapeuten namens Jeremy.«

»Jetzt habe ich gleich Jeremy Coltrain vor Augen«, meinte Eva.

»Schade, dass man ihn nicht mehr jede Woche im Fernsehen sieht.« Amy seufzte. »Ich frage mich, was er jetzt macht.«

Ein paar Tage später schickte ich eine Nachricht in den Gruppenchat.

Rachel Weiss, 18.44 Uhr:
Falls es jemanden interessiert: Mein Physiotherapeut ist kein Jeremy, sondern ein glatzköpfiger, brustbehaarter Mann namens Howard.

Eva Galvez, 18.50 Uhr:
Too much information.

Rachel Weiss, 18.52 Uhr:
Er ist nicht alt genug, um mein Vater zu sein, aber immerhin alt genug, um die Frage aufzuwerfen, ob er es nicht doch sein könnte. Allerdings sind seine Berührungen außerordentlich sanft.

Eva Galvez, 18.53 Uhr:
Nimmt das Ganze jetzt eine seltsame Wendung?

Rachel Weiss, 18.57 Uhr:
Sag niemals nie.

Mein Leben sah jetzt folgendermaßen aus: Nach dem Aufwachen bereitete ich mir ein vernünftiges Frühstück zu. (Kaffee und Erdnussbutterfrühstücksflocken. Vernünftig für meine Brieftasche, nicht für meine Gesundheit.) Dann arbeitete ich den ganzen Tag, und zwar so gewissenhaft, dass Kenneth mich zur stellvertretenden Sticker-Verteilerin ernannte. Montags nahm ich meine ehrenamtliche Tätigkeit in der Bibliothek wahr. Dienstags machte ich Knöchelübungen mit Howard. Ich war eine Heilige.

Großer Gott. Der einzige Mann, der mich im vergangenen Monat berührt hatte, war Howard. Was war nur aus meinem Leben geworden?

Abgesehen von meinen Eltern entpuppten sich Jane und Owen als die einzigen Leute aus meinem Bekanntenkreis, die einen Kabelanschluss besaßen. Deshalb trafen wir uns am Donnerstagabend in ihrer Wohnung, um uns dort zusammen mit Owen Janes TV-Debüt anzuschauen.

Er begrüßte uns mit breitem, aufgeregtem Lächeln. »Ich habe Popcorn gemacht!« Er winkte uns hinein. »Hey, seid ihr nicht sonst zu viert?«

Tatsächlich hatte Sumira in letzter Minute abgesagt – schon wieder. Irgendwas war da faul, aber im Moment hatte ich den Kopf nicht dafür frei. Owen hatte tatsächlich zwei riesige Schüssel Popcorn zubereitet: eine süß, eine salzig. Offensichtlich wünschte er sich, dass Jane hier wäre, um diesen großen

Moment mit ihm zusammen zu erleben, aber sie stand nun mal am anderen Ende der Stadt vor der Kamera. Immer wieder sagte er: »Jane im Live-Fernsehen!«, als sei er unendlich stolz auf sie.

Ein paar Minuten später fiel mir auf, dass er unentwegt Textnachrichten schrieb, so dass ich mich schon fragte, ob er Jane damit bombardierte. Ich riskierte einen Blick. Nein. Dieser Mann schrieb doch tatsächlich meiner Mutter. Offensichtlich waren sie beide gleichermaßen begeistert von ihrer lieben Jane.

Schließlich kündigten die alten, leicht angestaubten Moderatoren eine Story über einen Programmierkurs für Mädchen an.

»Und hier ist unsere Reporterin Jane Weiss, die uns mehr darüber berichten wird.«

Die Kamera schwenkte zu einer atemberaubend aussehenden Jane hinüber. Hairstylistin und Visagistin hatten ihre natürliche Schönheit in eine strahlende Megawatterscheinung verwandelt. Der Anblick blendete beinahe. Sie sprach über die Story, die sie recherchiert hatte und zeigte dann ein paar Ausschnitte von ihren Interviews mit den Mädchen.

»Oh, wie gut sie das macht!«, schwärmten wir abwechselnd, nur um uns dann gegenseitig zu ermahnen, nicht so laut zu reden. Fünf Minuten später war alles vorbei.

Nachdem wir applaudiert hatten, drehte Owen die Lautstärke herunter, so dass wir noch eine Weile entspannt miteinander plaudern konnten. Owen erkundigte sich bei Eva nach ihrem Studium der Bibliothekswissenschaften. Amy hatte sich auf einem Sessel zusammengerollt und streichelte Linus, die Katze. Ich beobachtete die beiden eine Weile, ohne dass Amy es bemerkte: Mit nachdenklicher Miene drückte sie Linus an sich, weshalb ich mich unwillkürlich fragte, ob sie den Wert einer Katze gegen den ihres Ehemannes abwog.

Irgendwann rafften wir unsere Siebensachen zusammen und bedankten uns bei Owen für seine Gastfreundschaft. Als wir schon zur Tür hinausdrängten, hielt er mich auf.

»Hast du schon intensiver über Janes Junggesellinnenparty nachgedacht?«

»Ähm. Ein wenig. Ich bin immer noch unentschlossen …« Ich verstummte in der Hoffnung, dass er sich mit dieser Antwort zufriedengeben würde. Hoffentlich war ihm nicht klar, dass mir die Zeit davonlief: Die Party musste im Oktober stattfinden, ehe Janes Freundin Kailey ein weiteres Kind zur Welt brachte. Aber mir wollte einfach nichts einfallen. Eine Junggesellinnenparty für mich selbst oder für meine Freundinnen wäre kein Problem gewesen. Aber für Jane? Sie hatte zwar durchaus etwas für eine gute Party übrig, konnte auch einen draufmachen, nur eben auf sehr zivilisierte Art und Weise.

»Sieh mal«, sagte Owen nun. »Ich finde, sie hat einen richtig lustigen Abend verdient. Immerhin hat sie so hart gearbeitet und sich nur selten Zeit für sich selbst genommen.«

»Lustig … wie?« Meine Gedanken ratterten. Ich überlegte, in welchen Clubs die beste Jane-freundliche Tanzmusik gespielt wurde.

»Na ja, als Kailey geheiratet hat, hatte sie eine klassische Junggesellinnenparty in Vegas. Von der hat Jane noch lange geschwärmt. Mir ist klar, dass ihr sie nicht nach Vegas oder so entführen könnt, aber …«

Ein breites Lächeln stahl sich auf mein Gesicht, als ich ihn unterbrach. »Ja! Eine klassische Junggesellinnenparty in Seattle. Was für ein Glück, dass du das angesprochen hast. Ich wusste nicht so genau, was das Richtige für Jane sein würde, aber jetzt bin ich mir hundertprozentig sicher!«

Owen strahlte ebenfalls. »Ich wusste, dass ich mich auf dich verlassen kann, Rachel.«

Wir umarmten uns zum Abschied, und ich machte mich auf den Weg zur Bushaltestelle, während in meinem Kopf eine Idee die nächste jagte.

An diesem Abend entwarf ich ein Konzept, das Karaoke, kleine Häppchen und große Tanzflächen beinhaltete. Nachdem Jane mir ihr Einverständnis gegeben hatte, schickte ich per E-Mail eine Einladung an ihre Freundinnen und natürlich auch meine eigenen besten Freundinnen. (Sie mussten einfach mit von der Partie sein, damit die Fete überhaupt in Schwung kam.) Ich würde dafür sorgen, dass die weltbeste Schwester den Junggesellinnenabschied bekam, den sie verdient hatte.

KAPITEL 22

Am Dienstagmorgen standen Sheryl und ich gerade schwatzend in der Büroküche und genehmigten uns noch einen Kaffee. Kenneth bekam mit, wie sie sich nach meiner ehrenamtlichen Tätigkeit erkundigte, und spitzte die Ohren.

»Habe ich gerade richtig gehört? Du hältst Vorträge?« Wie ein Chihuahua mit Brille wuselte er auf mich zu.

»Ähm.« Ich warf Sheryl einen Blick zu. *Unmissverständliche Botschaft: Männer … ständig mischen sie sich in Frauengespräche ein.* »Nicht ganz. Ich arbeite ehrenamtlich mit Senioren, und gestern habe ich zwanzig von ihnen beigebracht, was Wikipedia ist. Hinterher waren ein paar der Teilnehmer ganz aus dem Häuschen, weil sie nun ihr eigenes Wissen über die Schlacht von Hastings oder ihre Techniken für die Herstellung von Paper Piecing Quilts weitergeben können.«

»Aber Rachel, das sind ja phantastische Neuigkeiten.« Kenneth warf Sheryl einen Blick zu, offenbar in der Hoffnung, dass sie uns einen Moment lang allein lassen würde, aber Sheryl machte ein unschuldiges Gesicht und blieb, wo sie war. (Einer möglichen Klatschgeschichte würde sie wohl kaum widerstehen.) »Gerade haben wir Weisung durch die Geschäftsleitung erhalten, unsere Teams besser in Sachen Professionalität, Diversität, Inklusion und dergleichen zu schulen.«

Ich nickte und unterdrückte ein Stöhnen bei der Vorstellung, wie meine privilegierten, männlichen Kollegen sich durch eine Unterhaltung über Diversität quälten.

»Die Sache ist nur die«, fuhr Kenneth fort. »Sie wollen diese ganze Geschichte so kostengünstig wie möglich durchziehen.«

»Natürlich«, antwortete ich. Hey, unser brillanter CEO hatte es sicher nicht zum Milliardär gebracht, indem er sein Geld für alberne Kleinigkeiten wie die Aufklärung über Diversität und Inklusion ausgab.

»Also ...« Kenneth schob sich die Brille hinauf, lächelte schwach und errötete. Ausdruckslos sah ich ihn an, ohne jeden Schimmer, worauf er hinauswollte. »Also, wenn du glaubst, der Herausforderung gewachsen zu sein ...«

»Wenn *ich* glaube ...?« Mir wurde mulmig zumute.

»Wir könnten einen Testlauf bei unserem unmittelbaren Team machen und erst mal sehen, wie es läuft. Wenn ich diese Idee präsentiere ... und du sie umsetzt ... tja, das könnte sich für uns beide sehr vorteilhaft auswirken.«

»Ein Testlauf?« Ich bemühte mich verzweifelt zu verstehen, worauf er hinauswollte, aber er schwadronierte einfach weiter.

»Wenn du ein Schulungskonzept entwerfen und vielleicht einen kleinen Vortrag halten würdest, könnte das die Diskussion erheblich erleichtern. Wir würden mit, sagen wir, einem Dutzend Leuten beginnen. Du könntest das erste Thema selbst auswählen – sagen wir, Inklusion. Und wenn es funktioniert, könntest du anschließend auch Vorträge vor anderen Teams halten – und vielleicht anderen ehrenamtlichen Mitarbeitern beibringen, wie man derlei Veranstaltungen moderiert.«

Ich schluckte. Sheryl nickte beifällig, ein stummes *Hey, gar keine so schlechte Idee.* Normalerweise reagierte ich auf Kenneths Ideen immer mit langmütigem, geduldigem Schweigen, aber heute war das anders. Plötzlich kamen mir unzählige Ideen zu alle möglichen Themen, und ein Lächeln trat mir ins Gesicht, als ich mir vorstellte, wie ich in engem Bleistiftrock vor dem Kurs auf und ab stolzierte und mit dem langen Zeigestock auf die Tafel deutete.

»Okay«, hörte ich mich sagen.

»Du machst es? Du bist dabei?« Kenneth wippte auf den Fußballen vor und zurück.

»Klar.« Ehrlich gesagt fand ich die Vorstellung, Schulungen durchzuführen – diejenige zu sein, die diesen Tech-Nerds etwas beibrachte –, ziemlich verlockend. »Ich schicke dir am Freitag ein Konzept?«

»Ja!« Kenneth gab mir High Five. »Phantastisch, Rachel. Zehn Goldsterne!« Er zog sich rücklings wieder in sein Büro zurück und schoss dabei mit Fingerpistolen auf mich, bis er verschwunden war.

Als ich kurze Zeit später aus der Kaffeepause zurückkehrte, stellte ich fest, dass er meinen Monitor tatsächlich mit zehn Goldsternen dekoriert hatte. Aber das störte mich nicht.

Die nächsten beiden Wochen flogen im Nebel untypischer Produktivität nur so vorüber. Ich legte letzte Hand an die Planung der Junggesellinnenparty, kaufte Penisketten und andere lebenswichtige Utensilien und erstellte mein erstes Schulungskonzept. Ich schaffte es sogar, mich mit Jane zum Brunch zu treffen, bei dem sie von ihrem neuen Job schwärmte. Die Rolle der Reporterin war ihr offenbar auf den Leib geschneidert, und ich freute mich so sehr für sie.

Mir fiel nicht mal auf, dass es in unserem Gruppenchat außergewöhnlich still war, bis uns Amy eines Abends eine längere Nachricht schickte.

Amy McDonald, 18.16 Uhr:
Wir haben das Gwyneth Paltrow Buch benutzt, und prompt sind einige Dinge vorgefallen. Gwyneth empfiehlt, einander zu »überraschen«. Also zog ich die Unterwäsche an, die ihr mir gekauft habt und »überraschte« Ryan im Wohnzimmer, während er *Zelda* spielte. Ich war nervös und befürchtete, dass er mich abweisen oder komplett ignorieren würde. Ihr wisst ja, wie er ist, wenn er Computerspiele spielt. Aber ich war … nun ja … durchaus erfolgreich mit meiner »Überraschung«.

Rachel Weiss, 18.21 Uhr:
Um Himmels willen, bitte erzähl uns, was du mit »Überraschung« meinst. Ich muss alles wissen, damit ich folgen kann. Nicht als Spanner, sondern nur zur Info.

Amy McDonald, 18.22 Uhr:
Ich hab ihm einen Blowjob gegeben, okay?

Rachel Weiss, 18.22 Uhr:
Hervorragend.

Amy McDonald, 18.27 Uhr:
Es lief so gut, dass keiner von uns auf irgendetwas anderes geachtet hat. Und dann … blickte ich nach ein paar Minuten zufällig auf. Und schrie auf. Unser Nachbar

Ed stand am Fenster und SAH ZU. Also starrten wir beide zurück, doch statt abzuhauen, bleibt er weiter wie angewurzelt stehen. Schließlich schließt Ryan den Reißverschluss seiner Hose und ÖFFNET DIE TÜR.

Rachel Weiss, 18.28 Uhr:
WAS?!

Amy McDonald, 18.29 Uhr:
ICH WEIß! Ich rannte ins Schlafzimmer, konnte aber trotzdem hören, worum es ging. Ed fragte – als sei das alles völlig normal –, ob er sich unseren Bohrer ausleihen könnte. Und Ryan hat ihn ihm gegeben, ohne dass einer von beiden auch nur ein Sterbenswörtchen über den Vorfall verloren hätte. Danach kam Ryan zu mir ins Schlafzimmer und sah mich nur eine Minute lang ausdruckslos an. Dann fingen wir an zu lachen, bis uns die Tränen kamen, brachen auf dem Bett zusammen, und dann … na ja, dann gab es den leidenschaftlichsten Sex, den wir je hatten. Jemals.

Rachel Weiss, 18.30 Uhr:
Ames! Ich bin so froh über das Happy End. Auch wenn ich an so ein Szenario natürlich nie gedacht hätte, als ich dir das Buch schenkte.

Amy McDonald, 18.31 Uhr:
Ryan hat gewitzelt, dass wir ab sofort immer die Vorhänge offen lassen sollten.

Rachel Weiss, 18.32 Uhr:
Kinky.

Amy McDonald, 18.36 Uhr:
Aber echt jetzt, Rachel, danke. Der heutige Abend war so eine Art Durchbruch für uns. Ich habe mich Ryan lange nicht mehr so verbunden gefühlt. Ich glaube … ich glaube, ich bleibe bei ihm. Und schaue mal, wie sich alles so entwickelt. Ich denke, wir könnten eine Chance haben.

Rachel Weiss, 18.38 Uhr:
Das freut mich so sehr! Aber was ist mit … du weißt schon. Wirst du Ryan reinen Wein einschenken?

Amy McDonald, 18.41 Uhr:
Eher nicht. Ist das mies von mir? Ich glaube nur einfach, dass es uns nicht weiterhelfen würde, wenn Ryan Bescheid wüsste. Wenn wir tatsächlich eine Chance haben wollen, muss ich lediglich daraus lernen und die Sache hinter mir lassen.

Ich dachte einen Moment darüber nach. Wie hätte ich mich in dieser Situation verhalten? Ich wusste es nicht so genau. Aber wie Amy schon gesagt hatte: Was hätte es für einen Sinn gehabt, Ryan zu beichten, dass sie ihn betrogen hatte? Wenn diese Erfahrung nur ihren Wunsch verstärkte, sich noch stärker an Ryan zu binden und intensiver um die Beziehung zu bemühen? War es dann so schlimm, ihm den Betrug zu verheimlichen? Nie hatte ich von Amy erwartet, perfekt zu sein – ich selbst war es weiß Gott auch nicht –, und es war nicht meine Aufgabe, ihr vorzuschreiben, wie sie sich in ihrer Beziehung zu verhalten hatte. Meine Aufgabe bestand darin, sie zu unterstützen, inklusive ihrer Fehler.

Rachel Weiss, 18.43 Uhr:
Ok. Ich unterstütze deine Entscheidung, Ames.

Nach einer Weile reagierte auch Eva auf Amys Schilderungen, aber Sumira blieb still. Anscheinend war ich nicht die Einzige, der das auffiel. Eva schrieb uns, ob wir in letzter Zeit von Sumira gehört hatten. Tatsächlich hatten wir alle keinen Kontakt mehr zu Sumira gehabt, seit sie Amys Geburtstagsfeier und Janes TV-Debüt gemieden hatte. Wir vereinbarten, sie allesamt anzurufen und ihr Sprachnachrichten zu hinterlassen in der Hoffnung, sie damit aus der Deckung zu locken (da Sumira Sprachnachrichten auf der Mailbox hasste).

Auch am nächsten Morgen hatte sie noch nicht geantwortet, aber ich dachte nicht weiter darüber nach. Es gab zu viele andere Dinge, über die ich mir den Kopf zerbrechen musste. Heute sollte meine erste Unterrichtseinheit in der Firma stattfinden. Ich bereitete mich darauf vor, indem ich einen Venti Nitro Cold Brew trank. Der Barista hatte behauptet, dass man den Nitro aufgrund der Gesundheitsrisiken nicht in der Venti-

Größe, sondern nur in den Größen Tall und Grande servieren dürfe, aber ich überredete ihn trotzdem. Während ich letzte Hand an meine Schulungsunterlagen legte, pochte mein Herz so schnell, dass ich es förmlich vor mir sehen konnte, wenn ich blinzelte.

Mittags war ich immer noch am Leben, immer noch hochgradig koffeiniert und obendrein ein Riesenerfolg. Zweifellos war ich die beste Dozentin, die diese Technik-Nerds je gehabt hatten. Es folgte eine absolut phantastische Diskussion. Kenneth schwebte vor lauter Freude beinahe auf Wolken. Ich konnte die nächste Schulung kaum erwarten. (Hatte ich das wirklich gerade in Bezug auf die *Arbeit* gesagt?)

Am Abend gönnte ich mir gerade ein bestelltes Sushi auf meiner Couch, um meinen Erfolg zu feiern, als mein Handy pingte.

Sumira Khan hat ein Foto geschickt, 19.47 Uhr.

Sumira! Glücklich öffnete ich den Gruppenchat. Moment mal. Hatte sie uns da das Foto eines handgeschriebenen Briefes geschickt? Was zur … ?

Mit unbehaglichem Gefühl öffnete ich das Bild und zoomte es heran, um es lesen zu können.

Meine lieben Freundinnen,
ich weiß nicht, wie ich das hier hinkriegen soll.
Ich weiß nicht, was ich sagen soll.
Ich weiß nur, dass ich es sagen muss.

Ich schreibe Euch diesen Brief, weil die Sache mittlerweile schon zu weit fortgeschritten ist, um es Euch persönlich zu erzählen. Ich wüsste nicht, wo ich anfangen sollte. Deshalb bringe ich all meine Gedanken jetzt zu Papier.

Zuerst reiße ich das Pflaster mit einem Ruck ab, dann versuche ich, Euch meine Motive zu erklären. Ich bin verlobt. In zwei Monaten werde ich heiraten. Ich heirate Ajay – Rachel hat ihn auf meiner Firmenfeier nach den Feiertagen kennenlernt. Vielleicht erinnert Ihr Euch noch, dass ich mit ihm am Valentinstag ausgegangen bin. Danach trafen wir uns weiterhin. Und haben uns im Juli verlobt. Unser Imam hat den 13. Dezember zu unserem Glückstag erklärt. Und so steht es jetzt fest.

Ich habe lange und intensiv darüber nachgedacht, warum ich Euch das alles verheimlicht habe. Ihr seid meine besten Freundinnen. Zuerst war mir das Ganze einfach nur peinlich, weil Rachel sich über Ajays jugendliches Alter lustig gemacht hat (er ist mit seinen vierundzwanzig Jahren tatsächlich sehr jung). Ich wusste nicht, ob irgendetwas dabei herauskommen würde, deshalb habe ich lieber geschwiegen. Und nachdem die Beziehung immer ernster wurde, wusste ich nicht, wie ich es Euch gegenüber ansprechen sollte, da ich Euch die Anfänge ja verschwiegen hatte.

Ein Teil von mir war trotzig und wollte sich ein paar Geheimnisse bewahren. Geheimnisse, die ich nicht teilen wollte, weder in unserem Gruppenchat noch in den sozialen Medien. Nach einer Weile fühlte es sich gut an, ein Geheimnis zu haben, das ich ganz für mich behalten konnte, etwas Großes und Bedeutsames, das weder auseinandergenommen noch bis zum Erbrechen durchgekaut wurde. Das meine ich Euch gegenüber nicht negativ. Ich habe es geliebt, alles, was uns in den vergangenen zehn Jahren passiert ist, immer und immer wieder zu analysieren. Aber ich hätte nie erwartet, mich dermaßen frei zu fühlen, nur weil ich etwas für mich behalte. Daher habe ich Euch die

Entwicklungen vorenthalten. Erst waren es nur Kleinigkeiten, doch dann wurde das Geheimnis immer größer und größer. Und schließlich wuchs es zu etwas heran, durch das ich mir gleichzeitig egoistisch und überlegen vorkam – und das mich zutiefst befriedigte. Aber ich will nicht, dass diese Sache zwischen uns steht oder unsere Freundschaft zerstört – das wollte ich nie. Ihr seid Teil meines Lebens! Ich will, dass Ihr bei meiner Hochzeit dabei seid. Es wurde nur mit jedem Tag schwerer, Euch einzuweihen.
Ich weiß nicht, wie ich mich fühlen würde, wenn eine von Euch ein so großes Geheimnis vor mir gehabt hätte. Und ich weiß auch nicht, ob Ihr mir je verzeihen könnt. Ich weiß nur, dass ich es Euch erzählen musste.

In Liebe,
Sumira

Sumira Khan hat den Chat verlassen.

Mein Lachs-Nigiri verwandelte sich in meinem Mund zu Staub. Meine beste Freundin war verlobt? Mit einem Mann, von dem ich nicht mal wusste, dass sie mit ihm zusammen war? Wie hatte sie uns das nur verheimlichen können?

In diesem Moment klingelte mein Handy. Es war ein FaceTime-Anruf von Eva. Als ich dranging, war nicht nur Eva, sondern auch Amy zu sehen.

»Mädels?«, sagte Eva. »Was sagt ihr dazu?«

»Keine Ahnung.« Amys Stimme war tonlos. »Wusstet ihr davon?«

Wir schüttelten beide die Köpfe.

»Ich selbst erzähle ihr *alles.*« Ich war wie betäubt. »Ich erzähle euch *allen* alles.«

»Wir kennen ihn nicht einmal.« Amy sah aus, als sei sie den Tränen nah.

»Wir hätten die ganze Zeit über für sie da sein müssen«, sagte ich. »Wir hätten alles über ihr erstes Date, ihr zweites Date erfahren sollen. Wir hätten in Freudengeschrei ausbrechen sollen, nachdem er ihr einen Antrag gemacht hat. Hat sie einen Ring? Nicht einmal das wissen wir.«

»Aber das ist es doch gerade«, meinte Eva. »Sie wollte unsere Begleitung nicht, sondern sämtliche Einzelheiten für sich behalten.«

Wir schwiegen eine Minute lang, und dann stellte ich die Frage, die mich mehr als alle anderen quälte.

»Was haben wir falsch gemacht? Wie können wir glauben, dass wir uns näherstehen denn je, wenn Sumira genau gegenteiliger Ansicht ist? Wie konnte es dazu kommen, dass wir sie weggestoßen haben, ohne es überhaupt zu bemerken?« Den letzten Gedanken, der in meinem Kopf widerhallte, sprach ich dann doch nicht aus: *Das Ganze ist meine Schuld.* Ich war so egozentrisch gewesen, dass meine Freundin mich nicht ins Vertrauen ziehen wollte. Wie hatte mir das entgehen können? Hatte ich ihr auch mal Fragen über sich gestellt … überhaupt je? Hatten wir immer nur über mich gesprochen? Hatte sie insgeheim gar nicht mehr mit mir befreundet sein wollen?

»Sie hat es uns verheimlicht, Rachel«, warf Eva sanft ein. »Wir konnten nicht ahnen, dass sie so empfand.«

»Geht es euch genauso? Amy? Du hast dich im Sommer ja ebenfalls von uns zurückgezogen.«

Amy schüttelte den Kopf. »Ich habe damals eine Menge durchgemacht. Und war mit dieser ganzen Stephen-Sache ziemlich am Tiefpunkt angelangt. Ich weiß, wie es sich anfühlt, wenn man ein wenig Privatsphäre braucht. Das verstehe ich.«

»Aber …« Ich holte tief Luft. Plötzlich drohten mich meine Gefühle zu überwältigen. Natürlich hatte auch ich im Leben schon Freundschaften gehabt, die im Sande verlaufen waren. Aber die Möglichkeit, dass ich meine drei besten Freundinnen verlieren könnte, war mir nie in den Sinn gekommen … die Möglichkeit, dass ich sie nicht für immer an meiner Seite haben würde.

»Ich liebe unseren Gruppenchat«, meinte Eva. »Ohne euch wäre ich verloren.«

»Sumira hat doch betont, dass sie nicht will, dass unsere Freundschaft durch diese Geschichte endet«, fügte Amy hinzu.

»Aber wenn sie uns eines der wichtigsten Ereignisse ihres Lebens nicht anvertrauen kann«, widersprach ich langsam, »heißt das nicht, dass sie bereits vorüber ist?«

KAPITEL 23

Äußerlich betrachtet schien mein Leben phantastisch zu laufen. Genauso hatte ich es mir vor nur wenigen Wochen vorgestellt, als ich verkündet hatte, an mir arbeiten zu wollen. Zwei oder dreimal die Woche hielt ich Schulungen mit anschließender Diskussionsrunde ab, was eine interessante Herausforderung darstellte, die ich gut meisterte. Die Senioren in der Bibliothek hatten eine Art Rachel-Weiss-Fanclub gegründet: Es gab sogar ein paar Stammgäste, die jede Woche auftauchten, egal, ob sie eine Technologie-Frage hatten oder nicht. Und täglich machte ich Howards Übungen. Es schien schon Ewigkeiten her, dass ich einen Streit mit meiner Mutter gehabt oder mir ganz allein eine Flasche Wein hinter die Binde gekippt hatte.

Aber innerlich war ich verletzt und deprimiert. All diese Songs über ein gebrochenes Herz? Jetzt wusste ich, was damit gemeint war. Dabei musste es nämlich keineswegs nur um romantischem Liebeskummer gehen. Ein Herz konnte auch durch den Verlust einer Freundin brechen.

Bei allem, was mir je zugestoßen war – dem Jobdrama, dem Familienwahnsinn, Männern –, hatte ich nie in Frage gestellt, dass meine Freundinnen an meiner Seite sein würden. Sie waren stets die Konstanten in meinem Leben gewesen. Ich konnte Risiken eingehen, konnte mich in anderen Bereichen meines Lebens wie ein Idiot aufführen, denn immer hatte ich meine Freundinnen im Rücken, die mich rauspaukten oder an die ich mich anlehnen konnte. Doch nun erwiesen sich die Säulen, die mich gestützt hatten, als nicht ganz so stabil, wie ich immer gedacht hatte.

Warum verletzte mich die Tatsache, dass Sumira uns etwas verheimlicht hatte, so viel mehr als die Tatsache, dass Amy mit Stephen geschlafen hatte? Lag es daran, dass ich Amys Gedankengänge nachvollziehbar fand – weil ich verstand, warum man impulsiv handelte, auch wenn es falsch war? Was Sumira getan hatte, war anders. Sie hatte ihre besten Freundinnen absichtlich ausgeschlossen, hatte uns über etwas Großes, Bedeutsames im Unklaren gelassen. Ich selbst hatte meine Freundinnen bislang nie ausgeschlossen. Ich erzählte ihnen alles. Vielleicht sogar zu viel. Ich brauchte ihre Anwesenheit in meinem Leben. Ich sehnte mich nach ihrer Meinung in den wichtigen Dingen, brauchte ihre Hilfe, um das Leben zu verstehen. Die Vorstellung, dass Sumira eine so lebensverändernde Entscheidung ohne uns treffen konnte, legte den Schluss nahe, dass sie uns nicht mehr brauchte. Dass sie uns vielleicht sogar nicht mehr wollte? Und das machte mir Angst.

Eva und Amy hatten Sumira beide eine E-Mail geschickt, in der sie beteuerten, dass sie sie liebten und sich für sie freuten. Aber ich brachte es nicht über mich. Ich war wütend auf sie, ja. Aber ich kam mir auch verletzt und bloßgestellt vor. Als ob ihre Entscheidung, mich auszuschließen, auch etwas über mich aussagte. Etwas, vor dem ich bislang die Augen verschlossen hatte. Etwas, das ich nicht hatte sehen wollen.

Nie hätte ich Ajay für den Typ Mann gehalten, den Sumira wirklich ins Herz schließen könnte. Wenn ich das geglaubt hätte, hätte ich nicht so über ihn gesprochen. Im Rückblick fühlte ich mich schrecklich. Im Grunde hatte ich ihn als Witzfigur bezeichnet, oder nicht? War es möglich, dass sie mir an jenem Tag im *Mr. West* eigentlich etwas über Ajay hatte erzählen wollen? Mittlerweile konnte ich mich kaum noch an unser damaliges Treffen erinnern, aber sicherlich hatten wir ausschließlich über mich und meine Probleme geredet. Wie immer.

Die Sache mit Amy war zwar anders verlaufen, dennoch konnte ich nicht umhin, die Ähnlichkeit zu registrieren: die Tatsache, dass ich zu sehr mit mir selbst beschäftigt gewesen war, um zu bemerken, dass etwas nicht stimmte. An dem Abend, an dem Amy Stephen kennengelernt hatte, hatte ich nicht das Geringste bemerkt. Obwohl es mit Sicherheit bedeutungsvolle Blicke gegeben hatte, intensive Gespräche, irgendetwas. Und Sumira – wer weiß, wie oft sie versucht hatte, mir von Ajay zu erzählen?

Hatte ich sämtliche Anzeichen übersehen, obwohl sie direkt vor meiner Nase gewesen waren?

All diese Gedanken warfen die Frage auf, warum überhaupt irgendjemand mit mir befreundet sein wollte. Derlei negative Selbstgespräche waren sonst eigentlich gar nicht meine Art, und diese neue Wendung gefiel mir nicht. Trotzdem lagen derlei Schlussfolgerungen nahe.

Nachdem ich mein Selbstmitleid gründlich satthatte, widmete ich mich wieder Tinder. Nicht, dass ich Sumira durch einen Mann zu ersetzen versuchte. Oder vielleicht doch? Womöglich versuchte ich auch, mein altes Ich wiederzufinden. Ohne meine Freundinnen wusste ich nicht, wer ich war, ebenso wenig wie ohne mehrere Dates pro Woche und meine übliche positive Einstellung. Ein Date war eine konkrete Maßnahme, um mich wieder normal zu fühlen.

Nach zehnminütigem Swipen hatte ich bereits drei Chats laufen. Einer der Typen fragte, ob ich heute Abend Zeit hätte, also sagte ich zu.

Wir trafen uns in einer Bar in Belltown. Ich trug ein enganliegendes, schwarzes Kleid und hatte meine Locken mit einem gepunkteten Schal hochgebunden. Außerdem hatte ich mir die Nägel blutrot lackiert, denn es war beinahe Halloween, und ich zog in die Nacht hinein, um mich mit einem fremden Mann zu treffen wie eine heißblütige Witwe.

Er war zwar klein, aber einigermaßen gutaussehend und gab mir zur Begrüßung einen Kuss auf die Wange.

»Rachel«, sagte er, und mir war gleich klar, dass er versuchte, seine Stimme tiefer klingen zu lassen. »Wie aufregend, dich kennenzulernen.« Ich stutzte und fragte mich, ob er vor dem Spiegel stehend verschiedene Formulierungen einstudiert hatte: *wie atemberaubend, dich zu kennenzulernen, wie schicksalhaft, wie umwerfend*. Bei dem Gedanken entfuhr mir ein amüsiertes Schnauben, was ihn – Connor – veranlasste, mich mit hochgezogener Augenbraue zu mustern.

»Oh, ich habe nicht dich ausgelacht, sondern nur gerade an etwas Lustiges gedacht …« Angesichts seines verständnislosen Blicks verstummte ich gleich wieder. »Wirklich schön, dich kennenzulernen, Connor. Sollen wir?« Ich deutete auf die Bar, woraufhin er mich zu ein paar Hockern am äußersten Ende führte.

Dann stürzten wir uns in den mutmaßlich normalen Internet-Date-Smalltalk: Wie lange wir in Seattle lebten, was wir beruflich machten. Er erzählte mir alles über seinen Job in der

»Music-Tech«-Branche, und nach zwei French 75 fand ich ihn sogar ganz interessant. Sein Blick war schelmisch, und er war ein guter Geschichtenerzähler, auch wenn er einen Großteil der Zeit nur über sich selbst sprach.

Doch plötzlich schnitt er ein Thema an, das ich naiverweise für ein erstes Date immer für ungeeignet gehalten hatte.

» … deshalb kann ich den ganzen Wirbel um die Wahlen im nächsten Jahr auch gar nicht verstehen«, sagte er gerade und winkte dem Barkeeper, um einen weiteren Martini zu ordern. »Wenn sich jeder nur auf die eigene Karriere und die eigenen Investitionen konzentrieren würde, wäre doch alles in Ordnung, egal, wer im Weißen Haus sitzt. Im Grunde nehmen sie unsere Stimmen doch wahrscheinlich sowieso nicht ernst. Deshalb mache ich mir nicht mal die Mühe, wählen zu gehen.«

In diesem Moment knallte der Barkeeper Connors frischen Drink auf die Theke und fing meinen entsetzten Blick auf. Er war der klassische Seattle-Holzfällerhemd-Typ und sah mich nur mitleidig an, ehe er sich mit fassungslosem Kopfschütteln wieder entfernte.

»Entschuldigung«, sagte ich liebenswürdig zu Connor. »Habe ich dich richtig verstanden? Du gehst nicht zur Wahl?«

»Natürlich nicht. Ich bin ein vielbeschäftigter Mann.« Er ließ sein Martiniglas kreisen, ohne mich auch nur anzusehen, ganz verliebt in den Klang seiner eigenen Stimme. »Die ganze Politik ist doch nichts weiter als ein abgekartetes Spiel. Hat keinen Zweck, da mitmischen zu wollen. Zu wählen ist vollkommen sinnlos, Rachel. Genau wie der Feminismus.«

Vor mir landete ein Tequila-Shot. Als ich aufsah, entdeckte ich erneut den Barkeeper, der sich rücklings wieder zurückzog und mit vielsagend verengten Augen betont von mir zu Conner sah. Plötzlich hatte ich das Gefühl, mit ihm zusammen auf einer Art Geheimmission zu sein, die das Ziel verfolgte, es diesem kleinen, aufgeblasenen Angeber neben mir zu zeigen. Ich kippte den Tequila herunter, schmatzte mit den Lippen und wandte mich langsam und gefährlich Connor zu.

Fünf Minuten später war ich wieder draußen auf dem Gehsteig und zog mir in der kalten Abendluft die Lippen nach. Ich hatte Connor einfach sitzenlassen – mit dem Klang meiner Stimme in seinen Ohren und mit der Rechnung. Der Barkeeper hatte mir auf dem Weg nach draußen einen Luftkuss zugeworfen.

Ich machte mich auf den Weg zur Bushaltestelle, wobei ich absichtlich die Hüften wiegte wie eine von J. Lo verkörperte Figur, die gerade einen Mann tot in einer Gasse zurückgelassen hat, ohne dabei auch nur im Geringsten ins Schwitzen zu geraten.

»Rachel, warte.« Ich wandte mich um in der Hoffnung, dass es der Barkeeper war, der mich im Sturm erobern wollte (wobei der allerdings ziemlich sicher schwul war). Aber ach, es war Connor, der mir mit seltsamem Gesichtsausdruck hinterhereilte.

»Was?« Mit vor der Brust verschränkten Armen und durch meine Absätze deutlich größer als er baute ich mich vor ihm auf.

»Du …«, er brach ab, wobei er ein Gesicht machte, als leide er unter Verstopfung. »Du hast recht. Ich sollte lernen, über den Tellerrand hinauszusehen.«

»Oh. Okay.« Ich entspannte mich ein wenig. »Tja, ich freue mich, dass du … «

Er unterbrach mich, indem er nach meiner Hand griff. »Du hast mir etwas beigebracht. Und dabei hast du verdammt gut ausgesehen.« Er zog mich an sich, und ehe ich wusste, wie mir geschah, war seine Zunge in meinem Mund.

»Arrrr!« Ich versuchte zu schreien, was sich als überraschend schwierig erwies, solange mir mein Tinder-Date die Zunge in den Hals steckte. Also trat und schubste ich ihn, bis er sich von mir löste. Er warf mir ein Lausbubenlächeln zu. Ich gab ihm mit meiner Clutch eine Ohrfeige und zog meine Jacke glatt. »Das war äußerst übergriffig.«

Während ich die Straße hinab zum Refugium meiner Bushaltestelle rannte, rief er mir noch »Hübscher Arsch!« hinterher.

Leider wurde meine mit allerlei Obszönitäten gespickte Antwort vom Dröhnen des herannahenden Busses übertönt. Ich setzte mich ans Fenster und starrte eine Minute lang angestrengt auf die dunkle Straße hinaus, um mich davon zu überzeugen, dass Connor mich nicht verfolgte. Dann löschte ich Tinder.

Automatisch bewegte sich mein Daumen über den Bildschirm meines Handys – keine Nachrichten – und öffnete Instagram. Ohne mich bewusst dafür zu entschieden zu haben, sah ich mich plötzlich Christopher Butkus' Profil gegenüber. Sein Lächeln war warmherzig und irgendwie tröstlich. Oder projizierte ich das wegen unserer Unterhaltungen nur auf ihn? Den Gedanken an unser letztes Gespräch konnte ich nicht ertragen, also konzentrierte ich mich lieber auf die Erinnerung an das Nachhaltigkeits-Dinner. Seine roten Wangen, als er den Namen *Pageant* erklärt hatte. Sein sanftes Necken. Das Foto, das er von mir gemacht hatte – diese Rachel wäre ich gern gewesen. Die Frau mit den mutwillig funkelnden Augen.

Oh Gott, was machte ich denn da? Wie erbärmlich, von

irgendeinen Typen zu träumen, den ich nicht mal mochte? Sicher war das nur die Katerstimmung nach einem missglückten Date. Im Vergleich zu Connor schnitt Christopher definitiv hervorragend ab. Ich wusste mit unerklärlicher Gewissheit, dass mir Christopher nie auf diese Weise die Zunge in den Hals gesteckt hätte. Und ganz sicher ging Christopher Butkus zur Wahl.

Die Welt stürzte um mich herum ein. Ich hatte keinen Kontakt zu meiner besten Freundin. Ich war von einem kleingewachsenen Liberalisten sexuell belästigt worden. Und jetzt? Jetzt schien das Internet förmlich zu explodieren, denn Jeremy Coltrain, unser aller *Bachelor*-Seelenverwandter, war laut der Schlagzeilen der sexuellen Belästigung beschuldigt worden.

Nachdem ich mich von dem Schreck erholt hatte, überflog ich ein paar Artikel. Eine ehemalige Kollegin von Jeremy hatte – ermutigt durch die #MeToo-Bewegung – öffentlich bekundet, wie Jeremy sie im Büro behandelt hatte. Mehr als einmal hatte er ihr hinterhergepfiffen und sie als »heißen Feger« bezeichnet. Anschließend hatte sich eine namentlich nicht genannte Produktionsassistentin von ABC ebenfalls zu Wort gemeldet: Auch sie war von Jeremy als »heißer Feger« bezeichnet worden. Und, was noch schlimmer war, er hatte ihren Po begrabscht.

Ihren Po! *Begrabscht! Wie konnte er so was tun?!*

Jetzt reichte es mir. Ich klappte meinen Laptop zu und schaltete den Flugmodus meines Handys ein. Dann ließ ich mich aufs Bett zurücksinken, wo ich vierzehn Stunden lang liegen blieb. Erst am darauffolgenden Nachmittag stand ich auf, weil es höchste Zeit war, sich um Janes Junggesellinnenabschied zu kümmern.

Für Partys hatte ich mich schon häufig zusammenreißen müssen, wenn ich Liebeskummer gehabt hatte, verkatert oder im Stress gewesen war. Aber in meinem derzeitigen Zustand war es nahezu unmöglich, die Energie aufzubringen, die für die Junggesellinnenparty meiner geliebten Schwester notwendig war. Trotzdem war dies eine Aufgabe, die ich meistern musste. Schließlich durfte ich Jane nicht im Stich lassen.

KAPITEL 24

Der Abend begann mit einem Knall. Und zwar leider buchstäblich.

Ich hatte mich in Schale geworfen und trug ein winziges, schwarzes Kleid, Samtpumps mit Plateauabsatz und roten Lippenstift. Dabei hatte ich einen riesigen Heliumballon in Form eines Diamantringes, eine Schärpe mit der Aufschrift »Bride to be« und eine Tasche voller Penisketten. Ich war bereit.

Bepackt mit dieser Fülle an Beiwerk für einen Junggesellinnenabschied betrat ich die Karaokebar. Doch bevor ich den Ballon durch die Tür quetschen konnte, fiel die Tür zu, so dass der Ballon mit einem so lauten Knall zerplatzte, dass die Hälfte der Gäste sich unter den Tischen verkroch, weil man das Geräusch für einen Schuss gehalten hatte.

Also machte ich einen Knicks, in der Hand meinen jetzt schlaffen Ballon, wackelte ein wenig mit den Hüften und rief: »Wer ist bereit für eine Junggesellinnenparty?« Aber von unserer Gruppe war noch niemand da, weshalb die Leute mich nur irritiert anglotzten. Ein paar standen sogar auf und verließen das Lokal.

Mit angeschlagenem Ego schlich ich zu einem Ecktisch hinüber und checkte mein Handy. Evas Uber war schon beinahe da. Amy hatte unter dem (meiner Meinung nach schwachen) Vorwand abgesagt, dass ihre Schwiegermutter heute Geburtstag hatte. Ich beschloss, den zerplatzten Ballon in den Müll zu werfen, ehe Jane ihn sehen konnte, falls so etwas vielleicht doch Unglück brachte oder so etwas. (Schlaffe Heliumballons auf einer Junggesellinnenparty waren bestimmt ebenso unheilverkündend wie der Bräutigam, der vor der Hochzeit das Brautkleid sah, oder?)

Als Jane und Kailey die Bar betraten, zogen sie beinahe alle Blicke auf sich. Kaileys Bauch ragte weit hervor, als schmuggele sie einen Kürbis hinein, und Jane – na ja, Jane war eben Jane und an diesem Abend die perfekte Braut: Sie trug ein fließendes, weißes Kleid mit langen Ärmeln und hohem Beinschlitz. Das Haar hatte sie zu einem Pferdeschwanz zusammengefasst. Ihre Haut schimmerte ebenso hell wie der Edelstein an ihrem Finger. Ein paar ihrer Kolleginnen strömten nun ebenfalls in die Bar. Alle kreischten zur Begrüßung, und ich drapierte die Bride-to-be-Schärpe über Janes Schulter.

Eine Stunde lang sangen nur ich selbst, Eva und eine von Janes Kolleginnen, die eine wundervolle Stimme hatte. (Die anderen hatten in einer Karaokebar eigentlich nichts zu suchen. So ein Verhalten war schlicht und ergreifend unhöflich.) So langsam begann ich zu befürchten, dass diese Party ein Flop wurde. Jane nippte die ganze Zeit nur an ihrem einzigen Wodka Cranberry Cocktail herum, und Kailey benahm sich wie eine schwangere Spaßbremse. Sie weigerte sich sogar, eine Peniskette zu tragen. Jane lachte nur darüber, doch mir entging nicht, dass sie verletzt war, weil ihre beste Freundin nicht mal ihretwegen bereit war, phallischen Schmuck anzulegen. Was sollte das? Schließlich war allen klar, dass sie absolut vertraut mit Penissen war, und zwar sowohl auf theoretischer als auch auf praktischer Ebene: Man musste sich nur ihren riesigen Bauch ansehen.

Der Karaoketeil des Abends endete damit, dass die gesamte Bar zur Darbietung des Barkeepers von »Sweet Caroline« mitsang. Mittlerweile besserer Laune machten wir uns auf den Weg ins *Nue*, um uns zu stärken. Wir schlemmten scharfe Chickenwings, gebratenen Knoblauchreis und überbackene Pommes, und mit jedem fancy Cocktail, den wir tranken, wurde unsere Unterhaltung ausgelassener und alberner.

Zu Janes Enttäuschung und meiner Freude ging Kailey nach dem Abendessen nach Hause. Sie behauptete, keine Kraft zum Tanzen zu haben.

»Keine Sorge.« Ich legte Jane einen Arm um die Schultern und winkte Kailey zum Abschied zu. »Ich kümmere mich um sie.«

Als Nächstes machten wir Halt in einer nahegelegenen Bar, in der eine Neunziger-Jahre-Pop-Nacht veranstaltet wurde. zSofort orderte ich eine Runde Tequila-Shots, worüber Jane in Verzückung geriet. Sie war so begeistert, dass sie gleich darauf eine zweite Runde bestellte.

Die Nacht versank in einem Wirbel aus blitzenden Lichtern und schweißtreibendem, nostalgischem Tanz. Janes Kolleginnen erwiesen sich als ziemlich lustige Truppe. Jede Einzelne bestellte weitere Runden. Nachdem ihre Freundinnen schließlich lauthals Informationen über Owens Penisgröße einforderten, warf ich Eva einen genervten Blick zu. Selbst mit reichlich Alkohol im Blut und auf ihrer eigenen Junggesellinnenparty war Jane zu diskret, um Fragen über Intimdetails ihres Liebsten zu beantworten. Eva verstand den Wink und verkündete, dass die zukünftige Braut jetzt ihren Schönheitsschlaf brauchte, und wir sie nach Hause entlassen sollten. Die anderen Mädels waren so sturzbetrunken, dass sie nur die Augen zusammenkniffen, nickten und zur Tür hinaustorkelten.

Wir jedoch blieben.

»Jane.« Ich umfing ihre Hand, ehe sie die Bar ebenfalls verlassen konnte. »Schwesterliche Tanzparty?«

Ich hatte schon immer eine magische Verbindung zu DJs, was auch in diesem Moment nicht anders war: Kaum hatte ich die Worte ausgesprochen, plärrte aus den Lautsprechern ein Remix von Destiny's Childs »Jumpin', Jumpin'«. Jane und ich stießen einen Freudenschrei aus und sprangen gemeinsam mitten auf die Tanzfläche.

Ich freute mich darüber, dass die Party doch noch so gut verlaufen war. Wären wir nach dem Destiny's Child Song doch nur nach Hause gegangen. Hätten wir es doch nur dabei belassen. Hätte ich doch nur nicht alles ruiniert.

KAPITEL 25

Ich schwöre auf meine Erstausgabe von *Harry Potter und die Heiligtümer des Todes,* dass ich mich nicht daran erinnere, es gesagt zu haben.

Eigentlich erinnere ich mich so gut wie kaum an das, was geschah, nachdem die anderen heimgegangen waren. Ich weiß noch, wie ich unter den hübschen Lichtern mit Jane über die Tanzfläche wirbelte und dass wir lachten – so ausgelassen wie früher als Kinder. Es war jene Art von unkontrollierbarem Lachen, bei dem man weiterreden möchte, um den Witz am Leben zu erhalten, aber kaum Worte herausbringt. Und dann krümmt man sich vor Lachen, klatscht sich auf die Schenkel und ringt nach Luft. Daran erinnere ich mich: Ich war hundertprozentig im Schwesternmodus. Je älter man wird, umso seltener sind solche Momente, und ich wollte dieses Gefühl festhalten, es in vollen Zügen genießen. Nur Jane und ich.

Wie gesagt, ich erinnere mich nicht daran, es gesagt zu haben. Aber als wir einmal im Fluss waren, hätte ich wohl alles gesagt, um Jane weiter zum Lachen zu bringen.

Am nächsten Tag erwachte ich erst gegen Mittag, und das Erste, was ich feststellte, war die Anzahl der Benachrichtigungen auf meinem Handy. Verschlafen tippte ich einen lahmen Scherz in den Gruppenchat: »Warum habe ich so viele Nachrichten? Habe ich etwas gewonnen? Hat Johnny Depp mich zu seiner nächsten Braut auserkoren?«

Aber ihre Antworten kamen schnell und waren ernst.

Eva Galvez, 12.19 Uhr:
Warte. Ehe du irgendeine dieser Nachrichten öffnest, solltest du wissen, dass ein Video von dir und Jane viral gegangen ist. Es ist übel.

Amy McDonald, 12.20 Uhr:
Es ist tatsächlich übel, Rachel. Wappne dich.

Zuerst vermutete ich, dass die beiden übertrieben. Wahrscheinlich handelte es sich um so ein Hot-Sisters-Video, aber schließlich hatten wir nichts Anstößiges getan. Wir hatten unsere Klamotten anbehalten und einander definitiv nicht geküsst oder ähnlichen Mist abgezogen. Aber Eva hatte mir den Link zu dem Video geschickt. Also sah ich es mir an. Dann rannte ich ins Bad und übergab mich.

Eigentlich hatte ich Jane eine unvergessliche Party bereiten wollen – stattdessen hatte ich ihr Leben ruiniert. Hätte ich nur die Zeit zurückdrehen und diese letzten Tequila-Shots ungeschehen machen können, so dass wir diesen Waschraum nie betreten und niemals diese Unterhaltung geführt hätten. Ich ging die letzte Nacht im Geiste immer und immer wieder durch, und schließlich kehrte die Erinnerung ein Stück weit zurück.

Obwohl das gar nicht nötig war, denn das Video zeigte ohnehin alles in gnadenloser Deutlichkeit.

»Lokalreporterin macht sich über Anschuldigungen lustig.«

Ich hatte keine Ahnung gehabt, was sich hinter dieser Schlagzeile verbarg und festgestellt, dass das Video kaum eine Minute lang dauerte. *Wie schlimm kann es schon sein?* hatte ich noch gedacht. Also hatte ich es abgespielt. Zu sehen waren Jane und ich im Waschraum dieses Clubs – und sobald ich die wackelige Handy-Aufnahme sah, zog sich mein Magen voller böser Vorahnungen zusammen. Die Leute zückten nur dann ihre Handys, um ein paar vollkommen Fremde zu filmen, wenn sie damit einen Supergau festhalten konnten. Wir schrien vor Lachen – so weit, so gut. Wir wiederholten irgendetwas, aber durch das Gelächter war es kaum zu verstehen. Ich sah, wie ich auf die Knie sank und jaulte (meine Stimme immer noch bebend vor Lachen), »Jeremyyyyy!« Jane warf die Arme zum Himmel (oder zur fleckigen Zimmerdecke) und krähte: »Warum hast du das getan, Jeremy?« Und dann sprang ich vor, packte Janes Hände und hauchte, als ob ich nun etwas äußerst Geheimes und Kluges von mir geben wollte: »Mich auch, bitte.« Jane brüllte vor Lachen, vergrub das Gesicht in den Händen und lachte, bis die Mascara ihr in Strömen über die Wangen lief. Dann sangen wir es immer wieder, wobei wir uns weiterhin die Bäuche hielten: »Mich auch, Jeremy. Ich auch!« Dann stand ich mühevoll auf und stolzierte im Waschraum herum. Ich schlug mir auf den Hintern und gurrte: »Bitte nenn mich doch auch heißer Feger!« Jane sackte derweil gegen ein Waschbecken, vollkommen erschöpft vor lauter Lachen. Damit endete das Video.

Vor lauter Entsetzen bekam ich eine Gänsehaut.

Ich bekam kaum noch Luft, und mir wurde beinahe schwarz vor Augen. Undeutlich nahm ich die unzähligen Klicks wahr, die das Video bekommen hatte, schloss es aber, ohne die Kommentare zu lesen. Das war auch gar nicht nötig; nichts von dem, was jemand anders schrieb, konnte schlimmer sein als das, was ich gerade fühlte. Ich war abscheulich. Selbsthass lag mir normalerweise nicht – ihr kennt mich –, aber nachdem ich dieses Video geschaut hatte, stieg heftiger Ekel in meiner Kehle empor, so heftig, dass ich am liebsten losgeschrien hätte. Was stimmte nicht mit mir? Wie hatte es so weit kommen können, dass ich mich wie eine bösartige Vollidiotin aufführte? Wie konnte ich die arme Jane in eine solche *Katastrophe* mit hineinziehen?

In den darauffolgenden Minuten lief das gesamte vergangene Jahr wie ein Film vor meinem geistigen Auge ab: mein bescheuertes Verhalten im Job und bei Männern, jede gemeine und egoistische Äußerung, die ich je getan hatte. Bei der Erinnerung daran beschimpfte ich mich so deftig, wie ich es bei anderen nie getan hätte. Aber das hatte ich nicht anders verdient, denn ich lernte nun mal nie dazu. Ich nahm einfach gar nichts ernst. Anscheinend würde ich niemals erwachsen werden.

Hätte ich doch meine geliebte Schwester nur niemals zu mir in den Abgrund gezogen.

Als ich sie besuchte, öffnete Owen die Tür. Er teilte mir mit, dass Jane im Bett lag, und seine Miene verriet mir alles. Er verachtete mich, auch wenn Jane vermutlich zu nett war, um sich dem anzuschließen.

Jane wirkte krank vor Reue und Elend.

»Jane.« Ich setzte mich neben sie auf die Bettkante. Aber sie brachte mich zum Schweigen, indem sie mir stumm das Handy entgegenstreckte. Erst dachte ich, dass sie mir das Video noch einmal zeigen würde, weshalb ich einen Moment brauchte, um die E-Mail auf dem Display zu verstehen. Sie war in ihre alte Position der Rechercheurin zurückversetzt worden und würde nicht wieder vor der Kamera auftauchen.

»Nein! Wie können sie das tun!« Der Gedanke, dass ihr Arbeitgeber dieses Video sehen könnte, war mir noch gar nicht gekommen, so sehr hatte ich mich in meine Schuldgefühle reingesteigert.

»Eine Reporterin mit dem Schwerpunkt auf Frauenrechte, die sich über sexualisierte Gewalt lustig macht, können sie nicht brauchen«, antwortete sie.

»Aber es war doch keine *Gewalt*, es war Jeremy Coltrain, er ... «

»Willst du dich jetzt allen Ernstes auch noch rechtfertigen?« Ihre Stimme war leise, aber scharf, und ihr Anblick, wie sie dort an den Kissen lehnte, das Gesicht abgespannt und blass vor Kummer, einem Kummer, den ich verursacht hatte, das war mehr, als ich ertragen konnte.

»Sie können dich wegen dieser Sache nicht entlassen. Es wird vorübergehen. In einem oder zwei Tagen hat man den Vorfall sicher schon wieder vergessen.«

»Sie haben mich nicht entlassen. Sie wollen mich nur nicht mehr vor der Kamera sehen. Und ich stimme ihnen zu. Eigentlich finde ich sogar, dass sie mich hätten feuern sollen.«

»Wie kannst du ihnen zustimmen? Du hast diesen Job verdient. Darauf hast du die ganzen Jahre lang hingearbeitet.«

»Ja.« Sie sah mich an, dann senkte sie den Blick in den Schoß. »Genau.«

»Ich kann dir helfen. Ich kann dir helfen, deinen Job beim Fernsehen zurückzubekommen.«

»Nein, kannst du nicht.«

»Jane, bitte, lass es mich versuchen. Hör zu, wie wäre es damit?« Fieberhaft dachte ich nach. »Du könntest ihnen eine Reportage über Frauen und die #MeToo-Bewegung vorschlagen. Und dich öffentlich entschuldigen. Sie darauf hinweisen, dass die Sache ihre Einschaltquoten steigern könnte. Zuschauer lieben Skandale, oder?«

Ihr Gesicht wurde hart. Das Wort *Skandal* hätte ich mir wohl besser verkniffen.

»Das werde ich ihnen definitiv *nicht* vorschlagen. Dann halten sie mich nämlich für übergeschnappt.«

»Aber einen Versuch wäre es doch wert, oder? Wenn es funktioniert?«

Sie hob die Lider und sah etwas hinter mir an; ich wandte mich um und entdeckte Owen im Türrahmen.

»Ich will einfach nur allein sein, Rachel. Über die ganze Sache gibt es nichts weiter zu sagen.«

»Jane, es tut mir so leid. So furchtbar leid. Bitte lass mich …«

»Rachel.« Owen hatte sich nicht bewegt, aber in seiner Stimme schwang eine gewissen Autorität mit, die ich nicht ignorieren konnte. »Geh jetzt.«

Und so war ich wieder zu Hause, allein, am tiefsten Tiefpunkt meines gesamten Lebens. Ich hatte alles kaputtgemacht. Oh, und von meiner Mutter hatte ich noch keinen Piep gehört, was bedeutete, dass sie wütender war als jemals in ihrem ganzen Leben, oder dass sie noch gar nicht gemerkt hatte, dass etwas nicht stimmte.

Als die Nacht hereinbrach, hörte der Ansturm der Benachrichtigungen auf meinem Handy auf. Zweifellos war jeder, der mich kannte, entweder angewidert oder wenig überrascht oder beides.

Die Ruhe war schlimmer als das ständige Pingen meines Mobiltelefons, aber ich wusste, dass ich es nicht anders verdient hatte. Ich hatte nur eines verdient: Funkstille.

KAPITEL 26

Ich blieb bis zwei Uhr morgens wach, durchforstete Janes LinkedIn-Kontakte und entwarf Nachrichten an ihren Chef, ihren Chef-Chef, ihre Kollegen. Aber keine davon schickte ich ab. Irgendeine Mail der in dem Video gezeigten Mittäterin würde die Situation wohl kaum verbessern.

Jane hatte auf keine meiner Textnachrichten und Entschuldigungen reagiert. In meinen beinahe dreißig Jahren als ihre nervtötende, kleine Schwester hatte sie mir noch nie die kalte Schulter gezeigt. Nicht mal, als ich mit siebzehn Nagellack auf den Beifahrersitz ihres Autos hatte tropfen lassen. Oder nachdem ich im Alter von neun Jahren ihre Bibliotheksausgabe von *Ella, verzaubert* in der Toilette versenkt hatte – dabei hatte sie immer Angst vor Ärger mit der Bibliothekarin gehabt. Oder im darauffolgenden Jahr, als ich mir ihre »Naked«-Lidschattenpalette ausborgte, die mir prompt aus dem Fahrradkörbchen fiel und auf der Straße in tausend Stücke zerschellte. »So etwas kommt vor«, hatte sie immer gesagt. Jane besaß die Geduld einer Heiligen. Und wie revanchierte ich mich dafür? Indem ich immer wieder einen Schritt zu weit ging. Und jetzt …

Ich war fassungslos, dass Jane durch mich ihren Traumjob verloren hatte. Und ihren guten Ruf. Würde man sie auf ewig als die Reporterin in Erinnerung halten, die sich über die #MeToo-Bewegung lustig gemacht hatte?

Während ich weiter mit der schwarzen Wolke über meinem Kopf rang, entging mir nicht, dass Sumira sich ebenfalls nicht bei mir gemeldet hatte. Auch sie musste das Video gesehen haben. Wahrscheinlich war sie erleichtert, dass sie unsere Freundschaft schon vor der Veröffentlichung beendet hatte. Ironie des Schicksals, dass ich mir vor ein paar Tagen nach dem Sumira-Debakel noch so leidgetan hatte, ohne zu wissen, dass ich schon bald noch viel tiefer in den Sumpf hinabgleiten würde.

Zwei Wochen vor Halloween leerte ich eine Flasche billigen Pinot Noir auf meiner Couch, während ich heulend alte Fotos von mir und Jane in Paris betrachtete. Diese Reise im Sommer nach meinem ersten und ihrem letzten Studienjahr gehörte zu den Highlights meines Lebens. War unsere Beziehung schon seit damals auf dem absteigenden Ast gewesen, nur eben, ohne dass ich es bemerkt hatte? Tolerierte Jane meine Existenz lediglich? War es mein Schicksal, wie ein Felsbrocken auf Abwegen den Abhang des Lebens hinabzukollern und dabei alle zu zerstören, die mir in die Quere kamen?

Der nächste Morgen belohnte mich mit dem schlimmsten Kater meines Lebens. Offensichtlich war ich nicht mehr trinkfest genug, um eine ganze Flasche Wein ganz allein zu leeren. Was unpraktisch war, denn nie hatte ich Wein nötiger gehabt.

Eine Woche vor Halloween, lud ich mir Tinder wieder herunter. Ich matchte mit einem Typen, der vornehmlich aus Muskeln bestand und nicht allzu viel Hirnschmalz besaß. Er wollte sich mit mir in einer Mojito-Bar treffen, wo eine angeblich »coole Jam Band« namens Space Owl spielte. Ich versprach, um acht da zu sein. Und dann, als die Uhrzeit näher rückte, stellte ich fest, dass ich es einfach nicht über mich brachte. Ich hatte absolut keine Lust, mich mit irgendeinem Typen zu treffen. Also blieb ich auf meiner Couch und schickte ihm noch eine schnelle Nachricht, dass ich mich nicht wohlfühlte. Ich hatte zwar ein schlechtes Gewissen, ihn zu versetzen, war aber gleichzeitig froh, nicht da draußen zu sein und über laute Livemusik hinweg mit irgendwem flirten zu müssen.

Am nächsten Tag gegen Mittag pingte mein Handy.

Es war Amy. »Es ist weg. Das Video ist verschwunden.«

Schnell tippte ich eine Antwort: »Was? Aber das ist unmöglich.«

Amy McDonald, 12.08 Uhr:
Probier' es aus. Es ist entfernt worden.

Rachel Weiss, 12.09 Uhr:
Aber Videos verschwinden nicht so einfach aus dem Netz. Wie kann es so einfach weg sein?«

Amy McDonald, 12.10 Uhr:
Keine Ahnung. Könnte Janes Arbeitgeber dahinterstecken?

Rachel Weiss, 12.11 Uhr:
Möglich, aber zweifelhaft.

Amy McDonald, 12.12 Uhr:
Tja, jedenfalls hast du wohl Glück gehabt. Vielleicht passt da draußen ja irgendjemand auf dich auf.

Meine restliche Mittagspause verbrachte ich damit, sämtliche Artikel über das Video zu studieren. Sie waren alle noch da, so dass es nicht den Anschein hatte, als sei nie etwas passiert. Aber in sämtlichen Beiträgen war lediglich ein schwarzer Kasten zu sehen mit den Worten: »Dieses Video wurde gelöscht.« Zitternd schrieb ich Jane, um ihr mitzuteilen, dass der Film nicht mehr aufgerufen werden konnte. Sie antwortete nicht.

KAPITEL 27

So musste es ja kommen. Irgendwann musste ich zusammenbrechen. Und welcher Tag im Jahr hätte sich besser dazu geeignet als Halloween. Ich hatte es schon eine ganze Weile gespürt. Herzschmerz und Einsamkeit passten einfach nicht zu mir; es war, als hätte ich versucht, meine Kurven in einen zu eng geschnittenen Rock zu quetschen. Es funktionierte einfach nicht.

Ich wusste, dass meine Freundinnen diesen Tag mit ihren besseren Hälften verbringen würden. Amy und Ryan hatten es sich zu Hause gemütlich gemacht und verteilten Süßigkeiten an kleine Teufel und Kobolde. Eva und Jasmine waren ausgegangen, um bei einer schicken Kostümparty downtown den Preis für das beste Kostüm zu gewinnen. (Eva hatte uns ein Foto geschickt. Die beiden gingen als sexy Gandalf und sexy Bilbo Beutlin. Einfach umwerfend.) Und wie verbrachte ich dieses Samhain?

Ich ging zur Arbeit. Dabei trug ich das gleiche Kleid, die gleichen Strümpfe und Stiefel wie an jedem anderen gewöhnlichen Herbsttag. In diesem Jahr gab es kein Feen-Make-up, keine Vampirzähne. Vorletztes Jahr hatte ich eine Kapsel mit Kunstblut in meinem Mund versteckt und hineingebissen, während ich mit Kenneth sprach. Beim Anblick des aus meinem Mund strömenden Blutes hatte er sich fast in die Hose gemacht. Auf jeden Fall hatte er laut aufgeschrien. Wie dem auch sei, heute würde es keine Späße dieser Art oder Kostüme für mich geben. Mir war nicht danach.

Mit erwartungsvoller Miene schlich Kenneth um die Ecke meines Büros, die Hände vor dem Mund zu Fäusten geballt, als wolle er gleich losschreien.

»Oh.« Er ließ die Hände sinken. »Rachel, es ist Halloween.«

Ich drehte mich zu ihm um und seufzte. »Ja, Kenneth. Ich weiß.«

»Du ... du hast dich nicht verkleidet.« Er selbst trug eine Brille mit blutigen Augäpfeln, die an kleinen Sprungfedern befestigt waren und deprimiert auf und ab wippten.

»Nee. Dieses Jahr nicht. Ich dachte mir, dass es besser ist, professionell auszusehen, du weißt schon, wegen der Schulung heute Nachmittag.«

Kaum, dass ich den Seminarraum betreten hatte, wurde mir zu meinem Bedauern klar, dass Kenneth die Teilnehmer wohl über meine Vorliebe für Halloween-Streiche vorgewarnt hatte. Sie alle trugen Kostüme in den unterschiedlichsten Varianten: Hasenohren, Zombie-Make-up, einen Hexenhut. Eine Frau war sogar in ein komplett aufgeblasenes T-Rex-Kostüm gewandet, mit dem sie kaum auf ihren Stuhl passte. Ich musste aus dem Zimmer laufen und Sheryls Schüssel mit Halloween-Süßigkeiten stehlen, um sie unter meinen Schützlingen zu verteilen.

Ich blieb noch lange im Büro – schockierend, ich weiß – und schlenderte dann auf einen Drink ins *Mr. West* hinüber. Die Vorstellung, allein nach Hause zu gehen, während die ganze Stadt auf den Beinen war und diesen Tag mit Freunden oder Angehörigen feierte, war wenig reizvoll. Warum ich mir ausgerechnet das *Mr. West* aussuchte, das eine Restaurant, das mich definitiv an Sumira erinnerte, tja, diese Frage konnte wohl nur ein Seelenklempner beantworten. Mein altes Ich hätte sich vermutlich eine ganze Flasche Rosé bestellt und eine Ein-Frauen-Party gefeiert, bei der es sich mit den Angestellten und anderen Gästen angefreundet hätte. Stattdessen begnügte ich mich mit einem einsamen Gimlet, hockte an einem Tisch in der hinteren Ecke des Cafés und versuchte, die Erinnerung an meinen letzten Besuch mit Sumira hier zu verdrängen. Schließlich warf ich das Handtuch, erklärte das schlimmste Halloween meines Lebens für beendet und nahm den Bus nach Hause.

Wenn ich allerdings gedacht hatte, dass sämtliche Feierwütigen nach Einbruch der Dunkelheit wieder sicher hinter verschlossenen Türen verschwunden waren, hatte ich mich gründlich geirrt. Als ich aus dem Bus stieg, geriet ich in einen wilden Strudel aus Menschen. Kostümierte Eltern und Kinder tollten sich an den Händen haltend und kreischend vor Freude durch die Gegend. Teenager und junge Erwachsene waren ebenfalls unterwegs und machten Krawall. Ganz allein stand ich inmitten des Aufruhrs, während die Leute mich von allen Seiten bedrängten. Allein an meinem Lieblingstag im Jahr. Allein mit dem Gefühl, dass jemand mir einen Meißel geradewegs ins Herz getrieben hatte: *knacks.*

Das klingt jetzt furchtbar dramatisch, aber der Schmerz in meiner Brust war wirklich so schlimm, dass meine Glieder ganz schwer wurden; jeder Schritt war eine Qual. Aber ich zwang mich weiterzugehen und bog in eine ruhigere Straße ab. Dies war zwar nicht mein üblicher Heimweg, aber die beste Route, um dem Gedränge zu entkommen. Die Straße wurde von hübschen Häusern gesäumt, deren Fenster hell erleuchtet waren. Einige waren mit Skeletten und Plastikgrabsteinen geschmückt. Während ich sie entlangging, schlug mein Herz wieder langsamer, und ich machte ein paar tiefe, beruhigende Atemzüge. Eines der Häuser auf der linken Seite war so schön, dass ich stehen blieb, um es genauer zu betrachten. Es war eines dieser alten Gebäude im Kolonialstil, die seit über hundert Jahren liebevoll instand gehalten worden waren. Die breite Veranda und das hohe Satteldach waren ein richtiges Highlight, und durch die Fenster schimmerte gelbliches, behagliches Licht. In der Magnolie im Garten hingen kleine, selbst gebastelte Geister, wie wir sie früher in der Schule aus Taschentüchern und Lutschern gefertigt hatten. Zum ersten Mal seit Stunden stahl sich ein Lächeln auf meine Lippen. Ich fragte mich, was für eine Familie wohl dort wohnte, und ob die Eltern den Kindern beigebracht hatten, die kleinen Geister zu basteln.

Ich wollte gerade weitergehen, als eine Kindergruppe den Pfad entlang und auf das hübsche Haus zustürmte. Sie waren so süß – klein und pummelig –, dass ich stehen blieb, um zuzusehen, wie sie ihre Süßigkeiten einsammelten.

»Süßes oder Saures!«, riefen ihre kleinen Stimmen im Chor, als die Tür sich öffnete.

»Wow! Eine Mumie! Eine Blume! Und ist das … ein Otter? Unglaublich!« Der Mann kniete nieder, damit sich die Kinder etwas aus seiner Süßigkeitenschüssel aussuchen konnten. Mir gefror das Blut in den Adern. Ich bekam keine Luft mehr. Ich konnte nur wie gelähmt dastehen und zusehen, wie Christopher Butkus den Kindern erlaubte, sich je eine Handvoll Süßigkeiten zu nehmen – ein breites Lächeln auf den Lippen, als genösse er die Situation in vollen Zügen. »Happy Halloween! Noch viel Spaß da draußen«, rief er ihnen hinterher. Und mein Herz – oh, mein Herz machte die seltsamsten Kapriolen. Es schien sich gleichzeitig zu weiten und dahinzuschmelzen oder … ach, ich weiß auch nicht. Ich wusste nur eins: Als Christopher Butkus die Tür zu seinem wunderschönen Haus wieder hinter sich schloss, wollte ich, dass er wieder herauskam. Mit jeder Faser meines Seins wünschte ich mir, dass er die Tür erneut öffnete, mich entdeckte und mit genau diesem breiten Lächeln meinen Namen rief. Dieses Gefühl war äußerst verwirrend für mich, denn bei unserem letzten Zusammentreffen hatte ich ihm lautstark mitgeteilt, wie sehr ich ihn verabscheute.

Und so stand ich einige lange Minuten nur da, während das Blut durch meine Adern rauschte und mein Herz von einem neuen, seltsamen Schmerz heimgesucht wurde, und dachte nach.

Kurze Zeit darauf atmete ich tief durch, hob die Hand und klopfte. Nach einer gefühlten Ewigkeit, die in Wirklichkeit nur wenige Sekunden gedauert haben konnte, öffnete sich die Tür.

»Rachel?« Unterschiedlichste Gefühle schwangen in Sumiras Stimme mit, die ich nicht deuten konnte. Offenbar war sie genauso hin und her gerissen wie ich selbst. »Was machst du denn hier?«

Ich grübelte über eine Antwort nach, aber nichts kam mir richtig vor. Also schlang ich ihr die Arme um den Nacken und drückte sie ausgiebig – wahrscheinlich viel zu ausgiebig. Dann überreichte ich ihr eine Tüte von Reese's Cups.

»Die esse ich am liebsten«, flüsterte sie. Ich nickte.

»Waren das ein paar Kinder?«, erklang die Stimme eines Mannes.

Sumira warf mir einen argwöhnischen Blick zu. »Ajay ist hier«, informierte sie mich unnötigerweise. »Wir wollten uns gerade *Hocus Pocus* anschauen.«

Ich nickte knapp, zog meinen Mantel aus und ging voraus ins Wohnzimmer.

»Hi, Ajay«, sagte ich. »Rück ’rüber.«

Und so kam es, dass ich den restlichen Halloween-Abend eingeklemmt zwischen Sumira und ihrem Verlobten verbrachte und *Hocus Pocus* ansah.

(Falls ihr euch fragt: Ajay lachte genau an den richtigen Stellen.)

Als ich nachts wieder zu Hause war, kuschelte ich mich unter eine Decke auf der Couch. Der Raum war nur von ein paar flackernden Kerzen erhellt. Ich fühlte mich seltsam ruhig und zufrieden. Endlich hatte ich mich nach viel zu langer Zeit mit Sumira versöhnt, die mir meine Überreaktion und meine allgemeine Egozentrik anscheinend vergeben hatte. Nun, da ich wieder allein war, gab es nur einen einzigen Menschen, mit dem ich – merkwürdigerweise – reden wollte.

Also öffnete ich Instagram und begann, eine Nachricht an Christopher zu verfassen.

»Hey. Happy Halloween. Wie geht es dir?« Nein, das war dumm … Ich löschte den Text und probierte es erneut. »Hey, in letzter Zeit irgendwelche netten Otter getroffen?« Nein, das war zu stalkerisch. »Buh! (Geister-Emoji) Haha, hab dich erschreckt.« Ach. Das hatte auch keinen Zweck.

Ich schloss die App wieder. Das war lächerlich. Sicher wollte er nichts von mir hören. Und doch musste ich immerzu an ihn denken. Sein Haus war ein weiteres Beispiel dafür, wie falsch ich ihn eingeschätzt hatte. Klar, man konnte einen Menschen nicht nach dem Aussehen seiner wie auch immer gearteten Behausung beurteilen. Aber ich hatte ihn automatisch als die Art von Mann abgestempelt, die in einem modernen Stadthaus lebt, einem Bau mit harten Kanten und deckenhohen Fenstern. Wie üblich hatte ich falschgelegen. Sein Haus war ein Klassiker. Ein historisches Gebäude. *Wunderschön.*

Genau die Art von Haus, von dem ich selbst träumte. Nach ein paar Gläsern Wein, wenn ich praktischerweise vergessen hatte, dass ich mir eine Immobilie in dieser Preisklasse nie würde leisten können, hatte ich mir oft genug vorgestellt, ein solches zu erwerben.

Und wie in letzter Zeit nicht zum ersten Mal kam mir der Gedanke, dass ich womöglich eine komplette Idiotin war. An meine ursprünglichen Einwände gegen Christopher Butkus konnte ich mich kaum mehr erinnern. Mittlerweile wollte ich nur noch an ihn denken, mir ins Gedächtnis rufen, wie er die Kinder angelächelt hatte. Ich fragte mich, ob er eine Halloween-Party gab, oder ob er allein zu Hause gewesen war und sehnsüchtig darauf gewartet hatte, dass es an der Tür klingelte. Ich wollte mehr über ihn erfahren.

Okay, also würde ich mir zehn Minuten lang gestatten, eine kleine Google-Recherche über ihn durchzuführen. Ich würde nach Herzenslust nur an ihn denken, bis der Timer losging, und dann würde ich mein Leben auf vernünftige und verantwortungsbewusste Weise fortsetzen. Möglicherweise schützte mich diese vorübergehende Christopher-Besessenheit vor der Abwärtsspirale aus Schuldgefühlen, die mich im Hinblick auf Jane plagten.

Vierzig Minuten später hatte ich erfahren, dass er Jungfrau

war, dass er in Miami aufgewachsen war und in Zürich studiert hatte. Diese kleine Internetsuche gehörte offensichtlich nicht zu meinen besten Ideen. Jetzt hatte ich lauter Dinge im Kopf, über die ich gern mehr erfahren hätte, nach denen ich ihn aber nie fragen konnte, weil ich dann zugeben musste, ihn gegoogelt zu haben. Außerdem wollte ich ja sowieso nie mehr ein Wort mit ihm reden.

Dennoch ging er mir nicht mehr aus dem Kopf. Als hätte ich einen Miniatur-Christopher auf der Schulter sitzen, der alles kommentierte, was ich tat.

Während ich einen Pyjama aus dem Stapel zerknitterter, sauberer Wäsche zog, hörte ich seine Stimme: »Du solltest die Wäsche zusammenfalten, wenn sie gerade warm aus dem Trockner kommt. So mache ich es immer.« *Darauf möchte ich wetten.*

Und als ich mir ein Erdnussbutter-Gelee-Sandwich machte: »Schön, ein PB&J zum Nachtmahl. Klassisch.«

»Hast du gerade Nachtmahl gesagt?«, murmelte ich in meine leere Wohnung hinein.

Als ich zum millionsten Mal mein Handy checkte in der Hoffnung, dass Jane sich gemeldet hatte: »Du könntest es in Ordnung bringen, weißt du.«

Zuerst ignorierte ich diese Bemerkung, wie es auch angeraten ist, wenn man seltsame Stimmen im Ohr hat. Aber dann überlegte ich. Konnte ich das *tatsächlich*? Und der kleine Christopher nickte und sagte: »Du musst nur in größeren Dimensionen denken.«

Aber da er nur ein Hirngespinst war und kein richtiger Mensch, ging er nicht weiter auf diesen Punkt ein. Was hätte Christopher denn nun wirklich getan, fragte ich mich. Er schien etwas für große, erhabene Gesten übrigzuhaben. Würde er eine Entschuldigung für Jane an den Himmel schreiben lassen? Oder in die Nachrichtenredaktion stürmen und fordern, dass man sie wieder vor die Kamera ließ? Nein, vermutlich würde er etwas weniger Draufgängerisches und viel Überlegteres tun. Wie zum Beispiel …

Ich setzte mich gerade hin und stellte meinen leeren Teller auf den Couchtisch. Schreiben. Keinen Brief wie irgendeine Jane-Austen-Heldin, sondern eine Nachrichtenmeldung. Ich konnte eine Story für Jane schreiben, die sie ihrem Boss präsentieren konnte. Für eines meiner Seminare hatte ich bereits ein Schulungskonzept zur #MeToo-Bewegung entworfen. (Das war übrigens Kenneths Idee gewesen. Vermutlich hatte auch er das verfluchte Video gesehen, hatte aber nie ein Wort darüber verloren, sondern lediglich auf ruhige, sanfte Art vorgeschlagen, dass ich als nächstes Thema die #MeToo-Bewegung ins Auge fassen sollte. Anscheinend besaß dieser Mann doch so etwas wie Klasse.) Also konnte ich Teile meiner Recherchen als Ausgangspunkt nutzen und darauf aufbauen. Mein Artikel musste gleichermaßen anrührend und kraftvoll sein. Er konnte sich mit der psychologischen Wirkung von #MeToo auf Frauen befassen – die ständig mit Meldungen darüber konfrontiert wurden und dadurch sogar das Vertrauen in Männer verloren, bei denen sie sich zuvor sicher gefühlt hatten. Und er konnte verschiedene Methoden vorstellen, um mit psychischem Stress und Traumata klarzukommen.

Ich schnappte mir meinen Laptop, öffnete ein neues Dokument und fing an zu tippen.

KAPITEL 28

Ich schrieb, recherchierte und checkte Fakten bis in die frühen Morgenstunden. Bis der dunkle Herbsthimmel vor meinem Fenster heller wurde und ein bleiernes, von Silberstreifen durchzogenes Grau annahm. Bis um sieben Uhr morgens mein Wecker klingelte und ich Kenneth schrieb, um mich krankzumelden, ins Bett kroch und sofort einschlummerte.

Gegen Mittag schleppte ich mich mühsam wieder aus den Federn und unter die Dusche. Ich durfte kein Risiko eingehen: Diese Story musste ich Jane persönlich vorstellen. Ich würde ihr keine E-Mail oder Textnachricht schicken, die sie wieder ignorieren konnte.

Aber zunächst musste ich den Copyshop ein paar Straßen weiter aufsuchen. Ich wollte das Dokument ausdrucken, um ihm einen offizielleren Anstrich zu geben. Außerdem machte ich einen Abstecher im Coffeeshop nebenan, um mir einen großen Kaffee mit einem Spritzer Sahne zu holen, denn es war ein Grad unter null und regnerisch und ich kroch auf dem Zahnfleisch.

Als ich vor Janes Tür stand, versuchte ich, das Zittern meiner Hände zu ignorieren und klopfte selbstbewusst an. Schließlich wollte ich meine Schwester unbedingt zurückhaben. *Bitte mach, dass es funktioniert,* dachte ich und lauschte mit angehaltenem Atem auf die Schritte, die sich drinnen der Tür näherten.

»Hi.« Jane wirkte ein wenig irritiert, aber nicht sauer.

»Hi. Ich muss etwas mit dir besprechen. Eine Idee.« Ich hielt inne. »Bitte.«

Ohne zu zögern, öffnete sie die Tür weiter und ließ mich ein. Auch wenn sie mich hasste, war Jane nicht der Typ, der jemanden draußen in der Kälte stehen ließ. Ich setzte mich auf die Couch, in der einen Hand meinen Kaffee, in der anderen die Tasche, froh darüber, dass ich mir schon etwas zu trinken mitgebracht hatte, so dass Jane sich nicht gezwungen sah, mir einen anzubieten. Argwöhnisch nahm sie auf dem Sessel mir gegenüber Platz. Linus sprang ihr sofort auf den Schoß und funkelte mich wütend an.

Ich beschloss, gleich zur Sache zu kommen. Offensichtlich würde es heute keinerlei Smalltalk geben. »Erinnerst du dich an meine Idee neulich, deinem Arbeitgeber eine Story zu pitchen? Über #MeToo?«

Jane seufzte frustriert. »Ich habe dir doch schon gesagt, dass diese Idee mir nicht gefällt, Rachel.«

»Hör mich bitte zu Ende an. Ich habe sie geschrieben. Sie einem gründlichen Fakten-Check unterzogen. Ich habe sogar Bezug auf eine frühere Reportage deines Senders genommen.«

Jetzt unterbrach Jane mich nicht mehr. Sie wirkte nachdenklich.

»Es geht um weibliche Solidarität, Traumata und Vertrauen«, fuhr ich fort. »Darum, dass Frauen zwar das Gefühl haben, gehört und gesehen zu werden, dass sie aber dennoch verängstigt, misstrauisch und erschöpft sind. Es geht darum, dass jede #MeToo-Story unserer Psyche einen Schlag versetzt – egal, ob die Vergehen groß oder klein sind, egal, ob wir den Betreffenden kennen oder nicht.«

»Ich weiß nicht so recht. Ich werde sie lesen, aber … « Jane runzelte die Stirn, als sei sie dieses Themas überdrüssig, was ich ihr nicht verdenken konnte. »Ich bezweifele, dass es hilft. Sie haben das Thema doch sicher schon abgehakt. Schließlich herrscht kein Mangel an Reporterinnen wie mir.«

»Aber nicht jeder kann so wie du auf jahrelange Erfahrung in der Redaktion zurückblicken. Nicht jeder ist so schön wie du, so smart wie du, so … «

Sie lächelte schwach. »Ich hab schon verstanden.«

»Und du könntest ihnen anbieten, dich einer vom Arbeitgeber verordneten Therapie zu unterziehen.« Die Worte sprudelten aus mir hervor, ohne dass mein Mund mein Hirn um Erlaubnis gebeten hätte.

»Wie bitte?« Jane lachte beinahe.

»Nein … vergiss es. War nur so eine Idee. Dass sie vielleicht bereit sein könnten, dich wieder einzustellen, wenn du eine Therapie machst. So ein Vorschlag deinerseits würde signalisieren, dass dir dieses Video wirklich leidtut, und es könnte bewirken, dass dir die Öffentlichkeit eher verzeiht oder … « Ich verstummte. »Ehrlich gesagt habe ich nur deshalb daran gedacht, weil mein eigener Arbeitgeber mir tatsächlich eine Therapie aufs Auge gedrückt hat.«

»Was?« Auf ihrem Gesicht erschien ein breites Grinsen. Bei dem Anblick musste ich unwillkürlich ebenfalls lächeln.

»Ja. Ist nicht wichtig. Alles gut.«

»Wegen des Videos?«

»Oh, ähm … nein. Es ging um etwas anderes. Was ich getan habe. Um etwas ziemlich Blödes … «, fügte ich flüsternd hinzu und verstummte erneut.

Nachdem sie mich einen Moment lang mit großen Augen und offenem Mund angestarrt hatte, war es um Jane geschehen. Wahrscheinlich hatte sie seit dem Abend, an dem das Video aufgenommen worden war, nicht mehr so schallend gelacht.

»Okay«, brachte sie keuchend hervor, nachdem sie sich endlich wieder gefangen hatte und wischte sich mit dem Handballen die Lachtränen ab. »Okay. Ich lese die Story.«

Ich versuchte, mir meine Begeisterung nicht allzu sehr anmerken zu lassen, als ich ihr die Blätter reichte. Sie blickte darauf herab und dann wieder mich an. Ihre Augen blitzten immer noch belustigt.

»Es bedeutet mir viel, dass du das für mich getan hast. Offensichtlich hast du viel Arbeit reingesteckt.«

»Ich versuche nur, alles wieder in Ordnung zu bringen. Wenn es nicht funktioniert, und du zu dem Schluss kommst, dass du den Arbeitgeber wechseln musst, schreibe ich dir sämtliche Bewerbungen. Wenn du willst, gehe ich sogar zu den Interviews.«

Sie presste die Lippen aufeinander und grinste. Vermutlich stellte sie sich gerade vor, wie gründlich ich ein Bewerbungsgespräch vermasseln würde, in dem ich mich als Jane ausgab.

»Dann hoffen wir mal, dass es nie so weit kommt.«

KAPITEL 29

Als ich zwei Tage später nach der Mittagspause an meinen Schreibtisch zurückkehrte, checkte ich mein Handy. (Ja, schockierend, was? Ich probierte es gerade mit ein wenig Digital Detox und hatte mir angewöhnt, in der Mittagspause ein Buch zu lesen, um ein wenig Distanz zu meinem Smartphone zu bekommen. Immerhin benutzte ich jetzt keine Dating-Apps mehr und versuchte, mich sanft von der Sucht zu entwöhnen, ständig Updates in den Gruppenchat zu schicken.) Ungeschickt hantierte ich mit dem Gerät herum und hätte es vor Schreck beinahe fallen lassen, als ich drei Nachrichten von Jane entdeckte.

Jane Weiss, 12.46 Uhr:
Deine Story war großartig. Sie hat mir den Mut gegeben, meinen Boss anzurufen.

Jane Weiss, 12.47 Uhr:
Meine Chefs fanden sie ebenfalls phantastisch. Ich habe meinen Job als Reporterin zurück.

Jane Weiss, 12.48 Uhr:
Danke. 😊

Ich stieß einen stummen Schrei aus und beide Fäuste in die Luft. Es hatte funktioniert! Jane hatte ihren Job zurück! Aber Luftboxen reichte nicht aus, um meine überschäumende Energie loszuwerden: Ich tanzte wild umher, wackelte mit den Hüften und …

»Rachel?« Kenneth steckte die Nase in mein Büro.

Ich erstarrte mitten im Twerk-Tanz. Kenneth war hochrot im Gesicht und schien hin und her gerissen zu sein zwischen dem Wunsch, mich zu fragen, was los war und dem, sich davonzuschleichen, als sei gar nichts geschehen. Der zweite Impuls trug den Sieg davon: Langsam drehte er sich um.

»Warte, Kenneth.« Ich kramte in meiner Schreibtischschublade herum, bis ich den gesuchten Gegenstand gefunden hatte. Dann schälte ich einen Goldstern von der Stickerfolie und drückte ihn Kenneth sanft auf die Stirn. »Den hast du dir verdient. Danke, dass du mir den Auftrag zu dieser #MeToo-Schulung gegeben hast.«

Er murmelte vor sich hin und kehrte in sein Büro zurück.

Das Vibrieren meines Handys kündigte eine vierte Nachricht von Jane an: »Übrigens, das Angebot, eine Therapie zu machen, war der ultimative Gamechanger. Die Idee hat ihnen ganz besonders gefallen.«

Ich lachte laut los. Nachdem ich mich wieder beruhigt hatte, setzte ich mich auf meinen Drehstuhl, wandte mich um und sah zu den Neonröhren empor. Wer hätte gedacht, dass ich am Ende dieses Jahres nicht nur mir selbst, sondern auch meiner Schwester eine vom Arbeitgeber verordnete Therapie eingebrockt haben würde?

Meine Therapiesitzung im November begann eigentlich wie immer. Mit ihrer typischen winzigen, besorgten Stirnfalte zwischen den Augenbrauen erkundigte sich meine Therapeutin zunächst nach meinem Befinden. (Wenn diese Falte reden könnte, würde sie vermutlich schreien: Ich bin eine freundliche und empathische Zuhörerin.)

Ich berichtete ihr, dass ich mich mit Sumira versöhnt hatte und brachte sie in Sachen Jane-Drama auf den neuesten Stand. Nachdem wir diese Themen abgehakt hatten, kam mir ein weiterer Gedanke, der nun auch mir eine Stirnfalte bescherte. Eigentlich wollte ich gar nicht darüber reden, konnte die Worte aber kaum mehr zurückhalten.

»Belastet Sie sonst noch irgendetwas?«, fragte sie.

Nun gab es kein Halten mehr. »An Halloween habe ich Christopher Butkus gesehen. Sein Haus ist wunderschön – alles andere als eine moderne Monstrosität. Außerdem hat er Lollipop-Geister gebastelt. Das Otterkostüm gefiel ihm am besten, und ich wollte, dass er – ich wollte, dass er mich sah.«

Lange, *lange* Pause.

»Aber das hat er nicht?«

»Nein. Es war dunkel. Ich war auf dem Heimweg. Nicht, dass ich ihn gestalkt hätte oder etwas in der Art.«

»Natürlich nicht.« Sie lächelte sanft, als könne sie mich nie für verrückt genug halten, eine Stalkerin zu sein (was angesichts einiger Dinge, die ich in der Therapie erzählt habe, unmöglich wahr sein kann. Aber ich war ihr trotzdem dankbar für ihre verständnisvolle Art.)

Mit der Würde einer Nicht-Stalkerin straffte ich die Schultern und dachte kurz nach.

»Es war seltsam. Ihn zu sehen, meine ich. Beinahe, als hätte mein Unterbewusstsein das Problem Christopher Butkus schon monatelang hin und her gewälzt, ohne dass ich es bemerkt hatte.«

Sie wartete, und im Geiste füllte ich ihr Schweigen mit den Worten: *Wie ungeheuer faszinierend, Rachel. Und was hat Ihr Unterbewusstsein Ihnen geraten? Ich würde liebend gern hören, wie es weitergeht.*

»Ja«, erwiderte ich mir selbst. »Mein Unterbewusstsein. Als ich ihn sah, hatte ich das Gefühl, monatelange Berechnungen angestellt zu haben. Die Lösung lautet, dass ich ihn nicht hasse. Ich hasse ihn nicht.«

Die Falte wurde tiefer. Ich stellte fest, dass sie bei dieser Enthüllung gespannt bis zur Stuhlkante vorgerückt war.

»Und dieses Gefühl – ich kann einfach nicht aufhören, über dieses Gefühl nachzudenken.«

»Welches Gefühl?«, soufflierte sie.

»Das Gefühl, dass ich mir gewünscht hätte, er hätte mich gesehen und mich hereingebeten. Dann hätten wir vor seinem Kaminfeuer gesessen, hätten uns unterhalten, uns gegenseitig geneckt, heißen Cider getrunken und ... « Ich sprach nicht weiter, denn nun ging meine Phantasie mit mir durch. Ich stellte mir vor, wie wir auf dem Sofa näher aneinander heranrückten, wie unsere Hände sich in der Süßigkeitenschale streiften, und wie Christopher mir verkündete, dass er immer noch das Gleiche für mich empfand. Ich sah förmlich vor mir, wie der flackernde Feuerschein über sein Gesicht tanzte. Bei dem Tempo, das meine Vorstellungskraft vorlegte, wurde mir ganz schwindelig.

»Helfen Sie mir. Mir zu helfen, ist doch Ihre Aufgabe, oder? Also erklären Sie mir, warum das hier mit mir passiert. Ich habe kein Interesse an Christopher Butkus. Wirft mich die monatelange Einsamkeit aus der Bahn? Oder habe ich Torschlusspanik? Bin ich so versessen auf ihn, weil meine Mom ihn mag? Warum bin ich so fixiert auf ihn?«

Bei diesen Worten legte sie ihren Stift hin und faltete die Hände im Schoß, den Blick weiterhin unverwandt auf mein Gesicht gerichtet. Die Stirnfalte war verschwunden. Sie sah mich nur abwartend an.

Aus reiner Gewohnheit füllte ich im Geiste die Stille mit ihren mutmaßlichen Worten: *Warum glauben Sie, auf ihn fixiert zu sein, Rachel? Ausgerechnet auf ihn? Was unterscheidet ihn von den anderen Männern in Ihrem Leben? Christopher Butkus. Was ist er für ein Mensch? Was ist er für ein Mann? Wie empfinden Sie tatsächlich für ihn?*

»Nein.« Ich schüttelte den Kopf. »Nein, Sie irren sich.«

Sie blinzelte.

»Ich … ich könnte niemals … «

Sie legte den Kopf schief, und ihre Mundwinkel hoben sich beinahe unmerklich. Jeder Widerspruch war zwecklos.

»Okay, na gut, wenn ich doch … wenn ich tatsächlich etwas für Christopher Butkus empfinde, dann ist es sicher nur vorübergehend. Wie eine Erkältung. Irgendwo habe ich mir diese Gefühle eingefangen, und vielleicht werde ich nie erfahren, wie es dazu kommen konnte. Aber es wird vergehen.«

»Rachel«, sagte sie sanft. Gespannt beugte ich mich vor. »Für heute ist unsere Zeit um.«

Wenn ich den beunruhigenden, Christopher-Butkus-förmigen Elefanten im Raum – wobei der Raum mein Hirn war – ignorierte, war alles wieder gut. Ich hatte das Leben meiner Schwester entruiniert. Und nun, da ich meine Freundschaft mit Sumira gekittet hatte, war auch unsere Gang wieder vereint. Außerdem dauerte es nur noch wenige Tage bis zu meinem zweitliebsten Feiertag nach Halloween. (Wie kann man einen Feiertag, bei dem sich alles um Kartoffelbrei und Pastete dreht, nicht lieben?)

Sumira hatte uns alle gebeten vorbeizukommen, um ihr bei den Dankeskarten für die Geschenke zu helfen, die bereits eintrudelten. Sofort hatten wir allesamt zugesagt, erfreut über die Gelegenheit, einander persönlich zu sehen. Die herannahenden Feiertage und Sumiras bevorstehende Hochzeit hielten uns alle in Atem.

Sumiras ohnehin schon noble und schicke Wohnung wirkte jetzt ganz besonders minimalistisch, da die Hälfte ihres Inventars in Umzugskisten verstaut worden war, die die Wand säumten. Gleich nach den Flitterwochen wollte sie bei Ajay einziehen.

»Ladys«, sagte Sumira. Wir saßen an ihrem Küchentisch und wühlten uns durch die Stapel aus Kuverts und Dankeskarten. »Eigentlich habe ich euch aus einem bestimmten Grund hergebeten. Einem anderen Grund als Briefmarken zu lecken, meine ich.«

Sie stand auf und holte einen Korb aus dem Wohnzimmer. Darin schienen sich jede Menge Geschenktüten zu befinden. Ehe Sumira auch nur ein einziges Wort sagen konnte, kreischte Amy los.

»Wollt ihr meine Brautjungfern sein? Nach allem, was geschehen ist, könnte ich verstehen, wenn ihr ablehnt, aber ich …« Unser ohrenbetäubendes Geschrei unterbrach sie.

»Natürlich!«

»Ja!«

»Ich dachte, du fragst nie!«

Wir rissen die Geschenktüten auf, in denen wir zarte Charm-Armbänder und kleine Schachteln mit Schokoladenpralinen fanden.

»Sumira, wie süß von dir! Das hättest du doch nicht tun müssen!«

»Hab ich aber.« Sie setzte sich wieder hin und sah uns nacheinander an. »Ich bin überglücklich, dass zwischen uns wieder alles im Reinen ist. Ich war nicht sicher, ob wir immer noch Freundinnen sein würden nach dem, was … was ich getan habe.«

Es entstand eine Pause. Wir hatten uns alle auf unsere eigene Weise wieder mit Sumira ausgesöhnt. Dennoch hatte sich unsere Freundschaft definitiv verändert. Wir waren nicht mehr hundertprozentig auf der gleichen Wellenlänge. Vermutlich war das so, wenn man erwachsen wurde.

Ich versuchte, die Stimmung wieder aufzulockern. »So leicht wirst du uns nicht los.«

Sumira errötete ein wenig, wirkte aber erleichtert. Also wandten wir die Aufmerksamkeit wieder den Briefmarken und Kuverts vor uns zu.

»Oh, übrigens«, sagte Sumira beiläufig. »Meine Cousine wird sich wegen der Probe für die Choreographie des Brautjungferntanzes bei euch melden.«

»Wie bitte?«

»Choreographie des *was*?!«

Ich lachte laut los. »Ich wäre fast drauf reingefallen.«

»Nein, ich meine es ernst. Aber keine Sorge, Leute, da, wo diese Geschenketüten herkommen, gibt es noch mehr.«

»Nun, in diesem Fall bin ich dabei.« Eva nippte an ihrem Wein.

»Dann blamiere ich mich also vor zweihundert Gästen,

nur um hinterher mit irgendwelchem Nippes belohnt zu werden.«

Nachdem unser Lachen verebbt war, widmeten wir uns allgemeinen Klatschgeschichten. Da wir einander nicht mehr jede Woche trafen (und auch nicht mehr 24/7 schrieben), gab es jede Menge aufzuholen. Nachdem Eva uns in ihren Plan eingeweiht hatte, Jasmine zu Thanksgiving ihrer Familie vorzustellen, und Sumira uns die übertriebenen Wünsche ihrer zukünftigen Schwiegermutter geschildert hatte (wie zum Beispiel einen persönlichen Kameramann, der ihr während der gesamten Hochzeit folgen sollte), verkündete auch Amy, dass sie Neuigkeiten habe.

Wir erstarrten, die Stifte in der Hand. Nach den Ereignissen der letzten Monate machten Überraschungen uns nach wie vor misstrauisch.

»Ryan und ich schaffen uns eine Nacktkatze an!«

Erleichtert atmete ich auf. »Ich dachte schon, du bist schwanger.« Sumira warf mir einen warnenden Blick zu. »Was denn? Sorry!«

»Das ist ein toller Kompromiss«, meinte Eva.

»Ich freue mich für dich, Ames«, stimmte ich zu.

»Danke.« Sie strahlte. »Ich kriege eine Katze und behalte meinen Ehemann!«

Während Sumira eine neue Flasche Rosé aus dem Kühlschrank holte, kündigte auch ich Neuigkeiten an.

Ich begann mit einem kleinen Trommelwirbel auf dem Tisch: »Ich habe dafür gesorgt, dass Jane ihren Reporterjob zurückbekommt! Wartet, nein – eigentlich hat Jane es selbst geschafft. Aber ich habe dabei geholfen.«

»Wie denn das?« Sumira füllte unsere Gläser erneut.

»Und das erzählst du uns erst jetzt?« Eva wirkte entrüstet.

»Ich wollte es euch lieber persönlich erzählen.« Würdevoll nippte ich an meinem Wein. In Wirklichkeit hatte es sich merkwürdig angefühlt, nicht gleich alles im Gruppenchat loszuwerden. Aber ich versuchte nun mal, mich weiterzuentwickeln und unabhängiger zu werden.

»Okay, erzähl uns alles!«, forderte Amy mich auf.

Ich berichtete von der Story, die ich verfasst hatte, und wie Jane den Mut aufgebracht hatte, sie bei ihrem Boss zu pitchen. Dann hielt ich inne und wählte die folgenden Worte sorgfältig. »Auf diese Idee kam ich, weil ich mich irgendwann fragte, was Christopher an meiner Stelle getan hätte.« Meine Stimme klang leise. Ich spürte, wie ich rot wurde, schnappte mir das nächste Kuvert und kritzelte eine Adresse darauf.

»Christopher Butkus?«, fragte Sumira verständnislos.

»Ja.« Ich blickte auf, erstaunt über ihre Verwirrung. »Ich meine, ich habe einfach daran gedacht, wie er – er hat mir diesen Brief geschrieben und liebt große Gesten. Und das hat mich halt inspiriert, diese Story für Jane zu schreiben.«

»Aha.« Amy legte den Kopf schief, als hätte ich etwas einigermaßen Amüsantes und gleichzeitig Bemitleidenswertes von mir gegeben.

»Also, nur um das klarzustellen …«, Eva zog die Augenbrauen in die Höhe, »… du hast an Christopher gedacht und an den Brief, den er dir geschrieben hat?«

»Ja, das war …« Ich schüttelte den Kopf und bereute bereits, ihnen überhaupt etwas davon erzählt zu haben. »Es war einfach nur so ein Gedanke. Eigentlich gar nicht wichtig. Hauptsache ist doch, dass Jane ihren Job zurückhat.«

Ich klebte eine Briefmarke auf den Umschlag und griff nach dem nächsten. Ich spürte Evas Augen auf mir; kurz blickte ich hoch und dann wieder hinab, um eine weitere Adresse zu notieren. Mittlerweile brannte mein Gesicht. Ohne hinzusehen, wusste ich, dass alle drei einen bedeutungsvollen Blick tauschten, sich wortlos miteinander verständigten.

Dumm. Warum hatte ich Christopher nur erwähnt? Meine Freundinnen hatten bisher keine Ahnung gehabt, dass ich überhaupt an ihn dachte. Warum hatte ich den Mund nicht halten können? Wahrscheinlich wollten sie nach dem Drama vor ein paar Monaten nichts mehr von ihm hören. Und recht hatten sie! Ich durfte ihnen nicht mit meinem vagen, unausgegorenen Crush auf den Wecker gehen, der ohnehin zu nichts führen würde. Stattdessen musste ich mich ausnahmsweise mal auf meine Freundinnen und nicht auf mich selbst konzentrieren. Insbesondere auf Sumira: Sie würde bald heiraten, und ich hatte sie beinahe verloren. Ihr musste jetzt meine gesamte Aufmerksamkeit und Energie gelten. An mich selbst hatte ich für ein ganzes Leben genug gedacht. Für mehrere Leben.

Ich blinzelte, versah den Umschlag in meiner Hand mit einer Briefmarke und sah die drei anderen wieder an. Sie konzentrierten sich alle auf ihre Arbeit, wenngleich ein Lächeln Sumiras Lippen umspielte. Vermutlich lachte sie sich innerlich kaputt darüber, wie mannstoll ich war.

»Wie auch immer.« Ich schlug einen bewusst vernünftigen Ton an. »Müssen wir außer unseren Saris noch etwas anderes zu deiner *Mehndi*-Party mitbringen? Etwas zu essen vielleicht?«

»Nope, meine Mom hat einen Caterer engagiert. Es ist alles geregelt.«

»Prima! Ich kann es kaum erwarten. Ich habe mir immer schon so ein Henna-Tattoo gewünscht. Natürlich, du weißt schon, ohne mich der kulturellen Aneignung schuldig zu machen.«

Sumira verdrehte lächelnd die Augen.

»Kaum zu glauben, dass es nur noch drei Wochen sind!«, rief Amy.

»Ich weiß. Könntet Ihr mir vielleicht beim Aussuchen meines Outfits für das Mehndi helfen? Ich habe da gleich mehrere im Blick.«

»Na klar. Was immer du willst.« Das war mein voller Ernst. Im Moment stand einzig Sumira im Mittelpunkt, und ich würde für sie da sein.

KAPITEL 30

Am Tag des Truthahns dankte ich sämtlichen Rachels meiner Vergangenheit. Der Conga-Line-Rachel. Der nacktradelnden Rachel. Der Rachel, die während der Osterferien 2011 mit zwei Kanadiern in Cancún einen Dreier gehabt hatte. (Ah, was für Erinnerungen.) Denn wenn all diese früheren Rachels nicht gewesen wären, wäre ich nicht die reife Erwachsene von heute.

Es fühlte sich tatsächlich gut an. Ich verspürte eine große innere Ruhe. Die Luft war frisch, und die roten und orangefarbenen Blätter raschelten unter meinen Schritten. Die Gegend war ruhig: Jedermann hatte es sich mit seiner Familie im Haus gemütlich gemacht. Ich trug ein vernünftiges, der Jahreszeit angemessenes, rostbraunes Kleid und dazu eine Strumpfhose und hochhackige Stiefeletten. Vervollständigt wurde das Outfit durch einen zweireihigen Wintermantel, Mütze und Schal. Ich war der Inbegriff der kultivierten Frau auf dem Weg zu einem Thanksgiving Dinner. Gestern hatten wir Brautjungfern unsere erste Tanzprobe gehabt, was mir einen recht zufriedenstellenden Muskelkater beschert hatte. (Wir hatten immer noch jede Menge Arbeit vor uns. Aber immerhin hatte ich heute einen anständigen Workout hinter mich gebracht. Außerdem hatte ich seit Wochen nicht mehr so viel gelacht.) Das Gefühl der Akzeptanz hüllte mich ein wie eine warme Decke.

Als sei ich endlich erwachsen, und nichts war so, wie ich es mir erträumt hatte. Aber genau so war es okay.

Ich traf auf die Minute pünktlich ein – mit einer Flasche Prosecco für die Erwachsenen und einer mit Martinelli's für die Zwillinge. Jane und ich hatten vereinbart, Mom und Dad nichts von dem Video, Janes Degradierung und anschließender Wiedereinsetzung zu erzählen. Ich rechnete mit einem friedlichen Fest. Immerhin gab es ausnahmsweise gerade kein Familiendrama.

Dad begrüßte mich mit einer herzlichen Umarmung und rief: »Meine Lieblingstochter namens Rachel!« (Sein Lieblingswitz.) Er trug einen Argyle-Pullover, der merklich über seinem Bauch spannte, und hatte die weinselige, zimtige Aura eines Mannes, der schon viel zu viel Cider und Feiertagskekse intus hat.

Er nahm mir die Flaschen ab, damit ich meinen Mantel aufhängen konnte. Ich folgte ihm in die Küche, während er trällerte: »Wir haben Prickelndes!«

Jane und Owen saßen an der Küchentheke und snackten Käse von einer Käseplatte. Janes Blick huschte immer wieder zu Mom hinüber, die in der Küche herumwuselte, vor sich hinmurmelte und in diversen Töpfen herumrührte.

»Sie lässt mich partout nicht helfen«, erklärte Jane verdrießlich, als ich ihr zur Begrüßung einen Kuss gab.

»Duftet köstlich, Mom.« Mom funkelte mich skeptisch an, als sei meine Bemerkung sarkastisch gemeint.

Dad ließ den Prosecco-Korken ploppen, und ich setzte mich neben Jane, bediente mich am Käse, während Dad jedem Einzelnen ein Glas eingoss.

»Wo sind die Zwillinge?«, fragte ich. Jane deutete auf das Esszimmer, wo die Zwillinge leise vor sich hin werkelten.

»Sie machen Schokoladentruthähne.« Ich war schockiert – die Zwillinge machten etwas Nettes und Produktives! Ohne herumzukreischen. Fast wie damals, als sie noch klein gewesen waren – eigentlich konnte ich mich an keine Zeit erinnern, in der sie nicht herumgeschrien hätten.

»Oh ja, was für Engel, nicht wahr?« Mom hielt inne und blickte liebevoll zu ihnen hinüber. Jane strahlte; sie liebte es, wenn es harmonisch und friedlich zuging.

Dad setzte sich neben Owen und nippte an seinem Drink. »Kann ich dir wirklich nicht helfen, Liebes?«

»Nein, nein«, antwortete Mom leichthin. »Entspannt euch einfach. Ich bin fast fertig.« Doch dann warf sie mir unerklärlicherweise einen rebellischen Blick zu. Ich hätte beinahe den Prosecco ausgespuckt.

»Ähm. Kann *ich* dir irgendwie helfen?«

»Du könntest den Salat anrichten!« Ihre Stimme klang plötzlich merkwürdig. »Und dann hol die Füllung aus dem Ofen.« Sie murmelte noch etwas Unverständliches vor sich hin.

»Wie bitte?«, fragte ich mit dem Salatbesteck in der Hand.

Doch sie funkelte mich nur kurz an, ehe sie wieder im Topf herumrührte. Ich warf Jane einen verwirrten Blick zu, die nur mit den Schultern zuckte.

Weiß sie Bescheid? formte ich mit den Lippen. Dad und Owen hatten sich ins Nebenzimmer zurückgezogen, aus dem jetzt die Geräusche einer Sportübertragung zu hören waren.

»Keine Ahnung«, flüsterte Jane. Anscheinend hatten die Zwillinge unsere leise Unterhaltung mitbekommen, denn nun tauchten sie neben Jane auf.

»Meint ihr vielleicht … das hier?« Ollie streckte mir ihr Handy entgegen, auf dem das berüchtigte Video lief.

»Halt das an, sofort!«, zischte ich. »Woher …? Ich dachte, es sei verschwunden!«

»Wir haben es natürlich abgespeichert.« Diese gemeinen, kleinen Biester.

»Habt ihr es Mom gezeigt?« Jane stand die Panik in den Augen.

Die Zwillinge tauschten einen Blick und antworteten dann in unschuldigem Ton: »Natürlich nicht. Das würden wir Mom nie zeigen.« Doch dann kehrte ihre Niedertracht mit voller Wucht zurück. »Das behalten wir nur zu unserem eigenen Vergnügen. Und um euch zu erpressen.«

»Kann ich mal eben dein Handy haben?« Liebenswürdig streckte ich die Hand aus.

Ollie zog eine Augenbraue hoch. »Bitte, lösch es ruhig. Ich habe noch ein Backup in der Cloud.«

Ich schnaubte ungläubig und verbarg meine Verwirrung hinter einem frustrierten Gesicht. Also wirklich, diese Gen-Z! Die Cloud, ich bitte euch!

»Tja, dann … behaltet es eben für euch.«

»Natürlich.« Ollie steckte ihr Smartphone wieder ein.

»Ich schaue es mir jeden Abend ein, um besser einzuschlafen«, fügte Abby mit todernster Miene hinzu.

Jane und ich tauschten unseren altbewährten *Warum-hat-der-Herrgott-uns-mit-kleinen-Schwestern-geschlagen?*-Blick. Diese stumme Kommunikation hatten wir im Laufe der Jahre perfektioniert.

»Na gut. Wenn sie das Video nicht gesehen hat, warum hasst Mom mich dann?«, zischte ich im gleichen Moment, als Mom rief: »Rachel! Die Füllung?«

Auch während des Abendessens bekam ich keine Antwort auf meine Frage. Wir setzten uns, um unsere Mahlzeit zu genießen. Was gar nicht so einfach war, denn in ihrer Aufregung hatte Mom versehentlich rohe Zwiebeln auf die Süßkartoffeln und Marshmallows in die Rosenkohlröschen gegeben.

»Köstlich, Liebling«, sagte Dad (der es wie immer sportlich nahm). »Sollen wir nun unseren Dank sagen?« Er hielt inne; die Zwillinge saugten die Marshmallows von ihrem Rosenkohl und ließen den Gemüsematsch auf ihren Tellern liegen. Mom warf mir einen (beunruhigend) wütenden Blick vom anderen Ende des Tisches zu. Sie hatte Tränen in den Augen.

»Dann will ich mal anfangen.« Dad stand auf. »Ich bin dankbar für meine wunderbare Familie und die bevorstehende Hochzeit meiner ältesten Tochter.«

Jane strahlte. »Danke, Dad. Und ich bin so ...« Aber sie wurde durch ein Schnauben unserer Mutter unterbrochen.

»Ja, Mom?« Ich war ihre Theatralik gründlich leid – nicht ahnend, dass sie noch nicht mal richtig angefangen hatte.

Sie schien etwas sagen zu wollen, stand aber dann doch auf und verschwand in der Küche, von wo aus wir sie lautstark mit den Töpfen klappern hörten. Jedes einzelne um den Tisch versammelte Familienmitglied, einschließlich Owen, berührte mit dem Finger die Nase.

»Hey!«, rief ich.

»Nose goes«, riefen die Zwillinge. »Wer als Letzter seine Nase berührt, hat verloren und muss in den sauren Apfel beißen.«

»Na gut.« Ich schob meinen Stuhl zurück. »Anscheinend bin ich hier die einzig wirklich Erwachsene.«

Ich fand Mom in der Küche, wo sie mit einem Holzlöffel gegen einen Topfboden schlug.

»Dieser Topf ist völlig« – *klong, klong* – »verkrustet. Kriegt man kaum noch sauber.«

»Und du hast gedacht draufzuhauen könnte helfen?« Vorsichtig trat ich näher und griff nach dem Löffel.

Sie wirbelte so schnell herum, dass ich zurücktaumelte und begütigend die Hände hob.

»Du.« Wild fuchtelte sie mit dem Löffel vor meiner Nase herum. »Warum, Rachel? Warum?«

»Warum was, Mom? Was hab ich denn diesmal angestellt?«

»Warum hast du *niemanden* gefunden? Janes Hochzeit ist in fünf Wochen. Weißt du eigentlich, wie demütigend es für mich ist, wenn du nicht mal ein Date mit zur Hochzeitsfeier deiner Schwester bringst?«

Ich ließ die Hände sinken. Keine Ahnung, was ich erwartet hatte, aber sicher nicht das. Keine vernünftige Mutter sollte sich so sehr um das Liebesleben ihrer Tochter sorgen, oder? Ich fragte mich, ob hier irgendeine psychische Erkrankung vorlag.

Da ich sie nicht noch mehr gegen mich aufbringen wollte, indem ich andeutete, dass sie psychisch krank war, beschloss ich, sie zu besänftigen.

»Immerhin noch fünf Wochen.« Ich versuchte, einen ruhigen, fröhlichen Ton anzuschlagen. »Das ist noch jede Menge Zeit. Da könnte ich definitiv noch ein Date finden.«

»Ein Date. Ein Date!« Ihre vernichtende Stimme deutete darauf hin, dass sie alles andere als beschwichtigt war. »Es geht nicht darum, dass du ein Date in fünf Wochen findest, Rachel. Du hattest ein ganzes Jahr! Am ersten Januar habe ich dir von Christopher Butkus erzählt. Und du hast es vermasselt!« Sie packte den Kochlöffel mit beiden Händen. Ihre Miene wirkte gequält. »Und jetzt? Jetzt wäre ich mit *jedem* glücklich. Denn mittlerweile fürchte ich, dass du nie einen Mann findest, und sämtliche Gäste auf Janes Hochzeit werden es erfahren!«

»Was genau werden sie erfahren? Dass es mein Schicksal ist, für immer Single zu bleiben? Weißt du, eine Menge erfolgreicher Frauen haben nie geheiratet. Susan B. Anthony. Mindy Kaling. Oprah!«

Daraufhin stieß Mom einen theatralischen Schrei aus. Ohne ein weiteres Wort kehrte ich ins Esszimmer zurück. Als ich mich wieder hinsetzte, starrten mich alle an. Dad und die Zwillinge setzten ihre Mahlzeit fort.

Mom folgte mir, und Jane fragte: »Was ist denn los, Mom?«

»Deine Schwester weigert sich, mit Männern auszugehen! Sie versucht es nicht einmal.«

»Das ist nicht wahr!« Jane warf mir einen mitfühlenden Blick zu. »Sie versucht es durchaus.«

»Nur nicht sonderlich erfolgreich«, fügte Abby hinzu.

Und dann begannen alle, ihre eigene Meinung darüber kundzutun, warum ich immer noch Single war.

»Sie konzentriert sich halt auf ihren Job«, meinte Dad.

»Hast du es schon mal mit Dating-Apps versucht?«, fragte Owen.

»... hat einfach noch nicht den Richtigen gefunden«, warf Jane ein.

»... stur und macht das nur, um mir eins auszuwischen. Ich verstehe einfach nicht ...«, stieß Mom schluchzend hervor, die ohnehin niemandem zuhörte.

»Vielleicht verabredet sie sich ja nur mit dem falschen Geschlecht«, schlug Abby laut vor, während Ollie ihren Satz beendete: »... könnte immer noch eine Samenspende in Anspruch nehmen.«

Je mehr sie sagten, umso lauter wurden sie, bis alle schrien, um ihrer Ansicht Gehör zu verschaffen.

Ich stand leise auf und ging zur Haustür hinaus. Draußen

überlegte ich, ob ich gehen sollte, aber schließlich gab es noch Pastete. Also setzte ich mich auf die Vordertreppe und stöhnte, wobei ich das Gesicht in den Händen vergrub. Es verschaffte mir eine gewisse Erleichterung, deshalb stöhnte ich gleich noch einmal, diesmal lauter und schüttelte mit heraushängender Zunge den Kopf, wie man es uns beim Yoga beigebracht hatte. Schließlich war ich in meinem Element, sprang auf, breitete die Arme aus wie die Fußballerin und Aktivistin Megan Rapinoe und schrie gen Himmel: »Single zu bleiben ist völlig in Ordnung!«

Plötzlich raschelte es in den Büschen, und eine Stimme sagte: »Ähm. Hallo.«

Meine Arme schossen herab, um meine Brust zu bedecken – eine durchaus vernünftige Reaktion, wenn man sich einem unbekannten Angreifer gegenübersieht – gleich nach dem Schutz lebenswichtiger Organe.

»Wer ist da?«

Noch als ich die Frage stellte, tauchte eine hochgewachsene und (verdammt) gutaussehende Gestalt vor mir auf.

»Ich bin's«, antwortete Christopher Butkus.

»Was hast du in den Büschen zu suchen?«

»Ich hörte eine Art Knurren und dachte, dass sich hier vielleicht ein entlaufener Hund herumtreibt.«

»Du hast dich auf die Suche nach einem möglicherweise wilden Tier gemacht?«

Er zuckte die Achseln, die Hände in den Hosentaschen vergraben. »Es hätte verletzt sein können.«

Ich verstummte; ganz sicher würde ich nicht zugeben, dass ich selbst der tollwütige Hund gewesen war, den er zu hören geglaubt hatte. »Wahrscheinlich ist er weggelaufen.«

»Wahrscheinlich.« Ein peinlicher Moment des Schweigens

dehnte sich zwischen uns aus. Vermutlich fragten wir uns jetzt beide, wie man die Tatsache kommentieren sollte, dass ich ein Loblied auf das Single-Dasein in die Dunkelheit hinausgeschrien hatte.

»Happy Thanksgiving«, sagte ich schnell.

»Dir auch. Ich wollte gerade nach Hause.« Er tätschelte sich den (flachen) Bauch und fügte hinzu. »Pappsatt. Gehst du auch heim?«

»Nein. Ich wollte nur etwas frische Luft schnappen. Fort von ... na ja.« Ich hatte keine Lust, ihm ins Gedächtnis zu rufen, wie unerträglich meine Mom sein konnte.

»Ah.« Er nickte. »Ist alles in Ordnung? Mit dir und Jane und ... du weißt schon.«

Oh Gott. Er hatte das Video gesehen – ich wusste es. Eigentlich war es lächerlich, auch nur die kleinste Hoffnung zu hegen, dass er immer noch etwas für mich empfand. Ein Glück, dass er im schwachen Licht der Verandabeleuchtung und der Mondsichel das heiße Rot meiner Wangen nicht sehen konnte.

»Ja, das. Tja.« Ich legte den Kopf in den Nacken und tat, als würde ich intensiv nachdenken. »Abgesehen von der ewig währenden Demütigung und den Schuldgefühlen, die ich für den Rest meines Lebens haben werde, ja, uns geht es gut.«

»Das hatte ich gehofft. Dass sich nach dem Verschwinden des Videos alles wieder einrenkt, meine ich«, sagte er wie nebenbei, jedoch ohne mich aus den Augen zu lassen.

»Du hast es gehofft? Was hast du ... « Ich verstummte. Wieder stieg mir die Hitze in die Wangen, diesmal wegen seines intensiven Blicks. Ich konnte die Augen nicht abwenden. »Christopher?«

»Ich ... ich musste dir einfach helfen. Oder es zumindest versuchen.«

»Was hast du getan?«

»Ich habe einen Gefallen eingefordert.«

Dieses außergewöhnliche Geständnis hatte die gleiche Wirkung, wie wenn er den Arm ausgestreckt und mir mit den Fingerspitzen über die Wange gefahren wäre. Ich wunderte mich. Und zwar sehr.

Es war sicher nicht leicht, ein Video aus dem Netz zu löschen. Mir war klar, dass es sich nicht bloß um einen einfachen Gefallen handeln konnte. Und doch hatte er es getan. Und er würde das Studium der Zwillinge finanzieren. Und er hatte eine wohltätige Stiftung ins Leben gerufen – aber nein, das hatte er definitiv nicht meinetwegen getan; durch mich war er lediglich auf die Idee gekommen, sein Geld für Gutes zu nutzen. Aber all die anderen Dinge. Wie konnten die nicht meinetwegen geschehen sein? Und wenn er mir immer noch helfen wollte, auch nach diesem abscheulichen Video …?

Mir fehlten die Worte, also sagte ich nur: »Ich meine, Jane hat tatsächlich ihren Job als Reporterin verloren.«

»Ach wirklich?«

»Ja. Aber ich habe ihr geholfen, ihn zurückzubekommen. Also.« Ich wedelte mit den Armen und wandte mich dem dunklen Vorgarten zu; ich konnte ihn nicht länger ansehen.

»Das hast du. Natürlich hast du das.« Ein wissendes Lächeln schwang in seiner Stimme mit. Ich warf ihm einen scharfen Blick zu. Seine Züge waren weich; er sah aus – oh Gott, keine Ahnung, wie er aussah; es fiel mir zunehmend schwer, einen klaren Gedanken zu fassen.

»Jedenfalls.« Ich schauderte theatralisch. »Ganz schön kalt hier draußen. Allerdings nicht so kalt wie in Zürich, was? Ha. Ha.« *Warum? Warum hatte ich das gesagt?*

Christophers Augenbrauen schossen überrascht in die Höhe.

»Yep. Genau.« Er lächelte schief. Anscheinend war er genauso verlegen wie ich selbst. »Rachel Weiss, die große Zerstörerin jeglichen Selbstvertrauens.«

»Tja, hier bitte, du kannst einen Teil deines Selbstvertrauens zurückhaben. Aber bloß nicht zu viel! Nicht, dass du noch übermütig wirst.« Ich tat, als würde ich ihm mit beiden Händen etwas überreichen.

Er lachte und gab vor, das Nichts, das ich ihm darbot, entgegenzunehmen. Beide zuckten wir zusammen, als unsere Hände sich berührten, was wiederum dazu führte, dass wir ungeschickt herumhampelten, um einen angemessenen Abstand zueinander zu wahren.

Oh, Mann, ist das peinlich. Ich bemühte mich um eine unbekümmerte Miene, auch wenn mich das unbeholfene Tänzchen, das wir gerade aufgeführt hatten, etwas verstörte. Wir benahmen uns idiotisch. Ich musste unser Gespräch möglichst bald und auf möglichst unverfängliche Weise beenden.

»Na gut, also, anscheinend … haben wir eine gewisse Einigung erzielt. Dann können wir diesen ganzen Unsinn ja hinter uns lassen. Oder?«

»Auf jeden Fall.« Er nickte knapp. »Ich werde meine Angestellten veranlassen, dir die Dokumente morgen zuzufaxen. War mir eine Freude, Geschäfte mit dir zu machen.«

Ich starrte ihn an. »Was bist du doch für ein Nerd.«

Er lachte schallend, und ich spürte, wie auch ich grinsen musste. Dann hielt er mir die Hand hin. »Freunde?«

Ich drückte sie fest. Sie war genauso groß, warm und trocken wie bei unserem ersten Treffen. Ganz ehrlich, ich bedauerte die armen Seelen, die mit kalten, feuchten Händen durch die Welt gingen – gegen einen Mann mit seinem Händedruck hatten sie keine Chance. Ich ließ Christopher wieder los, ehe sich noch irgendwelche unangenehmen Regungen bemerkbar machen würden.

»Freunde«, stimmte ich ihm zu.

»Hervorragend.« Dann hielt er meinen Blick auf seine unnachahmliche Art noch ein paar weitere Sekunden lang fest. Anscheinend überlegte er sich genau, was er als Nächstes sagen wollte.

In diesem Moment tauchte das Gesicht meiner Mutter am Türfenster auf – na ja, zumindest die obere Hälfte ihres Gesichts. Anscheinend hatte sie sich auf die Zehenspitzen gestellt, um hinauszusehen.

»Geh jetzt!« Mit einer Handbewegung scheuchte ich Christopher davon. »Wenn sie dich sieht, frisst sie dich bei lebendigem Leib auf.«

Er fragte gar nicht erst, was ich damit meinte, sondern schlüpfte sogleich auf die Straße. Als Mom die Tür aufriss und verlangte, dass ich ins Haus zurückkehrte, hörte ich, wie er davonfuhr.

Es klingt vielleicht kitschig, aber den restlichen Abend über konnte Mom sagen, was sie wollte. Nichts konnte mich mehr aus der Ruhe bringen, denn ich schwebte über allem und ließ die Unterhaltung mit Christopher Butkus im Geiste immer und immer wieder Revue passieren. Die Erinnerung daran wärmte mich besser als der Thanksgiving-Pie.

KAPITEL 31

»Ich kann den Blick gar nicht von meiner Hand abwenden.«

»Du bist betrunken.«

»Nur beschwipst von der Mischung aus Champagner und Romantik.« Ich saß auf Sumiras Schlafzimmerboden, den Rücken an ihr Bett gelehnt, und hielt die Hände hoch, um sie zu betrachten. »Ich liebe diese Henna-Tattoos.«

Sumira, Amy und Eva ließen sich neben mir auf den Boden fallen, so dass wir einen Berg farbenfroher Stoffe bildeten. Ich griff nach Sumiras Händen und betrachtete sie.

»Du wirst eine wunderschöne Braut sein.« Begeistert stimmten Amy und Eva mir zu. »Denk dran, deiner Mom zu danken, weil sie uns bei der *Mehndi*-Party gestattet hat, Champagner zu trinken.«

»Pfft. Meine Mom liebt Champagner doch auch; mach dir darum mal keine Sorgen.« Sie ließ sich rücklings auf ein Kissen fallen.

»Hab ich mir das eingebildet, oder hat deine Cousine Maira dir den ganzen Abend lang Giftblicke zugeworfen?« Amy kramte in ihrer Clutch nach ihrem Lippenbalsam.

»Ja, sie ist ein klitzekleines bisschen sauer darüber, weil ich als Erste heirate. Immerhin ist sie mit ihrem Freund schon seit fünf Jahren zusammen.«

»Großer Gott.« Amy trug ein bisschen Lippenbalsam auf,

fischte anschließend eine Packung Ibuprofen aus der Clutch und teilte die Tabletten aus. »Hier, jede von uns nimmt eine. Schließlich dürfen wir morgen keinen Kater haben.«

»Großer Tag.« Eva warf Sumira ein freches Grinsen zu.

»Der größte.« Meine Augen wurden feucht, als ich meiner wunderschönen besten Freundin und Braut zulächelte.

Nachdem wir alle unsere Ibu geschluckt hatten, meinte Eva: »Okay, aber mal ehrlich? Wie Ajay dich heute Abend angesehen hat?«

»Und du ihn!«, kreischte Amy. »Ihr beiden seid bis über beide Ohren verliebt ineinander.«

Sumira wirkte ungewöhnlich verlegen. Ihre langen Wimpern berührten ihre Wangen, als sie in ihren Schoß hinabblickte. »Stimmt«, bekannte sie.

Was wiederum einen Chor aus *Aahs* auslöste. Dann schilderte uns Amy, wie nervös sie und Ryan am Abend vor ihrer eigenen Hochzeit gewesen waren. Ich richtete mich auf und musterte mein Spiegelbild in dem Ganzkörperspiegel, der immer noch in Sumiras zur Hälfte schon in Kisten verpackten Schlafzimmer hing. Mein Haar hatte sich aus dem Chignon-Knoten gelöst, und auf meinem Gesicht schimmerten die Überbleibsel des festlichen goldenen Lidschattens und des leuchtend rosafarbenen Rouge. Ich berührte meine Wange. In meinem knallpinken Sari sah ich aus wie ein Bonbon. Und während meine besten Freundinnen von den romantischsten Abenden ihres Lebens schwärmten, wanderten meine Gedanken zu … nun ja.

Ich kramte mein Smartphone aus der Saritasche und hielt es um Armeslänge von mir fort, neigte es, um den schmeichelhaftesten Winkel zu erhaschen. Ich schloss die Lippen, setzte ein kokettes Lächeln auf und machte ein Selfie.

»Sorry, aber was machst du denn da?« Ich zuckte schuldbewusst zusammen, als ich Evas Stimme hinter mir hörte. »Sollten wir nicht auch auf diesem Selfie zu sehen sein?«

»Oh, klar, natürlich!« Also bauten sich die drei anderen hinter mir auf, damit ich ein weiteres Foto von uns schießen konnte. Während sie sich anschließend wieder ihrer Unterhaltung widmeten und Pyjamas und Zahnbürsten hervorholten, öffnete ich eine neue Instagram Message und fügte das erste Foto ein.

»Was machst du denn da?«, kreischte Eva schon wieder und schnappte mir mit einer blitzschnellen Bewegung das Handy aus der Hand.

»Hey!«

»Mädel.« Sumira stand jetzt genau vor mir und sah mich streng an. »Spuck's aus. Jetzt.«

»Ich wollte nur ... « Unschuldig hob ich die Hände. Doch dann platzte ich durch den Champagner von vorhin enthemmt doch heraus: »Das wollte ich Christopher schicken.«

»Was?!«

»Nein.«

»Rachel!«

»Ach, kommt schon! Ich trage ein knallpinkes Kleid, bin über und über mit Glitter bedeckt und trunken vor Romantik. Ist es so falsch, dieses Gefühl mit jemand anderem teilen zu wollen?«

»Mit ihm? Ja.« Eva verstaute mein Handy in ihrem Rucksack.

»Weil er ... « Ich verstummte, während ich mich daran zu erinnern versuchte, welche Einwände ich gegen Christopher gehabt hatte.

»Mm-hmm. Yep.« Eva nickte.

»Na gut. Okay.« Ich sagte nichts mehr. Eva beäugte mich wachsam. Kein Problem. Ich konnte ihm das Foto auch morgen noch zuschicken, wenn ich wollte.

Auf dem Weg ins Bad blieb Sumira vor ihrem Schrank stehen. Sie öffnete ihn und befühlte das kunstvoll verzierte rot-goldene Gewand, das sie am nächsten Tag tragen würde. Beinahe schien sie Angst zu haben, es zu berühren. In diesem Moment machte es Puff, und sämtliche Gedanken an Christopher Butkus waren verflogen. Ich sah nur noch eines: den Gesichtsausdruck meiner Freundin, halb freudig erregt, halb zu Tode erschrocken. Ich legte von hinten die Arme um sie und den Kopf auf ihre Schulter.

»Ich werde heiraten«, flüsterte sie.

»Du wirst heiraten.« Wir atmeten tief ein.

»Zeit fürs Bett, Ladys!« Amy wedelte mit der Zahnbürste herum wie mit einem Taktstock. Also marschierten wir hinter ihr ins Bad, wo wir uns die Spuren des festlichen Abends abwuschen, um morgen aufs Neue feiern zu können.

Der wunderbare Tag verging wie in einem Rausch. Ich hatte gar keine Zeit, um über etwas anderes nachzudenken als über das, was im jeweiligen Moment geschah: Haar und Make-up, mein smaragdgrüner Sari, Sumira und Ajay, die sich unter einem Blumenzelt das Ja-Wort gaben. Zugegeben, es gab diesen einen schwindelerregenden, surrealen Augenblick, in dem mir aufging, dass meine beste Freundin einen Typen heiraten würde (heiraten!), den ich kaum kannte. Aber der ging vorüber. In ihrem Leben ging es schließlich nicht um mich, und das wusste ich. Außerdem sah Ajay verdammt gut aus. Gut möglich, dass er seit Sumiras Firmenfeier täglich Gewichte gehoben hatte, was mir zeigte, dass ihm klar war, eine Frau weit oberhalb seiner eigenen Liga erobert zu haben, und dass er sich ihrer als würdig erweisen wollte. Hoffentlich hielt er das durch.

Und dann wurde es Zeit für den gefürchteten Moment – nichts gegen Sumiras Cousine Souma, aber sie hatte ein paar ziemlich verrückte Ideen zum Brautjungferntanz gehabt. Eine interpretative Aufführung von Sumiras Leben von Geburt bis zum Tod hatten wir ihr ausreden müssen. Ihre zweite Idee war die Darstellung der Menschheitsgeschichte, deren Höhepunkt die Hochzeit von Sumira und Ajay sein sollte. Sie war absolut begeistert von der Idee, den Kreislauf des Lebens durch Lieder und Tanz auf die Bühne zu bringen. Schließlich einigten wir uns auf eine schlichte Variante … na ja, zugegeben, es war immer noch ein bisschen kompliziert.

Die Musik setzte ein, und ich rannte den anderen Mädchen voraus, ein Tamburin in der Hand, um die Menge anzuheizen. Wie ein Hofnarr hüpfte ich über die Bühne, denn so lauteten Soumas künstlerische Instruktionen, die fand, dass ich für diese Aufgabe die »richtige Bühnenpräsenz« besaß – was immer das hieß. (Sicher nichts Gutes.) Während ich das Tamburin über meinem Kopf zum Klingeln brachte, glaubte ich, ein gewisses Gesicht in der Menge entdeckt zu haben, aber ich schüttelte den Gedanken ab. Sicher hatte ich mir das nur eingebildet. Stattdessen konzentrierte ich mich auf Sumira und Ajay, die wie König und Königin auf den Ehrenplätzen vor mir thronten. Dann kamen die anderen Mädchen hinzu, und ich tauschte das Tamburin gegen eine Ajay-Maske mit Haltestab ein. Die Mädchen umschwärmten mich und mimten Ohnmachtsanfälle, während ich meine imaginären Muskeln spielen ließ und ihnen Luftküsse zuwarf. Dann starteten wir unsere Tanznummer, bei der ich (als Ajay) auf männliche Art herumstampfen musste, während die Mädels mit wogenden Hüften um mich herumwirbelten.

Während ich eines der Mädchen im Kreis herumwirbelte, erhaschte ich erneut einen Blick auf das bewusste Gesicht in der Menge. Plötzlich sank mir der Magen in die Kniekehlen, und ich hatte das Gefühl, mir sei der Bühnenboden unter den Füßen weggezogen worden. Ich hatte es mir also doch nicht eingebildet: Christopher Butkus gehörte ebenfalls zu den Gästen und beobachtete uns mit lachender Miene. Der Beat der Bollywood-Musik trug mich davon, so dass ich die Bewegungen, die Souma uns eingetrichtert hatte, beinahe automatisch ausführte: Pfeffer streuen, das Dach wegschieben, in die Armbeuge niesen. Mir blieb keine andere Wahl, als mich ganz und gar dem Takt der Musik hinzugeben; keinesfalls durfte ich mich nach Christopher umsehen, und das, obwohl eine kleine Stimme in meinem Kopf aus Leibeskräften schrie: *Was hat er hier zu suchen?*

Dann wechselte die Musik, und ich warf die Ajay-Maske Sumira zu, die sie auffing, während die Trauzeugen des Bräutigams unter tosendem Applaus auf die Bühne stampften. Wir fanden uns paarweise zusammen und vollführten einen Tanz, der sämtliche Liebesqualen einer aufkeimenden Romanze auf die Bühne brachte, ehe die Musik noch lauter wurde, und wir – begleitet vom begeisterten Seufzen der Menge – einander in die Arme fielen. Mein eigener Tanzpartner, Ajays Bruder, ging so sehr in seiner Darbietung auf, dass er meinen Hintern recht fest umfasste. Als er mich nach hinten neigte, ließ ich den Blick dann doch zu Christopher hinüberwandern. Der schüttelte den Kopf, tat, als ließe er die Knöchel knacken und warf meinem Tanzpartner wütende Blicke zu. Vor Überraschung entfuhr mir ein heiseres Lachen. Souma warf mir unter ihrer verschwitzten Haarpracht einen zornigen Blick zu – der allerdings eher komisch als bedrohlich wirkte, da wir beide vornübergebeugt dastanden und eine Art Kosakentanzschritt vollführten. Dennoch nahm ich mir ihre Reaktion zu Herzen und blickte während der restlichen Vorführung kein einziges Mal mehr zu Christopher hinüber.

Als alles vorüber war, brauchte die Menge ein Weilchen, ehe sie sich wieder beruhigt hatte. Und schon war es Zeit für den ersten Tanz von Braut und Bräutigam. Der Song war romantisch und langsam. Ich verbarg mich in der hintersten Ecke nahe der Bühne, scheinbar, um dem Paar beim Tanzen zuzusehen, aber in Wirklichkeit nahm ich eigentlich gar nichts wahr. Ich war wie erstarrt. Ein kleiner Teil von mir dachte, dass ich vermutlich nach Christopher suchen und mich mit ihm unterhalten sollte. Aber das brachte ich nicht fertig. Mein Verstand stolperte über die Frage, warum und wie er hergekommen war. Ich war dankbar für die übrigen zweihundert Hochzeitsgäste – sicher würde er mich in der Menge nicht finden. Nicht, dass ich ihn nicht hätte sehen wollen; das Ganze kam mir einfach nur allzu bedeutsam und verwirrend vor, um logisch darüber nachdenken zu können. Der Abend an Thanksgiving fiel mir wieder ein: Wie es sich angefühlt hatte, seine Hand in meiner zu spüren, die unausgesprochenen Worte, die ihm auf der Zunge gelegen hatten ... Was hätte er zu mir gesagt, wenn Mom uns nicht unterbrochen hätte?

Dann war der Song vorüber und ein weiterer, lebhafterer wurde gespielt. Die Menschen strömten auf die Tanzfläche, so dass ich mich nicht mehr in der Menge verstecken konnte. Ich gestattete mir, mich im Raum umzusehen, konnte ihn aber nirgends entdecken. Vielleicht war er ja schon gegangen? Vielleicht war er nur aus beruflichen Gründen eingeladen worden; vielleicht kannte er Ajay. Das musste es sein. Wenn er gegangen war, nachdem er mich entdeckt hatte, dann musste die Sache jetzt ein Ende haben – er hatte kein Interesse mehr an mir. Womöglich war er sogar verschwunden, um sich nicht mit mir unterhalten zu müssen. Nach diesem Gedanken hörte ich die Musik nur noch gedämpft, und alle Luft schien aus meinen Lungenflügeln entwichen zu sein. Ich überlegte, ob ich nach Eva und Amy Ausschau halten sollte, aber die würden mit ihren jeweiligen Lebensgefährten tanzen. Diese Erkenntnis lähmte mich und erfüllte mich mit etwas, das Trauer sehr nahe kam. Tanze, Rachel, ermahnte ich mich streng. Das hier ist Sumiras Hochzeit. Reiß dich am Riemen und tanze, Rachel.

»Rachel.«

Er war da. Er stand neben mir, trug einen Anzug, aber keine Krawatte, hatte den obersten Hemdenknopf geöffnet, so dass ich ein Büschel schwarzes Brusthaar vor Augen hatte, eine wirkungsvolle Erinnerung daran, dass sich unter diesem Anzug ein nackter Körper verbarg. Das Blut surrte durch meine Adern, als ich den Kopf hob und Christopher Butkus in die Augen sah.

»Was zum Teufel machst du denn hier?«, fragte ich charmant wie immer.

»Sumira hat mich eingeladen.« Er trug sein übliches kleines Grinsen zur Schau und sprach mit leiser, belustigter Stimme, als würden wir einfach nur eine Unterhaltung fortsetzen, die wir eben begonnen hatten.

»Warum?« Seine Antwort traf mich unvermittelt. Ich hatte noch nie etwas für Überraschungen übrig, und das hier kam mir beinahe wie ein Streich vor. Auf dem nackten Hautstreifen an der Taille, der unter meinem Sari zu sehen war, kribbelte eine Gänsehaut.

Christoph zögerte; offenbar wusste er nicht, was er darauf sagen sollte.

»Sie … « Er verstummte und sah zur Mitte der Tanzfläche hinüber. Ich folgte seinem Blick und entdeckte dort Sumira, die ausgelassen mit ihrem frischgebackenen Ehemann tanzte. Schließlich erspähte sie uns, warf die Arme in die Luft, zeigte auf uns und stieß einen Jubelschrei aus.

»Großer Gott.« Ich wandte mich wieder zu Christopher um.

Er lachte und trat näher an mich heran. »Sie meinte, dass du dich sicher freuen würdest, mich zu sehen.«

Völliger Gedankenstau! Ich war hin und her gerissen zwischen dem Impuls, Sumira zu beschimpfen und der Frage *Warum? Warum hat sie das gesagt? Warum hast du dich bereiterklärt zu kommen?*

Einen scheinbar endlosen Moment lang beobachtete er mich eindringlich. Sein prüfender Blick machte mich verlegen; er war gar zu intim, insbesondere, da wir einen halben Meter voneinander entfernt standen und einander bislang noch nicht einmal berührt hatten. Mal abgesehen von der Berührung des Ellbogens … einem flüchtigen Händedruck …

Ich hob den Kopf und wappnete mich, ihn zu fragen, was er an jenem Abend hatte sagen wollen, als ein neuer, eher langsamer Song angestimmt wurde, und Christopher die Hand ausstreckte.

»Tanzt du mit mir?«, fragte er nicht die Spur verlegen. Er war nach wie vor der selbstbewusste, großspurige Kerl wie damals im Juli, aber diesmal war es genau das, was mich geradezu um den Verstand brachte. Nicht mal ein Großbrand hätte mich daran hindern können, seine Hand zu ergreifen und ihm auf die Tanzfläche zu folgen.

Seine Handflächen streiften die nackte Haut an meinem Bauch, ehe er meine Taille umfing. Sofort explodierte erneut eine Gänsehaut am ganzen Körper, während ich ihm die Arme um den Nacken legte. Ihn anzusehen war gar nicht so einfach – aber seinen Blick zu meiden, war fast noch schwerer. Ein Bartschatten zierte sein Kinn, und um seine Augen kräuselten sich Lachfältchen. Er war beim Friseur gewesen, weshalb sein hellbraunes Haar an den Seiten ordentlich gestutzt, oben aber zerzaust war. Ich fragte mich, ob er es absichtlich so stylte, oder ob er gedankenverloren mit den Händen hindurchzufahren pflegte. Vermutlich Letzteres.

Und dann sein Eau de Cologne – einem guten Männerduft hatte ich noch nie widerstehen können. Das war meine Achillesferse. Ihm so nahe zu sein, mein Gesicht nur wenige Zentimeter von seiner Nackenkuhle entfernt … Ich musste all meine Selbstbeherrschung aufbieten, um mich nicht vorzubeugen und ausgiebig an ihm zu schnuppern.

Nach ein paar langen Drehungen auf der Stelle hörte ich wieder seine Stimme.

»Rachel.« Es klang jetzt heiser, ein wenig unsicher. Er räusperte sich und versuchte es noch einmal. »In den letzten sechs Monaten habe ich häufiger an dich gedacht, als ich zugeben möchte. Und ganz sicher mehr als angemessen gewesen wäre.«

Sofort brach ein Buschfeuer in meinem Höschen aus. Selbst wenn er mir gleich gestehen würde, dass er sein Haus mit Fotos von mir tapeziert hatte, denen er die Augen herausgeschnitten hatte, hätte ich ihn bespringen wollen. Aber ich zügelte mein Verlangen und sah mit einem Ausdruck höflicher Verwirrung zu ihm auf. Wie eine Lady.

»Bei allem, was ich in den letzten Monaten getan habe, hatte ich nur dich im Sinn«, fuhr er fort. »Du warst mein Gewissen. Der Engel auf meiner Schulter.«

Unwillkürlich entfuhr mir ein Schnauben. Ich? Ein Engel? Also ehrlich! Seine Finger umfassten meine Hand fester, und sein Blick wurde lodernd, ehe er kurz auflachte.

»Ich weiß.« Seine Stimme klang rau, als er sich noch näher zu mir herabbeugte. »Du? Ein Engel?« Sein Atem streifte mein Haar, und mir blieb das Lachen ebenso im Halse stecken wie mein Atem. »Trotzdem stimmt es. Ich habe dich – die Rachel in meinem Kopf – bei jeder Entscheidung um Rat gefragt. Du hast mich veranlasst, mich mehr anzustrengen. Ein guter Mensch zu sein.«

Seine Stimme klang belegt; sie zitterte, ob vor Begehren oder Rührung wusste ich nicht. Meine Lippen bewegten sich in dem erfolglosen Versuch, eine Antwort zu formulieren.

Endlich stieß ich mühsam ein leises »Freut mich!« hervor.

»Und …«, fügte ich plötzlich befürchtend, dass ich sehr unhöflich gewesen war hinzu, » … danke. Für alles, was du für meine Familie getan hast. Danke vielma …«

»Danke mir nicht. Es war reiner Egoismus, alles davon. Ich habe es getan, weil ich …«

Der langsame Song war vorüber, plötzlich dröhnte die Musik wieder, überall blitzten bunte Lichter. Eine Art Gruppentanz begann, doch das war mir gleichgültig.

»Was?«, schrie ich über den Lärm hinweg.

»Weil ich …«, schrie nun auch er, während die Gäste um uns herumtanzten. Plötzlich flackerte Angst in seinen Augen auf.

»Sag es, Christopher Butkus.« Lichter zuckten über sein Gesicht. »Mach schon.«

Die Musik erreichte ihren Höhepunkt, und er gab eine Art Stöhnen von sich und vergrub sein Gesicht an meinem Hals.

Dann hob er mich hoch und wirbelte mich herum, ohne sich darum zu scheren, dass die Hälfte der Hochzeitsgesellschaft uns angaffte. »Ich liebe dich, Rachel Weiss. Und wenn es irgendetwas gibt, das ich tun kann, damit du endlich ... «

Ich warf mich auf ihn, mir nur vage der Pfiffe und Jubelrufe unserer Umgebung bewusst, während ich Christopher Butkus endlich, *endlich* küsste. Die Menschen umtanzten uns, und plötzlich regneten Blütenblätter auf uns herab. Wir blickten auf und lachten, während uns rosafarbene und weiße Blüten auf die Wangen und das Haar tropften. Alle schrien Ooh und Aah, wirbelten über die Tanzfläche und hoben dem sanften Regen die Hände entgegen. Als ich Christopher ein Blütenblatt von der glatten Wange strich, befürchtete ich beinahe, dass mein Gesicht in zwei Hälften zerspringen würde, so breit lächelte ich. Er ergriff meine Hand, wirbelte mich einmal herum, so dass ich an seiner Brust landete und drehte mich dann wieder nach außen. Und ich spürte mit jeder Faser meines Seins, dass ich diesen Moment mein Lebtag nicht vergessen würde.

»Willkommen in meiner bescheidenen Hütte.«

Wir waren in meiner Wohnung. Es war ziemlich spät, und wir waren mit einer Schachtel voller Hochzeitstortenreste nach Hause geschickt worden.

»Ich habe mich immer gefragt, wo du wohnst.« Christopher zog seine Jacke aus und hing sie an den Haken neben der Tür.

»Hab ich dir je erzählt, dass ich an Halloween dein Haus gesehen habe?« Verdammt. Natürlich hatte ich ihm das nie erzählt. Ich war wohl ein wenig beschwipst. Allerdings keineswegs so sehr, wie es nach der Hochzeit meiner Freundin angemessen gewesen wäre, denn nach diesem Kuss war ich mit meinen Gedanken woanders gewesen, so dass ich gar nicht mehr an Alkohol gedacht hatte.

»Ach ja?« Überrascht legte er den Kopf schief.

»Bitte ergreife jetzt bloß nicht die Flucht. Ich bin keine Stalkerin, versprochen. Ich war auf dem Nachhauseweg und habe gesehen, wie du Süßigkeiten an die umherziehenden Kinder verteilt hast.«

»Warum hast du nicht hallo gesagt?« Er klang vollkommen unschuldig, was mir einmal mehr ins Gedächtnis rief, was ich an ihm mochte: Alles an ihm war echt. Er war weder sarkastisch noch zynisch.

»Weil ... « Ich lachte, weil es so offensichtlich war. »Bis zum heutigen Abend haben wir beide uns gehasst. Oder zumindest bis Thanksgiving.«

»Hass ist ein starkes Wort, Rachel.« Er machte ein paar Schritte auf mich zu und schob mir sanft meinen Schal von den Schultern.

»Na, du weißt doch, was ich meine. Ich konnte nicht einfach so bei dir vorbeischauen. Aber dein Haus hat mir gefallen. Und die Geister auch.«

»Oh ja, die sind witzig. Eigentlich sollten die Kinder sich welche nehmen, aber das haben sie anscheinend nicht kapiert ... «

Ich gab keine Antwort. Er umfasste meinen Schal mit beiden Händen. Ich hatte keine Lust mehr, über Lollipop-Geister zu reden.

»Jedenfalls kannst du ab sofort jederzeit vorbeischauen. Ich meine, wenn du das nächste Mal ... in der Gegend bist.«

Wir verstummten beide. Mir war klar, dass auch er nicht wusste, was er als Nächstes sagen sollte, genau wie ich. Keiner von uns wollte über die Zukunft reden oder die Sache zwischen uns irgendwie einordnen. Allerdings konnten wir nicht aufhören, einander tief in die Augen zu sehen. Ohne ein weiteres Wort ging ich in die Küche und kehrte mit zwei Gabeln zurück. Nachdem wir es uns auf der Couch bequem gemacht hatten, gab ich ihm eine.

»Direkt aus der Schachtel?«, fragte er.

»Ich bin eine Rebellin.«

»Das weiß ich.« Seine Stimme klang heiser. Ich sah flüchtig zu ihm hin und sofort wieder weg; die Spannung zwischen uns war beinahe unerträglich. Aber ich wollte noch nichts unternehmen, um sie zu lösen, wollte sie aufrechterhalten: die Vorfreude, den Kuchen und den Champagner, die Unterhaltung, bei der ich diesen wundervollen Mann kennenlernte.

»Erzähl mir alles von dir«, sagte ich im gleichen Moment, in dem er fragte: »Wie läuft es bei der Arbeit?« Wir lachten. Dann berichtete ich ihm von meiner Idee, ein Schulungsunternehmen zu gründen, um Tech-Mitarbeitern wichtige gesellschaftliche Themen nahezubringen. Er machte sich weder über mich lustig, noch wies er darauf hin, dass ich über zu wenig Erfahrung verfügte, sondern hörte lediglich zu und steuerte weitere Ideen bei. Wir unterhielten uns über meine ehrenamtliche Tätigkeit, über seine Wohltätigkeitsorganisation und sein Unternehmen, und ich ertappte mich dabei, wie ich jedes einzelne Wort in mich aufsog wie ein Schwamm, sogar dann, wenn es um berufliche Themen ging, die ich vor wenigen Monaten noch sterbenslangweilig gefunden hätte.

Auf der Couch waren wir mittlerweile näher aneinander herangerückt. Der Kuchen stand vergessen auf dem Couchtisch. Sein Arm lag über den Rückenkissen, nah genug, dass ich seine Wärme spüren konnte, ohne dass er mich berührte.

»Rachel.« Er zögerte. Mich beschlich das Gefühl, dass er jetzt mit etwas herausrücken wollte, über das er schon eine ganze Weile nachgedacht hatte. »Du warst auf eine Weise ehrlich zu mir, wie sonst noch niemand. Du hast mich veranlasst, über mich selbst nachzudenken und darüber, was für ein Mensch ich sein will. Letzten Sommer hättest du dich nicht auf mich einlassen können, weil du mich verabscheut hast. Zu wissen, dass du so über mich gedacht hast, und dass ich dich mittlerweile irgendwie dazu gebracht habe ... «

Er sprach nicht weiter, und wieder sahen wir einander in die Augen – ein Moment voller Verheißungen.

»Dass ich dich irgendwie dazu gebracht habe«, fuhr er mit tief grollender Stimme fort, » ... mich nicht mehr zu hassen ..., dass du das Schlimmste von mir kennst und nun vielleicht auch das Beste von mir ... «

Ich rückte näher an ihn heran, nah genug, um sein Aftershave riechen und einen Krümel vom Schokoladenkuchen auf seiner Unterlippe erkennen zu können.

»Ich glaube nicht, dass ich das Beste von dir schon gesehen habe, Christopher.«

Er schob den Arm hinter mich, und ich schrak zusammen, als ich die warme Berührung seiner Finger im Nacken spürte. Er beugte sich vor, und ich war auf einen Kuss gefasst, aber stattdessen hob er mein Haar in die Höhe und liebkoste meinen Nacken, während seine Finger mit dem weichen Flaum dort spielten. Er ließ sich Zeit, beschrieb einen gemächlichen Pfad aus Küssen bis zu meiner Schulter hinab und dann wieder hinauf bis hinter mein Ohr, wobei sein warmer Atem heiß lodernde Flammen durch meinen ganzen Körper jagte.

»Das will ich schon seit jenem ersten Zusammentreffen in deinem Elternhaus, als du mich mitten im Gespräch einfach stehengelassen hast.« Während dieser Worte löste er die Lippen nicht von meiner Haut. »Unfassbar unhöflich.«

»Wenn du so darauf reagierst, sollte ich vielleicht häufiger unhöflich zu dir sein.« Ich legte ein Bein über seinen Schoß und setzte mich rittlings auf ihn.

»Wage es nicht.« Er stand auf und trug mich ins Schlafzimmer, in dem wir die darauffolgenden beiden Stunden darauf verwendeten, ein ganzes Jahr voller Beschimpfungen, Fehlkommunikation und sexueller Spannung loszuwerden.

Liebe Leser*innen, ich weiß, dass ihr versteht, was ich meine, wenn ich sage, dass ich während dieser beiden Stunden keine einzige Sekunde Zeit hatte, über Nonnen nachzudenken.

Als ich mich hinterher an seine Brust schmiegte, sagte ich: »Weißt du was? Ich habe nächste Woche Geburtstag – falls du diese eine Sache noch mal machen möchtest. Quasi als Geschenk, meine ich.«

Er strich mir übers Haar und antwortete: »Ich wäre froh, diese eine Sache noch mal zu machen. Und alles andere. Egal, ob du Geburtstag hast.« Ich schnurrte beinahe vor Glück.

Einen Augenblick später fügte er nachdenklich hinzu: »Weißt du, was lustig wäre?«

»Was?« Ich hatte schon immer etwas für einen guten Witz übrig, selbst um drei Uhr nachts nach der besten Nacht meines Lebens.

»Wenn du mich als dein Date mit auf Janes Hochzeit mitnehmen würdest.« Er hielt inne, während ich mich fasziniert aufsetzte. »Stell dir nur das Gesicht deiner Mom vor.«

Ich lachte schallend und küsste ihn.

DANKSAGUNG

Danke an meine Agentin Kimberly Whalen. Du bist die Agentin, von der jede Schriftstellerin träumt: forsch, fix, funny und phantastisch. Danke, dass du das Potenzial erkannt hast, das in meinem kleinen Buch steckt. Danke, dass du meinen Lebenstraum wahrgemacht hast. Was für ein Glück, dass ich eine deiner Klientinnen bin!

Danke auch an meine Lektorin, Sabrina Flemming. Apropos Lebensträume wahrmachen! Deine begeisterten Worte als Antwort auf mein Manuskript sind auf ewig in meinem Herzen verankert. Ich staune immer noch darüber, dass jemand, der so intelligent und wortgewandt ist wie du, sich in meine Story verliebt hat. Deine Bearbeitung hat dazu beigetragen, sie auf das nächste Level zu heben. Deine Leidenschaft hat sie in ein reales, lebendiges Buch verwandelt. Danke, danke, danke!

Mein Dank gilt zudem Tareth Mitch, S. B. Kleinman, Diane Miller-Espada, Marie Mundaca, Caroline Green, Alli Rosenthal, Carolina Martin und dem Rest der Mannschaft von *Hachette* und *Forever*, die diese Veröffentlichung erst möglich gemacht haben.

Im Internet gibt es unzählige freundliche und hilfsbereite Autor*innen, Menschen, die sich die Zeit nehmen, andere Schriftsteller*innen durch Rat, Kritik, durchdachtes Feedback und Anteilnahme zu fördern. So viele von euch haben mir im Laufe der Jahre geholfen. Danke an all die Autoren von Reddit, QueryManager, Hannah Orensteins Facebook-Gruppe und anderen Plattformen. Mein besonderer Dank gilt den Autor*innen, die im Jahr 2024 ihr Debüt hatten, und mit denen ich mich vernetzen konnte. Spezielles Shoutout an zwei Podcasts, die mich motiviert haben, dieses Buch nach der Pandemie umzuschreiben: *Bad on Paper* und *The Shit No One Tells You About Writing*.

Danke auch an die Real-Life-Freundinnen, die ich im Laufe der Zeit gefunden habe. Tara Nieuwesteeg, meine private Kontrollinstanz und eine meiner ersten Leserinnen: Ich kann noch immer nicht glauben, was für ein Glück ich hatte, dich und Meghan auf der Historical Novel Society Conference kennenzulernen. Du hast mich nicht nur bei der Entstehung diverser Bücher begleitet, sondern hast auch mehr Höhen und Tiefen des Lebens mit mir durchgestanden, als ich mir vor all den Jahren hätte träumen lassen. Ich bin dankbar, dich meine Freundin nennen zu können.

Meghan Masterson, eine wundervolle Autorin, die geradezu sprüht vor Lebensfreude. Du warst der erste Mensch, dem ich die Idee zu diesem Buch vorgestellt habe. Ich kann immer noch nicht fassen, dass du fort bist. Ich vermisse dich.

Besonders viel Liebe gilt meinen Freundinnen. Zunächst den Mitgliedern meines ursprünglichen Gruppenchats, Tania Asim und Jenna Tollefson. Mit Hilfe unserer endlosen Chats habe ich unzählige, langweilige Arbeitstage überlebt. Danke auch an all die anderen Freundinnen, die ich im Laufe meines Lebens an meiner Seite hatte, insbesondere Maida Suljevic, Callie Nettes, Sophia Margolis und Sue Jeong. Frauenfreundschaften sind heilig. Ich liebe euch so sehr! Und nicht zu vergessen die Mütter, mit denen ich mich angefreundet habe, seit ich selbst ein Kind habe. Danke für das Lachen und die Unterstützung. Irgendwann muss ich auch mal ein Buch über die Moms von Kleinkindern schreiben.

An meine Mom: Danke, dass du uns alle so leidenschaftlich liebst (mit nur einem Hauch von Mrs. Bennets typischer Besorgtheit). Du hast mich in dem Glauben erzogen, dass alles im Leben möglich ist, solange man nur beharrlich genug ist und sich weigert, ein »Nein« zu akzeptieren. Danke, dass du dich für die Details meines Schriftstellerinnenlebens interessiert und mich auf jedem Schritt meines Weges angefeuert hast. Sobald ich eine gute Nachricht habe, bist du immer die Erste, der ich es erzählen möchte. Und danke, dass du mir meinen ersten Jane Austen Roman schon in die Hand gedrückt hast, als ich noch zu jung war, um auch nur die Hälfte der Worte zu verstehen, und dass du meine Lieblingskinobegleitung bei jeder Austen-Verfilmung bist.

Dad, danke für die Unterhaltungen am Abendbrottisch über Literatur, Geschichte, Politik, Wissenschaft und Sumpfpumpen. Ich stelle mir gern vor, dass ich meine Neugier, meinen Sinn für Humor und alles, was großartig an mir ist, von dir geerbt habe.

Emily und Summer, was wäre mein Leben ohne meine Schwestern? Danke, dass ihr meine Verbündeten seid, euch von mir herumkommandieren lasst, mir von eurem jeweiligen Leben berichtet, so dass ich in meinen Romanen eure Anekdoten verwenden kann. Und vor allem, danke für die vielen fröhlichen Stunden und all das Lachen.

Dave, bei unserem ersten Date hast du mir Austern mitgebracht und über meine Witze gelacht. Seither bin ich dir ganz und gar verfallen. Danke, dass du so ein phantastischer Koch, so ein Spaßvogel und ein unglaublicher Dad bist. Wunderbar, wie begeistert du über die Kinder bist, die an Halloween Süßigkeiten sammeln. Ich bin überglücklich, dass ich das Leben an deiner Seite verbringen darf. Und an unsere Kids: Ehe ich euch kennenlernte, glaubte ich zu wissen, wie Liebe sich anfühlt – aber offensichtlich hatte ich keinen blassen Schimmer. Durch euch ist mein Leben tausendfach reicher geworden.

Ein schnelles Wort des Dankes auch an Jdate, die führende Dating-App für jüdische Singles. In diesem Buch habe ich mich ein wenig darüber lustig gemacht, aber in Wirklichkeit schulde ich ihr jede Menge. Danke an die Betreiber, die mir geholfen haben, meinen Mr. Darcy im Stil des 21. Jahrhunderts zu finden.

Zu guter Letzt ist dieser Roman einer lebenslangen Liebe zu *Stolz und Vorurteil* von Jane Austen, *Bridget Jones – Schokolade zum Frühstück* von Helen Fielding sowie *Kuss und Schluss – die ultimativen Bekenntnisse der Georgia Nicolson* von Louise Rennison entsprungen. Ohne diese Geschichten wäre ich wohl oder übel nicht die Autorin, die ich heute bin.